Rhoda —

The mi... ...

barolaeh... ...bish... a ...as rut!

he meas

Bill Times

Chì Mi

I See

South Uist - middle region

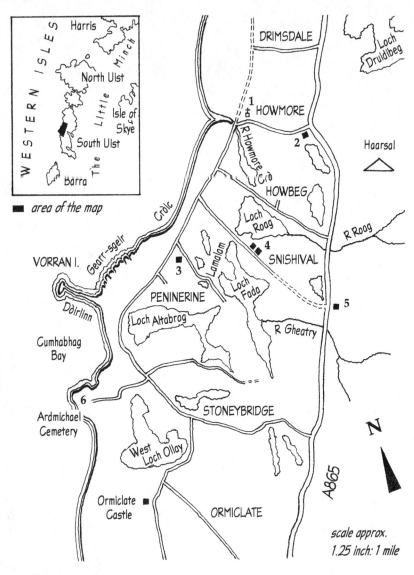

1 Old Howmore Church (Ruin)
   Grave of unknown sailor

2 Old Howmore School

3 DJ's Birthplace

4 Donald Macintyre's Birthplace (Ruin)
   Taigh Iain Ruaidh (Ruin)

5 Memorial Cairn for DJ and Donald Macintyre

6 Ardmichael Cemetery (DJ's burial place)

Chì Mi

I See

Bàrdachd
Dhòmhnaill Iain Dhonnchaidh

The Poetry of Donald John MacDonald

Edited and Translated by

Bill Innes

Birlinn

First published in 1998 by
Birlinn Limited
Canongate Venture
5 New Street
EDINBURGH EH8 8BH
Info@birlinn.co.uk

ISBN 1 874744 85 8

A CIP record of this book is available
from the British Library

Chuidich Comhairle nan Leabhraichean am foillsichear
le cosgaisean an leabhair seo

Book layout by Bill Innes

Printed and bound in Great Britain by Bell & Bain Limited, Glasgow

Acknowledgements

It is some years since Ishabel T. MacDonald showed me manuscripts of the later unpublished poems that Donald John had passed on to her. Many people have had an influence on the intervening gestation period. Some of the biographical detail was gleaned from interviews with his sister Ann, wife Nellie and Mary Maclean, Grimsay, for a BBC radio programme in 1988. Much of the insight into the bard's creative process came from an interview he recorded with Donald A. MacDonald of the School of Scottish Studies (preserved on video by Ishabel T.).

Margaret Campbell (the bard's daughter) held a treasure trove of material, including the original ms. for *Sguaban Eòrna*. Donald MacDonald, Oban, (the bard's nephew) produced an authentic complete manuscript of *Oran a' Bhirthday Party*.

Donald MacNeil, Daliburgh, knows many of his stepfather's works by heart and was a fount of background knowledge. Peter Bowie, Howbeg, was another invaluable source of information on names, incidents and places in the songs.

The translation of *Moladh Uibhist* and some of the hymns is based on the work of my old friend John Campbell, Castlebay.

I was fortunate also to be able to draw on the expertise of Fred Macaulay, Ronald Black and John MacInnes. My thanks to Charmian Mocatta, who designed the map, for her advice on type-faces and layout.

Finally, this work would never have come to fruition but for the encouragement of Ian MacDonald of the Gaelic Books Council. Despite countless other commitments, he also undertook, together with Murdo Nicholson, the mammoth task of proof-reading the resulting book. My thanks to him for his hawk-eyed vigilance - and unfailingly polite attempts to impose some academic rigour on the worst excesses of the editor's totally unreconstructed Gaelic style.

Bill Innes   1998

Introduction

I first met Donald John MacDonald after his return from the war while I was still a schoolboy in South Uist. At that age my fancy was caught by the light-hearted ceilidh songs such as *Oran a' Pharsail* which were the social commentary of the time. While I was at school at Fort William we corresponded occasionally and I still have most of an original manuscript of his translation of Gray's *Elegy* which he sent me. At some stage in the many moves of the intervening decades the first page went missing, so I was mightily relieved to discover a faded rough copy amongst his papers when embarking on this enterprise. His poetry, pulsing with the music and rhythm of the familiar South Uist dialect, brought alive for me the power of Gaelic bardic verse in a way that the dead works I was studying at school had up to then failed to do.

He has my eternal gratitude.

Biography

Donald John MacDonald was a harum-scarum, truant-playing teenager impatient to leave school at fourteen, having shown precious little sign of any academic bent. Apart from the war years incarcerated in a German prisoner-of-war camp, he spent his life on the island of South Uist. Yet he was to evolve out of the bardic tradition into a poet who deserves to rank with the greatest that Gaelic has known.

He was born in Peninerine on the 7th February 1919, the third of a family of four. If heredity is of any importance to a bard, he was favoured on both sides. His father was the famous *seanchaidh* (story-teller) Duncan MacDonald, *Donnchadh mac Dhòmhnaill 'ac Dhonnchaidh* (originally from Snishival), who traced his ancestry back through North Uist to Skye and the MacRury bards of Clan Donald. His mother Margaret (also born in Snishival) was a sister of Donald Macintyre, *Dòmhnall Ruadh Phàislig*, the Paisley bard whose maternal grandfather was Angus Maclean, *Am Piobaire Bàn*.

Until recently Snishival was a deserted village. At the turn of the century it had about twenty crofts on poor moorland that would barely support one decent living by today's standards. Yet it was a teeming storehouse of Gaelic tradition and culture which had produced not only Donald Macintyre and Duncan MacDonald but also Duncan's aunt Mearag MacCuish, *Mairi Nighean Alasdair 'ac Dhòmhnaill* (see K.C. Craig's *Orain Luaidh*). [1]

Duncan's family moved to a croft[2] in Peninerine in 1907 when the tack was broken up. He married Margaret in 1913 and they had four children:

- Donald Eòin (1913-1934) - an academically gifted boy who went via Daliburgh Higher Grade School to Fort William Senior Secondary. In Fourth Year there he was being coached by the headmaster in Latin and Greek but contracted TB and died in a sanatorium in Invergarry aged 21.
- Kate (1916-1996) married Alasdair MacDonald, *Ailig Beag*, from Eochar and moved to Howbeg. She had five children: Margaret, Donald James, Duncan, Angus John and Annabel.
- Donald John (1919-1986). He married (1954) Nellie MacNeil who had three children of her own: Donald, Janet and Donald John. Their daughter Margaret was born in 1955.
- Ann (1923-1993). Had a vast repertoire of traditional songs. Her son Donald now lives in Oban.

Despite the four year age gap, Donald John and his sister Ann were very close, sharing a similar irrepressible spirit of fun which often led them into mischief. However, their contact with their father was minimal. Duncan's work as a stonemason and his story-telling[3] entailed frequent absence. His younger brother Neil (who shared the family home) had a much more powerful influence. The youngsters often assisted Neil the joiner who worked at home: "*Och, 's e Niall a thog sinne...*" [It was Neil who raised us...] Ann said in an interview I did with her for a radio programme on Donald John's work. Fortunately for them, Neil's knowledge of Gaelic folklore may have been even richer than his brother's. However, he was much shyer than the extrovert Duncan, so this fact was never appreciated by the many collectors who beat a path to Duncan's door.

Donald John's first experience of English was in Howmore School, a one-and-a-half mile walk away via the machair road. Ann confirmed his own admission in *Feasgar Beatha* that he was a very reluctant scholar.

> Bha sgoil Hogh Mòir na cuis-ghràin leinn
> 'S chan fhaighte leisgeul ga fàgail;
> Bu tric a theich sinn a Hàrsal
> 'S a-mach gu h-àrd air a cùl.

> Howmore School we detested
> But could find no excuse to leave;
> We often played truant to Haarsal
> And out to the heights beyond.

Donald Bowie, *Dòmhnall Mòr Dhòmhnaill Phàdraig,* was a willing accomplice in the mischief. According to Ann, their favourite ploy was to 'borrow' the estate rowing boat for an afternoon sail on Loch Druidibeg.

> Ach dh'fheumte nochdadh a-màireach
> 'S bhiodh Calum crost' a' cur fàilt' oirnn
> Le seachd no h-ochd dhe na stràcan
> A dheanadh àilltean nar duirn.

> But we had to turn up next day
> And angry Calum would welcome us
> With seven or eight strokes
> That raised weals on our hands.

Small wonder that at age fourteen Donald John was happy to trade school for the arduous work of the croft. After the unfortunate experience of his elder brother, there was no parental pressure to continue his education in faraway Fort William - despite his obvious intelligence. But there were compensations as he revelled in the music and stories of the lively ceilidh culture of the time.

From his uncle Neil he soaked up folklore and the poetry of the great masters. Because of the North Uist connection, the works of John MacCodrum in particular made a strong impression on the teenager, as he mastered the complex rules of bardic meters and rhyme schemes dating back to the 17th and 18th centuries.

At age eighteen he and his boon companions joined the Militia which offered a chance to see something of the mainland at annual camps. When war was declared two years later they were agog with excitement.

"At last!" he exclaimed to Ann when the news broke. His later poetry aches with nostalgia for the lost happiness of those teenage years spent in what he perceived as a golden age of Gaelic culture.

The dream of excitement was short-lived and the awakening brutal. In June 1940 the Highland Division, unable to reach the beaches of Dunkirk, was abandoned to its fate within sight of the British ships in the Channel. Surrounded by Rommel's nine divisions (with only rifles against tanks), they were ordered to surrender to avoid waste of life. The command to lay down arms had to be repeated as men balked at the shame of giving up their weapons. In his short book *Fo Sgàil a' Swastika* (Club Leabhar 1974) Donald John has left an account of the hardships and privations of his years as a prisoner. Hunger and hard labour in quarries and salt mines undoubtedly affected his health but, on the credit side, he experienced companionship and loyalty - even in the face of death.

"I learned more in those five years than I could have in eighty years of ordinary living, " he said.

Interestingly, he had no hatred of the German people. Although some of their leaders descended to the depths of Satan's angels, he often said that he found the ordinary people much like the Gaels in their interests in culture and music. He felt he had more in common with them than the French - or the English!

After the war he returned to the croft in Peninerine. At the age of 29, his *Moladh Uibhist* won him the Bardic Crown at the Glasgow Mod of 1948 - exactly ten years after his uncle Donald Macintyre had been similarly honoured. The prize also included the Ailsa Trophy (still awarded for poetry, although bards are no longer crowned) which he saluted in *Cuach na Bàrdachd*.

Shortly afterwards he started a correspondence with Mary Maclean of Grimsay - herself a bard. Visiting North Uist was a tedious affair in those days before the causeway was built. There was little public transport and Donald John often set off on foot for Benbecula and the North Ford. Nevertheless their friendship ripened into romance and they became engaged after Mary herself was crowned Bard at the Edinburgh Mod of 1951.

In those less tolerant times Mary was put under some pressure for associating with a Catholic (although apparently the religious differences did not trouble Donald John). She was also reluctant to lose her independence and eventually broke off the engagement. She never married.

Donald John's next door neighbours in Peninerine were the brothers Angus and (another) Donald John MacDonald, *Clann Alasdair Thàilleir*. Their niece Nellie (Neilina) MacNeil kept house for them and her reputation as a generous hostess had helped to make their home a favourite ceilidh rendezvous (see *Oran na Fuaraig*, p. 164). In 1954 she and the bard were married and their daughter Margaret (now Campbell) was born in 1955.

Although Donald John remained a crofter in Peninerine for the rest of his life, he did invaluable work collecting folklore. He was lent one of the first tape recorders to be seen in South Uist (on which I first heard my own voice). The renowned collector Calum MacLean (brother of Sorley) paid generous tribute to the bard's ability as a folklorist and the School of Scottish Studies holds over twenty volumes of material collected by him.

His first book of poetry *Sguaban Eòrna* (Club Leabhar) was published in 1973 and is long out of print. Fortunately it was possible to consult the original manuscript for the present volume.

An account of his wartime experiences *Fo Sgàil a' Swastika* (Club Leabhar) followed in 1974. *Uibhist a Deas* (Acair), which appeared in 1981, contained some observations on the history and tradition of his native island.

Some of the post-1973 poems appeared in *Gairm* and the *Stornoway Gazette*. He also composed several hymns which have become very popular. Their music (mostly by Ishabel T. MacDonald) can be found in the hymnal *Seinnibh dhan Tighearna* (1986) which also contains some of his translations. However, his talent for translation is better demonstrated by the masterly version of Gray's *Elegy* which he completed in the late '40s.

I had occasion to call on his skills in 1981 when presenting the series *Obair Opera* for Gaelic radio. As part of a bridge-building exercise, it was decided to have arias sung by well-known Gaelic singers. Like so many Islanders, Donald John had had no exposure to classical music. It is a tribute to his intellectual curiosity that, when I played some arias which might be suitable candidates for translation, his eyes lit up and he embraced the challenge with enthusiasm. For the translation of *Voi Che Sapete* from *The Marriage of Figaro* in this book he composed three different versions of *Nighneagan Oga*. The other aria from *Obair Opera* in this book has a different provenance. *O Eist agus Tionndaidh* is an original love duet which he set to a Verdi tune from *Luisa Miller*.

Mary Sandeman made *Nighneagan Oga* part of her repertoire and recorded it twice. Such was the bard's modesty that, when I told him that she had sung his words to an audience of more than 5000 in the Albert Hall, he found it difficult to accept his connection with such an event.

Unassuming though he may have been when dealing with the alien concept of opera, when it came to his own work he was much more self-assured. He was his own sternest critic, so the judgement of others, positive or negative, was relatively unimportant. If he himself was satisfied with a piece, then that was sufficient.

In 1986, while accompanying Nellie to the Western Infirmary in Glasgow, his own condition gave sufficient concern for him to be admitted for observation. Although considered well enough to be allowed out at the weekend, he died suddenly on 2nd October. He is buried in Ardmichael cemetery and commemorated jointly with his uncle Donald Macintyre on a monument on the A865 main road at Snishival.

The Poetry

The bard's output ranged from doggerel to the metaphysical. By including the former and some of the run-of-the-mill early poems there is a risk of devaluing the truly great. However, the humorous songs bear witness to a vanished way of life and it is hoped that this astonishingly versatile range of material may hold something for everyone.

Apart from the opening *Chì Mi*, an attempt has been made to arrange the poems in some semblance of chronological order, so that his development can be studied. However, he did not date his manuscripts and his original book *Sguaban Eòrna* (1973) was not arranged chronologically. Apart from poems inspired by known incidents, therefore, it has been necessary to rely on internal evidence and an element of guesswork in deciding the final running order.

The area in which he was born was rich in the traditional culture of the Gael and noted for the melodious quality of its spoken language. Within his own family he not only acquired a vocabulary encyclopaedic by today's standards but was also exposed from an early age to the work of the great Gaelic bards. Because of the family North Uist connection, John MacCodrum became his most important early influence. Despite the isolation of island life, however, there was nothing insular about the oral tradition. As well as obvious MacDonald bards such as *Alasdair Mac Mhaighstir Alasdair* and *Iain Lom*, poets as varied as Duncan Macintyre, *Donnchadh Bàn*, and Mary MacLeod, *Màiri Nighean Alasdair Ruaidh*, worked their spell. Closer to home, his uncle Donald Macintyre was an obvious source of inspiration.

Robert Burns also had an important influence on many Gaelic bards. Donald John does not seem to have followed Donald Macintyre's example in translating Burns. However, he paid tribute to their distinguished predecessor in a poem (p. 212) set in the favourite Burns metre of Standard Habbie which he used again in the patriotic war cry of *A' Chrann-Tàra*. In addition his *Don Lacha* is clearly modelled on the Burns pattern of extracting a deeper moral from a simple rural incident.

Donald John remembered stringing a few lines of doggerel together at the age of 12, but as with many other poets (including Burns) it was probably teenage love which awoke his early muse. (According to his sister Ann the early love songs owed more to poetic licence than real romance.)

There were also conventional eulogies to his native island, while his bubbling sense of mischief and fun ensured that the little incidents of island gossip were pounced on and caricatured for the benefit of the ceilidh audience in the light-hearted songs he called *dramalaichean*.

The years in the prison camp gave him the opportunity to compose with a maturity of perspective he might not have achieved at home. In the traditional manner, these early works were committed to memory and not written down till after the war. *Moladh Uibhist* (which was to win him the Bardic Crown) was half-completed in Germany and added to after his return.

Introduction

While it is a curiously uneven work (possibly the result of
piecemeal composition) it is an astonishing achievement for one
in his early twenties - a metrical tour-de-force (see p. xvi) with a
richness of Gaelic that few academics could match. Donald John
said that, until he won the crown, his father had been rather
dismissive of his early poetry.

Like many other intelligent Islanders, he made up for a lack
of formal schooling by wide reading. There was a strong belief
among traditional bards, however, that their talent was a gift
independent of education. As his contemporary Donald Allan
MacDonald said:

"*Chan eil de dh'fhoghlam air an t-saoghal a dhèanadh duine na bhàrd...*"
['There's not enough education in the world to make a man a
bard...'] [4]

In his philosophical statement *Feasgar Beatha*, Donald John
made a typically modest disclaimer:

> Ged is mise tha sgrìobhadh na bàrdachd
> 'S ged 's ann nam inntinn a dh'fhàs i,
> Chan ann bhuam fhìn a tha'n tàlann
> 'S e Rìgh nan Gràs a th' air stiùir .

> Though I write the poetry
> And it grew in my mind,
> The talent is not my own
> The King of Grace is the guide.

Space does not permit the in-depth technical analysis of
traditional Gaelic poetry which may be found in, for example,
Professor Watson's *Bàrdachd Ghàidhlig*. However, some points are
worth making:

a) In the oral tradition, poems were usually set to a tune for the
very good reason that it is much easier to remember a song.
The bard heard all of MacCodrum's works *sung* by his father
and uncle. Note that it was common to recycle older tunes.
This practice is sometimes condemned by Mod adjudicators
who object to hearing alternative words to a familiar tune.
There is no guarantee, however, that a well-known set of
words has first (or best) claim to any particular air. More
importantly, if a bard composes to such-and-such a tune
(however hackneyed) then it should be accepted as a vital
influence on the work. Robert Burns was an enthusiastic

practitioner of the art of recycling, although many of his songs are nowadays sung to airs different from the 'originals'. It will be seen that Donald John based many of his early songs on popular tunes, but it was also traditional for singers to embroider and vary the musical line.

b) Internal rhyme (based on vowel sound in Gaelic) was an important ingredient for similar practical reasons. *Comhardadh* or consonance is the standard end-rhyme that we are familiar with in English and may occur between the final words of lines, couplets or quatrains. *Uaithne* is internal rhyme between any word in a line and a similar placed word in the next line. *Aic(h)ill* is the particular variation where the last word of a line has a rhyme in the middle of the next line. This latter was an invaluable aid to memory when poems could run to several hundred lines. These metrical constraints imposed a demanding discipline, of which bards such as Donald Macintyre were often more skilled exponents than many illustrious giants of past centuries. Both Donald John and Donald Allan MacDonald also believed these techniques to be essential in Gaelic poetry. It is a measure of the art of all three men that their verse flows so naturally and colloquially that we are rarely made aware of the rules that govern their choice of words.

This example from *Na Gillean nach Maireann* (1940) shows how well Donald John had mastered the techniques by the age of 21:

> Thuit à Uibhist gillean <u>uasal,</u>
> Eadar Deas is <u>Tuath bha</u> 'n *àireamh*
> Gillean grinn an tùs an <u>òige</u>
> Cuid nach d' fhuaradh <u>beò neo</u> *bàs dhiubh.*

> There fell from Uist noble lads,
> From South and North the numbers
> Fine men in first flush of youth
> Some never found alive or dead.

So we have *aicill* between *uasal* and *Tuath bha* and *òige* and *beò neo.* In South Uist speech *mh* is sounded as 'w' rather than 'v', so that *àireamh* and *bàs dhiubh* both rhyme with 'yew'. In addition there are two examples of *uaim* or alliteration in <u>G</u>illean <u>g</u>rinn and <u>b</u>eò neo <u>b</u>às (the unstressed *neo* does not count).

His application of these rules is so conscientious that pronunciation of rare words can often be deduced, although occasionally rhyme takes precedence over grammatical correctness!

He was to go on to demonstrate a virtuosic command of a wide variety of traditional metres. One of the most interesting is the strophic *iorram* which he reserved for such important long poems as *Moladh Uibhist, Uaigh a' Choigrich* and *Smaointean aig Seann Eaglais Hogh*. The verses are arranged as twelve lines composed of four triplets. The triplets can be looked on as rhyming lines of eight (occasionally nine) syllables with an extra three syllables tagged onto the third line. This example is from *Moladh Uibhist*:

> Tha mhais' an <u>cois obair nàdair</u>
> Dhomh fhìn na <u>bhrosgal ro làidir</u>
> Gus fuireach <u>tostach an sàmhchair</u> / neo-bheòthant'.

Note the discipline the bard imposed on himself. The last five syllables of each line rhyme - and each of the three-syllable tags rhymes with the others *throughout the poem*. In the case of *Uaigh a' Choigrich* that means the tag rhyme occurs 68 times, with few repeats!

Similar metres were used in the 17th century by such as Mary MacLeod, *Màiri Nighean Alasdair Ruaidh*, and Iain *Lom* MacDonald, but generally their basic pattern was of six or seven syllables with a tag. Donald John used such a line in *Innse Gall*. His closest model for the longer variant might be the last section of the great epic poem *Aeòlus agus am Balg* with which that master of metre Donald Macintyre won the Bardic Crown in 1938: [5]

> Chaidh a' <u>ghaillionn gu bùirich;</u>
> Chaidh an <u>fhairge gu fùistneadh</u>
> Is chaidh a' <u>charachd air iùbhrach</u> / nan tuathach....

This is similar to Iain Lom's *Iorram do Bhàta Mhic Dhòmhnaill* (sung by William Matheson on the School of Scottish Studies cassette *Gaelic Bards & Minstrels*). However, the basic line length is seven, occasionally eight, syllables (varying line lengths could be accommodated quite easily by traditional singers) so the question of whether Donald John's extra syllable per line in the major works mentioned above was his own variation remains unresolved. We do know that he persuaded Mary Maclean to try the longer line on the grounds that it was easier to work with. She deployed it in *Do Bheinn Eubhal* to such effect that she too was crowned Bard in 1951.

Regardless of whether it was an original variation, Donald John demonstrated such mastery of the metre's demands while still in his twenties that the use of the word 'genius' does not seem excessive.

He left intriguing insights into the art of composition. Inspiration could strike at any time - often while he was working on the croft. It is an interesting fact that many of the Uist bards were stone-masons or builders. Just as some of Robert Burns's most famous poems were composed while involved in the routine of ploughing, so their minds too could be active while their hands were otherwise engaged in repetitive solitary work .

Donald John's muse was as a voice speaking clearly and audibly inside his head. Not being blessed with his father's recorder-like memory, in later years he often carried pencil and paper to transcribe these easy-flowing inspirations. Thus he could put a poem down in a few minutes, but if he had to complete it later he sometimes found the task more laborious. This may explain the unevenness of some of the early long works.

His wife Nellie confirmed that inspiration could sometimes strike in the middle of the night. As he got older he found it necessary to put the light on and write down these fleeting thoughts which otherwise might be forgotten by morning. Amongst his papers are many verses scribbled on scraps of paper. The astonishing feature is the rarity of corrections or evidence of second thoughts, no matter how rough the copy. He was also blessed with Wordsworth's "inward eye, which is the bliss of solitude", for he could visualise a scene in his mind in the vivid colours of real life. He was twenty before he realised that others did not share this gift.

The skyline of the little village of Peninerine is dominated by the three main peaks of South Uist and the sound of the adjacent Atlantic ocean is ever-present. Small wonder that these were continuing influences in his poetry.

As he matured, ever stronger emotions surfaced. After the war there was strong reaction to the deprivation and lack of opportunity in his native island. To Donald John it was a microcosm of his country which he felt had become a mere playground for the English. Ever-increasing resentment of the southerners who fished Loch Roag before his very eyes fed rampant Scottish Nationalism. *Oran an Fheamnaidh* starts with rueful self-mockery as he struggles to load seaweed for fertiliser but soon turns to more powerful polemic:

Ged mhaoladh m' fhiaclan as aonais diot ann
Chan fhaod mi lìon chur air iasg Loch Ròdhag;
'S gach maor ls laila tha 'n gaoth na Crìoodachd
Gu faod iad iasgach gum miann fom shròin ann.

A Bhrusaich stàiteil, nam biodh tu 'n-dràsta
Ri faicinn càradh nan Gàidheil chòire,
Fo bhinn nan tràillean a mhill ar nàsain,
Tha tir nan àrd-bheann aig pràig fom brògan.

Though my teeth should blunt without a meal.
I may not net Loch Roag's fish;
While every bailiff and earl in Christendom
Can fish as they like under my nose.

O noble Bruce, if you were now
To see the plight of the proud Gaels,
Ruled by wretches who ruined our nation,
The land of the bens taxed under their boots.

Much though Donald John resented the English domination of his country, English poet Thomas Gray struck a chord with his tribute to the "rude forefathers of the hamlet" denied the opportunities of life. Gray's *Elegy* expressed the plight of many able islanders such as Donald John and his masterly translation of it achieves the remarkable feat of preserving the original rhythm while complying with Gaelic internal rhyme rules.

The equivalent in his own work must be *Uaigh a' Choigrich*, written at the then neglected grave of an unknown sailor buried outside the old Howmore graveyard. Originally this had only seven verses but it was also part of the tradition for a bard to explore every facet of his subject to exhaustion. The published version has seventeen verses of twelve lines each. The later additions were mainly philosophical but, to correct any earlier

Introduction

implication that his second thoughts might be inferior, it must be pointed out that they also included some of the most beautiful lines he ever wrote.

A ghaoth nan speuran, bi bàidheil,
'S bi tighinn gu rèidh thar an t-sàile
'S bi tighinn le sèideag mu bhàrr an tom feòir seo,
'S, a ghath na grèine as àille,
Bi laighe sèimh agus blàth air
Far bheil an creutair seo tàmhachd na ònar;
'S, a shòbhrach mhàlda nam bruachan,
Bi thusa fàs air an uaigh seo,
Bho nach eil làmh ann le truas chuireas ròs air;
'S nuair thig an t-àm anns an d' fhuaradh e
H-uile bliadhna mun cuairt oirnn,
A chòisir eunach nan duan, seinnibh ceòl dha.

O wind of heaven, be kind,
Come soft over the sea,
Blow gently across this grass mound;
Loveliest rays of the sun,
Touch mild with your warmth
Where this poor creature lies all alone;
Modest primrose of the braes,
You will grow on this grave
As no pitying hand lays a rose
And as the time he was found
Each year comes round,
You choir of songbirds, sing in his praise.

The Uist *blas* was an integral part of his verse and his own spelling reflected colloquial South Uist usage which is not always compatible with current orthography used in this book. Note for example that that *às* (out of) and *dèan* have accents which can distort the rhythm of the line for the unwary reader. The first rhymes with *blas* and the context often requires that *dèan* be shortened to the same sound as the Gaelic *den*. In the nominative of words such as *eilean, seillean, daoimean* etc. the bard used an -*ein* suffix which reflects the colloquial pronunciation of Uist and Barra. To avoid confusion, the conventional spelling has been used.

The ms. also confirms that he usually dropped the final letter of *nam, nan, an* and *am* before words beginning with consonants

Introduction

such as f, l, r and s, so the forms *na'* or *a'* have been retained to respect his characteristically colloquial flow of sound.[6]

Another important feature of his style is the use of hyphenated compounds for emphasis or finer shade of meaning. Note that where part of such a compound is unstressed, the sound is shortened. The bard omitted grave accents to indicate this and his wishes have been respected. He would also add accents to such words as *bha* and *tha* where the rules of rhyme required extra emphasis, but it seemed less essential to retain these.

From early in the post-war period his poetry ached with nostalgia for childhood innocence and the strong community spirit of a vanishing way of life. With maturity emerged a much deeper thinker who pondered the great issues in melodious Gaelic. As he moved away from the bardic metres he honed his style to express his philosophy with an elegant economy still rooted firmly in what Sorley MacLean called the "natural realism"[7] of Gaelic imagery. Music was no longer necessary. In his own words:

"Bha uair a bha sinn a' deanamh òrain airson an gabhail - tha sinn a-nist a' sgrìobhadh na bàrdachd airson a leughadh..."

['Once we made songs to be sung - now we write poetry to be read...']

While these later works are perhaps the more likely to interest the modern reader, the short poem *Snaoiseabhal* is a fine example from the transitional period. Though still observing traditional structure, it manages to condense the whole tragedy of the impact of clearances and emigration on the then-deserted village of Snishival into 28 lines of vivid imagery.

Thusa is one of the most passionate expressions of erotic love ever written in Gaelic - light years removed from his early love songs. In the miniature masterpieces *Chì Mi* and *A' Chuairteag Dhonn* (in which he experiments with line structure) the powerful passions of youth are recalled from the relative tranquillity of middle age.

While his fervent Scottish nationalism found expression in the rallying cries of *An Clàrsair* and *A' Chrois-Tàra,* his own experience had made him strongly anti-war. *An Carragh-Cuimhne Cogaidh* and *Flanders* lament the forgotten sacrifices of his and the previous generation. His conviction that the Highlands had paid a disproportionate price for wars made in Whitehall perhaps explains some of his bitterness towards the English. Written in the cold war era, *Na Neòil, Poland* and *Cogadh na Sìth* are powerful indictments of man's thirst for conflict, while the tragic violence of Ulster is condemned in the cogent metaphor of *Uilebheist Ulaidh.*

Unsurprisingly, given his strong Catholic faith, he was particularly troubled by the massive increase in abortion after the change in the law in 1967. While there were eloquent advocates aplenty for the rights of women, the unborn had no voice. A bard could speak for them, however, and *An Guth à Broinn na Màthar* is all the more powerful for the simplicity of its language.

In his forties he turned more and more to religion as a refuge from the sea of troubles which beset the modern world. By his early fifties he was already pondering the march of time and speculating on the hereafter. His works were often quoted from the pulpit but the fervent Christianity which informs so much of his work was never a narrow creed:

> Cùm nad chuimhne gu h-àraid
> Gur Dia a chruthaich do bhràthair,
> 'S co-dhiù 's ann dubh no 's ann bàn e,
> Nì 'n t-anam deàrrsadh gun smùr:
> 'S ged nach d' fhuair e do shaidhbhreas
> Na rinn duin-uasal le loinn dheth,
> An sùilean Dhè nì e soillseadh
> Mar ghriogag dhaoimein 's i ùr.

> Always remember especially
> That God created your brother,
> Be he black, be he fair,
> The soul shines without stain:
> Though he have not the means
> To be a fine gentleman,
> In God's eyes he will gleam
> Like a diamond new-cut.

These lines were chosen for his plaque on the monument at Snishival which he shares with his uncle Donald Macintyre.

However, the poem that is the apotheosis of his art harks back to the old Celtic religion, while asking the questions that

Introduction

have troubled philosophers through the ages. *Mi Fhìn 's a' Bheinn* can be translated as either *The Mountain and I* or *Myself in the Mountains*. On its own it would justify the claim at the beginning of this foreword that Donald John MacDonald deserves to rank among the Gaelic greats.

He was sensitive to the criticism that the very richness of his vocabulary made his work less accessible to modern Gaelic speakers - even in his own island. Perhaps for this reason, he appears to have deliberately adopted a simpler and more conventional style in his hymns. Significantly, they are nowadays the best known of his works.

While this collection contains twice as much material as his first book *Sguaban Eòrna*, a few early run-of-the-mill works have been omitted on the grounds that he himself did not deem them worthy of inclusion there. Others may have been lost with the decline of the oral tradition. It is possible that some such may reappear after the present book goes to print. However, the second half of this volume consists mainly of works which he passed in manuscript to Ishabel T. MacDonald. We can assume that it is these that *he* wished to be remembered by.

The Translations

In the hope that this book might be useful to students, the aim was to provide line by line translations which are as literal as possible, while trying to convey something of the felicity of the bard's choice of words. Occasional liberties have been taken in the interests of English idiom, but only rarely has it been necessary to change the order of lines to avoid clumsiness of English structure.

It is a cliché that poetry is the bit lost in translation. Nowhere is that more true than in Gaelic traditional verse where the onomatopoeic sound of the words was such a vital part of the art. The rules of internal rhyme discussed above clearly affected the bard's original choice of vocabulary, although his talent ensures one is rarely conscious of contrivance. These factors render the early pieces the most difficult to translate - particularly as much of the language used is no longer the common currency of the modern Gael and many words have dialect applications which are ambiguous. As mentioned in the previous section, he often created his own compounds by linking words with hyphens to convey a more precise shade of meaning or for emphasis. He also used the hyphen for such superlatives as *ro-mhaiseach* 'very beautiful', where *ro mhaiseach* would be 'too beautiful'.

Where Dwelly's dictionary failed, Fr. Allan McDonald's *Gaelic Words and Expressions from South Uist* and the vocabulary to Donald Macintyre's *Sporan Dhòmhnaill* were often invaluable, but some words had to be tracked back to Irish. (It is a sobering reflection of the deterioration of spoken Gaelic in this century that the bard's remarkable vocabulary came not from books but from the oral tradition within his own family.) Inevitably some errors and omissions may escape the proof-reading process.

However, these early works should be judged not by their translations but rather by the sound of the Gaelic when sung or read aloud. It has to be stressed that the South Uist *blas* is an integral part of their effect.

Generally, definite and indefinite articles have been dropped where possible to simplify the flow. In addition the bard often indulged in the traditional singer's custom of starting lines with *'S* (the shortened form of *agus* or *is*). In colloquial Gaelic poetry this can be used to add emphasis without contributing to the syllable count whereas in English 'and' is thought to weaken the structure. Therefore, most such occurrences have been ignored in translation.

In general there has been no attempt at English rhyme except for *Taigh a' Bhàird* and *Guth à Broinn na Màthar* which seemed to fall naturally into a semi-metrical form. If the reader finds the result too McGonagall-like, then the fault is mine.

As the subject-matter broadened from its traditional base and his style evolved to deal with the great issues of our time in a leaner modern form, so the task of translation became easier. It is hoped that the universal message of these later works will have an impact even for those who have no Gaelic at all.

Bill Innes 1998

Introduction

Notes

[1] *Orain Luaidh Màiri Nighean Alasdair* (A. Matheson 1949)

[2] Apparently Duncan moved in with his brother Neil who had the croft first.

[3] KC Craig's *Sgialachdan Dhunnchaidh* (Matheson, 1944) has five tales from Duncan Macdonald's vast repertoire. Folklorists sometimes refer to him as *Donnchadh Clachair* (Duncan the Stonemason), but he was known locally as *Donnchadh Mac Dhòmhnaill 'ac Dhonnchaidh.*

[4] Donald Allan's most famous song is the classic *Gruagach Og an Fhuilt Bhàin.* For an analysis of the making of a bard see Fr. John A. MacDonald's excellent dissertation - *The Poetry of Donald A MacDonald* (Transactions of the Gaelic Society of Inverness Vol. LVIII p. 32).

[5] Donald Macintyre's great epic *Aeòlus agus am Balg* (all 710 lines of it) can be found in *Sporan Dhòmhnaill*, p. 61 (Scottish Gaelic Texts Soc., 1968).

[6] The editor accepts full responsibility for this flouting of the advice of his distinguished proof readers - in order to protect the all-important flow of sound in the poetry. It cannot be taken for granted that all modern readers would be familiar with a common colloquial oral practice.

[7] Traditional Gaelic poetry deals with nature and emotion in concrete images. Sorley MacLean dismissed the fey "Celtic Twilight" concepts of such as Kenneth Macleod (who translated lyrics for Marjory Kennedy-Fraser) in his essay *Realism in Gaelic Poetry* (Transactions of the Gaelic Society of Inverness, Vol. XXXVII 1934-36. Reprinted in *Ris a' Bhruthaich* - Acair, 1985).

Clàr-innse

Illustrations

Before the War
The bard's birthplace
Pre-War Sunday
Pre-War army camp
Return from the War
The later years
Donald John is crowned bard
The bard in1981
DJ and Nellie at the Gaelic Books Council van
Unveiling of the memorial cairn

Before the War: Donald John, Donald Bowie and Ewen Morrison c.1939

The bard's birthplace - centre right. Centre left is the house where Nellie was
housekeeper - later the home of Alasdair Maclean (See p. 316). The skyline is
dominated by Ben More (Gèideabhal) with Ben Corodal on the left

Pre-War Sunday: Back row - Donald Bowie, Ewen Morrison, Donald John
Front - Ann (bard's sister), unknown, Isabel Maclellan, Kate (sister)

Pre-War army camp: Back Row - John Walker, Daliburgh, unknown, Ewen Morrison
Front row - Donald Mor Bowie, Donald John

Return from the War: DJ in 1945

The later years

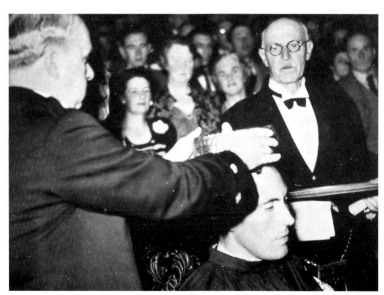

Donald John is crowned Bard of An Comunn Gàidhealach at the
Glasgow Mod in 1948. General Secretary Neil Shaw looks on.

The bard in 1981

. . . and with Nellie at the Gaelic
Books Council van in 1982

Unveiling of the joint memorial cairn at Snishival (10th October 1996) by
Margaret Campbell (Donald John's daughter) and Morag Cumming
(Donald Macintyre's eldest daughter).

Chì Mi

I See

1. Chì Mi

Cho fad 's a b' urrainn dhuinn, chuireadh a' bhàrdachd anns an òrdan sgrìobhaidh. Ach, aig toiseach-gnothaich, dàn beag coileanta mar bhlasad air ìre-comais a' bhàird anns na bliadhnachan mu dheireadh.

Chì mi thu tro cheò na h-ùine,
Dusd na tìm a' seacadh ùr-bhlath
D' òige; ach an cridh' mo chrìdh'-sa,
Dath nach searg san dealbh a chì mi.

Chì mi anns an ròs do shamhla,
Droigheann geur do ghaoil gam lannsadh,
Mar an ubhal sa chraoibh a b' àirde,
Fad' bhom laimh is mi gun fhàradh.

Tha 'n cuan fhathast romham sgaoilte
'S mi gun bhàta, ràmh no taoman;
Tha bheinn gam chuireadh bhom ìsle
'S mi gun anail son a dìreadh.

Càit a' faigh mi 'm mèinn mo dhòchais
Aislingean leth-tromach m' òige?
Fhathast bhuam iad air fàire,
Gun ach m' fhaileas fhìn mar nàbaidh.

Dh'abaich am meas a bha uaine,
Tha e deas don fhoghar bhuana;
Cuirear a shìol san ath Mhàrt-mhìos -
Beath' ag ùrachadh à bàs dhuinn.

1. I See You

Although the poems are laid out in approximately chronological order, this nostalgic love poem so encapsulates the qualities of the bard's mature style that it has been set here to tempt the random reader.

I see you through the mist of time,
Dust of age withering the fresh blossom
Of your youth; but in the picture I see
In my heart of hearts, the colour never fades.

I see in the rose your likeness,
Sharp thorns of love piercing me,
Or as the highest apple on the tree,
Out of reach for one without steps to climb.

The sea spreads wide before me still
And I without boat or oar or baler;
The mountain invites me from my lowlands
But I lack the breath to climb.

Where will I find the mine of my hopes,
Those intense dreams of my youth?
They are far away on the horizon
With only my pale shadow for company.

The green fruit has ripened,
Ready for the autumn harvest;
Its seed will be sown next spring -
Life reborn out of death for us.

2. Oran Gaoil

Sgrìobhadh an t-òran seo bhon t-seinn aig Anna, piuthar a' bhàird. Bha ise den bheachd gur e seo fear de na ciad òrain a rinn e riamh - ron Chogadh.

Am fonn: *Fear a' Bhàta*

Hug i ri ò is hug i ò ro eile,
Hug i ri ò is hug i ò ro eile,
Hug i ri ò is hug i ò ro eile,
'S i mhaighdean òg thug dhomh bhòid a lèir mi.

Gur tric mi cuimhneachadh 's mi nam òige
An gaol a thàlaidh nam phàistean òg mi,
Mo chridhe snàmh ann an gràdh an còmhnaidh
Don ghruagaich bhàin, ged a dh'fhàg i chòrr mi.

Do mhaise, dùbailte gun cuir mi sìos i
Gu bheil <u>nam</u> shùilean a cruth cho dìomhain;   (*nad* on tape)
Do chuachag lùthsail na lùban fìorghlan
'S e sìos mud ghuaillean na chuailean chiatach.

'S e d' aghaidh mhàlda cho teann a bhuair mi
'S a dh'fhàg mi fann 's cuid dem shùim thoirt uam leis;
Do dhà shuil mhìogach fo mhìn-rosg buaidheach
'S do mhala chaol a' cuir aoigh is buaidh ort.

'S bu deiseil dìreach air ùrlar danns' thu,
Do chruth cho fìnealta, aoigheil, màlda,
'S am measg nan nìghneag gum biodh tu ann leam
Mar dheàrrsadh grèin' tighinn o slèibh nam beann oirnn.

Is càit a' faic mi air feadh an t-saoghail
Cho àlainn snuadh ris a' ghruagaich aoigheil?
'S e thogadh sunnd orm, a rùin, 's mi 'm aonar,
Bhith nochd riut dlùth ged as dùrachd fhaoin' e.

Ach ma dh'fhàg thu mi a-nist air dìochuimhn',
Ceud soraidh slàn leat, gur fhèarr dhomh strìochdadh;
Ach gus an càirear sna clàran sìos mi,
Bidh mhaighdean àlainn ud blàth nam bhriathran.

2. An Early Love Song

This song was transcribed from the singing of the bard's sister Ann. She said it was one of his first songs, composed before the war.

Tune: *Fear a' Bhàta*

Hug i ri o is hug i o ro eile,
Hug i ri o is hug i o ro eile,
Hug i ri o is hug i o ro eile,
I suffered for the young maid's vow.

Oft I remember in my youth
The love that beguiled me as a child,
My heart ever bathed in love
For the fair maid, though she left me.

Your double beauty I will set down
Though in my eyes its form is fleeting;
Your strong-growing hair in perfect waves
Falling over your shoulders in graceful curls.

It was your gentle face that enticed me,
Leaving me faint - half distracted,
Your eyes sparkling from lovely lids,
Slender brows adding comely beauty.

You were accomplished, erect on the dance floor,
Your form elegant, comely, feminine;
Amongst the girls you were for me
As sun shining over mountain moors on us.

Where in the world will I find
One as lovely as the kindly maid?
It would raise my lonely spirits, love,
To be near you tonight, though the hope is vain.

But if you have now forgotten me
A hundred farewells - I must accept it,
But until I am laid down in the grave
I will speak warmly of the lovely maiden.

3. A Mhaighdean Og as Aille Leam

Oran gaoil eile a rinneadh ron Chogadh

Am fonn: *Fàgail Ghlaschu*

A mhaighdean òg is àille leam
Dha' seinn mi blàths mo bheòil,
Gur e do bhuadhan nàdarra
A rinn mo thàladh òg;
'S ged tha thu fada bhuam an-dràst',
A luaidh, na tàir mo sheòrs',
Cha dhealaich d' ìomhaigh chùbhraidh rium,
A reul nam flùran òg.

Gur e do shnuadh bhith sàr-mhaiseach -
Bean d' àilleachd chan eil beò -
A rinn mo chridhe bheàrnadh
'S a chuir grian mo bhlàiths fo neòil:
Bhon shìn thu, ghaoil, do làmh dhomh
Gun do chaill mi càil ri ceòl
'S gach aighear agus sùgradh
A bhiodh dùthchasach dham sheòrs'.

Tha falt buidh', bachlach, ciatach ort
Na shnìomhanan mud chùl,
Sùil ghorm fon mhalaidh fhìor-mhaiseach
Mar it' an fhìreoin ùir:
Bu taitneach leam do bhriathran -
'S iad bu ghrian dhomh laithean dùr -
'S tu dhomh mar reul cho flathail
Nì dhan mharaiche reul-iùil.

'S an Uibhist àrd nam buailtean blàth
A dh'fheuch thu tràth do lòn -
Tha mais' do ghruaidh is luach do shlàint'
Ag inns' do chàich an sgeòil:
Chan ann fo smùr no stùr na' sràid
A rùin, bha làithean d' òig',
Nad ghruaidh chuir gaoth nan stùc-bheann fiamh
Na h-ubhl' as ùire còt'.

6

3. My Lovely Young Lass

Another pre-war love song

Tune: *Fàgail Ghlaschu*

My lovely young lass
To whom I sing warmly,
It was your natural virtues
That attracted me young;
Though you are now far away,
My dear, don't reproach my kind -
Your sweet face will not leave me,
Star of young flowers.

Your appearance so beautiful -
No lass so lovely lives -
Breached my heart,
Clouding the warmth of my sun:
Since you gave me your hand
I've lost my taste for song
And every joy and happiness
Natural to my kind.

Golden curling hair, gracefully
Pleated at your back,
Blue eyes under brows lovely
As young eagle feathers;
Your words delight me
As the sun on gloomy days -
To me you are the splendid star
That is the sailor's guide.

It was in high Uist of sheltered folds
You first tasted nourishment -
Your lovely cheeks and quality of health
Tell the tale to others:
It was not in dirty, dusty streets
Your early life was spent -
The wind from high peaks gave your cheeks
The freshest apple bloom.

7

Mar dheàrrsadh ghathan grèine
Anns a' Chèitean air na lòin,
Mar ghealach gheal nan speur -
Am measg na reul gur lèir a glòir;
Mar fhlùran ùr nan allt fo ghrian
An t-samhraidh gann de phròis,
Tha mhaighdean choibhneil, mhàlda
Dhùisg san àm seo cainnt mo bheòil.

'S nuair chòmhdhalaich mi 'n tùs thu,
Mun robh dùil agam rid ghràdh,
Gun ghluais mo chridhe nuas bhon ghrunnd
Mar dh'èireas lunn air sàil:
Gach maise bhiodh air gruagaich
Bha iad fuaighte riut na b' fheàrr
'S mar dhriùchd an t-samhraidh ròsanaich
Do bhrìodal beòil ro-bhlàth.

Gur ainneamh feadh gach àite
Chìte mhàldag, tè do shnuadh -
'S e sin a dh'fhàg mo chridh na sgàin
'S tu, ghràidh, cho fada bhuam:
'S e dh'fhàg mi fhìn gad chaoidh cho tràth,
Tha gaol nam bàrd cho buan -
Cha searg e chaoidh 's cha phuinnsean e
'S cha tràigh e gu Là Luain.

8

As the sun's rays
On the ponds in spring;
As the silver moon above,
Its glory seen among the stars;
As the fresh flowers by the burn,
Modest in the summer sun,
Is the gentle kindly maid
Who now inspires my words.

When first I met you,
Before I hoped for your love,
My heart was stirred from the depths
As the swell is on the sea:
Every feminine beauty
Was better seen in you,
As dew of rosy summer
The warm murmur of your voice.

Rarely seen anywhere
Is a lass of your beauty -
That's what left me heart-broken
And you, my love, so far away;
I'm left lamenting you so young,
For a bard's love will endure,
It will not wither nor be poisoned
Nor fade till Judgement Day.

4. Na Gillean nach Maireann

Oran a rinn e anns an Ogmhios 1940 an dèidh dhan Division Ghàidhealach a bhith air an glacadh leis na Gearmailtich aig St. Valéry. Sgrìobh am bàrd eachdraidh bliadhnachan a' Chogaidh ann am Fo Sgàil a' Swastika.

Am fonn: *O ho nighean, è ho nighean*

Hòro 'illean, hao o 'illean,
Hòro 'illean a bha àlainn,
Shuas aig Abbeville nur sìneadh -
'S duilich leinn a bhith gur fàgail.

Cha robh mhadainn ach air liathadh,
Greis mun d' thog a' ghrian an àirde,
Nuair a thugadh dhuinn an t-òrdan
Dhol a chòmhrag ris an nàmhaid.

Theann na buillean taobh air thaobh ann,
Gunnachan a' sgaoileadh bàis ann,
Fead na luaidhe 's toit an fhùdair,
Buill' is bùirean feadh gach àite.

Mun do chrom a' ghrian san fheasgar
'S iomadh fleasgach fearail, làidir
Bha na shìneadh feadh an arbhair
'S fhuil a' dèanamh dearg an làir ann.

Ged a thill sinn pìos a-null iad
Cha robh 'n ionnsaigh ud nar fàbhar:
Bha 'n *Division* ann na h-aonar,
'S acasan a naoi le *armour*.

Thuit à Uibhist gillean uasal -
Eadar Deas is Tuath bha 'n àireamh -
Gillean grinn an tùs an òige,
Cuid nach d' fhuaradh beò no bàs dhiubh.

Camshronaich à tìr nam beanntan
'S far na Galltachd gillean àlainn -
Leam is bochd gu bheil sibh sìnte
Fad' bhon tìr san deach ur n-àrach.

4. The Lads That Are No More

Composed in June 1940 on the way to Germany after the Highland Division was captured at St. Valéry. The bard recorded his wartime experiences in the little book Fo Sgàil a' Swastika *(Club Leabhar 1974).*

Tune: *O ho nighean, e ho nighean*

Horo lads, hao o lads
Horo lads who were splendid -
Sad for us to leave you
Lying there at Abbeville.

Morning had barely dawned,
Just before the sun arose,
When we were given the order
To do battle with the enemy.

Explosions came on every side,
Guns spreading death there,
Whistle of lead and powder smoke,
Bangs and thunder everywhere.

Before the sun had set that evening,
Many a brave, strong young man
Was lying amongst the corn,
His blood reddening the ground.

Though we forced them back a little,
That attack was not successful -
The Division was all alone;
They had nine with armour.

There fell from Uist noble lads -
From North and South the numbers -
Fine men in first flush of youth,
Some never found alive or dead.

Camerons from the land of mountains
And from the Lowlands, splendid lads -
Sad for me that you are lying
Far from the land which reared you.

Fad' air falbh bho thìr nan stùcan,
Tìr bu dùthchasach dhur cnàmhan -
'S iomadh oidhch' a chaith sinn còmhl' ann
'S fuaim againn air òrain Ghàidhlig.

Bidh mi smaointinn oirbh san àm seo -
Anns a' Fhraing mar chaidh ur fàgail -
'S sinne seo an grèim aig nàimhdean
Suas a' Rhine am broinn nam *barges*.

5. Eilean Beag a' Chuain

Òran eile a rinneadh anns a' Ghearmailt (1942).

Am fonn: *Fàilte don Eilean Sgitheanach*

'S ann mu thuath, fada tuath,
Ri uchd-bualaidh muir-làin,
Tha eilean beag gorm a' chuain,
Tìr mo luaidh thar gach ceàirn.

Ged tha mise fad' air falbh,
'S mi sa Ghearmailt a' tàmh,
Gum bi m' inntinn tric air chuairt
Far 'n do ruaig mi nam phàist'.

Far 'n do ruith mi feadh nan lòn
'S mi gun bhròig air mo shàil,
'S mi cho saor ri gaoth nan speur
Air bheag lèiridh no càs.

Bidh mi cuimhneachadh le deòir,
Air an t-sòlas a bha
Nuair bha gillean aotrom òg
'N eilean eòrnach nan tràigh.

Bhiomaid cruinn an taigh Iain Ruaidh
Gabhail dhuan agus dhàn;
Greis air feadan, greis air pìob,
'S ghabhte tì uair no dhà.

Far away from the land of peaks,
That land your bones belong to -
Many's the night we spent there
Together singing Gaelic songs.

I think of you at this time -
How you were left in France -
While we are in enemy hands
On the Rhine confined in barges.

5. Little Island in the Ocean

Another song composed while he wasa prisoner of war in Germany (1942).

Tune: *Fàilte don Eilean Sgitheanach*

It is north, far to the north
On the high tide's front-line,
That little green isle in the ocean,
Land I love above all others.

Though I am far away
Confined in Germany,
My mind often returns
To where I played as a child.

Where I ran through the puddles
Without shoes to my feet,
Free as wind of the heavens,
With little hardship or stress.

I remember with tears
The happiness there was
With young light-hearted lads
In the barley island of strands.

We'd gather at Iain Ruadh's
Singing and reciting,
Playing chanter and pipes,
With tea now and then.

Bhit' a' cosnadh airgead pòc',
Gearradh mhònadh 's gach àit',
Gus bhith againn anns a' champ
'S airson dram aig a' bhàr.

Chaidh na làithean sin air chùl
'S thàinig tionndadh nach b' fheàrr,
'S b' fheudar sèoladh thar a' chuain
Gu uchd-bualaidh a' bhlàir.

Aig St. Valéry bu chruaidh
Buill' is nuallan a' bhlair,
'S dh'fhàg sinn grunn de ghillean òg
Marbh gun deò air an tràigh.

'S ged tha mise fhathast beò
Cha bhi m' òige mar bha;
Chaidh an comann ud mar sgaoil,
Comann caomh nam beann àrd.

Tha mi 'n-diugh gu h-ànrach fuar
Anns a' chuaraidh fo gheàrd,
M' fhuil a' tanachadh le dìth
'S cion a' bhìdh air mo chnàmh.

O, nach mi bha cuairt an-dràst'
Far 'n deach m' àrach 's mi òg,
'S gheibhinn giomach fon chloich bhàin
Shìos an Geàrr-sgeir na Cròic. [1]

Gheibhinn bonnach brèagha flùir
'S e air ùr-fhuin' on stòbh,
'S bheirinn bradan às an lìon
Pìos an iar air a' Chrò. [2]

Ach nuair thilleas rinn an t-sìth,
'S gum bi sinn idir beò,
Chì mi fhathast luchd mo ghaoil
'N Uibhist bhraonach an eòrn'.

14

We would earn pocket money
Cutting peats everywhere
So that we had at the camp
Enough for a dram at the bar.

Those days have gone -
A turn came for the worse -
We had to sail overseas
To the battle front-line.

St. Valéry was loud with
Shots and thunder of war;
We left many young men
Lifeless, dead on the shore.

Although I am still alive
My youth cannot be the same;
That group has scattered,
Dear comrades from the bens.

I am today wretched, cold,
Under guard in the quarry;
Want has thinned my blood;
I'm worn down with hunger.

Oh, that I could go now
To where I was reared as a child -
I'd find lobster under the white rock
Down in Geàrr-sgeir of the Cròic.

I'd have a fine flour scone
New-baked from the stove
And a salmon from the net
A little west of the Crò.

But when peace returns,
If we survive at all,
I will yet see my loved ones
In dewy Uist of the barley.

6. Oran Danns' a' Chlaidheimh

*Ged a bhiodh iad fad an làth a' bristeadh chlach ann an cuaraidhean, thòisich
na gillean ann an 1942 air dannsaichean ionnsachadh - mar bu dual dha na
rèisimeidean Gàidhealach. A dh'andeoin gearain, tha e coltach gun do rinn iad
glè mhath - mar a dh'inns am bàrd ann am* Fo Sgàil a' Swastika *(t.d. 29).*

Rìgh, gur mise tha neo-shunndach,
Ged a thionndaidh mi gu ealain,
Tha droch crith air tighinn nam ghlùinean
'S chan eil lùths an ceann mo chasan;
Ach ma gheibh mi beò tron gheamhradh,
Bheir a' Bhealltainn mi gu rathad -
'S truagh nach deach mo chas san t-slabhraidh
Mun d' theann mi ri Danns' a' Chlaidheimh!

Nì mi innse dhuibh mun teann mi
Mar a bh'ann, 's gun tuig sibh dòigheil:
Bha mi fhìn car bochd san àm ud
Le car cam a chaidh nam òrdaig,
Dòmhnall 's niosgaid air a ghaoirdein - ³
Cha b' e aon tè, Dhia, ach tòrr dhiubh -
Ach ma dh'fhuiling e cràdh le làimh
Gur ann a chlaoidh e danns' an Leòdaich. ⁴

Bha sinn nar suidh' anns a' champa
'S mi fhìn air cabhsair mo shòlais,
Sinn a' seanchas anns an àm sin
Air seann dannsaichean 's air òrain:
Thionndaidh MacLeòid rinn gu h-ealamh
'S dh'fhuasgail e barrall nam brògan,
"Nis' ", ars esan, "bithibh tapaidh,
'S ionnsaichidh mi *Dance* na' *Swords* dhuibh."

Bha mi fhìn fad còrr is seachdain
Ann am beachd an saoghal fhàgail;
Cùl mo chalpannan air at
'S gun leòba craicinn air mo shàilean:
Cha robh fois ann shìos no shuas dhomh
'S cha robh tuar a dhol na b' fheàrr air,
'S shìninn mi fhìn air an ùrlar
Mura bitheadh cùis na nàire.

6. Song of the Sword Dance

Despite the hard labour of breaking rock in quarries, men in the prison camp in 1942 still carried on the Highland tradition of teaching soldiers to dance. For all the bard's humorous complaining, a high standard was reached - as he related in the book of his wartime experiences, Fo Sgàil a' Swastika *(p. 29).*

Lord, I am so unhappy
Though I have turned to verse,
My knees are trembling badly,
No strength in my feet:
But if I survive the winter
Maytime will bring me round -
A pity my feet were not in chains
Before I tried the Sword Dance!

I'll tell you before I start,
How it was, so you'll understand;
I was rather unfit then
Having twisted my toe:
Donald had a boil on his arm -
Not one, God, but many -
But if his arm was painful,
Macleod's dance exhausted him.

We were sitting in the camp,
Myself at my happiest
As we talked at the time
Of old dances and songs:
Macleod turned to us quickly
And loosened his bootlaces:
"Now," he said, "be sturdy,
And I'll teach you the Sword Dance."

I myself was over a week
Thinking of leaving the world;
The backs of my calves swollen,
No skin left on my heels:
I couldn't rest up or down;
With no sign of improvement
I would have lain on the floor
But for the shame of it.

Gun do labhair Mac an t-Saoir rium
Oidhche h-Aoine 's mi na chòmhradh:
"Feuch a Thighearn' am faigh thu saod
Air rud bheir aotromachadh dhòmhsa -
Nach e mise, Dhia, tha dìoladh
Air a' chiùird a sheall MacLeòid dhuinn,
'S mur furtaich cràdh mo dhà chalpa,
Thèid ùir na Gearmailt gam chòmhdach!"

Labhair mise ris gu dàna:
"Thud, cò dha tha thu ga innse -
Bha mise raoir anns na spàirnean
Am beul a' bhàis, ged a thill mi:
'S ma thig dad ort fhèin am failmse,
Feuch gu sgrìobh thu m' ainm san dìleab -
Gheibh mi do chuid leann Didòmhnaich,
'S riaraichear an còrr car *even*."

'S beag a th' agam fhìn de dh'fharmad -
'S cha bhi gu dearbh, tha mi 'n dòchas -
Ris an duine thruagh tha 'g earbs'
Air cosnadh airgid anns an dòigh ud:
'S e thig goirt à caol a luirgnean
Ged a bhuinnigeadh e cup' òir air;
Cuiridh e don ùir ron àm e,
'S nì e seann duine ro òg dheth.

'S fhèarr dhomh nis bhith fuireach sàmhach -
Chan eil fàth bhith 'g ràdh a' chòrr dhomh -
Ach gun tuig sibh mar a bha mi
'S na fhuair mi chràdh le bhith gòrach;
'S bidh mi a' cuimhneachadh gu sìorraidh,
Gus an leagar sìos fon fhòd mi,
'N rud thug rumatas ron àm dhomh -
Na leasain dannsa thug MacLeòid dhuinn!

Macintyre said to me
Friday night in conversation,
"Lord's sake, can you find something
That might give me relief?
God, but how I'm paying
For the pastime Macleod showed us -
If the pain in my calves doesn't ease
The earth of Germany will cover me!"

I said to him boldly,
"Oh, whom are you telling -
I was last night in spasms
At death's door, though I returned:
Lest you be taken unawares,
See you write my name in your will -
I'll get your beer ration Sunday,
The rest will be shared evenly."

How little I envy -
And I trust I never will -
The poor man who hopes
To earn money in that way:
He will have such pain in his legs,
Though he should win a gold cup,
He will be buried before his time;
It will make him an old man too soon.

I'd better now stay silent -
There's no reason to tell more -
But so you will understand my state
And the pain I felt for my folly;
I will remember forever,
Till I'm laid under the sod,
What gave me early rheumatism -
Those dancing lessons from Macleod!

7. Moladh Uibhist

Seo an obair leis do choisinn e Crùn na Bàrdachd aig a' Mhod Nàiseanta ann an Glaschu an 1948. Thòisich e air an dàn a dhèanamh na phrìosanach anns a' Ghearmailt. Leis cho comasach 's a tha an rannaigheachd agus cho coileanta 's a tha an seanchas, tha e doirbh a chreidsinn nach robh e ach beagan is fichead bliadhna a dh'aois. (Faic an Ro-ràdh, t.d. xvi.)

'S tìm dhomh 'n sgleò thoirt dhem shùilean
'S mo chomas claistinn a dhùbladh,
Gur fhad' bhon lìon cupan piunnt dhatht' mo dhòlais;
Tha smal na meirg air mo ghiùlan
'S gur ann tha searbh dhomh ri chunntais
Gun d' rinn mi dearmad air ionnsachadh m' òige;
Ach fhad 'o tha oìth anns gach tràth dhomh
Is faclair m' inntinn gun bheàrnadh,
Gun cuir mi rìomhadh na Gàidhlig an clò dhuibh:
Tha mhais tha 'n cois obair Nàdair
Dhomh fhìn na bhrosgal ro làidir
Gus fuireach tosdach an sàmhchair neo-bheothant'.

Cha bheartas saoghalta cealg-loist',
Ceann-adbhar daors' na tha sealg air,
Bu mhath leam fhaotainn nam shealbh fad 's bu bheò mi
Ach slàint' is blàth-ghaol neo-mharbhtach
A bhith gu bràth rium neo-dhealaichte
Cho fad' 's a dh'fhàgar an searbh-thìr nam beò mi;
Cothrom ceum feadh nan garbhlach
Cho fad' 's nach trèig mo chuid anathaidh,
'S cead faighinn èisteachd ri torman nan còp-eas;
'S chan eil air uachdar an talamhana
Nì cho luachmhor ri ainmeachadh,
Na bhith suaint' ann an ana-ghliocas òg-phaist'.

Gur iomadh neach feadh an t-saoghail -
'S gu bheil mi fhìn air a h-aon dhiubh -
A bheireadh deich bliadhna saoghail na thabhartas
Ach comas ais-thilleadh fhaotainn
Gu làithean tais-mhèath na faoineis
San deach mo bhaisteadh bho dhaors' gath na feòla:
Mo chaitheamh-beatha gun strìochdainn
'S gun cuirinn ùidh anns na briathran

7. In Praise of Uist

*He began this work which won him the Bardic crown (at the 1948 National
Mod in Glasgow) in his early twenties while a German prisoner of war. In
richness of vocabulary and metrical sophistication it is in a different league
from his known previous works. It remains a remarkable achievement for one
so young. (See page xvi for notes on the metre and rhyme scheme.)*

It is time to drop the scales from my eyes
And redouble my powers of hearing
My cup of sorrow filled long ago;
My behaviour is tarnished
And bitter is the reckoning
That I have forgotten my early upbringing;
But while my times are peaceful
And my vocabulary unimpaired,
I shall weave the elegance of Gaelic for you;
The beauty inherent in nature
Is too seductive for me
To remain mute in lifeless silence.

It's not false worldly wealth,
Enslaving all who pursue it,
That I would wish to have in my life
But health and undying warm love
To be forever my lot
Whilst I am left in this harsh world of the living;
The chance to roam rugged hills
So long as energy does not fail me,
Allowed to hear the waterfalls' murmur;
There is not on the face of the earth
Anything more precious to be named
Than being swaddled in childhood innocence.

There are many in the world -
And I myself am among them -
Who would offer ten years of life
For the chance of returning
To the soft days of innocence
When I was christened free from the barb of the flesh:
I would give up my way of life
And give heed to the words

A rinn mo mhàthair le a beul aithris òg rium;
Ged rinn i m' altram gu tèaraint',
Bho chreud a' cheartais gun d' shiab mi,
'S gur e dh'fhàg glas-dhatht' mo chiabhag bhith meòmh'r air.

Nuair bha mi 'm phàiste ro-mhùirneach
A' sreap ri àirde na glùineadh,
Mun d' shoillsich deàrrsadh rèil-iùil dhomh na ròidean,
Gur e gach cleachdadh a b' ùire
Bha tighinn fo dhearcadh mo shùilean,
'S mo chridhe falct' ann an iunntas mo dhòchais:
Gu fanainn mìltean san uair sin
Bho ghàrradh-crìche na stuamachd,
'S cha chuireadh still gaoth na truaill' bhon a' chòrs mi;
Ach tha mo choinnseas gun smuairean -
Cha chùm i oidhche bhom shuain mi -
Bhon chùm mi cuimhn' air an duais th' aig an Oigh dhuinn.

'S e dh'fhàg blas searbh air gach nì dhomh
'S a dh'fhàg cho dearmadach m' inntinn
Mi bhith sa Ghearmailt sa phrìosan am beò-bhàs,
'S an làmh a thairgeadh gach nì dhomh
'S i fad' air falbh thugam sìnte
'S bhàrr astar fairg' tha guth dhìlsean gam fheòrach;
Ach nam biodh mathte dhomh sgiathan
Le comas reachdannan diadhaidh,
Gur mi gu sracadh an iarmailt gu deònach
'S gu faighinn saors' agus sìochain
Air bheagan daors' agus deuchainn
An eilean braon-dhealtach ciar-dhathte m' òige.

Gu faighinn slàint' agus coibhneas,
Gu faighinn blàths agus aoibhneas
An Uibhist àrd-chorrach, oighreachd Chlann Dòmhnaill:
An fhine bhuadhach neo-fhoill-chridheach
Dom bu dual a bhith saoibhreachail
'S dom bu shuaicheantas grinn-fhraoch na mòintich;
Buidheann gnuamha nam bratach
A bheireadh buaidh anns na batail,
'S gum bu truagh fear an cearcall an tòrachd -
Guineach, eirbheirteach, bras-cheumach,

Told to me young by my mother:
Though she nursed me with care,
I have drifted from righteousness -
It has turned my locks grey to think of it.

When I was a happy child
Growing up to knee-high,
Before the shining lode-star lit me the way,
It was every new fashion
That caught my eye,
My heart bathed in the riches of my hopes:
Then I stayed miles from
The boundaries of moderation,
Blasts of evil could not blow me off course;
But my conscience is untroubled,
Never keeps me awake of a night
Since I remembered the Virgin's reward for us.

What has soured everything for me
And left my mind so forgetful
Is the living death of a prisoner in Germany,
While the hand that would offer me everything
Is stretched out from afar
And over distant seas loving voices ask for me:
But if I were given wings
With the power of divine gifts,
I would willingly tear through the skies,
I would find freedom and peace
With little sorrow or hardship
In the dewy, dark isle of my youth.

I would find health and kindness,
I would find warmth and happiness,
In high-peaked Uist, estate of Clan Donald,
That gifted, true-hearted clan,
Accustomed to success,
Whose badge was the heather of the moors;
Fierce company of the banners,
Victorious in battle -
Woe betide one trapped by their pursuit -
Wounding, active, swift-footed,

Ullamh, dalma, neo-thais-chridheach,
Mar a dhearbh iad aig faich' Inbhir Lòchaidh. [5]

Ach eilean uaine nan àrd-bheann
'S e Uibhist chruachach a' chàise -
Gur ann chaidh smuais bainne màthar nam phòraibh;
Far 'm bi cuimhn' air a' Ghàidhlig
'S gun tèid a cluinntinn gu bràth ann
Cho fad' 's bhios tuinn a' mhuir-làin feadh na Cròice: [6]
Gu bheil de loinn ann ri àireamh
'S nach gabh e seinn ann an dàn dhomh,
Ged gheibhinn saidhbhreas ro àrd airson m' òrain,
Eadar sgurraghanan àrda
Far 'm biodh na fulmairean sàsaicht'
Gu àite-tuinichidh a' chuà-gheòidh sna h-òban.

An t-eilean breac-loinneil, greannmhor
Sa bheil a' phailte gun ghanntar,
'S e torrach, beairteach le annlann a' còpadh -
Gu lusach, dearcagach, planntach,
Gu duilleach, meacanach, feanntagach,
Corrach, bailc-shliosach, cam-bhusach, frògach;
Tha sruthain thormanach, dhranndanach
Ruith le foirm feadh nan gleanntan,
Tha mullaich shorchanach bheanntan fo cheò ann;
'S tha gàir aig eas-chas nan alltan
Air feadh nan creag glas a' dannsa
'S aig meud an cleas a' cur steall feadh na còinnich.

Eilean braonach nan dùnan
Sa' robh na daoine nach cùl-chaineadh -
'S fhad' bhon dhearbh iad an cliù anns gach dòigh ann;
Bha iad earbsach gun diombadh,
'S gun tug iad tèarmann dhan Phrionns' ann
An uair bha armailt a' Chrùin a' cur tòir air:
Bha iad ainmeil len geur-lannan,
'S cha robh chealgaireachd fhèin annta,
Mar a dhearbhas an t-euchd a rinn Flòraidh;
'S cho fad' 's bhios seanchas ga leughadh,
'S cho fad' 's bhios Alba ri chèile,
Gu faigh a h-ainm-se gach lèirsinn bu chòir dha.

Ready, bold, brave-hearted,
As they proved on the field of Inverlochy.

But the green isle of the high bens,
Hilly Uist of the cheese
Where mother's milk strengthened my pores;
Where Gaelic will be remembered
And heard there forever
So long as the waves of high tide lap the Croic;
There is so much beauty to record
That I cannot do it justice in verse,
Even granted great wealth for my songs;
From towering cliffs
Where fulmars have their fill
To the shelduck nursery in the bays.

The lovely, fine-varied island
Where there is plenty without want,
Productive, rich, teeming with food -
Full of flowers, berries and plants,
Leaves, burdocks and nettles,
Rugged, undulating, spate-flanked, marshy;
There are murmuring, burbling streams
Rushing loud through the glens,
There is mist on proud tops of the bens;
Laughing waterfalls of burns
Dance among the grey rocks
At peak play splashing spray on the moss.

Rainy island of the forts
Whose people would not slander -
They proved their renown in all ways long ago:
They were trustworthy, uncomplaining,
They gave refuge to the Prince
When the Crown's forces pursued him;
They were famous swordsmen,
There was no treachery in them,
As Flora's heroism has proved;
So long as the story is read,
So long as Scotland holds together,
Her name will be honoured as it should.

Chì thu ròsan ro bhuadhach ann
'S iad a' còmhdach nam bruachan ann,
Chì thu 'n t-sòbhrach 's an cluaran 's an neòinean;
Chì thu seamragan snuadhmhor ann, [7]
Chì thu sealbhag air cruadhlach ann,
Chì thu geala-ghucag shuairce nan lòn ann;
Chì thu fraoch agus luachair ann,
Lus nan laogh agus buaghallan,
Chì thu caorannan uain' ann 's an t-sòrpann;
Chì thu coirce ri bhuain ann,
'S gu faigh thu crotal gu tuar ann,
'S tha mhil an copain bheag ruadh feadh an fheòir ann.

Gheibh thu uachdar gu annlan ann
'S gheibh thu 'n cuaich bainne-geamhraidh ann,
Toradh luachmhor, neo-ghann a' chruidh òig ann;
Chì thu buailtean fo ghamhna ann,
'S iad loireach, luath-chasach, fann-gheumnach,
'S chì thu 'm buachaill' san t-samhradh gan cròdhadh;
Chì thu cluainteagean fianaich ann,
'S chì thu ruadh-chuiseag fhiadhaich ann,
Chì thu fuarain den fhìor-uisg' ion-reòt' ann -
Deoch as uaisle na 'm fion e,
'S e tighinn an uachdar bhon t-sìorrachd ann,
'S gheibh thu fuasgladh bho phian le bhith 'g òl às.

Chì thu aibhnichean beucach
A' tighinn nan deann-ruith le Gèideabhal - [8]
Greannach, dranndanach, drèineasach, tòiceach;
Cobhar bàn air gach leum dhiubh,
Gu boinneach, gàir-uisgeach, breun-ghuthach,
Linneach, àthanach, fèitheanach, rògach:
Buill' is bùirean is fuaim aca
'S tuil a' brùchdadh mum bruachaibh ann,
Sruthach, lunn-ruithteach, cuairteagach, gròcach,
'S iad a' giùlan le nuallan
Gu mear a dh'ionnsaigh nan cuantan
Gach boinne dhrùidheas air guaillean nan ceò-bheann.

Chì thu tràigh shleamhainn mheanbh-shligeach
'S chì thu deàrrsadh mar airgead i,

You will see fine roses there
Covering the banks there,
You'll see primrose, thistle and daisy;
You'll see clover blooming,
You'll see sorrel on stony ground
You'll see the delicate water-lily of the pools;
You'll see heather and rushes,
Golden saxifrage and ragwort,
You'll see green rowans and orpine;
You'll see oats to be reaped there,
You'll find lichens for dyeing
And little combs of honey amongst the hay.

You'll get cream for your food there,
You'll get a bowl of winter milk there,
Plentiful, precious produce of young cows;
You'll see folds full of stirks,
Shaggy, fleet-footed, soft-lowing,
You'll see a lad herd them in summer;
You'll see pastures of moor-grass,
You'll see the wild red docken,
You'll see springs of ice-cool, pure water -
A drink nobler than wine
That has eternally welled there,
Drinking from it gives freedom from pain.

You will see roaring rivers
Rushing down from Geideabhal -
Raging, gurgling, cascading, swollen;
White froth on every leap of them,
Spraying, laughing, boisterous,
Sinuous, with dark pools and shallows,
Roaring and throbbing and noisy
Flood bursting their banks there,
Streaming, rippling, swirling, roaring,
As they bear with a rumble
Merrily to the oceans
Every drop soaking the misty bens' shoulders.

You'll see a shell-sand smooth beach
Shining like silver,

'S chì thu blàth-bhilean fairge ga pògadh;
Chì thu saothair nan garbh-thonnan
Ann an aodann nan sgarabachdan,
Far na ghaoir iad bhon aimsir aig Nòah;
Chì thu faochagan deàlrach ann,
Chì thu laomannan carraigein ann,
Chì thu raointinnean arbhair is feòir ann;
Chì thu sgaothannan sgarbh ann
'S am bradan maol-cheannach tarra-gheal,
'S e ruith is sraon air bho fhairge gu mòintich.

Chì thu faoileagan ciar-cheannach
'S iad a' glaodhaich nan ceudan ann,
Chì thu naoisg, lachainn riabhach is geòidh ann;
Chì thu 'n crà-ghèadh 's an t-sìolta
'S an lacha-bhlàr anns na feur-lochain
'S eala bhàn ann 's i 'g iasgach le 'sgòrnan:
Chì thu riarachadh pailt dhe na
H-uile h-eun anns an ealtainn ann -
Gheibh iad dìon agus fasgadh dom pòr ann;
Chan eil pian 's chan eil airc ann,
'S chan fhairich Crìosdaidh an t-acras ann
Fad 's bhios lìonmhorachd bhreac air Loch Ròdhag.

Tha monadh luachrach fo chaoraich,
'S tha gnobain chruaidhe fo fhraoch ann,
'S tha machair uain' ann fo chraobhagan eòrna;
Chan eil teirce ri fhaotainn ann,
'S chan eil leisg' air na daoine th' ann,
Ach gu freasgairteach, saothrachail, seòlta;
'S am baile beag Pheighinn nan Aoirean
A chaidh mo chead a thoirt saor dhomh
Nam leanabh breab-bhuilleach, caoin-shùileach, deothalach,
Is chan eil bad feadh an t-saoghail
A thogadh m' aigne cho aotrom
Is anns an caidlinn cho saor bho gach dòltram.

Ach ged a leanainn air innse
Gach mais' th' air oighreachd mo shinnsreadh,
Cha bhiodh gu deas latha dìlinn a' chòir ann -
Chan eil beul ann a mhìnicheas

Kissed by the warm lips of the sea;
You'll see the breakers toiling
Against the face of jagged rocks
Where they have roared since the age of Noah;
You'll see glistening winkles there,
You'll see drifts of carrageen,
You'll see fields of corn and hay;
You'll see flocks of skarts there
And blunt-headed, white-bellied salmon
Racing impetuously from ocean to moor.

You'll see black-headed gulls
Crying in hundreds there,
You'll see snipe, mallard and geese;
You'll see shelduck and merganser,
Coot in the reedy lochs
And white swans neck-bending to fish;
You'll see a generous share
Of all the birds of the air -
They'll find refuge and shelter for broods there;
There is no pain or hardship,
No soul need feel hunger
While there are plenty of trout in Loch Roag.

The rushy moor is under sheep,
There are hard, heather-clad hillocks,
There is green machair under sprouting barley;
There is no shortage there,
No idleness in the people
They are church-going, hard-working, prudent:
It was in the little village of Peninerine
That I was given my freedom
As a kicking, soft-eyed suckling,
And there is no place on earth
Would lift my spirits so high -
There I could sleep free from all care.

But though I should carry on telling
Every beauty of the land of my forbears,
Till eternity's end it would not do it justice;
There are no lips that can explain it,

'S chan eil peann ann a sgrìobhas dhomh,
'S chan eil cainnt ann a bhruidhneas mu bhòidhchead:
Ach bheir mi 'n dàn seo gu dùnadh
Gus an cinnich tàlannan ùr annam
Sheinneas àilleachd is cliù Tìr an Eòrna,
'S gum bi mi 'g iarraidh 's ag ùrnaigh
Gum faigh mi 'chrìochnachadh m' ùin' ann
'S gum bi mi tiodhlaict' an ùir mo luchd-eòlais.

8. Tighinn Dhachaigh

Am fonn: *Fear a' Bhàta (ach fhreagradh* A Mhàiri Bhòidheach *cuideachd)*

O chì mi bhuam far an d' fhuair mi m' àrach,
'S mi 'n seo air bòrd sa *Lochmor* air sàile;[9]
O chì mi bhuam e thar gual' a' bhàta
'S a cùrsa tuath gu tìr uain' a' chrà-gheòidh.

O chì mi bhuam eilean uain' an eòrna -
'S e siud mar bha e nuair dh'fhàg sinn òg e,
Nuair chuir sinn suas deise ruadh na còmhraig
'S a thog an t-Arm sinn an ainm Rìgh Seòras.

O chì mi bhuam iad, na fuar-bheann àrda,
Ag èirigh suas às a' chuan ron bhàta:
Heacal chòir 's a' Bheinn Mhòr gu h-àraid,
Ach èiridh m' inntinn nuair chì mi t-Hàrsal. [10]

Eiridh m' inntinn le aoigh 's le sòlas
Nuair chì mi màireach tràigh bhàn na Cròice,
Far 'n tric a ruaig mi gu h-uallach gòrach,
'S mo chridh' is m' inntinn fo shìth na h-òige.

Chì mi 'n srùladh air grunnd na tràigh ann,
Na h-eòin ag iadhadh mu bheul a' làin ann;
Sgeir nan Crùbag is cùl nan Geàrr-sgeir - [11]
Bu tric mi uair ann a' buain nam bàirneach.

Ged 's boidheach ùrar gach dùthaich Eòrpach
Le tràighean ciùin far an diùrrais beò-thuinn,
Thoir dhòmhsa nuallan nan stuagh a' bòilich
Le stoirm bhon iar ann am beul na Cròice.

No pen that can write for me
No language to speak of its splendour:
But I will bring this lay to an end
Till I develop fresh talents
To praise the beauty and fame of the Land of Barley;
It is my wish and my prayer
That I can end my days there
And be buried in the earth of my kin.

8. Coming Home

Tune: *Fear a' Bhàta (but* A Mhàiri Bhòidheach *might be even better)*

Oh, I see yonder the land of my youth,
And I here on board the *Lochmor* at sea;
I see it yonder over the ship's bow
As she steers north to the green land of shelduck.

I see yonder the green isle of the barley,
Just as it was when young we left it,
When we donned the khaki uniform,
Conscripted in King George's name.

I see them yonder - the high cold bens,
Rising from the sea before the ship,
Noble Hecla and Ben More especially,
But my spirits will lift when I see Haarsal.

My spirits will lift with joy and happiness
When I see tomorrow the Cròic's white sand,
Where oft I romped foolish and carefree,
Childhood's peace in my heart and mind.

I'll see breakers on the sandy beach,
Birds hovering at the edge of the tide,
The Crab Rock and back of the Gearr-sgeir
Where oft I once collected limpets.

Though European countries be fresh and fair
With sheltered beaches of whispering waves,
Give me the roar of blustering breakers
With a westerly storm in the mouth of the Cròic.

Bu lìonmhor làrach a dh'fhàg mo bhrògan
Bho chaol na Fràinge gu coill' na h-Olaind,
Ach chùm e m' inntinn bho ìsle bròin dhomh
Bhith tric a' bruadar air cuan na Cròice.

O chì mi bhuam far an d' fhuair mi m' àrach,
'S mi 'n seo air bòrd sa Lochmor air sàile;
O chì mi bhuam e thar gual' a' bhàta
'S a cùrsa tuath gu tìr uain' a' chrà-gheòidh.

9. Peighinn nan Aoireann

Oran dhan bhaile anns do rugadh e le Gàidhlig a tha brìghmhor agus ceòlmhor.
Ged nach eil an dà rann mu dheireadh ann an Sguaban Eòrna, *tha an dàrna*
fear gu follaiseach a' crìochnachadh an òrain.

Am fonn: car coltach ri *Oran an t-Samhraidh* le Uilleam Ros.

Gu seinn mi 'n duan, tha m' inntinn suas,
Mo ruinn gu fuaigh mi còmhla iad;
Cha smaointean truagh no taoim gu tuasaid
Dhùisg san uair gu òran mi;
Is ann am briathran rianail saor
Gu seinn le caoin mo sheòrsa mi
Mu Pheighinn nan Aoireann, cluain mo ghaoil,
Far 'n d' fhuair mi 'n aoigh nam òg-phaiste.

Gur iomadh uair 's mi thall thar chuan
A chùm e suas mo shòlas dhomh
Bhith ort a' bruadar, 's rè mo shuain
Bhith leum mud bhruachan neòineanach;
B' e triall gad ionnsaigh riamh mo dhùrachd -
'S ann bu dùthchas dhòmhs' a bhith -
'S bhon fhuair mi ann, gur buan an call
Mur luaidh mi rann den òran air.

Gur machrach, diasach, fasgach, feurach,
Glacach, lèanach, leòideach e,
'S le beairteas lìont' tha a bhreac-ùir mhèath,
'S tha tacs' a shìol an eòrn' innte;
'S gum b' ait leam riamh 's an dealt san fheur,

My boots have left many a print
From the Channel to the woods of Holland,
But it saved my mind from deep depression
That I dreamed so often of the sea of the Cròic.

Oh, I see yonder the land of my youth,
From here on board the *Lochmor* at sea;
I see it yonder over the ship's bow
As she steers north to the green isle of shelduck.

9. Peninerine

A conventional song in praise of his birthplace distinguished by the richness of his language. The final two verses were not included in Sguaban Eòrna *although clearly the second was intended to be the last verse of the song.*

Tune: A variation on *Oran an t-Samhraidh* (William Ross)

I'll sing the song, my mind's aroused
I'll weave my verses together;
Neither depression nor aggression
Moves me now to song:
In language free and sensible
I'll sing with refrain of my kind
Of Peninerine, my beloved lea,
Where I had kindness as a child.

Many's the time overseas
It kept my spirits up
To dream of you, and in my sleep
Skip through your daisied braes:
It was ever my wish to return,
That's where I was born to be;
Now I'm back, what a lasting shame
Not to praise it in verse of song.

It has machair, corn, shelter, hay,
Hollows, meadows, slopes;
Its rich, speckled soil full of goodness,
Nourishing the barley seed:
A joy to me, with dew on the grass

Air madainn ghrianach, reòthtanach,
Bhith gabhail sràid air blàr nam flùr -
Tha a' fàs ann grunn de sheòrsachan.

Tha fàs air biadh am bàrr nan dias ann,
Grànach, sìolmhor, pòr-phailteach;
Tha sàth gach eun ann saor bho phian
'S tha daoine fial' a' còmhnaidh ann -
Gach aon gun sprochd gun lochd do a nàbaidh,
Nochdar bàidh don deòraidh ann,
'S clann-nighean choibhneil, grinn nan gnùis ann,
Loinn os cionn gach òigh orra.

Tha blàthan maoth a' fàs air raoin ann,
Glàn-lus, caor is neòinein ann;
Tha luachair uain' ann 's cluaran craobhach
'S buainear fraoch Chloinn Dòmhnaill ann;
An tùs a' Mhàigh 's am blàr fo dhriùchd,
Bidh seillein sunndach, crònanach
A' ruith le srann bho phlannt gu flùr,
A càrnadh sùgh nan reòtht-làithean.

Gur brèagh' a' fuaim gu miann mo chluasan
Gàir a' chuain sna h-òban ann,
'S nuair theachdas gruaim le neart bhon tuath
Bidh slaic nan stuagh sa Chròic againn:
Gur copach, crùnach, cnocach, lunnach,
Teachd nan srùladh ròmhanach,
Le smuais an neairt a' gleac ri tìr
Le sgailc den cìrean ceòthanach.

Gur sìlteach cùbhraidh mil sna flùrain,
Aileadh miunnt is ròsan ann,
'S bidh 'n uiseag bhinn le grinn-ghuth ciùin
A' ceileir ciùil an còmhnaidh ann;
Tha ionad-dìon bho shian aig sprèidh ann,
Seasgair, grèidhte, leòr-uisgeach,
'S nì breac an t-sàile tàmh na bhùrn
Mu snàmh e dh'ionnsaigh mòintich às.

Thar lunn an t-sàil' thig iunnrais bhlàth air
'S lubaidh barr na' feòrnan dhi

On a bracing, sunny morning,
To walk through fields of flowers
Growing there in great variety.

Food grows rich in ears of corn,
Heavy-cropping with grain and seed;
Each bird finds its fill free from pain
And kindly folk live there:
Not one complaining or spiteful to his neighbour;
Hospitality shown to the stranger there
And kindly lassies, fair of face,
Prettiest maidens of them all.

Tender flowers grow in the fields -
Rib-wort, berries and daisies;
There are green rushes and bushy thistles,
Clan Donald's heather can be picked:
At start of May with dewy fields,
The happy humming bees
Will buzz from plant to flower
Storing up for winter days.

Loveliest sound my ears could wish,
Laughter of the sea in the bays;
When it blows strong from the north
We hear waves crashing in the Cròic:
So foaming, crested, hilly, rolling
Is the arrival of the roaring swell,
With all its strength striking the shore
A blow of its misty crest.

There's fragrant honey harvest in the flowers,
Aroma of mint and roses there;
The melodious lark with sweet gentle voice
Sings music all the time;
Cattle have shelter from the weather,
Well cared for, with plenty to drink;
Sea trout rest in its waters
Before swimming to the moors.

Over the sea swell blow warm winds
Which the alder tops bend before;

'S le binn-ghuth fann sa Bhealltainn Mhàigh
Bidh allt a' gàir feadh dhòrnag ann;
E null 's a-nall feadh chùiltean cam
Gu lunnach, labhrach, ceòlmhorach,
'S e ruith gu siùbhlach, sunndach, rèidh
'S thig sìol an èisg gu beò-bheath' ann.

Ged leanainn bliadhn' air sgrìobhadh sìos
Chan innsinn trian na còrach dhuibh;
Tha maise an àit' bho thràigh gu sliabh -
Gu bràth cha snìomh mi còmhladh e;
'S gun dùin mi 'n dàn le dùrachd bhlàth
Don h-uile càrn is lòn a th' ann;
Tha spèis aig càch dha, seud an àigh
'S e reul gach àite-còmhnaidh e.

10. Tràigh na Cròice

A' Chròic - am bàgh tuath air Eilean Mhoirean, faisg air taigh a' bhàird.

Am fonn: *Anna NicLeòid*

O fàilt' air cluaintean uain' mo ghaoil
A ghluais mo smaoin gu ceòl,
Far 'n tric 'n do ruaig mi uallach, saor,
A' buain nam maoth-lus òg;
Far 'm faicear tric sa Bhealltainn Mhàigh
An dealt air bhàrr an fheòir
Is gaoir nan tonn is fonn an gàir
A' gleac air tràigh na Cròic.

O, siud am bad don tug mi gràdh -
Bidh m' aigne ghnàth na chòir;
Bidh m' inntinn daonnan taobh na tràigh
An gaoth nan gàir-thonn mòr;
'S ged thairgt' an crùn dhomh 's ionntas àrd
Le saibhlean làn den òr,
B' e miann mo shùl an ùr-thràigh bhàn
Fo thiùrr' an làin sa Chròic.

B' e 'n sealladh cùbhraidh leam-sa riamh,
Nuair dh'èireadh grian na glòir;

With faint sweet voice in Beltane May,
The burn laughs among pebbles,
Meandering through winding nooks,
Rippling, musically chuckling,
Free-running, merry and smooth;
Fish spawn comes to life there.

Even if I spent a year writing down,
I'd not tell you a third of all I should;
The beauty of the place from beach to moor
I could never weave together:
I'll end my song with warm regards
To every cairn and pond there;
Others praise it, a splendid jewel,
Star place in which to live.

10. The Beach of the Cròic

The Cròic is the curved bay north of Vorran Island, west of the bard's house.

Tune: *Anna NicLeòid*

O greetings to my beloved green fields
Which inspired my mind to song,
Where I often roamed, happy and free,
Picking tender young flowers;
Where often is seen in Maytime
Dew on tips of the grass,
With swell of waves and sound of their roar
Breaking on the shore of the Cròic.

Oh, that's the place that I loved,
I'm often close to it in spirit;
My mind is always by the shore
In the wind of the great waves:
Though I were offered the crown and great treasure
With vaults full of gold,
I'd wish to see the fresh white sand
Under the high water wrack of the Cròic.

It was always a sweet sight for me
When the sun rose in its glory,

37

Is blàths a soills' cur loinn is fiamh
Air bàrr nan liath-lus òg -
B' e 'n sòlas inntinn leam san uair
Bhith faicinn bhuam le deòin
Na tuinn a' gleac 's a' sgailceadh suas
Air ùrlar cruaidh na Cròic.

Gun d' fhuair mi m' àrach tràth le sùim
Nuair bha mi 'm naoidhean òg
An taic a' chuain 's nam buailtean grinn,
Far 'n seinn le loinn na h-eòin,
'S gun chluic mi tràth nam phàistean maoth
Air bàrr nan raointean feòir,
'S am measg na gainmhcheadh bharra-ghil bhàin
Mu bheul an làin sa Chròic.

Nuair dheàrrsas grian gu tìorail blàth,
Cur dias a' ghràin na ghlòir,
Bidh a geala-ghath caoineil sgaoilt' air blàir
'S air raointean àlainn eòrn';
Bidh 'n còrsa machrach glacach, uain'
Fo bhrat le dualan feòir,
'S am muran dlùth gud ghlùinean suas
Mu chùl nam bruach sa Chròic.

Bu tric mo cheum sa Chèitean chiùin
Feadh rèidhlean ùr nan ròs,
'S an oiteag bhlàth thar blàr nam flùr
Toirt àileadh cùbhr' gum shròin,
'S b' e riamh mo mhiann bhith triall le fonn
Mu bheul nan tonn gun bhròig,
'S a' cluich leam fhìn le inntinn àrd
Air mìn-thràigh bhàn na Cròic.

Ach soraidh slàn gu bràth bhith bhuam
Gu làithean uallach m' òig' -
Tha bliadhn' is bliadhn' a' triall le luaths
Gu crìoch ar cuairteadh beò;
'S mo dhùrachd ghrinn don chloinn a bha
A' cluich leam tràth sna lòin
'S mu bhruaich nan lèantan feurach fàs
Am fianais tràigh na Cròic.

The warmth of its light setting off
The tops of young green plants:
Then it was a joy for my mind,
Seeing there as I wished
Waves breaking and striking
On the firm floor of the Cròic.

I had a caring upbringing
When I was a little child,
Close by the sea and pretty folds
Where birds sang joyfully:
Early I played as a tender babe
On the grassy fields
And along fair white-topped sands
By the tide's edge in the Cròic.

When the sun shines warm and drying,
Bringing out the glory of the grain,
Its gentle bright rays spread over plains
And fields of splendid barley;
The coast of green machair and dells
Will be under its carpet of tufted hay,
With dense bent-grass knee-high
Back of the dunes in the Cròic.

Often I walked in gentle spring
Through fresh fields of roses,
The warm breeze over blossom
Bearing a fragrant scent;
I always wished to run with joy
Barefoot through the waves,
In high spirits to play alone
On the smooth white sand of the Cròic.

But farewell from me forever
To the carefree days of youth -
Year on year speeds faster by
To the end of our life's journey;
My best wishes to the children
Who played with me in the pools
And about the boggy, grassy fields
In sight of the beach of the Cròic.

11. Oran a' Pharsail Mhòir

As dèidh a' chogaidh, nuair a bha biadh is aodach gu math gann ann am
Breatainn, bha dùil aig an teaghlach ri parsail fhaighinn bho chàirdean ann an
Ameireaga. Bha peathraichean a' bhàird (Ceit agus Anna) air corra-bhiod.

O tha mi sgìth dheth, seachad air bhith sgìth dheth,
'S fhad' bhon bha mi sgìth dheth, 's cha neònach:
A h-uile là bhon thill mi cha chluinn mi mo ghuth fhìn
Ach mun pharsail a tha tighinn air a' bhòidse.

Bidh Annag rium ag ràdha, 's i feitheamh fear na màileid,
"Tha dreas ann agus làn-phaidhir bhrògan."
Bidh Ceit a-mach a' stàrachd gu faicear e air fàireadh -
'S nuair thig e, cha bhi càil dha na h-òighean.

B' e siud am parsail ainmeil - 's gur fhada bhon a dh'fhalbh e
Air turus gu ruig Alba nam mòr-bheann;
Ach saoil an deach an t-ainm air, ma chaidh, saoil an d' fhalbh e dheth
Nuair a bhiodh feadhainn aimsgith ga chrògnadh?

Bidh Annag air a' chabhsair a' casadaich 's a' dranndan:
"Saoil am bi e ann ro Dhidòmhnaich?"
Tha Ceit a' gabhail amharas, ma thòisich iad ri rannsachadh,
Gun do ghabh na mealltairean còir air.

Bha coilearan dhomh fhìn ann, bha cofaidh agus tì ann,
Is crogain bheaga, bhìodacha feòladh;
Bha badan beaga mìn ann, bha drathaisean dhen t-sìod' ann
A dh'fhalaicheadh ceann ìseal nan òighean.

'S bha Anna rium ag ràdha, na' faigheadh i ron bhàl e,
Gum bitheadh i na màldaig bhig leòmaich,
'S nuair a shealladh i cuid sìod' ann gu faigheadh i fear cinnteach
A ghealladh leis an fhìrinn a pòsadh.

'S an sin, air feasgar àraid, gu facas fear na màileid
'S am bag' aige cho làn dhe gach seòrsa:
Thuirt Anna rium gu làidir, "Tha am parsail aige 'n dràsta
'S chan aithnichear a-màireach le leòm mi!"

Labhair i gu sgraingeil: " 'S e mise bheir an t-sreang dheth -
Rèitichibh a' bheingidh 's am bòrd dhomh."

11. Song of the Parcel

Just after the War, when most things in Britain were still rationed, the family had been led to expect a parcel full of little luxuries from relatives in America. Its arrival was eagerly anticipated by the bard's sisters Kate and Ann.

Oh, but I am tired of it, past being tired of it,
Long past being tired of it - no wonder:
Every day since my return, I can't hear my own voice
But just the parcel that is coming on the voyage.

Ann tells me as she waits the mailbag man:
"It has a dress and a fine pair of shoes."
Kate is out promenading till he appears on the horizon
And when he comes, there is nought for the girls.

Oh, what a famous parcel - it left long ago
On its journey to Scotland of the mountains;
"Do you think the address was on it - perhaps it came off
 When it was carelessly mishandled?"

Ann will be on the pathway coughing and grumbling:
"Do you think it will be here before Sunday?"
Kate is suspicious that, if they started to rummage,
Impostors have taken charge of it.

It had collars for myself, it had coffee and tea
And tiny little tins full of meat;
There were finely made smalls and undies of silk
To conceal the lower parts of the girls.

Anna told me that, if it came before the dance,
She would be such a smart little maid;
By showing all her silk, she'd find a man for sure
Who would promise sincerely to marry her.

One special evening, the postman was seen
With his bag crammed full of all sorts;
Ann told me stoutly: "He has the parcel this time -
You won't know me tomorrow for style!"

She said quite fiercely: "*I* will take the string off -
Make ready the bench and the table;"

'S ann thòisich i ri dannsa na seasamh air a' chabhsair
'S gur ann a thug i rann dhuinn de dh'òran!

'S nuair thàinig fear na màileid, gur duilich leam ri ràdha,
Thionndaidh an ceòl-gàire gu bròn dhaibh -
Cha robh aige 'n taobh seo ach pileachan nan caorach
A thàinig chun nan daoin' às an Oban.

Thug Anna rinn a cùlaibh 's i danarr' agus diùmbach,
'S gun do tharraing i le giùig air a' chlòsaid;
Ceit is boinn' o sùilean, gu h-ealamh thug i 'n rùm oirre,
'S chluinneadh iad i bùirean am Bòrnais!

12. Anna Mo Phiuthar

B' e Dòmhnall Iain agus Anna an dithis a b' òige dhen teaghlach agus bha iad ann an dlùth-dhàimh ri chèile. Na seann aois 's ann a bha Anna glè mhoiteil às an òran seo a bha ag innse mun ùidh a bh' aice òg anns na balaich!

Am fonn: *Oran na Feannaig*

'S gur i Anna mo phiuthar
A nì mi chur anns an duanaig:
Tha i àbhachdach, cridheil,
Ro mhùirneach, mireagach, buadhail;
'S e sin a dh'fhàg mi cho claoidhte
'S a dh'fhàg mo chuimhn' air a ruaigeadh -
Nach fhaigh mi cadal na h-oidhche
Aig faram cuibhrig is cluasaig
        Nuair thig na sgaimp!

Bidh fear aig bogsa na cartach
'S cha leig a' ghealtachd na còir e,
'S bidh fiùran eile nas tapaidhe
Staigh fon bheairt anns a' chlòsaid;
Bidh fear air cathair san rùm aice
'S lainnir ùr às a bhrògan;
'S e am bogsa tion a bhios ìseal
Mun cumar tì ris na h-òganaich,
        Fear mu seach.

She started to dance standing on the path
And even gave us a verse of a song!

When the post arrived, sad for me to say,
Their laughter was turned soon to tears;
All he brought this way was a pack of pills for sheep
That were sent out to people from Oban!

Anna turned her back on us, sulking and angry,
And took off, head bowed, for the closet; [12]
Kate, with tears in eye, swiftly retired to her room -
They could hear her howling in Bornish!

12. My Sister Ann

The bard and his sister were the two youngest of the family and very close companions in their adolescence. Ann in her old age seemed quite proud to have had her youthful keen interest in boyfriends recorded for posterity!

Tune: *Oran na Feannaig*

It is my sister Ann
Who is theme of my song:
She is merry and cheerful,
Joyful, playful and gifted;
That's what leaves me so weary,
Ruining my memory -
That I can't get a night's sleep
For the rustle of quilt and pillow
      When the scamps arrive!

There will be one out by the cart
Too timid to come near her,
Another youth much bolder
Under the loom in the closet;
She'll have one sitting in the parlour,
His boots shining like new;
The caddy gets very low,
Supplying tea for the lads,
      One by one!

Nuair a thèid i shiubhal nam bùithean
A dh'iarraidh grèim a nì dinnear,
Gun can i riumsa gu dàna -
" 'S e feòil an Tàilleir as mìlse!" [13]
Bheir i leatha mo *chard*-sa,
Ach is beag, a ghràidhein, a chì mi dheth;
Thèid e bhiathadh nan *airmen*
'S bidh mise nam Eipheiteach cilleach
        A dol mu seach!

'S an oidhche a thill i à tuath
Ann an achlais Rùaridh 'icAmhlaidh
I air chrith leis an fhuachd
Bh' air feadh fasgadh chuaraichean meallta -
Gun do dh'èibh mi air ainm oirre
Feuch an tairgeadh iad dram dhomh,
Ach leis a' chabraid 's an ùpraid
A bh' aca air ùrlar an trannsa,
        Cha chluinninn dad!

Chan iongnadh mise bhith caoineadh
'S a' cur mo smaointean an duanaig,
'S nach eil latha dem shaoghal
Nach eil a' ghaoir seo nam chluasan:
"Nach e am fear ud tha brèagha!"
'S "Am fac thu, Dhia, 'm fear a fhuair mi!
Bu laghach oidhche den àrmann ud -
'S mi nach tàireadh air cuairt dheth
        Gam thoirt a-mach!"

13. Fàilt' air Tìr an Eòrna

O fàilt' air Tìr an Eòrna,
Dùthaich m' òige, tìr nan gleann -
'S i dhùisgeas smaointean ceòlmhor,
Caoin nan òran na mo cheann;
Bhith 'g èisteachd tuinn na Cròice
Thug dhomh tòiseacheadh san àm,

When she goes off shopping
To get a bite for dinner
She tells me quite boldly,
"The Tailor's meat is tastiest!"
She takes my ration-book
But, my dear, little I see of it -
It goes to feed the airmen,
While I'm like a frail Egyptian
                    Staggering about!

The night she returned from the north
On the arm of Roddy Macaulay,
Shivering with the cold
From sheltering in treacherous quarries,
I called out her name
So they might offer me a dram
But with the din they were making
On the floor of the lobby
                    I heard no reply!

No wonder I'm lamenting,
Putting my thoughts in a ditty,
When not a day passes
Without hearing these cries:
"Isn't that one handsome!" -
And "Did you see the one I got! -
A night with that hero would be nice -
I wouldn't turn down the chance of him
                    Taking me out!"

13. Greetings to the Land of Barley

Greetings to the Land of Barley,
Land of my youth, land of glens,
That wakes melodious thoughts
Of sweet song in my head;
Listening to the waves of the Cròic
Set me off at this time,

45

A' cuimhneachadh gach gòraiche
Nam òg-phaist' rinn mi ann.

Mu ghlaicean Pheighinn nan Aoireann
Chluic mi aotrom, saor bho bhròn,
'S far 'n d' ruith mi casruisgt', faoin-cheannach
Gu bras mu thaobh nan lòn;
Far 'n d' thogadh suas gun fhàillinn mi
Le màthair bhàidheil chòir,
Bhon d' fhuair mi 'n tùs am blàth-bhainne
Tro bhàrr a cuim ri òl.

Gur tric a bhios mi smaointeachadh
An caochladh thàinig oirnn:
Na companaich bha gaolach leam,
'S bu chaomh leam bhith nan còir,
An-diugh gu sgapte, sgaoilte
'S iad a' saoithreachadh an lòin,
'S tha cuid dhiubh dh'fhàg an saoghal seo,
Air raoin a dh'aom an deò.

Bidh cuimhneachain den t-seòrsa sin
An còmhnaidh tighinn nam cheann,
Nuair chì mi bhuam na leòidean
Far am b' eòlach sinn nar cloinn:
Na bruachan àrda fìor-mhaiseach
'S an tràigh mun iadh na tuinn,
'S an cruadhlach còmhnard, liath-dhealtach
Far 'n deàrrs a' ghrian le loinn.

Ach càit eil àit' as brèagha leibh
Fo iarmailt liath nan speur
Na 'n tràigh nuair dheàrrsas grian oirre
'S muir-làn mu beul a' leum?
An cop bhon stuaidh ga shiabadh ann
'S an oiteag dian na dhèidh,
'S na tuinn a' gleac cho dìorrasach
Air gainmheach liath-gheal rèidh.

'S e Uibhist riabhach àrd-chorrach
Mun iadh an tràigh 's an ceò

Remembering each foolish prank
I got up to as a child.

About the dells of Peninerine
I played light-hearted, free from care,
Where I ran barefoot, empty-headed
And lively by the pools;
Where I was brought up flawlessly
By a kind and gentle mother,
From whom first I had warm milk
Of her breasts to drink.

Often I ponder on
The change that has occurred:
Companions that I loved,
Whose company I enjoyed,
Today dispersed and scattered
Earning their livelihood;
Some have left this world,
Breathing their last on the field.

Memories of this kind
Always spring to mind
When I see the broad fields
That as children we knew well:
Beautiful high braes,
Beach lapped by the waves,
And the level, silver-dewed, stony ground
Where the sun shines so fair.

Where will you find a more lovely spot
Under the blue vault of the skies
Than the beach, when the sun shines,
Fringed by the high tide?
Spume from the waves blown there
By the steady breeze behind,
Waves breaking, murmuring
On the smooth, grey-white sand.

Rugged, brindled Uist,
Surrounded by beaches and mist,

An t-eilean uain' a dh'àraich sinn,
'S nach àicheidh sinn rir beò;
Tha machraichean fo bhlàthan ann
Far 'n àille dh'fhàsas eòrn',
'S bidh dealt nan speur san tràth-mhadainn
'S i laist' air bàrr an fheòir.

Tha daoine fialaidh, càirdeil ann,
Gu rianail, bàidheil, ciùin;
Tha luchd mo ghaoil a' tàmhachd ann
'S tha pàirt dhuibh cnàmh na ùir:
'S ged chrìochnaicheas mi 'n dràsta
Bidh gu bràth mo ghràdh 's mo rùn
Air Uibhist ghlas nan àrd-bheannan
San do bhlais mi tràth air glùin.

14. Don Uisge-Bheatha

As dèidh a' chogaidh bha an t-uisge-beatha anabarrach gann an Alba. Chan fhaigheadh daoine ach stuth gu math mi-chàilear - mar ruma Demerara.

Ged bhiodh gach bàrd agus seanchaidh
Is luchd nan searmon a' cnàmhan,
Gun cuir mi 'n àirde mo sheanchas
'S gun dèan mi dheilbh ann an dàn dhuibh,
'S gun inns mi biùthas an òigeir
A chuireas dòigh air mo nàdar,
A dhùisgeas m' inntinn gu òrain
A chur an òrdugh sa Ghàidhlig -
                'S e Mac na Braich'!

B' e deoch nan Gàidheal bho thùs e
Mun deach ar dùthaich fo thàmailt;
Mun deach a muinntir a' sgiùrrsadh
Gun mhodh gun diù thar an t-sàile;
'S mun deachaidh Alba nan ciar-bheann
A chur fo riaghladh na gràisge
A thug an grèim às ar beul ann,
Mun tug an fhiacail ann làrach
                'S mun tug i brag.

Verdant island that reared us,
To which we will always be loyal;
The machairs blossom there
Where the finest barley grows;
Dew of the heavens in early morning
Sparkling on tips of the grass.

Folk are warm and friendly there,
Sensible, kind and gentle;
My loved ones live there
Some crumbling in its soil:
And though I will finish now
I will always love and cherish
Green Uist of the high bens
Where I first fed on the knee.

14. To Whisky

Just after WW II there was a great shortage of whisky in Scotland. Islanders had to put up with such unsatisfactory substitutes as Demerara rum!

Though every bard and story-teller
And the preachers complain,
I will tell my tale,
Crafting it into an ode for you:
I will report the fame of the young one
Who settles my disposition,
Inspiring me to compose
Songs in Gaelic -
        He is Son of the Malt.

It was the Gael's drink from the outset
Before our country was shamed,
Before her people were scourged
Rudely without respect overseas,
Before Scotland of the dark bens
Was put under the rule of the rabble
Who took the food from our mouths
Before a tooth could indent it
        With a bite. [14]

Nach ann air Alba nan stùc-bheann
A thàinig diùdhaidh nan ceannard
An uair a ruaigeadh am prionnsa
'S a chaidh a sgiùrrsadh mar mhealltair;
Sìol nan Stiùbhartach cùirteil
A rinn an cliù dhuinn a shealltainn,
Gun deach am fogradh bhon chrùn
Aig a' bhannal shiùrsaichean sanntach
                    Tha 'n-diugh nan staid.

Ach tha mo cheist air an eòrna,
Ceann-adhbhair sòlais gach nàisein;
Gu cinnteach 's rìgh air gach seòrsa
Den h-uile pòr a nì fàs e;
Nì e biadh air a' bhòrd dhuinn
A chuireas feòil air ar cnàmhan,
'S gun dèan e deagh Mhac an Tòisich -
An deoch a dh'òlas na h-àrmainn
                    Aig 'eil am blas.

Mo mhìle beannachd don chiad fhear
A thug bhon dias chun a' ghràin e,
A rinn a bhrachadh gu mhiann
Gus an tàinig freumhaichean bàn às;
A rinn a chruadhachadh riaghailteach
Ann an ìochdar na h-àthadh
'S a thug na cheòthannan liath-gheal
A-mach tro chliathach na pràisich
                    Na thigeadh às.

Chan iongnadh m' inntinn bhith claoidhte
'S ged bhiodh mo chuimhne gam fhàgail,
'S an stuth a dhùisgeadh na fuinn dhomh
Nach fhaigh mo chuinnlean dhith fàileadh:
Ga cur air falbh às an rìoghachd
'S a' tarraing puinnsein na h-àite,
'S cha tairgear dhòmhs' ach a' fuighleach
Nuair bhios gach raoiteire sàsaichte
                    Leath' air fad.

What contemptible rulers
Now for Scotland of the high bens
Since the prince was routed
And driven out like an impostor;
Seed of the courtly Stuarts
Who proved their renown,
They were exiled from the crown
By the band of greedy lechers
       Today in their place.

But I prize the barley,
Source of pleasure for each nation;
Surely it's king of all kinds
Of grain that grow:
It makes food for our table
That puts flesh on our bones;
It makes fine whisky -
The drink of brave men
       Who have the taste.

My thousand blessings on the first one
Who brought it from ear to grain
And malted it to his taste
Till it germinated white roots;
Who dried it evenly
In the bottom of the kiln,
Distilling in grey-white steam
Out through the side of the pot
       All that there was.

No wonder my mind is exhausted
And my memory going,
When my nostrils cannot get scent
Of the stuff that would inspire my songs:
They're exporting it from the country
Importing poison in its place,
And I am offered but dregs
When every drunkard is sated
       With it fully.

Ach spiorad sùghmhor an eòrna,
Gun dèanar òl feadh an t-saoghail;
Cha bhiodh a' chuirm mar bu chòir dhi
Mur biodh gu leòr dheth ri fhaotainn:
Aig àm a' bhaistidh 's a' phòsaidh
Cha bhithear dòigheil às aonais,
'S gun deach a chleachdadh aig tòrraidhean
Gus na dheònaich na daoine
                    Ri chumail às.

Gur blasta milis nam bheul e,
'S ga leigeil sìos tha e sùghmhor;
Nam biodh e pailt air mo bheulaibh,
Cha chuireadh sìon orm cùram;
Gun dèan e m' inntinn a bhiathadh
'S bheir e briathran às ùr dhomh,
'S gun toir e bochdan gu slàinte
Mur' bheil am bàs air a' lùths a
                    Thoirt ast' air fad.

Ach facal dhuibhse tha smaointinn
Nach eil an daorach ro àghmhor:
Na seallaibh sìos air na daoine
Tha gabhail daonnan an sàth dhi;
Ged ghabhas mise 's mo sheòrsa dhith
Gus 'm bi leòn air ar Gàidhlig,
Gu nochd sinn fhathast cho leòmach
Ri fear nach òl ach a' bhlàthach
                    Is rudan lag.

Nuair gheibh mi balgam no dhà dheth,
Gun toir e 'n àirde mo sheanchas;
Gun dèan e stèidhe dom bhàrdachd
Airson an tàlann a dhearbhadh;
'S nuair chluinneas mis' iad ga chàineadh
Gun dèan e m' fhàgail cho feargach,
'S cha mhòr nach aoirinn gu bàs iad
Airson bhith 'g àilgheas 's nach aithnich iad
                    A' rud tha ceart.

But the rich spirit of the barley
Is drunk throughout the world;
There could be no proper celebration
Were not enough to be had:
Weddings and christenings
Would not be right without it
And it was served at funerals
Until the people decided
          To exclude it.

It tastes sweet in my mouth
And strong as it goes down;
If there was plenty before me,
Nothing would bother me:
It nourishes my spirit
And gives me new words;
It will bring the sick back to health
Unless death has taken their strength
          Altogether!

But a word to you that think
Drunkenness unpleasant:
Do not look down on those
Who always take their fill;
Though my sort may drink
Till it mars our Gaelic,
We will yet appear as smart
As he who drinks only buttermilk
          And weak stuff.

When I have a drop or two,
My conversation improves;
It makes a foundation for my poetry
To prove the talent;
When I hear them revile it,
It makes me so angry,
I could almost satirise them to death
For scorning without knowing
          That which is right.

An duine truagh nach cuir beul air,
Cha b' e mo mhiann a bhith còmh' ris -
Cha b' e 'n seòrs' ud a dh'iarrainn
A' suidhe sìos aig a' bhòrd leam;
Gum b' e mo nàdar-sa riamh
A bhith far an lìonte na stòpan,
An cuideachd òigearan coibhneil
A ghabhadh fuinn agus òrain
                    Is glainn' is *pint.*

Gura truagh leam an caochladh
A th' air an t-saoghal an-dràsta,
Nach fhaigh mi 'n deur beag as fhaoine
Ged chumadh aon tè bhon bhàs mi;
'S gur ann tha buileach gam liathadh
'S a' cur, a Thighearn', orm tàmailt,
Na bheil den stuth air a dhèanamh,
Tha h-uile deur dheth air bàta
                    Dol chun na *Yanks.*

Gur beag an t-iongnadh leam tàmailt
A bhith air Gàidhealtachd Albainn,
'S nach fhaigh na daoine tha tàmh innte
Boinn' a bhlàth-uisg' an arbhair:
Cha chumar riùms' ach an sgùraig,
Ged dhèanainn dùbladh a thairgs' air,
Ach gheibh gach uasal is iùdhach
Na chumas brù air is balg oirre
                    Tighinn a-mach.

Ach nam biodh mathte dhomh iarrtas,
Cha bhiodh sìon ann a b' fheàrr leam
Ach cothrom cosnaidh mo bhiathaidh,
Nan cumadh Dia rium mo shlàinte:
Mo theanga daonnan bhith 'n òrdan
Airson na h-òrain a thàthadh,
'S a bhith de dh'airgead nam phòca
Na chumadh òl rium gu 'm bàsaichinn
                    'S mar sin leat!

The sad man who won't taste it
I would not wish to be with -
He is not the sort I'd want
Sitting down at table with me;
It was ever my nature to be
Where glasses were filled
Along with generous young men
Who'd sing songs and choruses
          With a half and a pint.

Sad to me is the change
Now in the world -
That I can't find the slightest drop,
Even if one could save my life;
What really turns me grey
And, Lord, leaves me mortified,
That so much is produced -
Every drop of it on ships
          Going to the Yanks.

Little wonder to me the shame
For the Highlands of Scotland,
When people cannot get
A drop of corn liquor:
I'm given only dishwater
Though I should offer double for it,
But every toff and miser gets enough
To keep a pot on his belly
          Protruding.

But if I was granted a wish,
I would ask nothing better
Than a chance to earn a living,
If God preserved my health:
My tongue always ready
To craft the songs,
With enough money in my pocket
To keep me in drink till I die -
          And the same to you!

15. Chan Ol Mi Deur Tuilleadh

A dh'aindeoin mar a mhol e an t-uisge-beatha, chuir am bàrd roimhe stad dhen òl - an dèidh dha dhol ro dhàna air Demerara aig banais!

Am fonn: *Bu chaomh leam bhith mireadh*

Chan òl mi deur tuilleadh, deur tuilleadh, deur tuilleadh,
Chan òl mi deur tuilleadh, deur tuilleadh rim bheò;
Chan òl mi deur tuilleadh gu sìorraidh dhen ruma,
'S mi cinnteach gun cuireadh e dunaidh nam fheòil.

Gur mis' tha fo ghruaimean a' dùsgadh gun chluasaig,
Mo cheann ann an tuaineal, cha dual dhomh bhith beò:
Tha èibheach nam chluasan, cha lèir dhomh ach tuaileas,
'S gur e dh'fhàg mi cho truagh dheth a' stuth cruaidh rinn mi òl.

'S ann air pòsadh mo nàbaidh a dh'òl mi na chràidh mi -
Chaidh stòpan a thràghadh a bhàrr air a' chòir;
'S chan iarrainn dham nàmhaid, a Dhia, bhith mar tha mi,
'S e chrìoch a tha 'n dàn dhomh - tha 'm bàs air mo thòir.

Bha beòir agus fìon ann, bha còrr air do dhìol ann,
Gach seòrsa bha riamh ann a mhiannaichean òl;
Bha beairteas dhen bhiadh ann 's e pailt air a riaghladh,
Bha 'n ceartas ga rian ann le fialachd nan dòrn.

Chan iongnadh, a chàirdean, mo cheann bhith gu sgàineadh -
'S e 'n dram bhith cho làidir a dh'fhàg mi bho dhòigh:
Na botail gan tràghadh cho pailt feadh na h-àthadh -
Bha fortan nam fhàbhar nuair dh'fhàg e mi beò.

Sa mhadainn nuair dhùisg mi chan fhosgladh mo shùilean -
Bha goirteas nan cùlaibh gam chiùrradh 's gam leòn;
Bha m' uchd 's e air rùsgadh, bha luchd air mo ghiùlan,
Gach alt dhiom gun lùths ann bhom chrùn gu mo bhròig.

Nuair dh'èirich mo mhàthair gun dh'èibh i gu làidir,
"Gu dè bheir sibh dhàsan mum bàsaich e oirnn?
Nach brèagha chuis-nàire bhith fiathachadh chàirdean
'S an dias sin air clàran air sàillibh an òil."

Thuirt Anna gu dàna, "Bheil nì ann as fhearr leat?
Tha ìm ann is càise, buntàt' agus feòil,

15. Not One More Drop!

Despite his praise of whisky, the bard resolves to give up drinking after a surfeit of Demerara at a traditional island wedding in his neighbour's barn!

Tune: *Bu chaomh leam bhith mireadh*

I'll not drink one more drop, one more drop, one more drop,
I'll not drink one more drop, one more drop while I live;
I'll not drink one more drop ever again of the rum
When I'm certain it will do my body great harm.

I'm in a bad way, waking pillowless,
My head in a spin, I'm not likely to live:
There's a roaring in my ears, I can see only dimly -
What left me so miserable was the hard stuff that I drank.

It was at my neighbour's wedding I drank till I suffered -
Glasses were drained more than was right;
I would not wish my enemy, Lord, to be as I was:
It will be the end for me - death's on my tail.

There was beer and wine there, more than enough for you
Of every kind that I would wish to drink;
There was plenty of food, amply apportioned,
Fairly distributed by generous hands.

No wonder, my friends, my head should be splitting -
It was the strength of the drams that left me so ill:
So many bottles being drained in the barn -
Fortune was kind that it left me alive.

Waking in the morning, I couldn't open my eyes -
The ache behind them gave me torture and pain;
My breast was raw, my bearing was heavy,
Every joint without strength from head to toe.

When my mother arose, she cried out loudly,
"What can you give him lest he die on us -
 What a pretty scandal to be inviting friends
 With that fine fellow on a bier through drink!"

Anna asked boldly, "Is there anything you'd like?
 We have butter and cheese, potatoes and meat -

57

'S nach feuch thu air pàirt dheth chur sìos mar a b' àbhaist?
'S e 'n t-iasg car as fheàrr leis gach tràill bhios ag òl."

Nuair a thairg iad am biadh dhomh, cha deargainn air fheuchainn -
Bha searbh-bhlas is tiacadh an ìochdar mo bheòil,
'S gun tràighinn na miasan mu sàsaichinn m' ìota
'S mu 'm bàthainn a' ghrìosach bha shìos nach bu chòir.

Ach bhon fhuair mi mo shlàinte 's gun dh'fhuaraich mi 'n dràsta,
Cha suath' mi cho dàna gu bràth ris an òl;
Gun cum mi na fàintean mar dh'òrdaich an t-Ard-Rìgh
'S chan òl mi 'n deoch-làidir gu bràth ri mo bheò!

16. Beanntan Uibhist

Anns an dàn seo chleachd e an aon rannaigheachd ri Peighinn nan Aoireann
*(t.d. 32) - ach tha a' chainnt nas brìghmhoire buileach, le sreathan ceòlmhor de
dh'fhaclan a' dealbhachadh nam beann.*

O smoisleam suas bho thost na suain seo,
'S nochdam buaidh mo sheòrsa dhuibh:
Cha bhrosgal duais gu mosgladh chluas
A bhrosnaich suas mo cheòl-ribheid
Ach dreach nan gleann nuair sheas mi ann
Air feasgar samhraidh òr-dhearcaich,
Le snuadh nam beann bha luaths nam cheann
Gus 'n d' fhuair mi 'm peann nam mheòireagan.

A rìgh, gur taitneach, rìomhach, dathte
Cìrean leacach, cròic-cheannach
Nan àrd-bheann breaca, bèarnach, bailceach,
Rinneach, cnapach, srònasach;
Gur geugach, grianach, grèidhte, fiarach,
Rèidh-ghlas ciar na còmhnardan
Tha 'n taic rim bonn 's an com gan geàrd
Bho ghleadhraich àrd na dò-shide.

Tha Gèideabhal nan geur-chlach cas
Mar leug 's i laist' an òr-fhàinne;
Tha Heacal chiar nan strìochdan glas

Won't you try some of it as usual?
Fish is usually preferred by slobs who've been drunk."

When they offered me food, I couldn't even attempt it -
There was sourness and drought in the floor of my mouth.
I could have drunk basins before quenching my thirst
And drowning the abnormal fires down below.

But as I've recovered and now cooled down,
I will never touch drink so boldly again;
I will keep the commandments ordained by the High-King
And never drink hard liquor so long as I live!

16. The Bens of Uist

Composed in the same metre as Peninerine *(p.32 - cf* Oran an t-Samhraidh *by* William Ross*) but with an even richer stream of onomatopoeic adjectives in the demanding rhyme discipline. Translation cannot do justice to these effects, which demand that the original be read aloud.*

I must arise from this silent slumber
And show you the talents of my kind:
It's not the flattering reward of stirring the ear
That has inspired my music
But the bloom of the glens when I stood there
On a golden summer's eve -
The beauty of the bens made me impatient
Till I had a pen in my fingers.

Lord, how delightful, beautifully coloured
Are the rocky, jagged crests
Of the speckled, fissured, ridged high bens
With their peaks, stacks and hills;
Sun-baked, blooming and grassy
Are the smooth green plains
That lie at their feet, protected by their flanks
From the uproar of foul weather.

Geideabhal of the sharp steep rocks
Is as a jewel shining in a gold ring;
Dark Hecla of the grey streaks

Na siantan bras cha leòn iad i:
Tha Teach an Triubhais dùmhail trom, [15]
Le cìrean tollach, cleòcanach,
A' sgurrachadh suas le uaill bho 'barr,
'S gur dual dha plàsta ceò bhith air.

Tha Buail' a' Ghoill ann, rìgh nan stùc, [16]
'S i crùibeach, glùineach, fròg-phailteach;
Gu strìochdach, sracach, sgailceach, crùnach,
Leacach, lùbach, leòr-eagach:
A h-aodann rocach, slocach, lannach
Riabhach, meallach, meòireanach
A' sìneadh sìos bho bheul nam beann
Gu fèath nan gleann 's nan còmhnardan.

Gur tearc air taobh an iar na h-Alb'
Ri fhaicinn dealbh cho sònraichte
'S a thig fo chomhair sùil fear-falbh'
Bho sgurraidhean garbh nam mòr-bheann ud:
Na sruthain bhùirn an grunnd nan gleann
A' smùideadh steall feadh dhòirneagan,
A' maistreadh uisg' tro chuislean cam
Le sloistreadh labhrach mòr-ghuthach.

Nuair thriallas siantan fiadhaich àrd
'S a riaghlas blàths na pòrannan,
'S a theachdas fann-ghaoth fhonnmhor, thlàth
San t-samhradh chàiseach, òg-mhiosach,
Gu sgeadaich nàdar bàrr nan stùc
Le stràic de dh'ùr-fhraoch òg-gheugach,
Gu gorm-shlios, driùchdach, ùrar, àlainn
Flùrach, feàrnach, feòirneanach.

Tha 'm borran mèath gu miann an fhèidh ann,
Fianach fhèin na dlòintean ann;
Tha fasgadh dìon aig eunlaith speur ann,
Feurach sprèidh air leòidean ann;
Tha mhil na stac an glacan fraoich ann,
Aitreabh chaomh an òg-sheillein;
An stòr a phaisg e pailt an cèir
Mu 'n glacadh èis ri reòtht-ghaoith e.

Proof against the blustering elements:
Teach an Triubhais is bulky, thickset
With a ragged, mantled crest
Towering proudly at its top,
Usually tipped with cloud.

Buail' a' Ghoill there, king of peaks,
Wrinkled, knobbly, many-hollowed,
Streaked and torn, bare-crowned,
Rocky, angular, multi-fissured:
Its stony, pitted, scaly,
Shaggy, lumpy, branching face
Stretching down from tips of the bens
To the calm of glens and plains.

Rarely on the west of Scotland
Is there such a superb view
As the traveller has before his eyes
From the rugged cliffs of these bens:
Streams at the bottom of the glens
Spouting spray among pebbles;
Churning water through winding veins
With loudly roaring splashing.

When the wild weather goes
And warmth rules the crops,
And a warm musical breeze blows
In early summertime of the cheese,
Nature adorns the mountain tops
With a swathe of new young heather,
Green-flanked, dewy, fresh and lovely
Bedecked with flowers, alders and grass.

There's sappy moor-grass loved by deer,
The wild grass grows in tufts;
Birds of the skies have safe shelter there,
There's grass in fields for cattle;
Honey stored in heather dells,
Dear home of the young bee -
An ample store he set in wax
Lest he want when cold winds blow.

61

Bidh 'm bradan tarra-gheal, deàlrach, ruadh-cheann,
Meanmnach, spuaiceach, leòr-bhallach,
A' leum ri garbhlach carraigeach, cruaidh
An garg-shruth luath nan còp-eas ann:
Ri boinne borb e 'gleac le foirm
Gu h-iteach, colgach, beòthanta,
'S e trang a' sealg air cuileig mheanbh
Tha cluic air garbh-shruth ceòthanach.

Na mìltean flùran rìomhach, crùnach -
Chìtear grunn dhiubh còmhladh ann,
Gu lìth-gheal cùbhraidh, maoth-bhog, ùrar,
Luirgneach, sùghmhor, òr-bhileach:
'S a' seillean riabhach, milteach, ciar
A' diogladh cìochan neòinean ann;
A' deothal sàth à bàrr an cuim -
'S e 'n àileadh grinn as beòshlaint dha.

Gu faic thu aibhnichean nan leum
Gu briosg-gheal, beucach, beò-bhoinneach
Le cliathach chas nan glas-bheann geugach,
Brasmhor, fèitheach, lònanach,
Ri torghan bìnn air morghan mìn,
'S a' tulgadh cinn nan dòirneagan;
An t-uisg' tha fìorghlan chaisgeadh d' ìota,
Blas mar fhìon ri òl air dhuinn.

An Corghadal nan gorm-shlios cluaineach
Chì thu uamha shònraicht' ann,
'S gun d' rinn Prionns' Teàrlach tàmh air uair innt'
'S nàmhaid chruaidh an tòir air ann:
'S le meud gach iongnaidh chìtear ann
Cha sgrìobh mo pheann gu leòr dheth dhomh,
'S gur fheàrr dhomh triall gu crìoch mo rann -
Tha neul nam cheann bhon thòisich mi.

White-bellied, glistening, red-headed salmon,
Spirited, speckled, spotted,
Leaping up the hard rocky heights
In the foaming torrents of the waterfalls:
Proudly fighting the wild waters,
Finny, fierce and lively;
Busy hunting the little flies
That play over the misty rapids.

Thousands of beautifully crowned flowers
To be seen there in plenty;
Pale white, fragrant, tender, fresh
Long-stemmed, sappy, gold-lipped:
The dark, shaggy honey bee
Suckling the daisies there;
Taking his fill from them,
Their sweet scent is his livelihood.

You will see rivers leaping
White-foamed, roaring, lively,
Down the steep sides of the verdant grey bens,
Vigorous, sinuous, babbling,
Sweetly murmuring on fine sand,
Rocking the tops of the pebbles,
There's pure water to slake your thirst,
Tasting like wine to drink.

In Corodal of the green, pastured flanks,
You will see a special cave there
Where Prince Charlie once stayed
With bitter enemies in pursuit;
So great the wonders to be seen there
My pen cannot write enough,
I'd better come to the end of my verse -
My head is dizzy since I started.

17. Do Shomhairle MacLeòid

Dh'eug Somhairle Chaluim a' Mhuilich à Loch Sgioport ann an 1948 aig aois fichead bliadhna. Gu freagarrach, chleachd am bàrd an aon rannaigheachd ri Oran Mòr MhicLeòid *(An Clàrsair Dall).*

Tha mo smaoin air a dùsgadh
'S gu bheil braon bho mo shùilean gu làr:
Bhon a chualas an dùbh-sgeul,
'S iomadh gruaidh leis 'na shrùl snighe-chràidh;
Bhon a chualas an sgeula
Gun tug thu suas ann a' fiaclan a' bhàis,
Thromaich sac air gach inntinn,
Leagh ar taitneas mar ìm ris a' bhlàths.

'S e gun d' dh'fhuaraich san eug thu
Sgeul bu chruaidhe ga h-eisteachd le càch -
Fhir bu stuama nad bheusan,
Leam is truagh thu bhith 'n èideadh a' bhàis:
Cridhe d' athar ga phianadh,
Thàinig dubhar air grianan a bhlàiths,
'S ged a dh'fheumas e strìochdadh,
Fhad 's as lèir dha cha lìonar a' bheàrn.

Bha thu earbsach gun fhiaradh
'S rinn thu dhearbhadh le fialachd nan làmh:
Cridhe fosgailte, fìorghlan -
Cha bhiodh tu brosgal am fianais na b' fheàrr;
Beul a labhradh le mìn-ghuth,
Bu tu samhla na fìrinn do chàich,
'S dh'fhàg thu cuimhneachain chùbhraidh
A mhealas muinntir do dhùthcha gu bràth.

Bu tu 'n companach taitneach,
A thogadh fonn ann an aitreabh nan dàn;
Cridh' an com san robh 'n taice,
Bu tu 'n sonn nach do mhaslaich do ghnàths;
Slat a b' àirde sa choill thu,
B' e 'n reul a dheàrrsadh san oidhch' thu thar chàich,
'S gum b' e 'n dìobhal neo-choibhneil
G' eil an dìthean gun sgoinn air an làr.

64

17. To Samuel Macleod

Son of Malcolm Macleod, the Loch Skipport merchant. He was only 20 when he died in 1948. Appropriately, the metre is that of Roderick Morison's 17th century Oran Mòr MhicLeòid.

My mind is aroused,
Tears fall from my eyes to the ground:
Since the black news was heard,
Tears of pain have rolled down many a cheek;
Since the news was heard
That you have yielded in face of death,
Every mind is weighed down,
Our happiness melted as butter in warmth.

That you are cold in death
Is the hardest news for others to hear -
A man temperate in your virtues,
I am sad you should be in your shroud:
Your father's heart is in anguish,
The warmth of his bower overcast;
Though he must accept it,
He can never see the gap being filled.

You were trustworthy and true
And you proved it with generosity:
An open, sincere heart,
You would not fawn on your betters;
A voice that spoke softly,
Your honesty an example to others;
You have left sweet memories
Treasured by your people for ever.

You were a delightful companion
Joining the chorus where songs were sung;
A heart in breast which gave support,
A strong man who never disgraced your nature;
You were the tallest twig in the forest,
The brightest star shining at night;
It is a cruel calamity
That the flower is lifeless on the ground.

Gur e ghuail sinn cho piantail
Gun deach do bhuain 's gun an dias ach a' fàs;
Toiseach d' òige, bu chianail
Gad thoirt air bòrd às ar fianais gu bràth:
'S beag an t-iongnadh do mhuinntir
A bhith gach oidhch' ann an crùidhean a' chràidh:
Cha bhi fonn air a h-aon dhiubh -
Tha 'n dachaigh mheadhrach gun d' aoigh-sa cho fàs.

Ach, a Shomhairle chaomhail,
Leat bha chomhairle daonnan a b' fheàrr,
'S cha bhiodh mì-ghean air d' aodann
Ged thigeadh trìlleach an t-saoghail nad dhàil:
Ach 's e gheàrr bhuain an t-anathadh,
Gur tus' an dàrna fear d' ainm' anns an àl
A chaidh a ghairm chun na sìorrachd
Le gath nam marbh mun do chrìochnaich ur fàs.

Bidh do dhaoine gad ionndrain
Gus an dùinear an sùilean sa bhàs;
Eallach trom air an giùlan
Nuair bhios greadhnachas mùirneach aig càch:
Ach tha gach tighearn' agus aoghair
A' dol a thriall chun an aon àite-tàimh
'S 's e ar dòchas g' eil faoilte rinn
Ann an seòmraichean aoigheil nan gràs.

18. Uibhist is Barraigh

A chlarsach theudach mo dhùthchadh,
An dèan thu gleusadh bho dhùsal do thàimh dhomh;
An dèan do theudan dhomh dùsgadh
Gu binneas aoibhinn a' chiùil mar a b' àbhaist?
An seinn thu iorram san àm dhomh
Mu dhùthaich chorrach nam beanntannan àrda,
Dùthaich bhiadhchar an eòrna
Far 'm bi gu sìorraidh guth ceòlmhor na Gàidhlig?

Dùisg, a chlàrsach mo shinnsreadh,
A-mach à balbhanachd ìseal do shàmhchair,

It has grieved us so sorely
That you were cut down while the grain was still growing;
In the prime of your youth, it is tragic
To be taken from us on a bier forever;
Small wonder that your people
Should be each night in the grip of pain:
None of them can be happy,
The lively home so empty without your cheer.

But Samuel, kind friend
Your counsel was always the best;
Your face never frowning
Though the troubles of the world come to you:
But what has bereft us of strength
That you are the second of your name in the family,
That was called to eternity
By death's sting before fully maturing.

Your family will miss you
Until their eyes close in death;
Their burden heavy to bear
When others are joyful and glad;
But the lord and the shepherd
Will journey to the same resting-place;
It is our hope to be welcomed
In the hospitable chambers of grace.

18. Uist and Barra

O stringed harp of my country
Will you strike up from your slumber,
Will your strings wake for me
To happy sweetness of music as of yore?
Will you sing me an ode at this time
Of the rugged country of lofty bens,
The land producing barley
Where there will always be melodious Gaelic?

Awake, O harp of my forebears
From the lowly silence of your sleep,

Seinn dhomh iorram le mìlsead
Mar rinn thu roimh' anns na linntean a dh'fhàg sinn:
Aiseig brìgh do chuid ranntachd
Air feadh gach tìr agus clann agus nàisean,
'S biodh spiorad luasgaidh do theudan
A' ruith gu cluasan gach treud a thèid àrach.

Seinn mu dhùthaich nan gaisgeach -
'S e Uibhist dhriùchdach far 'm blasta guth Gàidhlig:
Tha toradh cliù loinneil laiste
Bho fhreumhag shùghmhor na gastachd a' fàs ann;
Tha spiorad dèirceach a' cheartais
Na charraig-stèidh dha chairtealan tàmhachd,
'S tha gaoth a shèideas thar uachdair
Mar bhoinne leigheasach à tuaran na slàinte.

Cliù is biùthas an t-sluaigh ann,
Gur fhad o shiubhail e gu cluasan gach nàisein -
Mar a dhiùlt iad an duais-bhrath
A thairg an crùn do luchd suas-liubhairt Theàrlaich:
Thagh iad reusan is dìlseachd
'S lean a' chreud sin tro thìm chun an-dràst' iad -
Fialaidh, carthannach, stuama,
Le boinne liath na fuil uaibhrich nam blàth-chridh'.

Cluinnear ceilear nan eun ann,
Cluinnear seillein gu srianach a' càrnadh,
Cluinnear crònan a lìonaidh
A' ruith na bheò-shruthain lìonmhor gu tràigh ann;
Cluinnear geum a' chruidh ghuaillfhionn
A-muigh air rèidhlean nam buailidhean àrd ann,
'S cluinnear caoin-ghuth nan alltan
A' ruith le aodann nam beanntan gu sàil ann.

Chì thu Caisteal Chloinn Dòmhnaill ann,
Carraig-thaisbein air còir-bhreith ar n-àlaich;
Chì thu ciad thuineadh Flòraidh
A rinn an gnìomh a bha glòrmhor ri Teàrlach;
Chì thu raon Blàr an Tronnga
Far 'n bheothaich gaoir-chath nan sonn Gille-Pàdraig,
'S far 'n d' thug e buaidh air an Leòdach
An uair a dh'fhuaigh e air cheòs ris a' bhàt' e. [17]

Sing me sweetly a song
As you did once in times long ago;
Carry the message of your verse
Through every land, clan and nation,
Let the trembling spirit of your strings
Reach the ears of every tribe born.

Sing of the land of heroes,
Dewy Uist of the sweetest Gaelic;
Fine bright fruit of fame there
Growing from rich root of valour:
The charitable spirit of justice
Is foundation rock to her dwellings,
The wind that blows over her
As a healing drop from the fountain of health.

The glory and fame of her people
Has long spread to all nations' ears;
How they refused the blood-money
The crown offered to those who'd betray Charlie:
They chose reason and loyalty,
That creed they have followed till now,
Hospitable, sharing, clean-living,
With a drop of noble blue blood in their warm hearts.

Song of the birds is heard there,
And the striped bees gathering,
Murmur of the tide is heard
Running in many lively streams to the shore;
Lowing of white-shouldered cattle is heard
Out on the pastures of the high folds,
And gentle voice of the burns
Running down the face of the bens to the sea.

You'll see Clan Donald's castle there,
Monument to the birthright of our race;
You'll see the first home of Flora
Who did a glorious deed for Charlie;
You'll see the battlefield of Tronnga
Where warriors' battle-cries inspired Gilpatrick;
Where he defeated Macleod,
Stitching him by his rear to the ship.

A' cumail crìche gu dlùth rithe
Feadh nan linntean bhon tùs-mhadainn àrsaidh,
Tha eilean Bharraigh nan stùcan
Mun tric na marannan lunnach a' gàirich:
Dùthaich bheartach MhicNill i -
Gur iomadh eachdraidh ri innse mu h-àlach,
Nuair bhiodh luath-long an Tartair [18]
A' lomadh chuantan le reachd na làimh làidir.

Neamhnaid laiste san iar i,
Air a baisteadh le liath-steallan sàile,
Cuantan uaine ga h-iadhadh
Mar stuthan cuartachaidh prìomh leug an fhàinne:
Dealt a' biathadh nam flùran ann
Ann am mìos bhainneach, shùghar na Màighe,
'S àileadh cubhr' mil a' fhraoich ann
A' tighinn gad ionnsaigh thar gaoth nam beann àrda.

A' tighinn thar chuantan air taisteal ann,
Chì thu buan-bhall' a' chaisteil sa bhàgh ann,
Far 'm bu dualchasach glas-luingeis
A' cur guala ri bras-shruthan sàile;
Far 'm bu lìonmhor le bas-bhualadh
Galain fhìon fhionnar bhlasta gan tràghadh,
Nuair bhiodh uaisle gach sgìreachd
A' mealtainn buaidhean MhicNill leis na fhàrdaich.

19. Oran na' Fiaclan

*'S ann do Ghilleasbaig Mac Chaluim 'ic Aonghais anns an Iochdar a rinneadh
an t-òran seo. Chaidh a chlàradh le Tormod MacGill-Eain.*

Hem bò hugi ò,
Tha mi ann am èiginn;
Hem bò hugi ò,
Tha mi ann am èiginn;
'S mise thug a' ruaig
Nach robh buaidh às a dèidh dhomh
Nuair chaill mi na fiaclan,
'S a Dhia, cha b' e m' fheum e.

Adjoining her closely
Through the ages from the historic first morning,
There is Barra of the stacks,
Oft surrounded by the roar of the swells;
Fertile land of MacNeil -
There's many a tale to be told of her people,
When the swift ships of the Tartar
Plundered the seas when might was right.

She is a shining pearl in the west,
Baptised by blue sea spray;
Green oceans surround her
Like the setting of the main stone in a ring:
Dew feeds the flowers there
In the milky, sappy month of May,
Fragrant scent of heather honey there
Borne to you on the wind of the bens.

Visiting there by sea
You see the enduring castle walls in the bay,
Where it was tradition for grey ships
To brave the power of the waves;
Where often to applause
Gallons of cool, delicious wine were drained
When nobles from all regions
Enjoyed MacNeil's victories with him at his hearth.

19. Song of the Teeth

*A typical exaggeration for the amusement of a ceilidh audience. It was recorded by Norman Maclean (*The Bonnie Days of Summer *Lismor 1975).*[19]

Hem bo hugi o
I'm in a bad way;
Hem bo hugi o
I'm in a bad way;
The trip that I made
Left me no profit
When I lost my teeth -
Lord, the last thing I needed.

Smaointich mi 'n oidhche seo
Splaoid thoirt air chèilidh
Cuide ris na h-eòlaich
A dh'òl Demerara: [20]
'S bha mi ann an dòchas,
Ged dh'òlainn mo lèine,
Nach cluinneadh iad gu sìorraidh
San Iochdar mum dheidhinn.

Bha mi air mo chòmhdach
Cho leòmach ri bàn-righinn,
Coilear geal is còta
'S mo bhrògan a' deàrrsadh;
Thug mi dhiom an fheusag
Le siabann 's le ràsar,
'S bhruisig mi na fiaclan
Air beulaibh an sgàthain.

Nuair ràinig mi 'n taigh-òsta,
Gun chòmhdhalaich càch mi
'S gun do shuidh sinn còmhla
Aig bòrd mar a b' àbhaist;
Bha aighear ann is òrain
Is òl is ceòl-gàire,
'S glainneachan gan lìonadh
'S mo bheul-sa gan tràghadh.

Ann am beagan ùine
Bha smùid a bha grànd' orm -
Dalladh air mo shùilean,
'S mo thùr 's e gam fhàgail;
'S ann thug iad air ghiùlan mi
A dh'ionnsaigh a' chàr,
Mu' biodh iad gam iarraidh
San Iochdar a-màireach.

Chaidh mi dhachaigh dìreach
Le sìnteagan làidir,
Ged a bha mi cinnteach
Gum biodh iad gam chàineadh;
'S nuair a chaidh am biadh
Air mo bheulaibh a chàradh,

I thought that night
Of setting off for a ceilidh
Along with my pals
To drink Demerara:
I was hoping that though
I drink the shirt off my back
They would hear nothing
In Eochar about me.

I was all dressed up
As smart as a queen;
White collar and coat
And my boots shining:
I took off my stubble
With razor and soap
And brushed my teeth
In front of the mirror.

When I reached the pub,
I was met by the rest;
We sat together
At a table as usual:
There was good cheer and songs,
Laughter and drinking,
Glasses being filled
And my mouth draining them.

In a little while
I was terribly drunk -
My eyes going dim
And losing my senses;
They bore me on a litter
Down to the car,
Lest I should be missed
Next day in Eochar.

I went home directly,
Striding out strongly,
Though I was certain
I would be scolded;
But when the food
Was set before me,

Gun dh'aithnich mi le fiamh
Nach robh fiacail nam chàirean!

Labhair mi gu feargach
Nach deargainn air càil dheth;
'S cha tuigeadh na Crìosdaidhean
Sìon bha mi ag ràdh riuth';
'S ann a rinn iad feuchainn
Rim bhiathadh le spàinidh,
'S leis an t-sine deòth'l
Leis an d' dh'òl mi nam phàiste. [21]

Chuir mi brathan suas
Feuch an cualas mun dèidhinn,
No 'n robh duine fhuair iad,-
Bha luach anns an deud ud:
'S ann a thàinig nuadal
A-nuas feadh a chèile
Gu facas na fiaclan
Am beul Sheonaidh Chlèirich! [22]

Tha mi 'n-diugh nam fhuar-shlatan
Truagh feadh an ùrlair,
Mun ith mi 'm buntàta
Bidh càch dhomh ga rùsgadh;
Pronnar dhomh le spàinidh e
'S càiridh iad miùg air,
Mar gu faigheadh pàiste
Mu fàsadh a chùlag.

Chaidh mi choimhead Màiri,
Ged bha mi car neònach,
Feuch a' faighinn bàidh
Bho nach b'àbhaist dhi m' fhògairt:
'S ann thuirt i gu diombach
'S i a' tionndadh a sròine,[23]
"Cha b' e fear gun fhiaclan
A mhiannaichinn còmh' rium!" [24]

I realised with a shock
I had no teeth in my gums!

I said quite crossly
That I couldn't eat any of it,
But not a soul could understand [25]
A thing that I said to them;
So then they tried
To feed me by spoon
And with the teat
That I sucked as a child.

I sent messages to see
If they had been heard of,
Or if anyone had found them -
Such a valuable set!
There came a rumour
Down amongst others,
That the teeth had been seen
In the mouth of Johnny Clark!

I am now a poor wretch
Pacing the floor;
Before I eat a potato
Others must peel it:
It is mashed with a spoon
And they mix whey in it,
As an infant might get
Before growing his molars.

I went to see Mary
Despite feeling odd,
Hoping for sympathy -
She didn't usually turn me away;
But she said crossly,
Turning her nose up,
"It's not a man without teeth
 I'd want as companion."

20. Cuach na Bàrdachd

Nuair a chaidh am bàrd a chrùnadh aig Mòd Ghlaschu ann an 1948 choisinn e
cuideachd a' chuach eireachdail a tha e moladh an seo.

O, fàilt' agus furan do dh'Uibhist nam buadh
Bhith agad, a chuach na bàrdachd, bhuainn,
Cha b' fhiach dhomh bhith maireann no fallain nam shnuadh
Mur deasaichinn duan nad fhàbhar-sa;
'S bhon fhuair sinn an t-urram do bhuinnig air thùs,
An Uibhist na' stùcan àrd-chorrach,
Gu meal thu do thuras nar cuideachd 's nar cùirt
A' beothachadh ùidh sa Ghàidhlig dhuinn.

Gur brèagha rid fhaicinn to dhearcadh nan sùil
Air deas-dhruim a' bhùird a' deàrrsadh thu;
Gum b' fhiach thu rid altram an taice na' sgùird -
B' e 'n teachdaire cùirteil làmh rinn thu:
Tha luach annad airgid as lainniriche fiamh
A cheannaicheadh dhuinn dìol nan tràthannan,
'S air m' fhacal, b' e'n neamhnaid tha gann feadh na' seud thu,
Samhla na grèin na h-àilleachd thu.

Mo cheist air an òr-cheard - bu chòir dhomh chur suas -
Chuir cumadh na cuaich an cèardaich ort;
Bha chèaird air a mheòirean le eòlas gun uaill,
Bha seòltachd nam buadh dha nàdarra:
Gum b' eanchainneach clis-lamhach, fiosrach le cinnt e,
Teisteanas sgrìobht' bho chàch aige;
'S ar leam gu robh biùthas na dhùthchas dha shìol
Mun d' ionnsaich e dhreuchd cho sàr-bhuileach.

A chiall, nach robh làmh rium Eràto nam beus -
'S i chàireadh ri chèil an dàn seo dhomh:
Gu siùbhlamaid tarsainn Parnassus sa Ghrèig
Is lasadh i fhèin mo bhàrdachd dhomh;
Gun deilbhinn an uair sin mun cuairt ort an rann -
Bhiodh buaidhean nam cheann na b' fheàrr na th'ann
'S gun cluinnte mi 'g aisneis a' taisbein do luach
Do dh'earrann an t-sluaigh nì àilgheas ort.

20. The Bardic Quaich

The beautiful Ailsa Trophy gifted by the Dowager Marchioness of Ailsa was awarded to the bard when he was crowned at the Glasgow Mod in 1948.

Oh, greeting and welcome here to Uist of the virtues
To you, bardic quaich, from us:
It would not be worth being alive and well
If I did not craft an ode in your favour:
As we've had the honour of winning you first
In Uist of the high rugged peaks,
May you enjoy your visit in our company,
Strengthening interest in Gaelic for us.

You are a beautiful sight for the eyes
Shining in the middle of the table;
You are worthy of nursing in the lap,
You are a courtly ambassador to us:
There is a great worth of lustrous silver in you,
Enough to buy us our daily fare;
On my word, you are a rare pearl among jewels,
As bright as the sun in its splendour.

Well done the goldsmith - I must praise him -
Who shaped your form in a forge,
Craft in the modest skill of his fingers,
The cunning of the art instinctive;
He was clever, dextrous, surely expert,
With certificates from his peers;
His forebears must have had a famous heritage
Ere he learnt his craft so superbly.

Alack, that Erato of the gifts is not near -
She could compose this ode for me:
We would travel over Parnassus in Greece
And she would inspire my poetry;
Then could I craft my verse about you
With much better talents in my head,
I would be heard exaggerating your worth,
To any group scorning you.

77

B' e 'n t-àilleagan cùirteil thu dhùisg annainn uaill,
An cunntas nan cuach gur bàn-righinn thu;
Tha deàrrs' às do chliathaich mar ghrian-ghath air cuan
'S i 'g iathadh thar chruach na h-àilleachd oirnn:
Gur samhla don t-sùil thu ri driùchd bhiodh na deòir
Air flùrain 's air ròsan ghàrraidhean,
No a' soillseachadh lainnireach air barra-bhilean gheug
An geala-ghath na grèin san tràth-mhadainn.

Mo dhùrachd gun dearmad gum beannaichadh gach buaidh
A' Bhana-Mharcas uasal bhlàth-chridheach
A chuir cuibhreann de h-airgead an tairgse na cuaich
'S a dh'ainmich mar dhuais na bàrdachd i:
Gun dhearbh i le gnìomh gu robh fìor-fhuil nan laoch
Bho iarmad na' fraoch-bheann blàth innte,
'S cho fad' 's a bhios ruinn air an seinn 's air an deilbh,
Bidh cuimhn' air a h-ainm - cha bhàsaich e.

O, Uibhist na' stùc-bheannaibh, dùthaich an eòrn',
Bu dùthchasach ceòl is bàrdachd dhi;
Chaidh ainm dhi nach dìobair gach linn a thig beò
Bhios dìleas do chòir am màthraichean:
Chaidh ainm dhe cuid phìobairean, innsear an cliù
Cho fad' 's a thig biùg à màladh ann, [26]
'S gun chùm iad an teisteanas gasta sin suas -
Tha fhathast gach duais thar chàich aca.

Ach 's fheàrr dhomh mun dùin mi bhith tionndadh rim chuaich,
Mun diùchairt an sluagh mo bhàrdachd dhi,
'S gun triall i na cuimhneachain dhuinn air na duain,
'S gu soillsich i luach na Gàidhlig dhuinn;
A' chànan a dh'ionnsaicheadh dhuinne glè òg
Fo stiùiridhean còir ar màthraichean,
'S nach leig sinn air dìochuimhn' gu sìorraidh rir beò
Gus 'n crìochnaich an deò tha blàth annainn.

DONALD JOHN MACDONALD
'Domhnall Iain Dhonnchaidh'
POET - PHILOSOPHER
Born PENINERINE - 7th Feb 1919
Died 2nd Oct 1986

Crowned Bard
National Mod - Glasgow 1948

Cum nad chuimhne gu h-araid
Gur De a chruthaich do bhràthair,
'S ro dhubh dubh no 's am bàn e
N'n t'anam dearrsadh gun smùr.
'S ged nach d'fhuair e do shaoibhreas
Na rinn duin-uasal le loinn dheth,
An sùil an Dhe n'l e soillseadh
Mar gheugag dhaoimean 's i ùr'

DONALD MACINTYRE
'Domhnall Ruadh Phaislig'
THE PAISLEY BARD
Born SNISHIVAL - 1st Oct 1889
DIED 7th Jan 1964

Crowned Bard
National Mod -- Glasgow 1938

Dh'fhag thu dileab tha luachmhor
Mar bheath'a dh'inntinn an t-sluaigh
tha dhe d'nàisean,
Beartas litreachais phriseil
'S e gu gbhteil leat sgrìobht
ann am bàrdachd.
Chur do shaorbheis s gach cuspair dhi
Fuil bu deirg ann an cuislean
na Gàidhlig'

You are a noble jewel that inspired pride,
You are a queen amongst trophies,
Your sides glisten like the sun's beams on sea
As it circles the hills in its beauty;
You are to the eye as dewdrops
On flowers and garden roses,
Or sparkling on the tips of the leaves
In the bright rays of the morning sun.

Not forgetting my wish for every virtue to bless
The noble, warm-hearted Marchioness,
Who contributed money for the quaich
And named it a prize for poetry;
Proving by her action that true blood of heroes
From clans of heather bens ran warm in her -
So long as verses are sung and composed,
Her name will be remembered, immortal.

Uist of the peaks, land of barley,
Music and poetry are her heritage;
Earning fame unforgotten by each generation
Faithful to the values of their mothers;
Her pipers are renowned, their fame will be told
So long as a bagpipe sounds there,
They have maintained that fine reputation
Still winning awards above others.

Before ending I'd better return to my quaich,
Lest people reject my verse to it;
It will serve as a reminder to us of the lays
And highlight the value of Gaelic for us;
That language taught to us very young
Under the kind guidance of our mothers,
That we will not forget while we live
Till the time our warm breath expires.

21. Uibhist nan Sguaban Eòrna

Am fonn: *Balaich an Iasgaich*

Air fàillirinn illirinn iù horò èile,
Fàillirinn illirinn iù horò èile,
Illirinn o hugi o horò èile,
Seinnibh leam sèist an òrain.

'S e dùthaich nam beannaibh, nan gleannaibh 's nan cruachan,
Tìr a' chruidh-bhainne 's eil tathaich na cuaiche,
Innis nan àrmann gun fhàillinn gun uabhar,
Uibhist nan sguaban eòrna.

'S e eilean cho àlainn 's th' air ceàrnaibh na h-Albann
Dh'ùraich mo chàileachd an-dràsta gu seanchas;
Tìr a rinn m' àrach nam phàiste beag leanabail,
'S maireann bhios d' ainm sna h-òrain.

Gur bòidheach ri fhaicinn do mhachraichean uaine,
Gorm-dhuilleach fasgach bho chrosgagan fuar-ghaoith,
Neòineanan breac' air 's an dealt air an uachdar,
Mil ann an cluaintean feòir ann.

Do bhàghannan gainmhcheadh tha ainmeil 's gach àite,
Mìn-shligeach, barra-gheal sa gheala-ghrein a' deàrrsadh,
Caoin-bhilean fairge gan anacladh air tràigh ann -
Fairichear air fàir' an crònan.

Do ghleanntannan rògach 's an ceò orra dùnadh,
Uillt annta crònan as ceòlmhoire shiùbhlas,
Sòbhraichean òr-bhuidhe 's còrr de gach flùr ann
'S oiteagan cùbhr' gam pògadh.

Gur fìor-loinneil greannmhor do bheanntannan àrda -
Ciar-bhinneach, meall-chorrach, cam-mhullach, beàrnach,
Fraochanach, fuaranach, cruachanach, càrnach,
'S luasgan an t-sàile fòdhpa.

'S gur bòidheach an sealladh thar cladach mo dhùthcha
Bristidhean geala nam marannan lunnach,
Luingeas fo h-uidheam a' ruith air a cùrs' ann
'S fear aig an stiùir ga seòladh.

21. Uist of the Barley Sheaves

Tune: *Balaich an Iasgaich* (though not so lively).

ir faillirinn illirinn iù horò èile,
  ʼirinn illirinn iù horò èile,
     o hugi o horò èile,
      horus with me.

        of bens and glens and stacks,
        cattle, haunt of the cuckoo;
        men without weakness or false pride,
        ꞌy sheaves.

        ꞌely as any in Scotland
        my urge to recite;
Lai.   ꞌe as a little infant,
Your nꞌ.   ꞌ on in song.

Your green machairs so beautiful to see -
Verdant and sheltered from cold winds,
Speckled with daisies tipped with dew,
Honey in the hay meadows there.

Your sandy bays are renowned everywhere,
Fine-shelled, gleaming white in the sun;
The sea's gentle waves lapping the shore -
Their crooning can be heard from afar.

Your glens full of nooks with mist closing in,
Their streams most musically murmuring;
Golden primroses and other flowers in plenty,
Kissed by fragrant breezes.

Truly splendid and lovely your high bens -
Dark-peaked, rugged, undulating and fissured,
With heather and springs, stacks and peaks,
The restless sea beneath them.

Lovely the sight from the shore of my island -
White breakers of the billowy sea,
A boat under canvas running on course
With a helmsman sailing it.

22. Oran an Fheamnaidh

As dèidh a' chogaidh bha beath' a' chruiteir cho cruaidh 's cho truagh 's a bha i aig toiseach na linn. A dh'aindeoin droch shìde, tràth as t-earrach dh'fheumte a dhol a dh'fheamnadh airson todhar. Ach tha gearain a' bhàird a' leudachadh a-mach gus a bheil e caoidh cor na dùthcha.

Am fonn: *O nach àghmhor a-nis bhith fàgail*

Ochòin, a chiallain, gur mi tha cianail
'S mi 'n seo gam riasladh am beul na Cròice;
An todhar fiadhaich 's e doirbh a lìonadh,
'S chan eil sa Chrìosdachd na spìonadh ròin' às.

Nuair nì mi 'n gràpa chur sìos lem shàil ann,
Bidh snìomh air cnàmhan mun teàrn e òirleach
'S nuair gheibh mi 'm bàrr e - 's chan ann gun spàirn dhomh -
An truaighe snàthl' bhios a' sàs na mheòirean.

Mum faigh mi dìol dheth 's a' chairt a lìonadh,
Mo mheòirean piante gun sian ach tòcadh;
Thig stamh na liathaig am bàrr lem spìonadh,
'S gur ann mum bheul a bhios crìoch a' bhòidse.

'S e mhadainn choirb-fhuar le gaoith 's le stoirm
A bhith triall a dh'fheamnadh thug searbh-bhlas dhòmhs' air;
'S gum b' fheàrr dhomh falbh às 's mi phòsadh bana-cheaird,
'S bhiodh saoghal soirbh agam 's airgead pòca.

Nach cruaidh an càs dhomh 's do shluagh an àite
Bhith fuar is pàiteach an sàs am beòshlaint -
'S na nì mi dh'àiteach gus 'n cìnn am bàrr ann,
Cha phàigh e màl dhomh ged 's ànrach dhòmhs' e.

Gur bochd ri chunntais g' eil luchd mo dhùthcha
Fo mhurt 's fo mhùiseig aig dùirn nan rògair -
Is Alba chliùiteach a dhearbh a biùthas
Fo chealg nan iùdhach 's a stiùir nan crògan.

Ged mhaoladh m' fhiaclan às aonais dìot ann,
Chan fhaod mi lìon chur air iasg Loch Ròdhag,
'S gach maor is iarla tha 'n gaoth na Crìosdachd
Gu faod iad iasgach gum miann fom shròin ann.

22. The Seaweed Gatherer

The life of a crofter immediately post-war was as poor, hard and thankless as it had been in the early part of the century. Regardless of bitter spring weather, seaweed had to be gathered for fertiliser. Typically, the bard's rueful personal reflection broadens into a cry of pain for his country.

Tune: *O nach àghmhor a-nis bhith fàgail* [27]

Alas, my friend, I am forlorn
Struggling here at the mouth of the Croic;
This tangled seaweed so hard to load,
There's none in Christendom could pluck a strand.

When I drive the fork down with my heel,
My bones are wrenched ere it sinks an inch;
When I lift it - not without straining -
Not the poorest strand left on the tines.

Before I have enough to fill the cart
My fingers ache - nothing but blisters;
When the leafy tangle yields to my heaving,
It ends up in my face.

Biting cold mornings with wind and storm
Soured my taste for collecting seaweed;
I might as well go and marry a tinker,
I'd have an easy life and money in my pocket.

What hardship for me and people here,
Cold and thirsty making a living -
And all I cultivate till the crop is ripe
Will not pay my rent, though it's hard for me.

How sad to report that my countrymen
Suffer death and oppression at the fists of rogues -
And renowned Scotland that proved her glory
Defrauded by the misers who grasp her helm.

Though my teeth should blunt for want of food
I cannot cast a net to fish Loch Roag -
While every bailiff and earl in Christendom
Can fish to heart's content under my nose.

A Bhrusaich stàiteil, nam biodh tu 'n dràsta
Ri faicinn càradh nan Gàidheal còire,
Fo bhinn nan tràillean a mhill ar nàisean -
Tha tìr nan àrd-bheann aig pràig fom brògan.

Nam biodh ri fhaotainn an dèidh mo shaothrach
Na phàigheadh m' aodach air ghaol mo chòmhdach,
Cha bhiodh mo shaorsa cho cruaidh 's cho daor dhomh,
'S cha bhiodh mo shaoghal cho lùghdaicht' òg dhomh.

23. Thèid Mi Null

Am fonn: Dùthaich MhicLeòid (Tha mo dhùil, tha mo dhùil)

Thèid mi null, tha mi 'n dùil,
Thèid mi null thar na mara
Dh'ionnsaigh tìr nam beann àrd,
Tìr a' chrà-gheoidh 's nan eala:
  Thèid mi null, tha mi 'n dùil.

Gheibh mi slàint' ann gun dìth,
Gheibh mi sìth anns a' ghleannan;
Gheibh mi càirdeas ann is gaol,
'S gheibh mi saors' ann bho smalan.

Chì mi machraichean fo bhlàth,
Chì mi tràigheannan geal ann,
Chì mi seillean air gach flùr,
Sireadh sùgh na cìr-mheala.

Gheibh mi fàileadh glan an fheòir
Tighinn gum shròin ann cho fallain,
'S chì mi ghucag air an fhraoch
Mach ri aodann nan gleannan.

Chì mi 'n driùchd ann air ròs
Ann an òige na maidneadh,
'S chì mi ghrian dhi toirt soills'
Mar na daoimein le lainnir.

O, noble Bruce, if you were now
To see the plight of the proud Gaels -
Ruled by wretches who ruined our nation,
The land of the bens taxed under their feet.

If, after my toil, I earned enough
To pay for clothes to cover me,
My freedom would not seem so hard and costly,
Nor my life be so young devalued.

23. I Will Go

Tune: *Dùthaich MhicLeòid (Tha mo dhùil, tha mo dhùil)*

I will go, so I hope,
I will go over the sea
To the land of the high bens,
Land of sheldrake and swan:
      I will go, so I hope.

I'll find health there without want,
I'll find peace in the glens,
I'll find friendship and love
And find freedom from ills.

I'll see machairs in bloom,
I'll see white sandy beaches,
I'll see a bee on each flower
Seeking honey for the comb.

I'll have the clean smell of the hay,
So wholesome to my senses,
I'll see bells on the heather
Out on slopes of the glens.

I'll see dew on the rose
In the youth of the morning,
I'll see the sun make it sparkle,
Shining like diamonds.

24. Innse Gall

*Tha an dàn seo stèidhichte air rannaigheachd a chleachd Iain Lom anns an
17mh linn. (Faic an Ro-Ràdh, t.d. xvi.)*

'S tìm dhomh èirigh le sunnd,
Fhuair mi reusan as ùr,
'S nì mi gleusadh le lùth luath-bheulach:
Chan e eucoir ach mùirn
Agus gèiread mo shùl
A rinn teudan mo chiùil fhuasgladh dhomh:
Chan e seudan no cliù
Tha mi 'n dèidh air le dùil,
Ged as teudalach crùn buannaichte.
'S e thug èirigh dom rùin
'S a chuir gèiread nam ùidh
Innis ghrèidhte nan dùn cluaranach.

Innis bhiadhchar nam beann,
Fearann mèath Innse Gall,
Dùthaich shìolmhor nan sonn cruadalach;
'S iomadh ealaidh is rann
A rinneadh aithris mu ceann
Bhon bha ceannas na dream tuathach ann:
Ioma-dhathach a thràigh
Ris an cath am muir-làn
Nuair bheir gaillean a' Mhàirt gluasad ann;
Innis fheurach an àigh
Bidh gu sìorraidh dhi bàidh
Aig an iarmad a dh'fhàs suas innte.

Tha eilean Bharraigh, is bidh,
A' toirt eachdraidh MhicNìll
Fhad 's a ghleacas ri tìr stuadhannan:
'S Uibhist bheartach an t-sìl
A' toirt eachdraidh mu linn
Mhic 'ic Ailein nam pìob nuallanach:
Bidh na Hearadh an glòir
Fhad 's a dh'fhighear an clò,
'S fhad 's bhios cuibheall le clòimh 's fuaim aic' ann;
'S ann a' Leòdhas nan sliabh

24. The Hebrides

This iorram metre was used by such as Iain Lom MacDonald in the 17th
century. (See Introduction p. xvi.)

Time for me to arise with zest,
I have reason anew,
I'll strike up with eloquent power;
It's not injustice but joy
And my keenness of eye
That have released the strings of my muse:
It's not jewels or fame
That I long for in hope,
Though a crown won is precious;
What has excited my ardour
And made my interest so keen
Is the sun-warmed isle of the thistled hills. [28]

Fruitful isle of the bens,
Rich land of the Hebrides,
Fertile country of hardy warriors;
Many a song and verse
Has been recited about it
Since the rule of the northern tribes:
Many-coloured its shore,
Attacked by the high tides
Driven by March storms;
Verdant isle of joy
Which will always be loved
By generations that grew up there.

Barra shows and always will
The history of MacNeil
So long as waves break on shore;
And fertile Uist of the grain
Tells of the times
Of Mac 'ic Ailein of the sounding pipes:
Harris will be famed
So long as tweed is woven
And the spinning-wheel is heard there;
And in Lewis of the moors

'S na' fearaibh-mara gun fhiamh,
Clachan Druidhneach nan cliar suas ac' ann.

Seo an dùthaich thar chàich
A chuir cunntaisean àrd
Dhe cuid fhiùran thar bhàrc-chuantannan,
Gus an dùthaich a gheàrd
Mar bu dùthchas dhan àl,
'S a thoirt dùbhlan do nàmh buaireasach:
Seo an dùthaich a sheall
Nach bu diù leatha feall -
Anns gach ùpraid a bh' ann bhuannaich i;
'S thug i biùthas dha dream
Air 'm bi cunntais le peann,
Fhad 's bhios ùr-dhos nan crann uain'-dhathte.

Tìr nam machraichean blàth,
'S iad le glacagan làn,
Far am fasgaidh le 'thàin buachaille;
Chì thu 'n dealt ann air làr
Anns a' bhalt-mhadainn Mhàigh
Mun dèan ealtainn nan àrd gluasad ann:
Chì thu ghainmheach tha bàn
'S lainnir dhealrach dhe bàrr,
Chì thu 'n carraigean a' fàs, 's buainear e;
'S chì thu ciùin-bhilean sàil
'S iad a' diùrrais ri tràigh
Mun toir sùrd a' mhuir-làin luathas oirre.

Chì thu gleanntannan cas
Agus beanntannan glas,
Chì thu aibhnichean bras-nuallanach;
Chì thu fadhlaichean bàn
Air an tadhail am muir-làn,
Chì thu aonaichean àrd uaigneach ann;
Chì thu caisteil is dùin
Mu bheil eachdraidh is rùin,
Air an taisbein tro ghlùin sluaigh 'ugainn;
'S bheir an t-àile glan ùr
Thig thar sàile cho cùbhr'
Dreach na slàint' ann an gnuis uain'-neulach.

And fearless sailors,
The Druidic stones of the bards stand there.

This is a land above others
That sent in great numbers
Its young men overseas
To defend the country,
As was the custom of their race,
Defying a fierce enemy:
This the land that proved
That it had no place for treachery
In every conflict victorious;
It gave glory to its people
Which will be recorded by pen
So long as new leaves on the trees grow green.

Land of warm machairs,
Full of little dells
Where a herdsman can shelter with his stock;
You'll see dew on the ground
At day-break in May,
Before the birds on high are astir;
You'll see sand that is white
A gleaming sheen from its surface,
You'll see carrageen growing - and gathered;
You'll see gentle sea ripples
Whispering against the shore
Before the tide's energy quickens them.

You'll see steep glens
And grey mountains,
You'll see fast murmuring streams;
You'll see white beaches
Filled by high tides,
You'll see high lonely peaks there;
You'll see castles and forts
Of story and mysteries,
Handed down at the knee to us;
And the fresh clean smell
From the sea is so sweet,
It brings healthy bloom to the palest face.

Tìr a' chàise 's a' ghruth,
Gheibh thu bhlàthach ann tiugh,
Gheibh thu 'm blàth-bhainne 's sruth uachdair dheth;
Chì thu dàr-aighean dubh,
Leathainn àillidh nan cruth,
Air an àrach a-muigh 's uaill asta:
Gheibh thu cathain ri sealg,
Chì thu 'n lacha 's an learg,
Chì thu bradan nan dearg-spuaicean ann;
'S chì thu 'n t-eòrna fo chalg,
Buidhe, cròic-cheannach, garg,
Air na leòidean aig dearbh-thuathanaich.

Chì thu òighean nan gnàths
A tha sònraicht' thar chàich,
Cuimir, bòidheach, glan sàr-bhuaidh-bheusach:
Mar na ròsan a' fàs,
Mar an neòinean ri blàths,
Banail, òigheil le gràs stuaim-shligheach:
Chì thu càirdeas is mùirn
Ann an deàrrsadh a' sùil,
'S dreach na slàinte nan gnùis bhuaireanta,
'S iad nan giùlan cho ùr,
Measail, ciùin agus cùbhr',
Fallain, fiùghail mar fhlùr nuadh-cheannach.

Tìr nam maraichean treun
Chuireadh luingeas fo brèid
Ged bhiodh gailleann gu breun nuallanach;
Dèante, fallain nan creubh,
Crìosdail, falamh bho eud,
Sìol nan gallan bu gheur cruaidh-lannan:
'S ged a dh'àtadh an fhairg'
Molach, achlasach, garg,
Gionach, acrach le fearg bhuaireasach,
Fhad 's a sheasadh a' chairb'
Agus treisead na h-ailm,
Thigeadh ise gu a dearbh chuan-chala.

Tìr a' choirce 's a' ghràin
Nach bi gortach gu bràth,

Land of crowdie and cheese,
You'll find rich buttermilk there,
You'll get fresh warm milk dripping with cream:
You'll see dark breeding-heifers,
Broad, beautifully shaped,
Reared outdoors, worthy of pride:
You can hunt barnacle geese,
You'll see wild duck and divers,
You'll see red-spotted salmon there,
You'll see bearded barley,
Golden, heavy-eared, bristly,
On the fields of true farmers.

You'll see maidens whose ways
Are outstanding above others,
Trim, pretty, perfect in virtue,
Blooming as roses
Or the daisies in sun,
Feminine, maidenly with modest grace;
You'll see friendship and joy
In the shining of their eyes,
Bloom of health in their charming faces;
And their bearing so youthful,
Loving, gentle and sweet,
Healthy, full of hope as a fresh-blooming flower.

Land of hardy seamen
Who would set ships under sail
Though foul storm be roaring;
Accomplished, fit in body
Christian, free from envy,
Seed of fine men of the sharpest blades:
Though the seas should swell,
Stormy, billowy, fierce,
Greedy, hungry with raging fury;
So long as her planks held
And with strength at her helm,
She would come to her own harbour.

Land of oats and grain
That will never have famine,

Thug na feartan thar chàich buadhan dhi -
Torrach, beairteach gu fàs,
Boinneach, dealtach gu blàths,
Soilleir, dreachmhor le tràigh bhruan-shligeach:
Chì thu cìrein nam flùr
Air a' mhìn-mhachair ùr,
'S iad le grìogagan driùchd cuartaichte,
Bileach, dreach-cheannach cùbhr',
Mil na staca nan sùil,
'S seillean breac 's e ga dlùth-chnuasach às.

25. Tiugainn do dh'Orasaigh

Ged a shaoileadh duine gur ann tràth a rinneadh an t-òran seo, 's ann ann an 1982 a sgrìobhadh e airson Iseabail T. Dhòmhnallach (a bh' aig an àm an ceann a' bhuidhinn Orasaigh).

Tiugainn do dh'Orasaigh,
Ruigeamaid Orasaigh,
Tiugainn do dh'Orasaigh tarsainn na tràghad;
Tiugainn do dh'Orasaigh,
Ruigeamaid Orasaigh,
Innis an toileachais, doras do Phàrras.

Cuan is gaoth maraon a' tathaich air,
Faoileag mara 's i solar a sàth ann;
Lacha le àl a' snàmh san tanalach -
Dealbh a sheallas dhuinn ealain na h-àirde.

Fàgaibh smùid is stùr a' bhaile seo,
Siùbhlaibh thairis gu cala nan gràsan;
Fairichibh dùsgadh ùr de gheallaidhean,
'S àileadh mara na bheathachadh slàinte.

Dathan a' chuain gach uair cho dealaichte,
Grian is gealach a' mealladh an t-sàile:
Bann a' ghaoil mud thaobh gad theannachadh,
Tillidh tu fhathast a dh'eilean nan tràighean.

The virtues granted it special qualities -
Fertile, rich-growing,
Dripping, dewy till warmed,
Bright, beautiful with crushed shell sands:
You see the crests of flowers
On the fresh, smooth machair,
Adorned with gems of dew,
Petally, fine-bloomed, fragrant,
Honey stored in their eyes -
The striped bee closely hoarding from it.

25. Come to Orosay

Stylistically this song would appear to belong to his early period. In fact it was composed in the '80s for Ishabel T. MacDonald who set up the singing group Orosay.

Come to Orosay,
Let's go to Orosay,
Come to Orosay over the beach;
Come to Orosay,
Let's go to Orosay,
Island of joy, doorway to paradise.

Sea and wind both touch it,
Seagull finding its fill there;
Mallard and brood swim in the shallows,
A picture showing us art of the highest.

Leave the smoke and dust of this town,
Travel over to the haven of graces;
Feel a re-awakening of promise,
Smell of the sea nourishing health.

Colours of the ocean ever-changing,
Sun and moon bewitching the sea;
Band of love tightening about you,
You'll return again to the isle of beaches.

26. Aig Uaigh a' Choigrich

Aig àm a' Chiad Chogaidh fhuaradh corp seòladair gun ainm air a' chladach agus thiodhlaigeadh e taobh a-muigh an t-seann chlaidh ann an t-Hogh Mòr. An dèidh dhan bhàrd tilleadh às a' Ghearmailt, chuir e uallach air nach robh duine a' gabhail cùram dhen uaigh. An dèidh dhan bhàrdachd seo nochdadh, chaidh clach a chur aig a ceann. (Faic cuideachd an Ro-ràdh, t.d. xvi.) [29]

Tha mo smaointean air gluasad
'S gu bheil mi a' dearcadh 's a' bruadar
'S mi gabhail beachd air an uaigh seo nam ònar;
Tulach feòirneaneach uaine
Fo thrusgan neòineanean cuachanach
'S gathan tlàth-gheal na buan-ghrein ga òradh;
'S gur e chuir luaogan air m' inntinn
An-diugh aig bruachan nan cill seo,
An duine truagh tha na shìneadh fon fhòd ann
A bhith cho sgarte bho shinnsreadh
'S a chaoidh nach fhaic iad gu dìleann
Far bheil am mac air a shìneadh fon fhòghlaich.

Ach thus' tha cnàmh anns an ùir seo,
Nach beag a shaoil thu nad ùine,
Nuair bha thu aotrom an tùsachadh d' oìge,
Gur ann bhàrr tràigh às an tiùrra
Dhèant' air na clàran do ghiùlan
'S gum biodh tu càirte sa chùil seo nad ònar;
'S tu fad bhon tìr a rinn d' àrach
'S tu fad bho dhìlsean 's bho chàirdean
A dhèanadh innse cò 'n nàisean dom pòr thu:
Chan fhacas athair no màthair
No piuthar ghaolach no bràthair
A' gul 's a' caoineadh le cràdh aig do thòrradh.

Ach 's e cheist tha nam cheann-sa
'S a bhios a' feasta na h-amh'ras leam -
Chan 'eil freagradh dhi ann bho nach beò thu -
Cò 'n dùthaich dham ball thu,
An e Gàidheal no Gall thu,
Neo 'n e Eirinn ud thall fearann d' òige?
'S a bheil do dhaoine fo ghruaman
'S iad a' smaointinn le uallach

26. At the Grave of the Unknown Sailor

An unidentified body washed up on the shore during the 1914-18 war was buried outside the old Howmore burial ground. Having returned from his own war, the bard was moved by the then-neglected state of the grave. After this poem was published the War Graves Commission erected a headstone.
(For notes on the metre see Introduction, p. xvi.)

My thoughts are moved
As I gaze in a reverie
Taking stock of this grave all alone;
A green grassy mound
Under a mantle of daisies
Gilt by the warm bright rays of the sun:
It preys on my mind,
Today by the side of this grave,
That the poor soul lying under this turf
Should be so far from his forbears
That they will never see
Where their son lies under the grass.

But you who decay in this earth
Little thought in your prime,
Light-hearted in first flush of youth,
That from the sea-wrack of the shore
You would be borne on a bier
To be laid in this corner alone,
Far from the land of your childhood,
Far from friends and relations
Who might tell us which nation was yours;
There was no father or mother,
No loving sister or brother
Crying and weeping in pain at your burial.

But the question that haunts me,
Which can only ever be guessed at -
There is no answer as you no longer live -
What country did you come from,
Are you Highland or Lowland,
Or was Ireland yonder the land of your youth?
And are your people mourning
Under the stress of believing

Gur ann fo fhaoilinn a' chuain tha do chòmhnaidh,
'S gum biodh an inntinn aig suaimhneas
Nan dèanainn innse san uair dhaibh
Gu bheil thu sìnte san uaigh mar bu chòir dhut?

'M b' e duine sgairteil gun ghaoid thu
Bha saidhbhir beairteach san t-saoghal
'S aig a' robh pailteas is maoin de gach seòrsa,
'S mar bhuidheann coitcheann na maoineadh
A' cumail bhochdan fo dhaorsa
'S tu fhèin gu socair so-chraosach nad sheòmar?
Air neo 'm bu dìlleachdan truagh thu
A bha fo chìs aig na h-uaislean
'S a bha gu dìblidh a' buannachd a bheòshlaint,
'S a' faighinn ànradh is cruaidh-chas
A' togail phàistean fo uallach
Gun fhios a-màireach am buannaichte lòin dhaibh?

Air neo 'm bu cheannard air feachd thu,
Gan toirt le greadhn' chun a' bhatail
Am meadhan sranntaich nam brataichean sròileadh,
'S a' dèanamh call agus casgairt
Le buille shanntach do ghlas-lann
Nuair thigeadh nàimhdean am faisge do dhòrnaibh?
Air neo 'm bu cheannard air luath-luing
A' cath ri greann nan tonn uain' thu
'S do dh'fhearainn thall thar nan cuantan a' seòladh,
Mun tàinig altrapadh truagh ort
A dhol air chall fo na stuadhannan
Gus na chaidhlich iad suas anns a' Chròic thu?

An e na h-innleachdan marbhtach
A thog an cinn anns a' Ghearmailt
A chuir a dhìth air an fhairg' thu 's tu seòladh?
An deach an iùbhrach a sgealbadh
'S a cur na sprùilleach don ghainmhich
Mun d' fhuair thu ùine gus falbh ann an geòla?
An robh thu rànaich gu searbh-ghuileach
'S tu air ràmh air na garbh-thonnan
'S i na deàrrsaich bhon earra-dheas gun tròcair,
Gus 'n tàinig srùladh a' failms' ort

That you lie under white crests of the sea
And would their minds be at rest
If I could tell them right now
That you rest in the grave as you should?

Were you a man hale and hearty,
Successful, rich in the world
With possessions of all kind in plenty,
And, as is common among the rich
Enslaving the poor
While in your chamber at ease with your greed?
Or were you a wretched orphan,
Under subjection to the gentry,
Scraping a miserable living,
Suffering trouble and hardship
Raising children with the worry
Of how to win their next morrow's food?

Or were you at the head of an army,
Leading them with pomp into battle
Among the flutter of flying banners,
Wreaking havoc and slaughter
With eager blows of your blade
When enemies came within your reach?
Or did you command a swift ship
Fighting the ocean's green fury
Sailing to lands far over the sea,
Before you were struck by disaster -
Being lost under the waves
Before they cast you up in the bay?

Was it the deadly weapons
That emerged in Germany
That destroyed you as you sailed on the sea?
Was the ship torn asunder,
Sent in pieces to the bottom
Before your lifeboat had time to get free?
Did you weep bitter tears,
Clinging to a raft on the raging seas
In a pitiless south-east cloud-burst,
Till a swell caught you unawares

A rinn do ghiùlan air falbh dheth
'S do chur don ghrunnd feadh a' charraigein 's nan cnòmhgan?

Ach 's ionnan uaislean is ìslean
Nuair thig an dual chun na crìche dhaibh -
Chan eil buannachd an innsreadh no 'n òr dhaibh;
'S ionnan tràillean is rìghrean
Nuair thèid an càradh sna cilltean
'S a bhios an cnàmhan san t-sìoban a' còmhnaidh;
'S ionnan bochdan is tighearnan
Nuair thèid an sloc dhaibh a dhèanamh
'S a thèid an socrachadh sìos fo na fòidean;
Gur ann air duslach na sìorrachd
A tha ar cuirp air an dèanamh
'S gur ann san duslach a chrìonas an fheòil dhiubh.

Nach beag as fhiach dhuinn bhith càrnadh
'S a' dèanamh Dia dhe na thàras sinn
No bhith riarachadh nàdar na feòladh;
Nuair thig a' chrìoch mar tha 'n dàn dhi,
Cha dèan na s fhiach sinn ar sàbhaladh
'S cha tèid sìos leinn ach clàraibh nam bòrdan:
An neach is buaine 's as aosta
Gun tig an uair nuair nach saoil e -
Tha crìoch ar cuairte san t-saoghal sa òrdaicht';
A dh'aindeoin saidhbhreas is maoine,
Nuair thig bhon Ard-Rìgh an glaodh
Gu bheil leaba-làir do gach aon fo na fòidean.

Nach iomadh ceàrn feadh an t-saoghail
An iomall fhàsach is aonaichean,
Fad bhon àit' sa bheil daonnachd a' còmhnaidh,
Sam faighear làraichean maola
Tha falach cnàmhan na laochraidh
A chaidh a chàradh nan aodach fon fhòd ann:
Ach ged as lom a chaidh fhàgail
Far 'n deach na suinn air an càradh
'S gun charragh-cuimhne dham bàs no dham beò ann,
Nuair thig an t-àm, là an ànraidh
Gu faod an ceann bhith nas àirde
Na fear tha amhlaict' is gràbhaladh òir air.

That swept you away
To the bottom among shellfish and weed?

But high and lowly, all are equal
When the end of their destiny comes -
They have no profit in possessions or gold;
Slaves and kings are all equal
When they are laid in their graves
And their bones are at rest in the sand;
Poor men and lords are all equal
When the pit is prepared
And they are settled under the sod;
It is from dust of eternity
That our bodies are made
And in dust their flesh will decay.

How little good it does us to hoard,
Making a god of possessions
Or serving the lusts of the flesh:
When the end comes that is fated
Our wealth will not save us -
Coffin-boards are all that we take:
To the most enduring or ancient
Comes, when least expected, his time -
Our journey's end is pre-ordained;
Despite riches and wealth,
When the call comes from the King,
There's a resting place for each one 'neath the sod.

In many a corner of the world
In fringes of deserts and moors
Far from places where people reside,
Shallow mounds may be found
That hide the bones of the brave
Buried, dressed as they fell, in the ground;
Though there is nothing to mark
Where these heroes were laid,
No monument to their death or their life,
When the day of reckoning comes
Their heads may be higher
Than one laid in a gold-engraved tomb.

Nuair thig a' chruthachd an tùs ort
Mun toir an Ard-Rìgh do lùths dhut
'S a bhios do mhàthair gad ghiùlan gu deònach,
Tha 'n t-Athair gràsmhor a' lùthaigeadh dhut
Latha bàis agus cunntais -
Is sin air thàillibh na h-ùbh'l tha nad sgòrnan:
Gu faigh thu claisneachd is lèirsinn
Airson bhith faicinn 's ag èisteachd -
Bheir Rìgh na' Feart do thoil fhèin anns gach dòigh dhut;
'S dèan an ceartas no 'n eucoir -
Ach 's ionnan beairteach is dèirceach
Nuair bhios ar n-eachdraidh ga leughadh aig mòd dhuinn.

Chan eil a' saoghal s' ach meallta,
Gur iomadh caoin-shuil a dhall e -
'S e bhith toirt gaol dha chuid shannt bha gur sòlas,
Ach nuair tha 'n aois a' tighinn teann ort
Gum bi thu smaointinn le ceann-trom
A' bheatha naomh nach do mheal thu bu chòir dhut:
Nuair theannas d' fheasgar ri ciaradh
'S a chì thu 'n eislig am fianais,
A bheil do theistanas Crìosdail gun fhòtas?
Nuair thèid do cheasnachadh 's d' fheuchainn
Chan fhaigh thu seasgaireachd shìorraidh
Ma bha thu leisg agus dìomhain nad òige.

Tha cumhachd ìseal na ceilgeadh
A' dèanamh strì agus eirbheirt
Air d' fhaighinn clì ann a' seirbheis na còrach;
A' cladhach d' inntinn le deilgnean,
A h-uile mì-run is meirgeadh
Gus cur am mìlsead do sheilbh air an dò-bheart:
Tha 'n nathair liùganach, liagach
A' cur a h-ùidh na do ghnìomh-sa
'S a' cur na h-ùbhl' air do bheulaibh as bòidhche -
Am meas rinn Eubha a spìonadh
'S a thug an eucoir am fianais
'S a chuir an cèill ana-miannan na feòladh.

Ach thus' tha aotrom is làidir,
Ma thig thu 'n taobh seo den ghàrradh

100

When you are first created,
Before the High-King gives you strength
And you are willingly borne by your mother,
The Father of grace allots you
A day of death and accounting -
This because of the apple in your throat:
You will be given hearing and sight
So you can observe and listen -
The King of virtues grants you free will;
Whether you do right or wrong,
Rich or poor are all equal
When our record is read to us in the court.

This world is but deceiving,
Many a soft eye it has blinded,
Giving love to its greed was our joy,
But as your old age approaches
You think with head bowed
Of the holy life you have not enjoyed as you should:
When your evening turns to dusk,
As you see the deathbed come closer,
Is your Christian character unstained?
When you are examined and tested,
You will not find eternal salvation
If you were idle and vain in your youth.

The false power of sin
Is working and striving
To make you stray from the service of right;
Probing your spirit with thorns
Of every corrosion and malice
To sweeten your pursuit of sin:
The sly, crawling serpent
Takes a keen interest in your deeds,
Setting the fairest apple before you -
That fruit plucked by Eve
Brought awareness of evil
And created the desires of the flesh.

But you who are lightfoot and strong,
If you come to this side of the wall,

Nach toir thu sùil air a' làraich seo còmh' rium?
Nach dèan thu smaointinn an gàirdeachas
Bhiodh air aodann a mhàthar
Nam biodh i saoiltinn a chnàmhan bhith còmhla?
Oir chan eil cinnt agad fhèin air
An t-seòrsa cill anns an tèid thu
Mas ann an tìreannan cèin thig an tòir ort,
'S mar sin na dìochuimhnich creutair
A tha sa chrèadh seo leis fhèin ann
'S gun duin' a spìonas na geuganan feòir dheth.

Is thus' tha fortanach, beairteach,
Nuair thèid thu nochd mar a chleachd thu
A otaigh air pocta na leapadh gu dòigheil,
A bheil thu smaointinn no beachdachadh
Air gu faod - mun tig balt oirre -
Gur e chunntais as fhaisge na 'n lò dhut?
A bheil thu saor bho gach peacadh
An dèidh do shaothair a' glacadh
A h-uile maoin tha 'n taigh-tasgaidh do stòrais,
Air neo, nuair bhuannaich thu 'n cnap ud,
'N do chuir thu suarach gach airceach,
'S a bheil an uaill a' toirt rag ann ad sgòrnan?

A ghaoth nan speuran, bi bàidheil
'S bi tighinn gu rèidh thar an t-sàile
'S bi tighinn le sèideag mu bhàrr an tom feòir seo,
'S, a ghath na grèine as àille,
Bi laighe sèimh agus blàth air
Far bheil an creutair seo tàmhachd na ònar;
'S, a shòbhrach mhàlda nam bruachan,
Bi thusa fàs air an uaigh seo,
Bho nach eil làmh ann le truas chuireas ròs air;
'S nuair thig an t-àm anns an d' fhuaradh e
H-uile bliadhna mun cuairt oirnn,
A chòisir eunach nan duan, seinnibh ceòl dha.

Ged tha e sìnte sa chùil seo
'S e fad' bhon tìr san robh 'thùsachadh
'S nach eil aon leis an diù tighinn na chòir ann,
A dhuin' tha tàmh air a chùlaibh,

Won't you look at this grave with me?
Just think of the joy
On the face of his mother
If she thought that his bones lay together;
For you yourself are not certain
What kind of grave you will lie in
If your time comes in lands faraway,
So do not forget a poor creature
Who lies in this clay all alone
With no-one to pluck the grass-blades away.

You who are favoured and rich,
When tonight as is usual
You go to your bed in good health,
Do you ponder or think
That - perhaps before dawn -
Your reckoning may be nearer than daybreak?
Are you free from all sin
After you labour collecting
The wealth in your storehouse of treasure,
Or when you amassed that amount,
Did you scorn all the poor,
And does pride make you stiff-necked with disdain?

O wind of heaven, be kind,
Come soft over the sea,
Blow gently across this grass mound;
Loveliest rays of the sun,
Touch mild with your warmth
Where this poor creature lies all alone;
Modest primrose of the braes,
You will grow on this grave
As no pitying hand lays a rose,
And as the time he was found
Each year comes round,
You choir of songbirds, sing in his praise.

Though he is laid in this corner
Far from the land of his birth
With none in respect coming near,
If his mother were as close

103

Nam biodh a mhàthair cho dlùth dha,
Nach iomadh là bhiodh a glùin san tom fòghlaich,
'S i dèanamh cuimhn' air a' ràbhart
A rinn an naoidhean seo tràth rithe
'S i gu h-aoibhneach ga thàladh le òran,
Mun tàinig lùths agus tàbh ann,
Mun tàinig ionnsaigh bhon bhàs air
A chuir an grunnd gàrradh-càil Mhic Iain Oig e. [30]

Ach thus' tha cnàmh anns an uaigh seo,
Dèan cadal sàmhach gun ghruaimean ann,
Gu bheil d' àite cho dual ris a' chòrr ann:
Cha deach innse bho shuas dhuinn
Am bad sa sìnear san uaigh sinn
Nuair tha 'n tìm againn suas feadh nam beòthan:
'S ged nach d'fhuair thus' am fàbhar
Bhith anns an ùir air do chàradh leoth'
Anns an dùthaich 'sna dh'àraicheadh òg thu,
Tha h-uile h-ùir dhut cho càirdeach
'S a cheart cho dlùth dha do chnàmhan
'S gun dèan thu dùsgadh cho tràth rid luchd-eòlais.

27. Moch sa Mhadainn 's Mi Dùsgadh

Bhon a tha an t-òran seo stèidhichte air Oran Eile do Phrionnsa Teàrlach *le Alasdair Mac Mhaighstir Alasdair, bu choir a sheinn na cheathramhan, is an dà shreath mu dheireadh anns gach ceithir aig toiseach an ath cheathramh.*

O, hi rì agus hò ro
Hug is ò horo ghealladh,
Hì ri agus hò ro
Hug is ò horo gheallaidh,
Hì il iù hug is hò ro
Hì a bhò horo ghealladh,
Moch sa mhadainn 's mi dùsgadh,
Shoills mo shùilean le caithream.

Moch sa mhadainn 's mi dùsgadh,
'S mòr an sunnd a th' air m' aire,
'S mi ri faicinn mo dhùthchadh,

104

As you who live just behind him,
Many's the day she would kneel in the rank grass,
As she remembered the babbling
That this infant spoke young to her
As she happily lulled him with song,
Before he grew active and strong,
Before the onset of death
Laid him low in John MacDonald's kailyard.

But you who decay in this grave,
Sleep content and in peace -
You have as much right there as the rest:
We have not been told from on high
Where we will be laid in the tomb
When our time among the living is done;
Though you were not granted the favour
Of being buried by those
In the faraway land of your youth,
Yet every soil is akin to you
And just as close to your bones -
You will wake as soon as those that you loved.

27. Rising Early

Although set out thus in the Ms, this song is based on Alasdair MacDonald's Oran Eile do Phrionnsa Teàrlach *and should follow the same pattern - i.e. quatrains where each last couplet becomes the first couplet of the next verse.*

O, hiri agus ho ro
Hug is o ho ro ghealladh,
Hi ri agus ho ro
Hug is o ho ro gheallaidh,
Hi il iu hug is ho ro
Hi a bho horo ghealladh,
Waking early in the morning,
My eyes shone with joy.

Waking early in the morning,
Great the delight of my mind
As I see my island,

Tìr nan stùcan 's nam beannaibh:
A' tighinn sa bhàta ga h-ionnsaigh,
'S i a' cur cùrs air a' chala,
Thug e càileachd às ùr dhomh,
'S thug e ùidh dhomh gu ealain.

Gura h-ainmig ri chunntais
Bad cho cùbhraidh air thalamh
Ris an àrd-eilean dhubh-ghorm,
Uibhist ùrar nan gleannan;
Tìr a dh'àraich an tùs mi
Gu ro-mhùirneach nam leanabh,
'S gu bheil m' aoibhneas a' dùbladh
A bhith tighinn dlùth dhi thar mara.

Siud an tìr leam as àille,
Tìr a' chaise 's a' bhainne,
Tìr nan ciar-bheanntan àrda
A bhiadh na h-àrmainn bha fallain;
Tìr nan raointeannan eòrna
Diasach, pòrach gun ghainne,
Cluinnear fuaim figh' a' chlò ann
Bho iomairt-mheòirean na banaich.

Gum bu shòlas leam dùsgadh
Moch an ciùineachd na maidneadh,
Nuair bhiodh dealt air gach flùran
Trom na cùirneanan geala,
Bàrr nan lusan dhi lùbadh
Bronnach, dùmhail gu talamh,
'S gun toir fann-ghaoth gad ionnsaidh
Aileadh cùbhraidh na meala.

An t-eilean ciar-cheannach, bruachach,
Corrach, cruachanach, gleannach,
Lusach, dìtheanach, luachrach,
Laoghach, uanach gach bearradh;
Far a' faighear fìor-uisg' an fhuarain
A' tighinn an uachdar bhon sgallaidh,
'S abhainn Ròdhag le nuallan
A' triall gu cuan leis na deannaibh.

Land of the stacks and bens:
Approaching it in the ship,
As she sets course for the harbour,
Has given me a new resolve,
Inspiring me in my muse.

Rarely has been recorded
A spot so fragrant on earth
As the lofty dark green island
Verdant Uist of the glens:
Land that nursed me
Tenderly as an infant -
My joy redoubles
Coming near it by sea.

That for me is the loveliest land
Island of milk and cheese,
Land of the high dark peaks
That fed fit, brave men;
Land of barley fields
Producing abundant grain;
Sound of weaving to be heard there
From a woman's nimble fingers.

What joy for me to awake
In the first flush of the morning,
When the dew on each blossom
Lay heavy in bright drops;
Plant tips bending beneath it
Full, well-fed to earth;
The breeze will bear to you
Sweet fragrance of honey.

The island dusky-peaked, hilly,
Of rugged stacks and glens,
Herbaceous, flowery, rushy,
Calves and lambs on every ridge;
There I'd find pure spring water
Rising from under the rock,
And River Roag with a roar
Hurrying it to the sea.

Chì thu fraoch geal is uain' ann
A' fàs mu bhruachaibh nan gleannan,
Geugach, gorm-bhileach, dualach,
Trom fo chuallach cèir-mheala:
Canach mòintich ri fuar-ghaoith'
A' crathadh chuaileanan geala
'S ceòl na smeòraich 's na cuaiche
A' cur gach bruaillein bhod aire.

28. An Rìbhinn Uasal

A' chiad òran a rinn e (mu 1950) do Mhàiri NicIllEathain à Griomasaigh air an robh e suirghe mun do phòs e Neilidh.

Am fonn: *Seinn an duan seo*

O seinn an duan seo don mhaighdinn shuairce,
An rìbhinn bhuadhach as uaisle dòigh,
A rinn mo bhuaireadh le blàths a buaidhean
'S a dh'fhàg mo bhruadar gach uair na còir:
'S a reul nam màldag, mo gheug as àille,
Nach èist thu 'n-dràsta ri dàn mo bheòil,
'S gu luaidh mo bhàrdachd gach buaidh tha 'm pàirt riut,
'S bidh cuimhn' air d' àilleachd 's tu cnàmh fon fhòd.

Bidh cuimhn' air d' àilleachd 's air loinn do nàdair,
An coibhneas càirdeil do chàch tha d' ùidh;
Cha tig 's cha tàinig bho shliochd a' ghàrraidh
Cho iochdmhor nàdar 's cho fàinneach cùl;
'S e dìthean samhraidh dhomh fhìn do shamhla,
Nuair chì mi cheann feadh nam planntan ùr;
'S b' e 'm fortan annsail bhith ort a' sealltainn,
Cha nochdadh antlachd tro bhall do shùil.

Gur caisreach, cuachach tha d' fhalt ro-dhualach,
'S e sìos mud ghuaillean na chuailean donn;
Tha aoigh gun fhuarachadh daonnan suas air
An aodann shnuadhmhor a ghluais mo chom:
Sùil ghorm as caoine fo mhailghean caola
Cur saighdean gaoil anns gach aon san fhonn;

108

You see white and green heather
Growing on the slopes of the glen,
Branching, green-tipped, luxuriant,
Heavy-laden with honey;
Bog-cotton in the cold wind
Tossing white tresses;
Song of thrush and cuckoo
Driving all care from your mind.

28. The Noble Maid

His first love song (written c. 1950) to Mary Maclean of Grimsay - to whom he was engaged before he married Nellie.

Tune: *Seinn an duan seo*

O sing this song to the gentle maid,
Talented girl of noblest ways,
Who beguiled me with the warmth of her gifts,
Taking possession of my dreams:
You star among modest maids, my beautiful belle,
Won't you listen now to my song?
My poetry will list all your qualities,
So your beauty will be remembered when you're in the grave.

Your beauty will be remembered and your graceful nature,
Friendly kindness to others your aim;
There has not and cannot be one of Eden's descent
Of such compassionate nature and such curling hair;
You remind me of a summer flower,
When I see its bloom above new growth;
It is dearest good fortune to gaze on you,
Displeasure would never show in your eyes.

The curling locks of your luxuriant hair
Hang in dark tresses over your shoulders;
A warm welcome always shows on
The beautiful face that stirred my heart;
Softest blue eyes beneath slender brows
Sending darts of love into each one in the land;

Beul milis maoth-bhog nam bilean caoineil
'S do mhuineal aol-gheal mar fhaoilinn thonn.

Do chneas cho greannmhor ri sneachda geamhraidh,
Mar stac air beanntan 's an gleanntan fàs;
Troigh lùthmhor cheann-chruinn gun lùb gun cham-char -
Am flùr cha stamp thu fo bhonn do shàil:
'S ged gheibhinn saidhbhreas an rìgh 's na h-oighreachd,
'S le mìle daoimean mo shaibhlean làn,
Gum b' fheàrr leam grèim ort air làimh, a mhaighdeann,
Na 'n t-òr a' soillseadh am broinn mo dheàrn'.

Gun iarrainn gràsan bho Dhia don mhàthair
A rinn do thàladh nuair bha thu òg,
A dh'èist rid mhanran 's rid eubh nad phàiste -
'S i fhèin a dh'àraich an àilleag òigh:
Am beus 's an stuamachd cò 'n tè thig suas riut,
Gun eud no truailleadh a' buaireadh d' fheòil,
Gun chleachd thu suairceas 's gach reachd a b' uaisle
'S bha tlachd riut fuaighte bhon ghluais thu òg.

Bha chraobh bhon dh'fhàs thu gu saor bho fhàillinn,
Gun ghaoid am pàirt dhith bho bàrr gu bonn;
Gu sùghmhor, blàthmhor le h-ùr-dhos àillidh
'S an ubhal a b' fheàrr oirre dh'fhàs air crann;
'S am meas bu mhìls' oirre, ghlac mi fhìn e -
Bha 'm facal sgrìobhte gur mì bhiodh ann -
'S cho blasta, brìoghmhor chan fhacas leibhs' e
'S gur tearc a' cinntinn san tìr a shamhl'.

Bhon fhuair mi iùl ort, a ghruagach ùr-gheal,
B' e 'n duais a b' fhiù leam bhith dlùth rid dhàil;
'S tu 'n òigh tha cliùiteach, bha moran biùthais
Na chòir 's na dhùthchas bho thùs dod àl:
Mar chaineal ùr no cìr-mheala fhlùran
Tha d' anail chùbhraidh, a rùin nam mnà -
Mo lòchran iùil thu 's an ceò air dùnadh,
Mo chòrn den bhùrn thu 's mi brùthte, blàth.

Tha d' ìomhaigh ghaoil dhomh mar ghrian san fhaoilteach,
Gean fhìor air d' aodann le aoigh a' snàmh;
Bho shìol chlann daoine cha d' shìolaich aon tè

110

Moist sweet mouth of gentle lips,
Your throat white as a gull of the sea.

Your skin as comely as winter snow
Piled on bens in deserted glens;
Nimble, straight well-rounded foot -
You would not crush a flower under heel:
Though I should have royal wealth and estates
And my stores filled with a thousand diamonds,
I would rather take your hand, lass,
Than have gold shining in my palm.

I would ask God's grace for the mother
Who lulled you when you were young;
Who listened to your infant cries and murmurs -
She certainly raised a lovely girl:
In modesty and virtue who can compare,
Without temptation to jealousy or corruption,
Courteously following each noble precept -
Happiness has been part of you since childhood.

The tree from which you grew was free from weakness,
No part blemished from root to crown;
Vigorous, flowery, with splendid fresh leaves
Bearing the finest apple that ever grew on tree:
I myself have taken its sweetest fruit -
The word was written that it should be mine;
More delicious and juicy than you have seen,
Its like rarely grows in the land.

Since I came to know you, immaculate maiden,
My greatest reward was to be near to you;
You are a maid of renown, there was great fame
As birthright and heritage of your clan from the start:
As fresh cinnamon or flower honey
Is your fragrant breath, most beloved of women;
You are my guiding light when mist descends,
My drinking-horn of water when hot and thirsty.

Your beloved face is to me as sun in winter,
A sincere smile swimming in kindness;
Of man's descent there has not been one

Cho fialaidh caomh is cho naomh an gnàths;
Tha cliù do bheusan a' dùbladh spèis dhut -
Mas ùir do chrè-sa, cha lèir a bhlàth,
'S bho uair na h-èiginn sna bhuaireadh Eubha
Gur tearc a dh'èirich tè 'm beus na b' fheàrr.

29. Do Mhàiri NicIllEathain

Am fonn: *A Pheigi a ghràidh (Mo chridhe fo leòn)*

Mu chanar rium bàrd, nach nàr mur h-aithris mi 'n duan,
Mur h-aithris mi dàn mun mhàldaig bhanail gun ghruaim,
Bean òg nan sùil tlath as aille sealladh is tuar
Dhan tug mise 'n gràdh gu bràth nach fannaich le fuachd.

'S na' faighinn thu, ghaoil, rim thaobh 's tu agam le còir,
Le cùmhnantan teann 's am bann gu daingean mud mheòir,
Cha tigeadh oirnn èis, le chèile bhiomaid air dòigh,
'S bu choma leam càch 's thu, ghràidh, bhith agam air dhòrn.

Nuair bhios mi leam fhìn bidh m' inntinn ortsa gach àm -
'S e d' aghaidh ghlan shuairc' a ghluais mo chridhe nam chom;
Do bhòidhchead, a ghraidh, a dh'fhàg mi dèanamh dhut rann
'S gum b' fheàrr leam do phòg na òr na cruinne nam làimh.

Gum beannaicheadh Dia a' chìoch a dheothail thu tràth,
A' mhàthair a bhiath 's a riaghl do bheatha nad phàist;
Mo bheannachd dhan ghlùin a chùm do phearsa-sa, ghràidh
'S a dh'altraim thu òg - b' e 'n sòlas dhi thu bhith fàs.

Do phearsa gun chearb gun aithnichinn fada bhom shùil,
An grinnead mar dhealbh neo-sheargte, fallain, glan, ùr;
Tha gaol agus bàidh a' snàmh an amharc do shùl
Is anail do bheòil mar cheò na meala fon driùchd.

Chan iongnadh, a ghràidh, do mhàthair 's d' athair bhith 'n uaill -
Do leithid-sa fàs do phàrant 's ainneamh ri luaidh;
Ged bhithinn na b' fheàrr an càs nan ealain 's nan duan
Chan snaoiminn san dàn gu bràth gach mais' tha riut fuaight'.

112

So generous, gentle and so pious in her ways:
The fame of your virtues doubles respect for you,
If your body is dust there is no sign of it
And from that desperate time when Eve was tempted,
Rarely has one appeared of nobler virtue.

29. To Mary Maclean

Tune: *A Pheigi a ghràidh (Mo chridhe fo leòn)*

If I'm known as a bard, what a shame not to recite a song,
Not to make an ode to the modest, happy lass,
Most beautiful young woman of the gentle eyes
To whom I gave love that will never cool.

If I had you, my love, by my side by right,
With binding vows and a ring firm on your finger,
We'd want for nothing, together we would be fine,
Caring nought for others so long as I had your hand.

When I am alone I think of you all the time -
Your lovely gentle face touched my heart in my breast;
Your beauty, my love, inspired my poem for you,
I'd rather your kiss than the world's gold in my hand.

May God bless the breast that suckled you young,
The mother that nourished and controlled your life as a babe;
My blessing on the knee that held you, my love
And nursed you young, a joy for her as you grew.

I could recognise from afar your flawless person,
As pretty as a perfect, wholesome, new picture;
Love and kindness swim in the look of your eye,
Your breath as honey mist under the dew.

No wonder, my love, your father and mother are proud -
Rare for a parent to have one such as you;
Even if I had more skill at muse and poetry
I could never weave all your beauty into verse.

Chan eil sa' Roinn-Eòrp' an òigh a bheireadh ort bàrr,
'S cha do sheas ann am bròig tè òg nas ceanalta gnàths;
Cha do ghluais ann an gùn, a rùin, an talla nam bàl
Tè eile thig suas ri tuar do mhaise-s', a ghràidh.

Mar ghealach nan speur cur reul am falach le glòir,
Mur ghathan na grèin' cur reul na maidne fo sgleò,
Mar shruthan ron fhiadh 's gun deur sa gleannan ri òl,
Tha thusa dhomh, ghràidh - 's cha nàr leam aithris rim bheò.

30. Mo Chridhe fo Leòn

*Oran gaoil eile do Mhairi NicIllEathain. Anns an luchar 1951 chuir i seachad
còig na sia sheachdainean ann an Glaschu 's a seanmhair anns an ospadal.
Bhiodh am bàrd a' sgrìobhadh thuice da uair san t-seachdain.*

Am fonn: *Mo chridhe fo leòn*

Mo chridhe fo leòn, ochòin, nach mi bha leat thall,
Mo chridhe fo leon, ochòin, nach mi bha leat thall;
Mo chridhe fo dhìobhail, ochòin, nach mi bha leat thall
Far a bheil thu an-dràst' a' tàmh am baile nan Gall.

Chan iongnadh, a ghràidh, ceann-fàth bhith agam gu tùrs',
Nach fhaic mi mar b' àbhaist àilleachd sealladh do shùl;
Tha cuantan nach tràigh gun bhàidh gar sgaradh, a rùin -
Mi 'n tìr nam beann àrd 's do thàmh-s' am baile na smùid.

Gur deacair do bhàrd gach àilleachd, subhailc is buaidh
Tha 'n ceangal ri nàdar càirdeil aithris an duan;
Cha robh i 's cha bhi cur cìr tro bharraibh a duail,
Tè bhitheas no bha an gràsan glana riut suas.

Gun chuir mi mo lìon air fìor-uisg' tana gun smùr
'S bha aighear is miann nam chliabh ga tharraing gu chùl,
'S nuair chunnaic mi luach na duais a bheannaich gum ghlùin,
Gun phaisg mi mo lìon - bha miann mo sheallaidh fom shùil.

Nuair thachair mi 'n tùs ri mùirneag ghlan a' chùil rèidh,
Gun charaich 's gun dhùisg gu ùidh mo chridhe 's mo chrè;

There is no maid in Europe who could surpass you -
A more graceful young girl never stood in shoe;
There never moved in a gown in the ballroom, my dear,
Any other who could match your beauty, my love.

As the moon in the skies eclipsing the stars in its glory,
As the rays of the sun hiding the morning star,
As a stream for the deer when the glen was dry,
You are to me, my love - I'll not be ashamed to tell while I live.

30. My Heart is Sore

Another love song to Mary Maclean. In summer 1951 she had to spend five or six weeks in Glasgow while her grandmother was in hospital. The bard wrote to her twice a week.

Tune: *Mo chridhe fo leòn*

My heart is sore, alas, that I am not with you there,
My heart is sore, alas, that I am not with you there;
My heart is breaking, alas, that I am not with you there,
Where you are now - living in the city of Lowlanders.

No wonder, my love, that I have cause for grief
When I can't see as usual the lovely glance of your eye:
Never-ebbing oceans cruelly separate us, my love,
I in the land of the high bens and you in the smoky city.

It is hard for a bard to recite in a poem
Each beauty, virtue and gift bound up in your friendly nature:
There was not - nor will be - one combing the tips of her tresses
Who was - or could be - your equal in perfect graces.

I cast my net in clear, pure, shallow water,
There was joy and desire in my breast drawing it fully
And when I saw the value of the prize that blessed my knee,
I folded my net - the wish I hoped for was in sight.

When I first met the lovely girl of the smooth hair,
My heart and body were moved and aroused to interest in her;

Chaidh saighead a' ghaoil nam thaobh mar dhealan nan speur,
'S bu leatsa bhon uair sin m' uaill is m' anail is m' fheum.

An tìr nam beann fuar, a luaidh, a thogadh thu tràth,
An Uibhist nam buadh a fhuair thu 'm bainne nad phàist';
A' ruith aig a' Bhuaile fhuair thu fallaineachd fàs, [31]
'S cho fad 's bhios mi beò nam fheòil bidh 'm fearann ud blàth.

31. Meòrachadh

Ged nach robh am bàrd ro shean nuair a rinn e an dàn seo (faic an dàrna rann), tha e ag ionndrain saoghal air an robh e eòlach na òige.

Gu bheil smaointean air m' aire
'S bu mhath leam an cur ann an clò -
Seann chuimhneachain mhaireann
A dh'ùraich mo chaithream 's mo cheòl:
'S e bhith meòrachadh tric air
Gach nì bha mi cleachdadh nam òig'
A dh'ath-nuadhaicheas m' inntinn
Gus aithris le brìodal mo bheòil.

Ged tha 'n òig' air mo ghiùlan
'S le còir gura mùirneach sin dhòmhs',
Leis cho geàrr 's a tha 'n ùine
Bhon leum mi cas-rùisgte feadh lòn;
Mi gun mhì-ghean gun uallach,
Cho aotrom ri uan feadh an fheòir
Agus sàmhchair nan gleanntan
A' bàthadh gach campar is bròn.

Chan e tàradh nam fuighleach
A dh'àraich nam naoidhean mi òg,
No a thug beatha dhomh 's rian
Is ceann-labhairt le briathran mo bheòil,
Ach blàth-bhainne cìche,
A' bheòshlaint as prìseil' na 'n t-òr,
'S a chuir iomadh sàr dhiùnlach
Na shlàint' ann an dùthaich an eòrn'.

The arrow of love pierced my side like lightning from the skies -
Since then you have owned my pride, my life, my worth.

In the land of cold bens, my love, you were reared in your youth,
In Uist of the virtues you first had milk as a babe;
Running through the Buaile, you grew up in health
And that land will be warm within me so long as I live.

31. Musing

*Although still a young man (see verse two), the bard is already nostalgic for
the happy carefree world and companionship of his early youth.*

There are thoughts on my mind
Which I would like to put in print,
Old enduring memories
That revived my music and joy:
It is pondering so often
All the customs of my youth
That rejuvenates my mind
To speak through soft words of my mouth.

Though my bearing is youthful,
Which should be happy for me,
As the time is but short
Since I skipped through puddles barefoot:
I was free from worry or care
As light as a lamb through the grass
And the peace of the glens
Drowning all sorrow and grief.

It was not a selection of scraps
That reared me young as a babe,
Or that gave me life and sense
And eloquence to my words,
But warm milk of the breast,
That food more precious than gold,
That set up many a stout fellow
In health in the land of barley.

Ann an dùthaich nam buadh,
Uibhist uaine nam fuar-bheanntan àrd,
Uibhist bhruachach a' bharra,
Tìr chruachach a' bhainne 's a' chàis';
Uibhist ghrianach nam pòran -
Tha biadh de gach seòrs' ann a' fàs,
'S gach creutair tha beò ann
A' faotainn a' lòin ann gu 'n càil.

Gum bi daonnan nad sheilbh ann
An t-slàinte - 's i geala-ghrian an àigh;
G' eil i snàmh le cuid beirm ann
Mar bhàn-cheò nan garbh-bheanntan àrd;
I air anail na gaoithe,
Gach oiteag a chuibhleas thar sàil,
'S g' eil a prìomh àite-còmhnaidh
San dùthaich san òg rinn mi fàs,

Nuair a chì mi gach làrach
Far 'n òg bha mi ràbhart 's a' ruaig,
Iad an siud mar a bha
'S nach dèan m' inntinn mo thàladh rim bruaich,
Bidh mi saoiltinn gur còir dhomh
Gach faoineis thoirt beò mar bu dual;
'S a bhith cluic feadh nan còs
Far an tric a' robh spòrs agam uair.

Ach nam faighinn mo dhùrachd
'S mo mhiann, 's e mo rùn nach biodh aost';
Chumain òg-bheatha dlùth rium
Is dh'fhògrainn bhuam dùr-smal na h-aois;
'S bhithinn inntinneach, luathaireach,
Aoigheil, gun uallach, gun ghaoid,
Ann a' seilbh air an òige
Gus 'n teirigeadh mo chòmhnaidh san t-saogh'l.

Nach e 'n saoghal tha meallta,
'S gu faod mis' a shealltainn mar aon -
Ged bhiodh corra Latha Bealltainn ann,
Dorchnaichidh geamhradh an caoin:
Comann càirdeil na h-òigridh
A b' àbhaist bhith còmhla mar sgaoil,

In the land of virtues,
Green Uist of the cold high bens,
Undulating Uist of the crops,
Hilly land of the milk and the cheese;
Sunny Uist of the grains
Where food of every kind grows
And all living creatures
Find fare to their taste.

You will always have there
Good health, that bright sun of joy,
For it floats with its yeast there
Like white mist of high rugged bens,
Borne on breath of the wind,
Each breeze that blows over the sea;
Its favourite dwelling-place
Is the island in which I grew up.

When I see every ruin
Where I chattered and played when young,
They remain as they were
And doesn't my mind draw me to their braes;
I think I should be able to
Revive every folly of youth
And play amongst the hollows
Where once I often had fun.

But if I had my wish,
My desires would not be old:
I would stay close to youth
And stave off the corrosion of age;
I would be lively, precocious,
Generous, without care or ill,
In possession of youth
Till the end of my time on earth.

But isn't the world deceiving
As I for one can show -
Though there be many a Mayday,
Winter of lamenting looms dark:
That friendly society of youth
Once together, now scattered,

Cuid an dùthchannan fuadain
Is grunn dhiubh an uaighean nan raon.

Ach cha till mo chuid bhriathran
Na samhraidhean grianach a bha,
No na companaich dhìomhair
A dh'fhalbh bhuam 's a thriall chun a' bhàis,
A bhiodh còmhla rium daonnan
'S chan fhaiceamaid baoghal ro cheàrr -
Ach na làithean sin dh'aom iad,
'S cha till iad an taobh seo gu bràth.

Ach thig caoin-dhearrsadh grèine
Thar mhaolaidhean grèidhte le blàths,
'S thig a leòr-ghath bhon iar
Is i sìoladh aig ciaradh nan tràth,
'S bidh na cnuic fo na flùrain
Le ùr-shealladh ùrar an àigh
Agus sinne san ùir
Far an càirear gun lùths sinn le càch.

32. Am Bàgh

Chì mi 'm bàgh an dealbh mo bhruadair,
Tuinn a' bualadh air an tràigh;
Pong an ciùil a' ruith trom phòraibh
'S iad a' seinn dhomh òran gràidh.

Oran gaoil mu sgothan iasgaich
Air sruth-lìonaidh ruith fo sheòl,
Canabhas ri gaoith a' sgaoileadh,
Feadan caola feadh nan ròp.

Chì mi ghrian a' dath an t-sàile,
Liath a' deàrrsadh measg an òir,
'S tarsainn uisgeachan an t-saoghail
Làmhan sgaoilte rium le deòin.

Chluinn mi rithist guthan taibhseil,
Laoidhean anns a' ghaoith ga' seirm,

Some in countries of exile,
Many in graves of the field.

But my words cannot bring back
Those sunny summers of yore
Or the close companions
Who left me and journeyed to death;
We were always together,
Danger we thought nothing of,
But those days have departed
And will return this way nevermore.

But the sun will shine on
Slopes basking in warmth;
Its gold rays will glow from the west
As it sets in the dusk of the day;
The braes will be flower-decked,
Renewing that fresh joyous sight,
When we are in the grave
Where others lay us lifeless to rest.

32. The Bay

I see the bay in my dreams,
Waves breaking on the shore,
Sound of their music in my pores
Singing to me a song of love.

A love song of fishing boats
Sailing with the flood-tide,
Canvas spread before the wind
Whistling through the rigging.

I see the sun-dappled sea,
Shining blue amongst the gold;
Across the waters of the world
Willing arms reach out.

I hear again ghostly voices,
Hymns singing in the wind,

Agus tarsainn mìle mìle
Dùthchas sinnsireil gam ghairm.

Mìle cuimhneachan gam dhealgadh,
Taibhsean marbh na tìm a bha,
Mar thig dìomhaireachd an anmoich
Tarsainn garbh-chladach a' bhàigh.

Leis gach là tha 'n guth nas treise
Dusgadh an-fhois na mo chàil -
Cha bhi fois dhomh, cha bhi sìth dhomh
Gus an till mi chun a' bhàigh.

33. Thusa

Dàn gaoil cumhachdach do Mhàiri NicIllEathain ann an nòs tur eadar-dhealaichte bho na h-òrain a rinn e na bu tràithe.

Tarsainn m' amhairc rinn thu èirigh
mar tro sgòth an gathan grèine,
soills' an tarraing-chridh ad shùilean,
lùth dhut ghèilleadh.

Dh'fhosgail nèamhan a bha dùinte;
boillsgeadh flathail orm a thùirling;
dh'aiseirich na theast am phòraibh,
deòin chaidh ùilleadh.

Miann gach miann bho thùs nan tùsan
dhòirt am chrìdh le brìgh do-mhùchte:
bruadaran bhom òig' a bhruadar
mi tighinn dlùth dhomh.

Gealltanas mar nach do bhruadar
mi nad shealltainn: seadh, b' e 'n uair seo
thàinig miann air eòlas caidreach
na mo smuaintean.

Coileanadh beath' agus nàdair,
coileanadh an àird an lànachd:
lùghdaich crìochan mòr an t-saoghail
gu aon àirigh.

And across a thousand miles
My forebears' heritage calls.

A thousand memories prick me,
Dead visions of a time that's gone,
Just as the mystery of night
Falls across the bay's rough shore.

With every day the voice grows stronger
Stirring in me a restless longing:
I'll have no rest, I'll have no peace
Till I return to the bay.

33. You

A love poem to Mary Maclean as passionate as any in Gaelic - in a modern idiom completely different from the style of his earlier love songs.

Across my vision you came
as a ray of sunlight through clouds,
light of heart-love in your eyes -
strength would yield to you.

Heavens opened that were closed,
shining splendidly down on me;
re-awakening that which had died in me,
desire re-fuelled.

Wish of wishes from beginning of beginnings
poured into my heart with force irresistible:
dreams that from my youth I dreamed
coming close to me.

Promise as I dare not dream of
in your eyes: yes, it was then
desire to know your love
entered my thoughts.

Fulfilling life and nature,
fulfilling them completely:
wide boundaries of the world shrunk
to one sheiling.

Thoinn ar n-inntinnean na chèil'
an sàmhchair sonais: cainnt gun fheum oirr'
eadarainn; bras-thuil a' ghràidh
a' bàthadh reusain.

M' anam aig fois, suaimhneach, sàsaicht',
tarsainn m' amhairc bhon a thàin' thu -
Thusa; 's glasan crìdh' a' crìon' ri
fiamh do ghàire.

34. Nuair a Ghoideadh a' Chlach *neo* Aoir nan Sasannach

*Ann a bhith moladh nan oileanach a ghoid a' chlach ann an 1950 à Eaglais
Mhòir Westminster tha am bàrd a' leigeil fhaicinn dhuinn cho mòr 's a bha a
ghràin aige air a' ghrèim a bh' aig na Sasannaich air a dhùthaich.*

'S ait leam an sgeula
Tha 'n ceartuair ga leughadh,
G' eil feachdan na Beurla
Nan èiginn an-dràsta;
Buaidh a bhith 'n dèidh
Nam fear cruaidh rinn an t-euchd ud,
A' chlach bha fon t-sèithear
Bhon èisg ud a thàradh.

'S miann leam ur gluasad
Ma thriall sibh gu tuath i,
Gu dùthaich nam buadh
Far 'm bu dual dhi bhith tàmhachd:
Alba na' fuarbheann
A b' ainmeile tuath-cheatharn,
Shealbhaich a' bhuaidh
Nuair bha Uallas nan àireamh.

'S ait leam bhith 'g èisteachd
Mar thàr sibh an leug
As a h-àite fon t-sèithear,
'S fir ghleusta ga geàrd ann;
Suaicheantas seunail
A fhuair sinn à Eirinn,

Our minds entwined together
in silent happiness: no need for words
between us; torrent of love
drowning reason.

My soul at rest, calm, satisfied,
in my mind's eye since you came -
You; and heart's defences crumbling
at your smile.

34. When the Stone was Stolen *or* Lampoon on the English

*This celebration of the 1950 removal of the Stone of Scone from Westminster
Abbey reveals just how much the bard resented the English domination of his
country.*

I am amused by the tale
Being read at this time,
That the English-speaking forces
Are now in dire straits;
May success follow
The hardy ones who did the deed,
The stone under the chair
Taken from those cynics.

I approve of your move
If you took it to the north,
To the country of virtues
Its hereditary resting-place:
Scotland of the cold bens,
Of most famous warrior-people,
Who enjoyed victory
When Wallace was amongst them.

It amuses me to hear
How you took the precious stone
From its place under the chair
Guarded by experts;
The magical emblem
That we got from Ireland,

Ged bhuannaich luchd-Beurla
Le reubainn gun nàir' i.

Ghoid sibh à Alb' i
Gu bleid-bhileach cealgach,
Gun chead bho a luchd-leanmhainn,
A bhalgairean gràineil;
'S chàirich sibh dalma
Fon àrd-chathair ainmeil i,
'S dh'fhàgadh le dearmad
Nur sealbh gus an-dràst' i.

Albainn nan stùcan
'S nan garbh-chrìochan ùdlaidh,
Chaidh ainm dhi nach mùchar
'S tha 'n cliù aic' as àirde;
Shealbhaich i biùthas
An arabhaig a' Phrionnsa,
Ged mharbhadh a dùil
Air an crùn thoirt do Theàrlach.

Riamh cha robh cunntais
A sìol bhith fo mhùiseag,
Aig iarmad nan iùdhach
Bho thùs gus an-dràsta;
'S riamh thug i ùmhlachd
Do riaghladh nan Stiùbhart,
Gus 'n chrìochnaich am Bùidsear
An dùil bha nam blàth-chridh.

Tìr nam beann fuara
'S nam frìth-ghleannan uaine,
'S i 'n tìr a tha tuath
Anns a' chuan air a càradh;
Tìr don robh 'n cluaran
Tro linntean na shuaicheantas,
Tìr san robh sluagh
A bha buadhmhor sna blàraibh.

Tìr sam bi 'n t-eòrna
Gun dìth air a leòidean,
Tìr sam bheil eòlas

126

Though the English took it
By shameless looting.

You stole it from Scotland
With treacherous impudence,
Without permission of its followers,
You hateful sly thieves;
And impudently placed it
Under the famous throne;
It was left through neglect
In your possession till now.

Scotland of the peaks
And lonely rugged lands,
She earned undying fame,
Her renown is of the highest;
She enjoyed glory
In the Prince's struggle,
Though her hopes were destroyed
Of giving Charles the crown.

Never could it be said
That her people were oppressed
By the offspring of capitalists [32]
From the very beginning till now;
She had always made homage
To the rule of the Stuarts
Until the Butcher ended
The hope in their warm hearts.

Land of the cold bens
And green deer-forest glens,
It is the land in the north
Set in the ocean;
Land to which the thistle
Has been badge through the ages,
Land where the people
Were victorious in battle.

It's a land where barley
Grows thick on its fields,
A land full of knowledge

Air ceòl agus bàrdachd;
Tìr sam bheil òighean
Cho binn ris an smeòraich
Le mìlsead am beòil
Ann an còmhraidhean Gàidhlig.

Sìbhse, luchd-riaghlaidh
Tha deas air na crìochan,
De Shasannaich bheulach,
A Dhia, gabhaibh nàire;
'N do leig sibh gur miann
Allt a' Bhonnaich air dìochuimhn',
Nuair sgaoileadh ur n-iarmad
Mar shiabas a' chàth bhuainn?

Cuimhnichibh dìblidh
Air là Drochaid Shruighleigh,
Nuair stampadh na cinn agaibh
Iseal san làthaich;
Chaill sibh na mìltean
Le sannt na bha dhìth oirbh,
'S sheall sibh gu cinnteach ann
Dìth na làimh-làidir.

Sasannaich mhaola
Neo-bhras ann an caonnaig iad -
Cà' 'm biodh na daoin' ud
As aonais nan Gàidheal?
Iarmad na' fraoch-bheann
Nuair dh'iarrte rin taobh iad,
Bha riamh a' toirt saorsa
Bho dhaorsa don àl ud.

Ghlèidh iad an ceann
Anns gach teugmhail bha teann dhaibh -
Bha 'n spèiread neo-ghann
Nuair bhiodh lann aca tàrraingte;
'S còir dhuibh san àm seo
Bhith sòlasach taingeil
Gun dheònaich na gleanntan
An clann anns na blàir dhuibh.

Of music and poetry;
A land with maidens
Melodious as the mavis
With the sweetness of their voices
In Gaelic conversation.

You in the government
South of the borders,
Of the plausible English,
O God, be ashamed;
Have you, as you would like,
Forgotten Bannockburn,
When your people were scattered
Like chaff in the wind?

Remember with shame
The day of Stirling Bridge,
When your heads were trampled
Low in the mire;
You lost thousands
Through greed of ambition,
And you certainly showed
A lack of power.

Bald-headed Englishmen
Sluggish in a fight,
Where would they be
Without the Gaels?
Men of the heather bens,
When their help was sought,
Were always delivering
That breed from trouble.

They held up their end
In every tight battle,
Not short of courage
When their blades were drawn;
You should at this time
Be happy and grateful
That the glens gave
Their children in battle for you.

San t-seachdamh linn deug
Chaidh am peacadh a dhèanamh,
'S bu mhaslach an gnìomh e
Do shìol nam beann àrda:
Albainn 's a h-iarmad
Le bargan ro-bheulach
A chàradh gu ciallach
Fo riaghladh na gràisg ud.

Dh'fheuch sibh gur dùbhlan
Nuair fhuair sibh an stiùir,
Air a' sluagh aic' a sgiùrsadh
A-nùll thar an t-sàile;
'S cruaidh leam ri chunntais
Gun dh'thuadaich sibh grunn dhlubh
Gu cruaidh-chridheach brùideil
A dùthaich am màthar.

Dùthaich nan garbh-chrìochan,
Dùthaich ro-shealbhach i,
Dùthaich tha ainmeil
An seanchasan àrsaidh;
Dùthaich na gainmhcheadh i,
Dùthaich a' charraigein i,
Dùthaich an arbhair
As tarbhaiche gràn i.

Dùthaich nam beanntan i,
Dùthaich nan gleanntan i,
Dùthaich a sheall
Nach ann fealltach a bha i,
Dùthaich nan alltan
Tha iasgmhor gu annlan,
'S nan ciar-eilean greannmhor
Far 'n labhrar a' Ghàidhlig.

Càit an robh cliù
Aig fir Shasainn bho thùs?
Aig Druim Ath'saidh bha 'n giùlan
Gun bhiùthas gun bhàidh ann,
Thàinig os cionn annta
Nàdar na brùideadh,

In the seventeenth century
The sin was committed -
What a foul deed
To the seed of the high bens:
Scotland and her people,
By a plausible bargain,
Judiciously placed under
The rule of that rabble.

You took on the challenge,
When you got control,
Of scourging her people
Over the seas;
Hard for me to recount
That you expelled so many
Hard-hearted, brutally,
From their motherland.

Land of rough bounds,
A fortunate land,
A land that is famous
In ancient tales;
Land of sea-sand,
Land of carrageen,
Land of corn
Of most fertile grain.

Land of the bens,
Land of the glens,
A land that has shown
That it was not false;
Land of streams
Bearing fish for the table
And the lovely dark islands
Where Gaelic is spoken.

Where was the reputation
Of the English from the start?
At Drumossie their bearing
Was without honour or mercy;
There surfaced in them
The nature of the brute,

Is sheall iad dhar sùilean
Na dh'ionnsaicheadh tràth dhaibh.

Fhuair iad le foill ann
A' bhuaidh nach do thoill iad,
Nuair bhuair iad an traoitear
Le broidhb air an deàrnaidh;
Dh'fhàg sin an t-oighre
San fhàsach fo choill,
Ach rinn Alba ris coibhneas
Bhios cuimhne gu bràth air.

35. Do Chalum Flòraidh Chaluim Ghobha

Bhàthadh Calum aig muir ann an 1952 is gun e ach fichead bliadhna a dh'aois.

Gur goirt a' ghaoir a dhùisg annam
'S a dh'ùraich m' ùidh gu dàn:
Gun lìon mo chliabh le dùmhladas
'S le ùmhlachd chiùin don bhàs,
A rinn cho bras do chrìochnachadh
'S a gheàrr thu sìos cho tràth,
Mun d' shoillsich brìgh nam bliadhnachan
Air d' ìomhaigh mhiadhail bhlàth.

Gur bochd an sgeul a thàinig ort
Thar sàil Dimàirt a' bhròin -
Gun bhuail gath fuar a' bhàis thu
Madainn àlainn bhlàth na h-òig';
An tùs do thìm gun bhuaineadh thu
'S an dìthean suas na chròic,
Fhir chiùin bha lùthmhor, fuasgailteach,
Gun ghruaim, gun uaill, gun phròis.

'S ann leam as bochd bhith smaointeachadh
Air luchd do ghaoil nad dhèidh -
Nan cuim tha goirteas glaodh-loisgteach,
Tha osna 's gaoir bhom beul;
'S ged thairgte luach an t-saoghail dhaibh,
Gach ionntas maoin is seud,

Showing before our eyes
Their early upbringing.

They won through treachery
A victory they did not deserve,
When they tempted the traitor
With a bribe in the hand;
That left the heir
In the wilderness hiding
But Scotland did him a kindness
That will be remembered for ever.

35. To Calum Maclean

Calum was drowned at sea in 1952. He was only 20 years old.

A bitter pain has afflicted me
And re-inspired my muse:
My body filled with grief
And quiet obeisance to death
That took you off so suddenly
And cut you down so young
Before the benefit of the years had lit
Your warm, well-loved face.

How sad the news of what befell you
That tragic Tuesday overseas -
The icy barb of death had struck
In the fine, warm morning of your youth;
You were cut down at the start of life,
The flower in full bloom,
You who were gentle, strong and active,
Without grumble, vanity or pride.

For me it is sad to think
Of your loved ones left behind -
In their hearts burning pain of grief,
Sighs and weeping on their lips:
Though they were offered the world's riches,
Every treasure of jewels and wealth,

Nan cuimhn' a chaoidh gus 'n caochail iad
Bidh d' aodann gaolach fhèin.

'S e dh'fhàg luchd-dàimh is pian orra
Fo iargan dian a' bhròin
Am blàth bha fhàs gun chrìochnachadh
Bhith geàrrte sìos cho òg:
'S e àireamh fichead shamhraidhean
A mheal thu 'n tìr nam beò
Nuair ghearradh sìos gun amh'ras thu,
'S b' e 'n call e 'm Bealltainn d' òig'.

Gur beag a shaoil do nàbaidhean
Nuair dh'fhàg thu slàn gu leòr,
A chosnadh dìol nan tràthannan
Le saothair làmh is dhòrn,
Gur ann le càch air ghiùlan
Bheirt' thu dh'ionnsaigh dùthaich d' òig'
Gus d' fhàgail thall led shinnsreadh
'N cladh Aird Mhìcheil sìnt' fon fhòd.

Do mhàthair thruagh fo chianalas -
Tha a grian-se sìos fo neòil,
'S chan fhurtaich àireamh bhliadhnachan
Gu sìorraidh meud a bròin;
A mac a chluic 's a bhrìodail rith'
Na loidrean bìodach òg
Bhith nochd fon lic air ìsleachadh
'S nach fhaic i thighinn nas mò.

Bu deas nad phears' air làraich thu
'S bu bhàidheil blàth do shùil -
Bha stoc na craoibh bhon dh'fhàs thu
Saor bho shàil gu bàrr bho smùr;
Cha mhosgan ruadh is crìonach ann
A bhiathas sìol na h-ùbhl',
Thu dh'fhìor fhuil dream na Dreòllain [33]
Choisinn mòran glòir is cliù.

'S, a Chaluim, dh'fhàg thu cuimhneachain
Bhios cuimhn' oirre nad dhèidh -
Cha dìochuimhnich do mhuinntir iad

Forever remembered until they die
Will be your own beloved face.

It has caused your family such pain
In the intense agony of grief
That the bloom that had still to grow
Should be cut down so young:
Summers numbered twenty
You had passed amongst the living
When you were cut down without warning -
Such a loss in the Beltane of youth.

Little thought your neighbours
When you left in good health
To earn a daily livelihood
By the labour of your hands,
That you would be brought on a bier
Back to the land of your youth,
To be left there with your forebears
Lying under Ardmicheal's turf.

Your poor mother mourns,
For her clouds have hid the sun;
Even many years will not
Console her weight of grief:
Her son who played and chattered with her
As a tiny young toddler
Tonight laid low beneath the slab -
She will never see him return.

You were handsome in your presence,
With warm and kindly eyes,
The stock of your family tree
Free from fault from top to toe:
It's not a withered, rotten tree
That would feed the apple crop;
Yours was pure bloodstock of Dreollain
Which earned much glory and fame.

Calum, you left memories
Which will be kept after you -
Your people will not forget them

'S nar cuim-ne chaoidh cha trèig;
An t-eòlas fhuair gach nàbaidh ort
Bidh bhlàth gu bràth nan crè -
Cha dealaich cuimhne chùbhraidh rinn
Ged dhùineas sùil san eug.

'S a' bheàrn a gheàrr do chrìochnachadh
Nad fhreumhag liath is òg,
Cha dàn gu bràth gu lionar i -
Tha 'n grianan liath-gheal reòtht':
'S uachdar bliochd nan geamhraidhean
As annsa leinn ri òl,
'S 's e rogha flùir nan gàrraidhean
A bhuainear tràth fo chròic.

36. Eilean Mhoirean

Eilean beag faisg air taigh a' bhàird. Ged a tha e air cnàmh gu creagan an-diugh, bha e uair gu math gorm agus eòin a' nideachadh ann. Gheibhear coiseachd thuige nuair a bhios an làn a-mach. Choisinn an dàn seo a' chiad duais aig Mòd Chomann na Gàidhlig ann an Lunnainn an 1953.

Gu fuar ri uchd-bualaidh na mara
Far 'n uamhalta tarrainn nam mòr-thonn,
Far 'n luasganach suainteadh ri carraig
Nuair ghluaiseas an dannarachd Aeòlus,
Ri fiadhachas shian is chlach-mheallain,
'S far 'n dìorrasach gailleann gun tròcair,
Tha ciar-eilean eunach nan carragh
Dhan snìomh mi na rannan seo còmhla.

O fàilt' air do ghnùis, Eilein Mhoirein,
Nach mùiseig na tonnan ged thòcadh,
Nach lùb ann an ùmhlachd dhan doineann,
Ged rùisgeadh e sgonnan dhed chòta:
Tha smùideadh nan srùlaidhean troma
Ri ungadh do dhroma 's do chleòca,
'S tha bùirean nan sùighidh mud bhonnan
Ri mùthadh 's ri tolladh do bhòidhchid.

136

In our hearts will never fade
The knowledge each neighbour had of you
Which will stay warm with them forever;
Sweet memories do not leave us
Though eyes close in death.

The gap left by your death
In your family old and young
Is destined never to be filled,
Their sunny place is frozen white:
It's the cream of winter's milk
That we prefer to drink;
The choicest garden flower
Is picked earliest in its bloom.

36. Vorran Island

A much eroded rocky islet close to the bard's home in Peninerine which was once a grassy haunt of the eider duck. It is accessible on foot at low tide. This poem greatly impressed the adjudicators who awarded it first prize at the Gaelic Society of London Mod in 1953. [34]

Cold at the battle-front with the sea,
Where awesome is the power of the breakers
Restlessly twisting round the rocks
When Aeolus is moved to anger,
Facing the wild elements and hail
Where the storms rage mercilessly,
Is the dark rocky island of the birds
For which I will weave these verses.

Greetings on your appearance, Eilean Vorran,
That even the swells cannot threaten,
That will not submit to the tempest
Even though it strip layers from your cover;
Mist from the heavy breakers
Anoints your back and your cloak;
Roaring swells suck at your base,
Eroding and piercing your beauty.

Tha tìm air do chìrean a ghlasadh
Ri bìdeadh 's ri casadh do chòrsa;
Tha linntean bhon dhìobair thu 'm fasan
A dh'inntrig dhut maise nad òige;
Tha 'n aois air do chaol-druim a ghaiseadh
'S air d' aodann a chlaiseadh 's a ghròbadh,
'S rinn saothair nan caoir-thonn as braise
Do mhaoladh gun taise gun tròcair.

Ach dh'aindeoin gach nàmhaid neo-thlusail
Bha beàrnadh do bhusan sa chòmhraig,
'S e seasamh gun sgàth a rinn thusa
'S cha d' dh'fhàilnich d' ursainn sa chòmhstri:
Gur cinnteach gun innseadh tu cus dhomh
Le fìrinn mu chuspairean sònraicht',
'S mu shuinn tha nan sìneadh san duslach
A dh'ùisnich do mhuir-sgein na bheòshlaint.

An cuimhne leat oidhcheannan gaillinn
'S na tuinn ris a' charraig a' bòilich,
'N do chrùb thu do dhruim ris na meallan
Nuair mhaoidheadh na steallan gu bòstail?
'N do lapaich do neart leis an tarrainn
Bha sgailceadh ri stalla do shròine,
'S a' bristeadh na' briosg-fhrasan geala
Le sitir rid bhallachan rògach?

An cuimhne leat oidhche breith Chailein,
An oidhch' ud a ghearradh an dòirlinn,
Nuair chaidhlich i fonn agus fearann
'S do thonn-sa dheth ghearradh o mhòr-thir? [35]
'N do dh'ionndrain thu 'n dùthaich 's an talamh
Bho thùs a rinn d' aire 's do chòmhnadh,
Mun d' bhàrc umad càirean na mara
Rinn d' fhàgail air d' aineol nad ònar?

Nuair theann màthair-fuinn bhuat air bristeadh
'N do chaill thu do mhisneach 's do dhòchas?
'N robh dararaich na fairge gad chlisgeadh
Mun dh'fhalbh na tha ris dhiot bhon chòrsa?

Time has turned your crest grey,
Nipping and nibbling at your shore;
For centuries you have abandoned the fashion
That first gave you beauty in your youth;
Age has weakened your slender back,
Furrowed and grooved your brow;
The striving of boisterous foaming waves
Has ruthlessly worn you down.

But despite every merciless enemy
That pitted your cheeks in the strife,
You have stood fearlessly,
Your bulwarks did not fail in the fight:
Surely there is much you could tell me
With a true account of certain stories
And brave men now laid in earth
Who relied on your shellfish for living.

Do you remember stormy nights
When waves raged against the rocks,
Did you bow your back to the showers
When the torrents threatened boastfully?
Was your strength sapped by the swell
That struck the crags of your face
And exploded in instant white spray
Braying against your rugged walls?

Do you remember the night that Colin was born,
That night the isthmus was cut,
When land and earth were destroyed
And you were cut free from the mainland?
Did you miss the country and land
That from the beginning had cared for you
Before the jaws of the sea closed about you
Leaving you as a stranger alone?

When you broke away from your motherland
Did you lose your courage and hope?
Did the roar of waves alarm you
Before all that shows of you split from the coast?

'N tug onfhadh nan garbh-thonnan fios dhut
Mun sgealb i na slisnean an dòirlinn,
Gu fàgadh i màireach air lic thu
'S an sàile mud lipean a' còpadh?

An oidhch' ud a bhuail ort a' bheithir
'N robh gruaim ort ri leithid de dhò-bheairt,
Nuair ghluais i 's a bhruan i do chreagan
'S a chnuasaich i eagan nad chòta?
'N do dh'uainich do ghruaidh leis an eagal
Nuair chual' thu le fead aig do shròin i?
'N e 'n t-uabhas a bhuail ort na dhreagan
San uair ud gun teagamh a leòn thu?

Ach bhon dh'fhàg am muir-bhàit' thu nad eilean
'S a gheàrr i air leth-oir bhon chòrr thu,
Gun theàrn thu bho bhàrcadh 's bho bheithir,
Gun sgàth rinn thu feitheamh rin dòrnaibh:
'S e garbh-thuinn na fairge do chreathail
'S i dararaich na sreathan mud chòrsa,
'S bhon shealbhaich thu d' ainm nad eilean,
Gu dearbh cha do cheil thu do chòirean.

Tha fulmairean, sgairbh agus lachainn
A' sealbhachadh dachaigh dom pòr ort;
Bidh eunlaith na fairge gad thathaich
Mu dh'fhairicheas iad fathann air fòirneart;
Thig ùr-ghiomach stiùireach gu faiche
Nad ghrunnd gus an aiseig e chòta,
'S nuair thriallas na siantannan brasa,
Bad-blianaidh ro-mhaiseach aig ròin ort.

Tha 'n carraigean as ainmeile ghearrar -
Bu bhargan ga cheannach le òr e -
Ri shealbhachadh falchaidh air stallaidh
An garbhlaichean carrach do shròine;
Na bàirnich as àille fod fheamainn
Thug tràthan dhar seanairean beòshlaint
'S a shàsaich na h-àrmainn nach maireann
Nuair b' ànrachdach amannan rògach. [36]

140

Did the fury of billows give you warning,
Before smashing the isthmus in pieces,
That it would leave you next day as a slab
With salt sea pouring round your lips?

That night the thunderbolt struck,
Were you sad at such a misfortune,
When it disturbed and crumbled your rocks
And gouged gashes in your mantle?
Did your cheeks turn pale with fright
When you heard its howl in your face?
Was it the awful thing that struck as a meteor
That then, without doubt, did the damage?

But since the flood left you an island
And cut you apart from the rest,
You have survived downpour and thunderbolt,
You awaited their blows without fear:
Billows of the sea are your cradle
As it roars in ranks round your shores
And since you gained the name as an island
You have certainly not concealed your title.

Fulmars, skarts and wild duck
Find in you a home for their broods;
Birds of the ocean frequent you
When they sense warning of storm;
The young lobster seeks shelter
In your depths when shedding his shell
And when boisterous weather has passed,
You are a lovely basking place for the seals.

The best of carrageen to be plucked -[37]
A bargain even if paid for in gold -
Can be found hidden on rock
On the rugged crags at your head;
Finest limpets under your seaweed
At times sustained our forebears,
And satisfied fine men long gone
In the most miserable of hard times.

Nuair dh'fhalbhas na h-aimsirean salach
'S na coirb-laithean greannach dubh-reòthta,
Bidh fèath a bhios brèagha mud chala
'S a' ghrian a' toirt lainnir mar òr dhiot;
Mar dhaoimein am broinn fàinne-geallaidh
Aig maighdinn mar earradh a meòireadh,
Bidh d' ìomhaigh-sa 'g iathadh nar sealladh
Aig liathadh na maidneadh san Og-mhìos.

37. Mòrag

Do Mhòrag, an nighean bu shine aig Dòmhnall Ruadh Mac an t-Saoir
(Dòmhnall Ruadh Phàiolig) bràthair màthar a' bhàird.

Am fonn: *Nighean Donn a' Chùil Rèidh*

O horò, mo nighean donn,
E ho rì, mo nighean donn,
O horò, mo nighean donn a' chùil rèidh,
Maighdean òg a' chùil duinn
A tha mòdhar, glan, grinn,
Bheir do bhòidhchead a shuim bho fhear-clèir.

Gura lìonmhor ri luaidh
'S ri chur sìos ann an duan
Na tha bhrèaghad 's a bhuaidhean gu lèir
Ann an co-cheangal suas
Riut, a Mhòrag nan dual -
Thar gach òigh thug thu buaidh ann am beus.

Ach, a mhaighdean gun fheall,
Chan eil iongnadh leam ann
G' eil do loinn-sa neo-ghann thar gach tè,
'S tu bhith dh'fhìor-fhuil nan laoch
Bho thìr ghrianach a' fhraoich,
'S tu bhith shìol Chloinn an t-Saoir na' lann geur.

Troighean lùthmhor gun ghiamh
'S grinne shiùbhlas air feur,
Pearsa chùmte gun fhiaradh gun èis;
Bilean maoth, tana, tlàth

142

When foul weather goes
And vicious, stormy, freezing days,
There is a lovely calm in your bay
With the sun reflecting like gold;
As a diamond in an engagement ring
Adorning a maiden's finger,
Your image floats in our sight
At dawn of the morning in June.

37. Morag

*To his cousin, Morag Cumming, eldest daughter of Donald Macintyre the
Paisley Bard and a fine interpreter of her father's songs.*

Tune: *Nighean Donn a' Chùil Rèidh*

Ho ro, my brown-haired girl,
Hi ri, my brown-haired girl,
Ho ro, my lass of the smooth, brown hair,
Young maid of the brown hair
Gentle, pure and elegant -
Your beauty would tempt even a cleric.

There is so much to be told
And put down in song
Of the beauty and talents
Combined together
In you, curly-headed Morag,
Surpassing all other maids in virtue.

But, O maiden so true,
It's no wonder to me
That you should have more style than the rest:
For you are of true blood of the brave
From the sunny land of heather,
Clan Macintyre of keen blades.

Nimble, perfect feet
As neat as walk on grass,
A trim erect body without flaw;
Gentle, slender soft lips,

143

Ron tig caoin-anail bhlàth
An clàr d' aodainn, a mhàldag nam beus.

Tha do chuailean tiugh donn
'S e na chuairteagan trom -
Do gach gruagaich gur bonn e gu eud;
Brollach gasta geal mìn,
Corrach, paisgt' ann a' sìod'
Cuimir, snaighte mar dhìsnean do dheud.

'S meallach, mìogach do shùil,
Loinneil, lìontach, neo-dhùr,
Mu 'm bheil mìn-ruisg a' dùnadh gu rèidh;
Slios mar fhaoilinn an t-sàil',
Basan caoin, glana, bàn,
Maise d' aodainn mar dheàrrsadh gath grèin'.

'S cuimir, lùthmhor, neo-mhall
Thu air ùrlar an danns'
Na do ghiùlan tha samhl' an deagh bheus;
'S gu bheil d' ìomhaigh 's gach dòigh
A' cur neul air gach òigh,
Mar a' ghrian 's i cur sgleò air gach reul.

Gun tug Venus dhut buaidh,
'S chuir thu 'n ceill e led shnuadh;
Mar ri àilleachd, thu stuama dha rèir;
'S gun tug Eros dhut lann
A nì reubadh neo-ghann,
Sealladh caoin na' sùl fabhrach, donn, rèidh.

'S binne duanag do bheòil
Nuair a ghluaiseas do cheòl
Na guth guamach na smeòraich air ghèig;
'S gura binn, milis, tiamh
Guth na fìdhleadh bhod mheur,
'S tu le mìn-bhogh' a' riaghladh nan teud.

Gura buadhach gill' òg
Nì do bhuannachd le còir
Le snaoim cruaidh ceangal-pòsaidh bhon chlèir:
Gheibh e uachdar nan oìgh
Tha gun truailleadh na dòigh,
Cruinneag shuairc' a' chùil òr-bhuidhe rèidh.

Breathing warmly and sweet
In your face, modest, virtuous maid.

Your thick brown hair
Hanging heavy in curls
Is a source of envy to other girls;
Lovely, soft white bosom,
Proud, covered in silk;
Even teeth polished as dice.

Your eye is smiling, beguiling,
Full, sparkling, careless,
With soft eyelids closing;
Flank white as a gull of the sea;
Fine, soft, pale palms,
The beauty of your face shines like sunrays.

Trim, nimble and lively,
You are on the dance floor,
Your carriage a model of style:
Your image in every way
Overshadows each maid,
As the sun puts stars in the shade.

Venus granted you gifts
Which show in your appearance;
With your beauty, you have modesty to match;
Eros has given you a weapon
Which will wreak much havoc -
The soft glance of steady brown eyes.

Sweeter is the song on your lips
When music moves you
Than voice of thrush on the tree;
And melodious, sweet, sad
The fiddle sounds under your fingers
As your soft bow rules the strings.

How fortunate the young man
Who will win you by right
Of strong wedding-knot tied in church:
He will get the cream of girls,
Unspoilt in her ways,
Gentle lass of fine golden hair.

38. Oran nan Tarbh

B' àbhaist do tharbh a' Bhùird ann an t-Hogh Mòr a bhith air a chleachdadh ann an Drèimisdal cuideachd - ach cheannaich iadsan tarbh dhaibh fhèin is cha robh feum aca tuilleadh air tarbh Hogh Mòir. Tha na tairbh a' deasbad mar a bhios daoine fhèin nuair a thèid nàbaidhean a-mach air a chèile.

Feasgar samhraidh greannmhor, grianach,
Socair, brèagha, 's mìos a' Mhàigh ann,
Bha tarbh Hogh Mòir ann a' fianais
'S e aig feur air cliathach Hàrsail:
Thog e cheann is sheall e bhuaithe
'S ghabh e cuairt gu bail' a nàbaidh,
Feuch a' faiceadh e le shùilean
Am beathach ùr a bh' anns an àite.

Chunnaic tarbh a' Chlub na uair e,
'S ghabh e nuas gu luath na chòmhdhail,
Coltas feirge air a ghruaidhean,
Sùilean gnuadh' ann 's e ri gnòsad:
Labhair e ris fhèin gu feargach,
" 'S mis' a dhearbhas air an srònan
Nach eil cead aig tarbh a' Bhùird
Bhith tighinn cho dlùth dom àite-còmhnaidh."

Nuair a thachair iad ri chèile
Rinn iad sèideil agus stàrachd,
'S labhair tarbh a' Chlub gu fiadhaich:
"Dè chuir thar nan crìoch thu 'n-dràsta?
'N cual thu idir, fhir mo rùin,
A' riaghailt' ùr aig Dòmhnall Eàirdsidh - [38]
Nach eil cead aig tarbh bhon Bhòrd
Bhith tighinn an còir a chuid crodh-dàra?"

Gun tuirt tarbh Hogh Mòir gu fiadhaich,
"Dùin do bheul, a chreutair ghrànda:
'S suarach agams' ur cuid riaghailt',
Far am miann leam bidh mo thàmh ann;
Tha mo chòir cho math riut fhèin
A bhith aig Drèimisdal a' dàir dhaibh,
'S cha toir thus' a' chòir sin bhuam ann
Ged a fhuair iad thu nam àit' ann."

38. Song of the Bulls

The Board of Agriculture bull at Howmore served Drimsdale as well. When Drimsdale could not get a Board bull of their own, their Club bought one - so the Howmore bull was no longer needed. The bard was inspired to compose a parable of human behaviour when neighbours fall out.

One lovely, sunny summer evening,
Fine and calm in the month of May,
The Howmore bull could be seen
Grazing on the slopes of Haarsal:
He raised his head and looked about him,
Took a trip to his neighbour's village,
So as to see with his own eyes
The strange beast that had arrived there.

The Club bull saw him in turn
And swiftly came to confront him,
An angry look on his face,
Bellowing with sullen eyes;
He said furiously to himself,
"I'm the one who'll prove to them
That the Board's bull has no right
To come so close to my domain."

When they came together
They huffed and stamped
And the Club bull spoke fiercely:
"What made you cross your bounds,
Have you not heard, my fine fellow,
Donald Archie's new rule -
That the Board's bull is forbidden
To come near his breeding cattle?"

The Howmore bull replied angrily,
"Shut your mouth you ugly brute:
Little care I for your rules
I will rest wherever I wish;
I have as much right as you
To be serving in Drimsdale;
You will not take that right away,
Even if they got you in my place."

147

Thionndaidh tarbh a' Chlub is calg air,
'S thuirt e, "Mach air falbh às m' fhianais,
'S mis' tha nis air ceann na sprèidheadh
Ann an Drèimisdal a' riaghladh:
Chaill thu buileach ann do chòir
'S na faiceam ann do shròn gu sìorraidh -
Ma chì, thèid brath do Dhùn Eideann
'S ceanglar thu le sèin' dhen iarann."

Labhair tarbh Hogh Mòir an uair sin
'S thuirt e, "Thruaghain, 's tu tha gòrach,
Faodaidh mis' bhith sìos is suas
Ged bhiodh am buachaille rim shròin ann:
Tha mi 'n seo le achd a' Chrùin,
'S tha taes' a Bhùird agam 's gach dòigh ann,
'S fhad's bhios ceartas an Dùn Eideann
Cha toir Drèimisdal mo chòir bhuam.

"Tha muinntir Hogh Mòir gu lèir leam,
'S an Drèimisdal fhèin tha pàirt leam,
'S ann riums' a thionndaidheas iad daonnan
Nuair a bhios crodh-laoigh rin dàir ann:
Cumaidh iad arbhar gu leòr rium
Coirc' is eòrna mar a dh'fhàs e,
'S cha toir iad sop dheth nad bheul-sa,
'S nach do dh'iarr iad thu dhan àite."

Labhair tarbh a' Chlub gu fiadhaich,
"Rinn iad m' iarraidh, fhir gun nàire,
Chosg mi leth-cheud 's aon not deug dhaibh -
'S math gum b' fhiach mi còrr 's a bha mi;
Fhuair mo reiceadair na dhòrn dheth
H-uile gròt bho Dhòmhnall Eàirdsidh,
Airgead nan coineanach cluasach
A lìbhrig MacSuain na mhàl dhaibh.

"Tha Drèimisdal pailt a dh'arbhar
Eadar seagal garbh is eòrna,
'S biathaidh iad mise gun chearb ann -
'S ann bhios farmad aig a' Bhòrd rium;
'S ma tha t-Hogh cho pailt de dhaoine
Feuch nach leig iad aog ro òg thu,

The club bull turned, bristling:
He said, "Get out of my sight -
I am now in charge of the cattle,
Ruling here in Drimsdale:
You have lost your rights completely -
Let me never see your face here
Or there will be a report to Edinburgh
And you will be tied with iron chains."

The Howmore bull then spoke
He said, "Poor, foolish fellow -
I can roam up and down
Even with a herdsman at my nose:
I am here by act of the Crown,
With every support from the Board
And while there is justice in Edinburgh
Drimsdale will not take my rights away."

"All the people of Howmore are with me,
Even in Drimsdale some support me;
It is to me they always turn
When there are cows to be served;
They provide me with corn in plenty,
Oats and barley as they grow,
Not a wisp will go in your mouth
When you were not wanted here."

The Club bull spoke fiercely:
"They did want me, shameless one -
I cost them sixty-one pounds
And I was worth much more:
My seller received in hand
Every groat from Donald Archie,
Money from the long-eared rabbits
MacSween delivered as rent to them. [39]

"Drimsdale has corn in plenty
From thick rye to barley;
They will feed me perfectly -
The Board will even envy me:
And if Howmore's so full of folk
Take care lest they let you die too young,

Gad bhiathadh le smodal rùsgan
'S iad a' cùmhnadh nan cruach eòrna."

Arsa tarbh Hogh Mòir 's e tionndadh,
"Chan eil cùram dhomh san dòigh sin,
Tha arbhar gu leòr aig Ruairidh [40]
'S gheibh mi cruach ma bhios i chòrr ann:
Na' faiceadh tu 'n t-ultach diasach
A thug Rob Diciadain' dhòmhsa, [41]
Cha bhiodh do bhriathran cho rèidh
Gus arbhar Dhrèimisdail a bhòsdadh."

"Ma tha Drèimisdal cho sìolmhor
'S cho math 's tha do bheul ag ràdh rium,
Pàighidh iad do Hogh na fiachan
Mis' a thoirt a-nìos le làraidh:
Mura pàigh, 's e Mac Nill Duinn [42]
A bheir air cuinnlean Dhòmhnaill Eàirdsidh
Nach bi muinntir Hogh fo mhùiseig
'S riaghailtean a' Bhùird nam fàbhar."

Labhair tarbh a' Chlub le bùirean:
"Chan fhaigh fiù is fiach an ròpa,
'S thèid thu bàs ro cheann na bliadhn' ann
Gun arbhar, gun fheur, gun chlòbhar;
Chan ionnan idir 's na rèidhlean
A th' ac' an Drèimisdal dhòmhsa,
Bad sam bith an dèan mi bualadh,
Feur gum chluasan de gach seòrs' ann."

"Thus'," ars am fear eile, " 's d' fheur -
Ach càit, a Thighearn', a bheil e fàs ann?
Chan fhaic mis' ach fraoch is fianach
Is raoin is liantaichean bàn ann;
Ach mu chluinneas mis' an còrr bhuat
Gabhaidh mi dhut dòigh as dàine -
Gheibh mi 'n tarbh à Peighinn nan Aoirean,
'S bheir e aon tè dhut nach fheàirrd' thu!"

Bha 'm feasgar a-nis a' ciaradh
'S a' ghrian a' dol sìos fo sgàile,
'S chunnaic iad duine nam fianais

Feeding you on waste peelings
While they save their barley stacks."

Said the Howmore bull as he turned,
"I have no worries on that score:
Roderick has lots of corn
And I'll get a stack if it is spare:
If you had seen the load of corn
That Rob gave me on Wednesday,
You wouldn't be so ready with your talk,
Boasting of the corn of Drimsdale."

"If Drimsdale is so fruitful
And as good as you tell me,
They will pay fees to Howmore
To bring me down by lorry:
If they don't, John Macintyre
Will tell Donald Archie to his face
That Howmore folk will not be oppressed
When the Board's rules are in their favour."

The Club bull said with a bellow,
"You will not even get a rope's worth -
You will be dead before the year's end
Without corn or grass or clover;
Nothing like the meadows
They have for me in Drimsdale,
Wherever I go there
Grass of every kind up to my ears."

"You," said the other, "and your grass,
Lord, where does it grow there?
I can see only moor-grass and heather
Mossy plains and fallow bog land:
If I hear any more from you
I will deal with you more boldly,
I'll get the bull from Peninerine -
He'll give you one to make you sorry!"

The evening now was darkening,
As the sun set behind the clouds,
And they saw a man appearing

'S cù beag ciar air cùl a shàilean:
Ghuidh iad feasgar math dha chèile
'S rinn iad rèit' le faite gàire;
Dhealaich iad ri chèile 'n uair sin,
Fear gu tuath is fear gu t-Hàrsal.

39. A Ghruagach Dhonn

Am fonn: *Oran a' Mharaiche (O, 's ann a tha mo rùn-sa thall)*

O, 's ann tha mo ghaol-sa thall,
Rìbhinn òg as bòidhche th'ann -
'S truagh nach mi bha leat san àm,
Paisgte teann le bann a' gheallaidh.

Ghruagach dhonn dhan tug mi gràdh,
'S mòr do choibhneas leam thar chàich:
Chan eil maighdean riamh a dh'fhàs
Leth cho àlainn riut nam shealladh.

'S bachlach, dualach gruag do chinn,
Falt as buaidhche ghluais a' chìr:
H-uile dual na chuairteig mhìn,
Mar an sìoda mìn-ghlan fallain.

Troigh as bòidhche sheas air làr
No chuir còmhdach bròig mu sàil;
D' anail chùbhraidh chiùin cho blàth,
Tighinn am bàrr mar àileadh caineil.

Nam faighinn-sa, ghaoil, ort còir
'N cùmhnant teann le bann mud mheòir,
Chumadh d' aoigh mi daonnan beò,
'S dhèanadh pòg do bheòil mi fallain.

Cha do sheas i riamh air làr,
Tè thig suas ri snuadh mo ghràidh -
Mar a' ghrian san iar a' snàmh
Tha thu deàrrsadh thar gach caileig.

152

With a little dark dog at his heels:
They bade each other good evening,
Making peace with a faint smile;
Then they separated,
One to the north and one to Haarsal.

39. The Brown-haired Maid

Tune: *Oran a' Mharaiche (O, 's ann a tha mo rùn-sa thall)*

Oh my love is far away,
Prettiest girl of them all -
Sad that I am not with you now,
Tightly bound by plighted troth.

Brown-haired girl that I love,
You've been the kindest to me:
There is not a maid that ever grew
Half as lovely in my eyes.

Thick and curling grows your hair,
Loveliest tresses ever combed:
Every lock a delicate curl
Healthy as finest, perfect silk.

Prettiest foot that ever stood
Or ever graced a shoe;
Fragrant, gentle breath so warm
Scented like cinnamon.

If I, my love, could have a claim on you
Through binding vows with a ring,
Your kindness would keep me alive,
Your kiss would make me well.

No girl has ever stood on earth
As beautiful as my love -
As the sun floating in the west
You outshine all other maids.

Ged bhiodh Albainn leam is còrr,
'S maoin an t-saoghail bhith nam dhòrn,
'S mòr gum b'fheàrr, a rùin, ort còir
Na gach stòr is òr air talamh.

Chuir mi ùidh gu dlùth nad dhòigh,
Cridhe bàidheil, càirdeil, còir:
'S leat mar dhìleab mìlsead beòil,
Blas do phòig mar òl na mealadh.

Nist, a rùin, gun dùin mi 'n dàn,
'S bidh mi 'n dùil bhi null gun dàil,
'S ge bu dè mar bhruidhneas càch,
Gheibh thu, ghràidh, am fàinne geallaidh.

40. Smaointean - Aig Làrach Seann Eaglais Hogh Mòir [43]

*Thogadh mac-meanmna a' bhàird dealbhan na inntinn cho soilleir 's ged a
bhiodh iad beò air a bheulaibh. Bha seann eaglais Hogh uair cudromach dha na
h-Eileanan agus ghluais an tobhta aice am bàrd gu searmon air mar bu chòir
do dhaoine tilleadh gu creideamh an sinnsrean.*

Mi 'n seo nam aonar sa bhealach,
Mo chùrsa smaointean a' falach,
'S gura daor iad rin ceannach bhom pàrant,
Ach le aonachd mo bhallaibh
'S mo chridhe 'g aontachdadh mar ris,
Gum bi iad saor air an aithris am bàrdachd:
Nach iomadh aon air an talamh,
A ghluais a smaointean dha aindeoin
Le bhith na aonar aig ballachan cnàmhte -
Far 'n robh uaireigin caithream
Is guthan sluaigh nach eil maireann,
Ged tha iad fuar, fionnar, falamh san tràth seo.

Ann an ùrlar na mainnirich seo
Chì mi dùmhladas sheamragan
Air an ceanglaichean gainmheachadh a' fàs ann;
Badan fheanntag is shealbhagan,
'S iad a' sealltainn 's a' dearbhadh dhuinn

Though I should own Scotland and more,
With all the world's wealth in my hand,
I would much prefer a claim on you
To any hoard of gold on earth.

I have studied close your ways,
A gentle, kindly, loving heart;
You have inherited the sweetest lips,
Your kisses taste like drinking honey.

Now, my love, I end my song,
I hope to be there without delay,
No matter what the rest may say,
My love, you'll have a betrothal ring.

40. Thoughts - at Howmore Temple Ruins

*The poet's inner eye could visualise scenes in the vivid colours of real life.
Small wonder he was moved by the remains of the once-important temple and
seminary at Howmore which inspired an impassioned plea for a return to the
simpler religious values of old. (For notes on the metre see p. xvi.)*

Here alone in the hollow,
The course of my thoughts is secret
They'd be dear to buy from their parent;
But with the consent of my members
And my heart in agreement,
They will be freely recited in poetry:
How many a one on earth
Has been inspired despite himself
Through being alone by crumbled walls,
Where once praise was heard
And voices of people long gone,
Though they stand now deserted and cold.

On the floor of this ruin
I see a thick carpet of shamrocks
Growing on their sandy roots;
Clumps of nettles and sorrel
Demonstrating and proving to us

Meud a' chall a rinn dearmad dhan làr seo.
Ach mun do chrìon chun na h-ìre seo
'N togail chiar-dhathach mhìllte seo,
'N do choilean i gach nì a bha 'n dàn dhi?
'N do rinn i seirbheis gu coinnseant',
Mar bha innt' earbs' aig a' mhuinntir
A chuir a garbh-bhalla snaoimte na àirde?

Ann an sùil mo mhac-meanmna
Chì mi tùr air a' cholbh seo,
Chì mi iùcan na mainnearich seo stàtail;
Chì mi chùbaid gu dealbhach
'S briathran drùidhteach an t-searmoin
A' ruith gu siùbhlach le dearbhaidhean làidir:
Chì mi 'n sluagh air an glùinean
Is cridh' an creidimh fo 'sùilean
'S gun faileas teagamh nan rùn dha gus àicheadh;
An cruithneachd mèath, fallain, ùrar
Ga thoirt am fianais an sùl ann,
'S fear-ionaid Chrìosda ga thionndadh gur Slànair.

Ar leam gun cluinn mi gu h-òrdail
An clag ri caithream gu ceòlmhor
An sìth na maidne Didòmhnaich gu tràthail
'S ciùine chùbhraidh a' dòrtadh
Mar shileadh driùchd air a' chòmhlan
A th' air an glùinean nan còmhdaichean Sàbaid:
Ar leam g' eil altair fo choinnlean,
'S iad uile laiste gu soillseach ann,
Tobar baistidh nan naoidhean 's e làn ann,
'S àileadh gasta, glan, cùbhraidh
A' tighinn bho losgadh na tùiseadh,
Sìth is fois tur air ùpraid a bhàthadh.

Ach tha 'n dealbh dhomh air caochladh,
Chì mi fuarachd san aol ann -
Thàinig fuaradh a sgaoil na bha bhlàths ann;
Sàmhchair mharbhant' an aoig ann,
Chan eil ùrnaigh no aoigh ann,
Cnuimheag ùrlair an aon bheath' an lathair:
Chan eil buachaill' air caora,

How much neglect has damaged this site.
But before this ruined, grey pile
Crumbled to such a state,
Did it fulfil all of its destiny?
Did it give service to conscience
As was hoped by the people
Who raised high its wrought, rugged walls?

In the eye of my imagination
I see a tower on these pillars,
I see the recesses of this ruin stately;
I see the pulpit ornate,
And penetrating words of the sermon
Flowing eloquently in powerful testimony:
I see the people on their knees,
The heart of their faith before them,
No shadow of doubt in their love to deny it:
The fresh, wholesome wheat wafer
Revealed before their eyes,
Christ's agent changing it to our Saviour.

I seem to hear the regular,
Joyful music of the bells
In the early, peaceful morning of Sunday;
Sweet calm descending
As dew on the congregation
On their knees in their best Sabbath clothes:
I see an altar with candles
All shining with light there,
A full baptismal font for the babies;
A fine, sweet-smelling fragrance
From the burning of incense,
Peace and quiet having driven out noise.

But the picture changes for me,
I see the mortar grow cold -
A chill came to disperse the warmth:
Dull silence of death there,
There is no prayer or welcome -
Worms the only life left;
There is no shepherd for the flock,

Chan eil fuaim ann bho shaothair,
Tha na h-uain mar a dh'fhaodas gun mhàthair:
Tha fear am biathaidh air faondradh,
'S tha 'n cruithneachd mèath às an aonais,
'S tha 'm beath a' triall falamh, faoin gun a màna.

Ach ciod na smaointean bha luasgadh
An doimhneachd inntinn an t-sluaigh ud
A bha fo bhinn bioradh buairidh bha làidir?
An robh gu h-ìseal an uaigneas
An cridh' an crìdh' fadadh buan-theth,
Miann is iota do dhualchas na h-àbhaist?
An robh nan inntinnean beò-lus
A' sireadh sìth bhon an-eòlas
A bhuilich dìth solas seolaidh nan gras orr',
Bha dh'aindeoin ùr-bheachd gan slaodadh
Don teampall ùrnaigh seo daonnan
A dh'iarraidh iùil san dubh-dhraodh cheò a bhàrc orr'?

Tro sgòthan doilleir an cùrsa
'N robh soillse shoilleir a' brùchdadh,
Mar theanga teine gan ùngadh le gràsan,
Nuair bhiodh iad sìos air an glùinean
San ionad chiar seo ri ùrnaigh
Ged nach robh ìomhaigh no ùghdar san làthair?
Am biodh an smaointean air sgiathan
Air ais tro thìm iomadh bliadhna,
Nuair nach robh dìth aran-biathaidh nan gràs orr',
'S do thìm ri teachd a' toirt shùilean,
Ged nach bu lèir dhaibh tron dùbhradh
Gun cuireadh cèitean an dùldachd fo shàilean?

Ach tha na daoine bha 'g ùrnaigh
A' seo le aoigh air an glùinean
An suain na sìorrachd an ùir dhuibh an làir seo:
'S na cluinneam Mòr-chuis is Ur-nos
A' fanaid còmhla mun ùmhlachd,
Mun aiteas ghòrach 's mun diùideachd ri àrd-mhiann:
Cha d' dh'fhosgail Foghlam a stòr dhaibh
'S cha d' rinn i beairteach an eòlas
Ach mheal iad pailteas de mhòr-ghaol am bràithrean:

There is no sound of his labour,
The lambs on their own motherless:
Their provider is banished,
They are deprived of the bread,
Their life is empty and vain without its manna.

What thoughts were churning
Deep in the minds of that people
Under sentence of strong provocation?
Was there a secret deep within
Their heart of hearts ever-kindling -
Desire and thirst for the heritage of old?
Was there a seedling in their minds
Seeking relief from the ignorance
Which had deprived them of the guiding light of grace,
That, despite new beliefs, drew them
Always to this temple of prayer
Seeking guidance in the dark, pagan mist that engulfed them?

Through the dark clouds of their life
Did a bright light break through
As a tongue of flame anointing them with grace,
When they were down on their knees
In this gloomy place praying
Though there was no image or authority present?
Did their thoughts take wings
Back many years to the time
When they did not want for the bread of grace;
Looking forward to a future,
Though they saw it not through the dark
When spring would tread winter underfoot?

But the people who prayed here
With joy on their knees
Sleep forever in the black earth of this ground:
And let not Pomp and Fashion
Mock their humble station,
Their simple happiness and lack of ambition:
Education opened not her store to them,
Did not enrich their knowledge
But they enjoyed ample love for their brothers;

Chuir meud an ìsleachd san t-saoghal sa
Casg air dìreadh an smaointean,
Ach cha do chaisg e dhaibh gaol air an nàbaidh.

Chaisg e sannt agus craos dhaibh,
Uabhar, farmad is baoiseachd,
Leisge, fearg agus draosdaireachd chàirneil;
Fad' bho dhiadhachd na maoineadh
Bha 'm beatha triall soitheamh, saothail,
Suaint' an riasladh an saothrach ri àiteach:
Cha d' chuir iad diù ann an glòir-mhiann,
Gum b' e 'n uil'-ùidh buinnig beòshlaint
Is laigh an cùrs ann an seòlaid nam fàintean:
'S chan ailis bheur orr' bho Uailleachd
Gur ann san èiginn bha 'm buannachd,
'S gur ann tro èis a bha buaidh dhaibh na lànachd.

Ach ruith an sluagh ud an rèisean
A freasdal fuarachd na cèis seo,
'S gur ann mun cuairt an seo fhèin a tha 'n cnàmhan:
Chaidh an caibeal 's an creubhan
A chnàmh 's a chadal le chèile
'S tha 'm bann bha eadar iad glèidhte gun fhàillinn:
Gu bheil an duslaichean còmhla,
'S ged tha 'n cuislean gun teòdhadh,
Tha 'n-diugh gan riochdachadh beò mar nan àite,
Sinne, saor bho gach deuchainn
A rinn an smaoin-san a phianadh,
'S tha eaglais Bhòrnais na fianais don chàrn seo.

Ach saoil 'eil sinne mar dh'fhaodas
Toirt feum an-diugh às an t-saorsa
Nach d' mheal an linn ud san t-saoghal a dh'fhàg iad?
Air neo 'm bi leisgeulan faoine
Bhor bilean deas-ruitheach daonnan
Nuair chumas leisge fon aodach gu blàth sinn
Air madainn ghruamach Didòmhnaich,
An àite gluasad gu deònach
A liubhairt suas ar co-thabhartas don Ard-Righ,
Le fhuil a cheannaich gu daor sinn
'S a ghlèidh 's a bheannaich 's a shaor sinn
Bho bhith air chùl cothrom faotainn a ghràsan?

Their low status in this world
Curbed their aspirations,
But not their love of neighbour.

It curbed greed and gluttony for them,
Pride, envy and lewdness,
Sloth, anger and lusts of the flesh;
Far from worship of wealth,
Their life was placid, hard-working,
Wrapped in the labourer's struggle with the soil:
They set no store by ambition,
Their only goal was survival,
Steering their course by the commandments;
It's no shrill reproach to them from Pride
That their reward came through hardship -
It was through want their full victory was gained.

Those people have run their races
Out of the cold fate of this body,
Their bones lie round this very place;
The chapel and their bodies
Crumble in sleep together,
The bond between them preserved intact:
Their dust is together,
Though their veins are cold,
Today, as their living representatives
Are we, free from all the trials
That caused their minds such pain,
And Bornish church bears witness to this ruin.

But are we, as we could,
Making good use of the freedom
That generation did not have in the world they left?
Or do fatuous excuses
Ever fall easily from our lips
When sloth keeps us warm in our beds
On a gloomy Sunday morning,
Instead of going with good will
To offer tribute together to the King,
Who redeemed us dearly with His blood,
Who saved, blessed and delivered us
From being forsaken to a chance of His grace?

Ach, thus' a chaidleas Didòmhnaich
A' luib do phlaideachan clòimheadh,
Gun ghuth air eaglais no tabhartas na Sàbaid,
Cuir do choinnseas an òrdan
Is cuimhnich, cuimhnich is meòraich
Gun tig an oidhche 's nach beò thus' a-màireach:
Cuimhnich, cuimhnich do shinnsreadh
A chùm an grèim air an fhìrinn
As aonais combaist' a dh'ìnnseadh an àird dhaibh:
Gu luath, gu h-ealamh bi 'g èirigh -
Tha eaglais eil' ann dhan tèid thu,
Ged nach eil gearradh dhen tè seo air fhàgail.

41. Teampall Hogh Mòir

Cha do chuir am bàrd ainm air an duan seo ach fhreagradh e air Teampall Hogh Mòir, a bha uair na cholaisde foghlaim.

Eachdraidh nan linntean sgrìobhte sna clachan,
Guthan sa bhalla, mac-talla na bha;
Eòlas air aimsir a dh'fhalbh air a h-aithris
San aol tha cumadh nan uinneagan àrd.

Fasgadh is dìdean bho shian aig an sprèidh
San ionad 's na dh'èisteadh ri Soisgeul an àigh;
An fhicheadamh linn a' cur suarach na sgèil
A dh'fhaodar a leughadh am bràighe do làir.

An sùil mo mhac-meanmna tha dealbh air a sealltainn,
Ollamhan ceann-ruisgt' ag ionnsachadh chàich;
Thesis ga sgrìobhadh, na pinn iad nan deann-ruith
Sreath a dhìth san l.-s. ....

Briathran a' drùdhadh tro inntinnean torrach
Fear-oilein na shuidhe le uilinn air bòrd;
Tachas air cinn ann an doimhne na' smaointean
Gliocas na h-aoise ga liubhairt don òig'.

162

But you who sleep sound on Sunday
Amongst your blankets of wool,
Without thought of church or of Sabbath;
Put your conscience in order -
Remember, remember and ponder
The night will come when you live not tomorrow:
Remember, remember your forebears
Who held fast to the truth
Without a compass to show them the way;
Arise swiftly and quickly -
There's another church you can go to,
Even though nothing of this one remains.

41. Howmore Temple

This poem was untitled in the ms. but it seems probable that it was also inspired by Howmore Temple which was once the site of a seminary.

History of ages writ in the stones,
Voices in the wall, echoes of the past;
Knowledge of time long gone is told
In the lime that shapes the windows so high.

Shelter and sanctuary from weather for cattle
In the place where the Gospel of joy was heard;
The twentieth century caring nought for the tale
That can be read in the heights of your ruins.

In my mind's eye a scene is displayed,
Bare-headed professors teaching the rest;
A thesis being written, pens racing along,
Line missing in the ms. ....

Words being absorbed by fertile minds,
The lecturer seated with elbow on table;
Scratching of heads in deepness of thought,
Wisdom of age being passed to the young.

Ach èistibh, tron uinneig le buill' air ar cluasan
Idir dè fuaim air anail nan àrd?
Giùlan thar astair air teachd chun na h-uaghach,
Caoin a' dol suas bho ghruagach na càs.

Ollamhan, sgoilearan mach don àit-adhlaic',
Siud iad 's iad ceann-ruisgt' seasamh gu dlùth;
Cist' air a dubhadh na laigh' air a' chrò-leab'
Feitheamh an òrdain, "tilleadh gu ùir."

"Bhon duslaich a thàinig, don duslach bi tilleadh" -
Na briathran as sine nì bilean a ràdh;
An sluagh a' dol dhachaigh gun dachaighean talmhaidh,
'S esan a dh'fhalbh gu dhachaigh - ach càit?
....

An-diugh chan eil dad dhomh ri fhaicinn ach feanntag,
Gìogan tolltach 's buinteag a' fàs,
Ach an sealladh a chunnaic tro uinneagan m' inntinn,
Mairidh e chaoidh gu latha mo bhàis.

42. Oran na Fuaraig

*Mar a dh'èirich do sheann fhleasgaich a' bhaile nuair a chruinnich iad Oidhche
Shamhna gu cuirm anns an t-seann dòigh!*

Am fonn: *A Chaluim Bhig*

A mhuinntir uil' a' bhaile seo
Gu h-ealamh nì mi 'n rann dhuibh,
'S gun innsinn anns an ealaidh dhuibh
Mu amadain na Samhna:
Nach iad a thug ur car asaibh
Gur tarraing aig an àm ud -
Bha Iseabail a' gealltainn [44]
Ach mheall oirbh càch.

Bha Iseabail cho cuireideach
A' cruinneachadh nan uaislean,
Is dh'iarr i air na fearaibh
Tighinn dhan bhaile chun na fuaraig:

164

But listen, through the window striking our ears,
What is that sound on the wind from on high?
A bier from afar has come to the grave-side,
A lament going up from a girl in despair.

Teachers and students out to the graveyard,
There they stand bareheaded, crowding around;
A black-clad coffin lies on the bier
Awaiting the order, "Earth to earth."

"From dust you came, return to dust,"
The oldest words that lips can utter;
The people returning to their earthly homes,
The departed goes to his home - but where?

....

Today there is nothing for me to see but nettles,
Prickly thistles and sorrel grow there;
But the scene I saw through windows of my mind
Will endure for ever till the day of my death.

42. Song of the Brose

*The old bachelors of the neighbourhood expected to celebrate a traditional
Hallowe'en with brose - but things did not work out as they hoped!*

Tune: *A Chaluim Bhig*

All people of this village,
I'll swiftly make the verse for you
So that I can tell you in song
About the Hallowe'en fools:
How well they tricked you,
Attracting you at that time -
Isabel had promised,
But the others deceived you.

Isabel was so plausible,
Gathering the gentry -
She invited the men
To the township for brose;

Is Seonaidh agus Sweeney, [45]
Is an gill' aig an robh 'n t-uachdar -
Gun tàinig iad gu h-uallach
A-nuas oidhche Mhàirt.

Bha Seonaidh air a dhreasaigeadh
'S na fasain air a b' ùire,
'S bha Dòmhnall an t-Saighdeir 's fallas air, [46]
'S e failleachdain air dùsgadh;
Bha Rob na shuidh' a' feadaireachd
'S e freagairt Sheonaidh Dhùghaill,
'S a h-uile fear is dùil aig'
A bhrù a bhith làn.

Ach mar bhios do na luidealaich
Na tubaistean ag èirigh,
A dh'aindeoin an cuid uideil
Cha robh 'n cuid aca den tè ud:
Mo bheannachd ort, a Neilidh [47]
Nuair a dh'fhan thu leinn air chèilidh -
Air m' onair, chuir thu 'm feust
Troimhe-chèil' air na sàir!

Nam faiceadh sibh cho dreaganta
'S a bha Dòmhnall beag an t-Saighdeir -
Gum b' shuarach aige leadain, [48]
Cha robh eagal air an oidhch' ud,
'S e falbh a dhèanamh chleasan
Agus teas air chun na fùidhleach,
Ach, dunaidh air an fhoill,
Cha do dh'ùisnich e spàin.

Bha min aig' ann an crogan,
Agus crog' anns a' robh uachdar
Is fàinneachan is drogaichean
Airson a dhol san fhuaraig;
Bha bad de choirce-beag aige
No seagal air a bhualadh,
Airson bhith ga chur suas
Anns an luathaidh na smàl. [49]

Johnny and Sweeney
And the lad with the cream,
They came in high spirits
Down on Tuesday night.

Johnny was dressed
In the latest fashions,
Donald the Soldier's son sweating
Unable to wake up;
Rob sitting whistling
Answering Johnny, Dougal's son,
Each one expecting
His belly would be full.

But, as happens to the foolish,
Accidents befall:
Despite their excitement,
They had none of it;
Bless you, Nellie,
For staying in our company -
On my honour, you ruined
The feast for the heroes.

You should have seen how cocky
Was wee Donald the Soldier's son
Caring nought for evening prayers -
He had no fear that night;
Off to play games,
Eager for the scraps,
But, alas for the deception,
He never used a spoon.

He had meal in a jar,
A crock of cream
And rings and trinkets
To put in the brose;
He'd a handful of oat straw
Or rye that had been threshed,
To be sent up in flames
In the ashes of the hearth.

Bha cnothan gus an cnagadh aca
'S bag' anns a' robh ùbhlan,
'S bha cèic a rinn tè Shasannach
Am parsail Sheonaidh Dhùghaill;
Bha 'n oidhche gus bhith cridheil
'S bha na gillean gus bhith sunndach
Nuair chuirte chun a' bhùird iad
A rùilleach le spàin.

Gun shuidh na fir a' feitheamh
'S ruith an leth-uair chun na h-uarach,
'S bha 'n t-àm a-nis a' teannadh
'S bha na fearaibh dol gu luasgan:
Chaidh làmh thoirt air na drogaichean
'S air croga beag an uachdair;
Am parsail rinn iad fhuasgladh,
'S bha 'n uair ann mar tha.

Thug Dòmhnall an seo tarraing air
Cho math 's a bhiodh an fhuarag,
'S nach biodh tè anns a' bhaile
Mur b' e bainne na bà ruaidhe;
Gun dh'inns e ann an cagar dhaibh
Mun chrog' anns an robh 'n t-uachdar
'S thug Seonaidh mach à truaill
Cleathair fuathsach de spàin.

Ach thàinig uair a' gheallaidh
'S cha robh Neilidh tighinn far chèilidh,
'S bha 'n t-acras air na fearaibh
'S iad cho danarra ri chèile:
Bha Dòmhnall greis a' norradaich
Is Seonaidh greis a' leughadh
'S an crog' aca fon t-sèidhir
Is brèid air a bhàrr.

An sin an uair a dh'aithnich iad
Nach fhaigheadh iad an fhuarag,
Rinn Seonaidh air bhith tarraing
'S e cho danarra 's cho gruamach;
Rinn Dòmhnall air an doras

They had nuts to be cracked,
A bag full of apples,
And cake from an Englishwoman
In Johnny's parcel;
The night was to be hearty
And the lads full of cheer
When they were set round the table
To rummage with spoons.

The men sat waiting,
Half an hour became an hour;
As time was passing
They became restless;
They played with the trinkets
And the little crock of cream,
They opened up the parcel,
And it was already time.

Donald mentioned
How good the brose would be,
That there would be none in the village
But for the red cow's milk;
He told them in a whisper
About the crock of cream;
Johnny brought from its sheath
A great paddle of a spoon.

But the promised time arrived
Without Nellie coming from the cèilidh;
The men were hungry,
Getting very cross with each other;
Donald dozed a while
And Johnny read a bit
With the crock under his chair
Covered with a cloth.

Then when they realised
They wouldn't get their brose,
Johnny made to be off,
Very angry and grumpy;
Donald made for the door

Agus coltas air bha fuathach -
Ach thog e leis gu luath
An crog' uachdair 's a' spain!

'S, a Neilidh, 's ann a chanas mi
Gum b' airidh thu air preusant
Nuair a dh'fhàg thu falamh iad
'S a dh'fhan thu leinn air chèilidh;
'S ma thionndaidheas na fearaibh ort
Le danarrachd mu dhèidhinn,
Tha mis' is thusa rèidh
'S gheibh iad gèireas a' bhàird.

43. Oran a' *Bhirthday Party*

'S e boireannach foghainteach a bh' ann am Bean Eòin - na bruidhinn agus na giùlan. Bhiodh balaich Pheighinn nan Aoirean a' dol tric air chèilidh dhan taigh tughaidh a bh' aice ri taobh Abhainn Hogh. Nuair a chualas gu robh 'party' aice airson ceann-bliadhna (aig àm nuair nach robh a leithid de rud a' dol aig muinntir an àite) rinn Dòmhnall Iain an t-òran àbhachdach seo. 'S e na fasain agus na faclan leòmach Ghallta a dh'fhàg an t-òran cho fìor èibhinn do choimhearsnachd far nach robh cus Beurla ri chluinntinn aig an àm. [50]

O ho ro, 's e 'm *birthday party*
Hi ho ro, 's e 'm *birthday party* -
An cuala sibh mun *bhirthday party*
'S iomadh facal bha mun bhòrd?
      An cuala sibh mu'n *bhirthday party*?

Toiseach contraigh 's oidhche bhrèagh' ann
Nuair bha 'n fhadhail car air sìoladh, [51]
Fhuair na fearaibh cuireadh fialaidh
Gu ceann-bliadhna bh' aig Bean Eòin.

Bha fir òga Pheighinn nan Aoirean
Le Bean Eòin aig Bòrd na h-Aoise,
Ragh'll MacEachainn 's e cho aotrom
Danns' air aon chois aig a' bhòrd!

Chaidh an seòmar-suidhe rèiteach
Deiseil glan *for the occasion;*

Looking very wild -
But he quickly took with him
The cream jar and the spoon!

So, Nellie, I must say
You deserved a present
When you left them empty-handed
And stayed visiting with us;
If the men turn on you
In anger about it,
You and I are in accord -
They'll get the satire of the bard.

43. The Birthday Party

Eoin MacDonald's wife Mary Ann was a formidable lady of powerful voice and purple vocabulary. Their tiny thatched cottage east of the Howmore River was a favourite ceilidh spot for the men of Peninerine. The very idea of having a birthday party would be regarded as somewhat pretentious in those harder times. For a community that was then close to 100% Gaelic-speaking the humour depended largely on the use of alien English words and concepts in the exaggeration of all the imagined sophisticated features of the occasion.

O ho ro, the birthday party,
O ho ro, the birthday party -
Did you hear about the party
And many a word said around the table?
        Did you hear about the birthday party?

On a fine night, start of neap tides,
When the ford was pretty shallow,
The lads had a cordial invitation
To the birthday of Bean Eòin.

The young men of Peninerine
With Bean Eòin at the birthday table;
Light on his feet was Ronald MacEachen
Dancing on one foot at the table.

The sitting room was prepared
Clean, ready for the occasion

Gu robh grunn *chongratulations*
Air an leughadh aig a' bhòrd.

Chaidh na *guests* a shuidhe sìos ann
'S chaidh an t-altachadh a dhèanamh;
Chuireadh *napkins* air am beulaibh
'S chuireadh biadh dhaibh air a' bhòrd.

Chaidh na *speeches* a *phrepare*-adh,
'S Ragh'll MacEachainn dhaibh ga' leughadh
'S thug e cunntais air na h-euchdan
'S air gach èibh a rinn Bean Eòin!

Siud far an robh *menu* fiachail,
Shrimps is *oysters* mar a dh'iarrte
Caviar 's gach seòrsa fìon ann,
Sùgh nan giadh is ola ròn!

Nuair a bhuaileadh suas a' *pharty*
Gun tug Ruairidh ann a *waltz* i [52]
'S chluinnte fuaim air feadh nam bailtean -
Bualadh bhas is crathadh dhòrn.

'S e MacEachainn a chaidh iarraidh
Gus an *toast* a chur am briathran,
'S dh'èibh e: "A Ruairidh tog leam fianais
Air cho brèagha 's tha Bean Eòin!"

Bha *burgundy* is *champagne* ann,
Cherry brandy 's *Finest Label*,
Creme-de-menthe is *Demerara*,
Younger's Ale is *Bon Accord*!

Gu robh 'n coileach ruadh air truinnsear
'S iad ga spòltaigeadh na phìosan;
Ragh'll MacEachainn ris le ìnean
'S fhuair e 'm pìos san robh 'n cnàimh-pòst'.

Gu robh *sturgeon* agus *salmon*
Conger eel is giomach ceàrr ann,
Pìos de sgait às a' robh fàileadh
Airson d' fhàgail nad ghill' òg!

And many congratulations
Were read out at the board.

The guests were sat down there
And the grace was said;
Napkins spread before them
And food placed upon the board .

The speeches had been prepared,
Ronald MacEachan there to read them,
Recounting all the deeds done
And words shouted by Bean Eoin!

What a quality menu that was -
Shrimps and oysters as required,
Caviar, all kinds of wine,
Goose soup and oil of seal.

When the party struck up
Roddy took her for a waltz -
The sound could be heard for miles
Of clapping and shaking hands.

It was MacEachan who was asked
To propose the toast in words,
He cried: "Roddy bear witness with me
 To the beauty of Bean Eoin!"

They had burgundy and champagne there,
Cherry Brandy and Finest Label,
Creme-de-menthe and Demerara,
Younger's Ale and Bon Accord.

The red rooster lay on the plate
As they hacked it into pieces;
Ronald MacEachan, at it with his nails,
Got the bit with the wishbone.

There was sturgeon and salmon,
Conger eel and lobster
And a piece of smelly skate
To make a man feel young!

Gu robh *birthday cake* bha brèagh' ann
'S coinneal mu choinneamh gach bliadhn' oirr'
'S mun do shèid gach fear lem beul 'ad
Loisg an fheusag bha fon t-sròin!

Bha gach danns' ann air an ùrlar,
Petronella 's *jigs* a b' ùire,
Jive is *Rock 'n Roll* is *two-step*
Ris a' *mhusic* aig Bean Eòin.

Nuair a chaidh gach glainn' a thràghadh,
Thugadh brag air a' phiàna,
Rinn MacEachainn an *Cha-Cha* dhaibh
'S grèim a' bhàis aig' air Bean Eòin!

Nuair a theirig glan a' fion dhaibh
Gu robh mhadainn geal air liathadh
'S dhealaich iad le bòid is briathran
'N ath cheann-bliadhn' a bhith mun bhòrd.
            An cuala sibh mun *bhirthday party?*

44. Chan Iongnadh Ged Bhithinn

Do Neilidh, a' bhean aige. Phòs iad ann an 1954 [53]

Am fonn: *Bu chaomh leam bhith mireadh*

Chan iongnadh ged bhithinn,
Ged bhithinn, ged bhithinn,
Chan iongnadh ged bhithinn
A' tighinn air do thòir;
Chan iongnadh ged bhithinn,
A ghaoil, ga do shireadh,
'S do phògan cho milis
'S tha mhil air an ròs.

A ghruagach nam blàth-shuil
A ghluais dhomh mo bhàrdachd,
Gur buan bhios mo ghràdh dhut
Cha tràigh e rim bheò;

There was a lovely birthday cake
With a candle for each year -
Before the men had blown them out,
Their moustaches were singed!

Every sort of dance on the floor
Petronella and the newest jigs,
Jive and Rock 'n Roll and two-step
To the music of Bean Eoin.

When every glass was drained,
They had a go at the piano,
MacEachan danced the Cha-Cha
With a death-grip on Bean Eoin!

When the wine had run out
The day was dawning bright;
They parted with many promises
To meet next year round the table.
          Did you hear about the birthday party?

44. No Wonder

To his wife Nellie, whom he married in 1954

Tune: *Bu chaomh leam bhith mireadh*

No wonder that I should,
I should, I should,
No wonder that I should
Be chasing after you;
No wonder if I should
Be seeking you, my love,
When your kisses are sweet
As honey from the rose.

O maid of the warm eyes
 Who inspired my muse,
My love for you enduring
 Will not ebb while I live;

'S bhon gheall thu do làmh dhomh,
Cha mheall mi gu bràth thu -
B' e 'n call bhith gad fhàgail
Gun fàinne mud mheòir.

Gur bòidheach a dh'fhàs thu
Mar ròs ann an gàrradh,
Mar dhìthean san fhàsach
'S am blàth air na chròic;
Mar ghrian gheal a' deàrrsadh
Tha fiamh glan do ghàire
'S tha d' ìomhaigh an àilleachd
Toirt bàrr air gach òigh.

Chan eil i san dùthaich
Tè eil' a thig dlùth dhut,
Do phearsa cho cùmte
'S do ghiùlan cho còir;
Tha soillse do shùilean
Mar lainntearan iùil dhomh,
'S mar bhinn-cheòl nan tiùmpan
Binn-dhiùrais do bheòil.

Gur dualach ro rìomhach
Tha cuailean na h-ìghneig,
Na chuairteagan mìne
Mar shìod air a chòrn;
'S nuair ghluaiseas a' chìr e,
Mud ghuaillean gu sìn e,
'S gur luachmhor leam fhìn e
Na mheudachd dhen òr.

Do chneas leam as bàine
Na 'n sneachda ga chàthadh,
Deud snaight' an dlùth-chàradh
An càirean do bheòil;
Dà chalpa ghlan lùthmhor
As dealbhaich' air ùrlar,
'S do gheala-bhroilleach dùmhail
Làn-sùil gach fir òig.

As your hand is promised me
I will never deceive you -
What a loss to leave you
Without a ring on your finger.

You've grown in beauty
Like a rose in a garden,
As a flower in the desert
With blossom in bloom;
As bright sun shining
The fine sight of your laughter;
The beauty of your face
Surpasses each maid.

There is not in the island
One who comes close to you,
Your figure so shapely,
Your bearing so kind;
Your eyes shining
As beacons for me
And, as music of harps,
Sweet whispers of your lips.

In beautiful ringlets
Is the young girl's hair,
In soft curls
As silk in folds:
When teased by the comb,
It falls about your shoulders;
It is more precious to me
Than its equal in gold.

Your skin to me fairer
Than snow as it drifts,
Even close teeth
Set in your mouth;
Two fine nimble legs,
 Shapely on the dance floor,
And your full, white bosom
Catching every youth's eye.

Mo chridhe gun ghluais e
'S gun lìon e le luaidh dhut,
A chiad uair, mo ghuamag,
A fhuair mi do phòg;
'S chan iarrainn de shuaimhneas,
A ghaoil, ach do bhuannachd,
Is d' fhaotainn rim ghualainn
Le cruaidh-shnaoim na còir.

Bha 'n stoc às na ghluais thu
Gun mhosgan gun ruadhan,
B' e a' ghastachd 's an uaisle
Bha dualach don phòr:
Tha fìor-fhull gun truailleadh
Bho iarmad nan Ruairidh,
Chlann Nill na' long luatha,
Bras-bhualadh nad fheòil.

Mo bheannachd le làn-ghaol
Do phearsa na màthar
A ghiùlan 's a dh'àraich
'S a thàlaidh thu òg;
'S gach buaidh a rinn fàs riut
Bhon ghluais thu nad phàiste,
Gun dh'fhuaigh iad rid nàdar
Mar shnàithlean sa chlò.

An gaol thug mi tràth dhut,
Tha bhuaidh leam cho làidir,
'S gus 'm fuasgail am bàs e,
Cha chnàmh e às m' fheòil;
An dùsgadh 's an tàmh dhomh,
Nam shùilean bidh d' àilleachd,
'S tha 'n crùn ort mar bhàn-righinn
Air bàrr na bheil beò.

My heart was stirred
And filled with love for you, ,
The first time, my pretty one,
That I won your kiss;
I'd ask for no more contentment
Than to win you, my love,
To have you by my side
By firm bond of right.

The stock from which you came
Was free from rot or rust,
Courage and nobility
Were hereditary to the race:
True, pure blood
Of the descent of Rory,
Clan MacNeil of the swift ships,
Beats strong in your veins.

My blessing with all love
To the person of the mother
Who bore you and reared you
And dandled you young;
Qualities that grew in you
Since you moved as a baby
Are woven into your nature
Like threads in cloth.

The young love I gave you
Affects me so strongly,
Till the release of death
It will not fade from my flesh:
Awake or at rest,
I still see your beauty,
You are crowned as queen
Above all others alive.

45. *Màiri Dhonn* - Marbhrann

Bàta-iasgaich à Barraigh a sheòl a Mhalaig air feasgar brèagha anns an Lunasdal 1968 - ach a chaidh a dhìth ann an stoirm air an t-slighe dhachaigh.

A chuain an iar, eil thu sàsaicht'
No 'm faigh thu riarachadh sàthte rid mhaireann?
Thog thu creach dhinn an-dràsta
'S gun dh'fhàg thu cridheachan sgàint ann am Barraigh:
A bheil gu leòr leat de bhiathadh
Na nì thu dheothal gach bliadhn' às an talamh
Gun chromadh sìos air an t-sluagh sin
Tha sàs am beòshlaint air uachdar do mhaladh?

A *Mhàiri Dhonn*, gu dè 'n t-uabhas
A chuir do chom air a bhruanadh fon t-sàile?
'N e garbh-mhaistreadh nan stuadhan
A chriothnaich d' asnaichean cruaidh às an àite?
'N e aon fhairge rinn èirigh
'S a rinn do sgealbadh bho chèil' às do thàthadh
Nuair thug i glag air clàr d' uachdair
Gad chur fo chìrein na 'stuadhan nad chlàran?

Tha Bàgh a' Chaisteil ag ionndrain
Nam fìor ghaisgeach 's nan diùnlach a sheòl às
Feasgar brèagha Dihaoine -
B' e siud am falbh a bha daor do na seòid ud:
Mun tàinig feasgar a-màireach
Bha com is asnaichean *Màiri* nam bòrdan -
Fàth mo thùrsa bhith 'g innse,
Ged bha dùil ribh, cha d' thill sibh gur n-eòlas.

Sibhse, mhnathan 's a phàistean,
Gun tug an cuan buille-bhàis dhuibh gu h-ealamh;
Leag e 'n dìon-bhalla làidir
Bha dèanamh acarsaid bhlàth dhuibh bhon ghailleann:
Na gillean deas-direach èasgaidh
A chaidh a reic an cuid iasgaich a Mhalaig
Bhith nochd fo chuibhrige sàile -
Gur gann nach cluinn mi na ràin a tha 'm Barraigh.

180

45. *Màiri Dhonn* - an Elegy

In 1968 the Barra fishing boat Màiri Dhonn *sailed to Mallaig on a fine day in*
August but was lost in an unexpected storm on the return voyage.

Western ocean, are you satisfied
Or will you ever be sated?
You have plundered us now
And left hearts broken in Barra:
Are you not well enough fed
On what you swallow each year from the land
Without raiding the people
Who earn a living on your surface?

Màiri Dhonn, what was the horror
That plunged you under the sea?
Was it the fierce churning of the waves
That sprung your stout ribs from their place?
Did one huge sea arise
That smashed you asunder
When it crashed on your deck
Sending you in matchwood under the crests?

Castlebay is mourning
Those stout heroes who sailed
On a fine Friday evening -
That departure cost them dear:
Before the next evening
Mairi's ribs and hull were driftwood -
Cause of my grief to be telling,
Though expected, you never returned.

You wives and children,
The sea has dealt you a sudden death-blow,
Destroying the strong bulwark
That made warm haven for you from the storm:
That those upright, lively lads
Who went to sell their catch in Mallaig
Should tonight lie under salt sea,
I can almost hear the weeping in Barra.

B' e siud na gillean bha calma -
'S iad nach tilleadh ro onfhadh nan stuadhan;
Sàr-mharaichean fairge
'N àm bhith teannachadh cainbe 's ga fuasgladh:
Bhuilich nàdar gun dìth orra
Spiorad làidir Chlann Nìll na' long luatha
Bho fhreumhag Ruairidh an Tartair - [54]
Cha b' idir fèath Bhàgh a' Chaisteil bu dual dhaibh.

Ach 's e cheist tha nam eanchainn -
Chan fhaigh mi feast oirre timcheall ga fuasgladh -
Dè chaidh ceàrr air a' bhàta
Bha dìonach, cumadail, làidir na guaillean?
'N e buille chaoireach nam beuc-thonn
A rinn a sgaoileadh bho chèil' às na fuaigheil?
Air neo 'n do bhuail i sgeir fhalchaidh
A rinn an druim aic' a sgealbadh na fhuairnean?

Ach cha b' e mearachd no luathair
A rinn ur mealladh nuair dh'fhuasgail a bòrdan
Ach àrd chlaidreadh a' chuain ghil
Le garbh-ghailleann bhon tuath air a thòcadh;
'S cha b' e dìth sgil a' stiùiridh
A bhith nur cìnn chuir sa ghrunnd sibh a' còmhnaidh,
Ach gu robh 'n uair air a gealltainn
'S cha robh tighinn bhuaithe san àm dhuibh san òrdan.

'S daor a cheannaich na dh'fhàg sibh
Air Disathairn' an ànraidh 's a' chiùrraidh,
Leag i 'n diasan gu làr orra
'S rinn i ròsan an gàrraidh a spùilleadh;
Thog i 'n ceann far a' fasgaidh
'S gun deach na coinnlean bha laist' ann a mhùchadh;
Chaidh an tein' aca smàladh
Nuair bu bhrèagha bha dheàrrsadh san rùm dhaibh.

Ach, a Thighearna nan dùilean
A chunnaic iomchaidh na cùisean mar bha iad,
Deònaich misneachd is ùmhlachd
Do na teaghlaichean brùite chaidh fhàgail:

Those were brave lads who would not
Retreat before the fury of waves,
Superb sailors of the seas
When sails were being reefed or slacked:
Nature granted them unstinting
The spirit of Clan MacNeil of swift ships
From stock of Rory the Tartar -
Their heritage was not Castlebay's calm.

But the question on my mind
Which I will never be able to answer,
What went wrong with the boat
That was tight, shapely, stout-shouldered?
Was it a foaming blow from breakers
That split her apart in the seams,
Or did she strike a hidden reef
That smashed her keel into splinters?

It was not error or haste
That betrayed you when her planks split
But the heavy pounding of white seas
Driven by a full storm from the north;
It was no want of steering skills
That sent you to rest on the bottom
But that the hour was ordained,
No escape allowed from the order.

Those left behind paid dearly
On that Saturday of agony and pain
Which laid low their harvest,
Blighting the roses in their garden,
Stripping the roof from their shelter
And snuffing out their candles;
Their fire was extinguished
Just when its blaze was its brightest.

O Lord of the elements
Who saw matters fit as they were,
Grant courage and acceptance
To the bereaved families that are left:

Sgaoil do sgiathan mun cuairt orra
'S gus an dìon leag a-nuas orra gràsan,
Los nach caill iad an dòchas,
Mar tha buailteach san fheòil nach eil làidir.

Nach e 'n saoghal tha meallta -
Gun toir e thaobh sinn le gealltanais àrda:
Nuair as rèidh tha e sealltainn
Gun toir e 'm beum a bhios calltach is cràiteach;
'S math nach d' fhuair sinn an t-eòlas
Air dè tha romhainn air ròidean an ànraidh
No càit na ghealladh a' chill dhuinn
Fo fhòd dhen talamh air tìr no fon t-sàile.

Tha eilean Bharraigh a' caoidh dhuibh,
Tha grian is gealach gun soillse gun bhlàths ann,
Tha fuaim na tuireim sa ghaoith ann,
Tha dath a' mhulaid 's gach dìthean tha fàs ann;
Tha eòin an adhair gun bhiùg ann -
Cha chluinnear ceileir an ciùil mar a b' àbhaist;
Tha eadhon lèireadh is caoineadh
Ann an geum a' chruidh-laoigh anns a' phàirc ann.

Ach sibhse dh'fhàgadh nur bantraichean,
Ged as cruaidh bhios an call seo gu bràth dhuibh,
Gur e 's crìoch do gach aon dhuinn
A dhol dhan t-sìorrachd nuair shaoileas an t-Ard-Righ;
'S bhon lean sibh riamh is a chreid sibh
An teagasg Chrìosda san eaglais a dh'fhàg E,
Gun dèan sibh tachairt ri chèile
Far nach bi dealachadh, lèireadh no àmhghar.

Spread your wings around them
To fortify them, grant grace
Lest they give way to despair
As is likely in flesh that is weak.

Is not the world deceiving,
Deluding us with high promise?
When it looks to be set fairest
Comes the wound of agony and loss;
It is as well we know not
What lies before us on the paths of hardship
Or where our grave is ordained,
Beneath sod on land or under the sea.

The Isle of Barra mourns you,
Sun and moon without light and warmth there,
Sound of lament in the wind there,
Shades of sorrow on flowers that grow there;
Birds of the heavens are silent,
No sound of their usual song;
There is even suffering and keening
In the lowing of calves in the fields.

But you who are left as widows,
Though this loss will always be hard for you,
It is fated for each one of us
To go to eternity when the High-King thinks fit;
As you have always followed and believed
Christ's teaching in the church that He left,
You will all meet together
Where there is no parting, sorrow or pain.

46. Marbhrann Sgrìobhte ann an Cladh san Dùthaich

Thuig am bàrd gu robh a dhaoine fhèin anns an linn seo ann an càs a cheart cho bochd ris na truaghain gun chothrom a ghluais Thomas Gray gu bàrdachd anns an 18mh linn.

Tha 'n clag a' bualadh caochladh snuadh an là,
Thar fhàsach uain' tha 'n tàin a' gluasad rèidh,
Tha 'n treabhaich truagh a' triall gu shuairc thaigh-tàmh
'S tha 'n saoghal aig suain gu ath thighinn suas na grèin.

Tha neòil na h-oidhch' a' smàladh soills na sùl',
'S tha sàmhchair chùbhraidh 'n iunnrais chiùin nan speur,
Gun seòrsa fuaim ach beach nam bruach feadh fhlùr,
'S fann-ghliong tighinn dlùth bho chuòdluaan-cùl na sprèidh.

Far 'm pailt an iadh-shlat thall mu bheul an tùir,
Tha chomhachag dhùr ri gealaich mhùgaich bhàin
A' gearan na tha luasgan cruaidh mun dùn
A' bristeadh ciùineachd chùbhr' a h-aite-tàmh.

Fon leamhan àrd aig sgàil an iubhair ùir,
Far am faic na sùilean tolmain ùrar uain',
Gach aon dhiubh sìnt' an grunnd na cill fon ùir,
Tha sinnsre borb an dùin gun lùths nan suain.

Fann-ghaoth na madainn òig gu h-òigheach ciùin
Neo toirm a' ghòbhlain-ghaoithe seirm ri blàths,
Mar ghairm a' choilich neo mac-tall' on stùc,
Gu bràth cha dùisg iad às an dusal bàis.

Cha lasar dhaibhsan teintean soills nas mò,
Cha fhritheil òg-bhean dhaibh le còmhradh blàth;
Cha ruith a' chlann gan glacadh teann air dhòrn,
'S rin glùin cha chròdh a' tagradh pòg le àgh.

Gu tric a ghèill dhan corrain gheur an t-eòrn'
'S le each nan dòrn gu lìonmhor fòd a ghearr;
Nach mear a ghreas iad sprèidh gu rèidhlean feòir
'S a thuit an darach mòr le treas an làmh.

Na magadh Glòir-mhiann saothair chòir nam buadh,
An aiteas truagh 's an uaigneas dhaibh an dàn,

46. Elegy Written in a Country Churchyard *(Thomas Gray)*

The bard saw that Gray's 18th century tribute to the rustic poor denied the opportunities of life regardless of potential had obvious parallels for island people (such as himself) in the 20th century.

The curfew tolls the knell of parting day,
The lowing herd winds slowly o'er the lea,
The ploughman homeward plods his weary way,
And leaves the world to darkness and to me.

Now fades the glimmering landscape on the sight,
And all the air a solemn stillness holds,
Save where the beetle wheels his droning flight,
And drowsy tinklings lull the distant folds.

Save that from yonder ivy-mantled tower
The moping owl does to the moon complain
Of such as, wandering near her secret bower,
Molest her ancient solitary reign.

Beneath those rugged elms, that yew-tree's shade
Where heaves the turf in many a mouldering heap,
Each in his narrow cell forever laid,
The rude forefathers of the hamlet sleep.

The breezy call of incense-breathing morn,
The swallow twittering from the straw-built shed,
The cock's shrill clarion, or the echoing horn,
No more shall rouse them from their lowly bed.

For them no more the blazing hearth shall burn
Or busy housewife ply her evening care;
No children run to lisp their sire's return,
Or climb his knees the envied kiss to share.

Oft did the sickle to their harvest yield,
Their furrow oft the stubborn glebe has broke;
How jocund did they drive their team afield!
How bow'd the woods beneath their sturdy stroke!

Let not Ambition mock their useful toil,
Their homely joys, and destiny obscure;

'S na dèanadh Mòrachd tàir le gàire cruaidh
Air beòshlaint bhliadhnail sluaigh bha truagh nan càs.

Meud-mhòr nan rìghrean, cumhachd greadhn' is bòst
'S gach nì thug bòidhchead 's luach an òir dhuinn riamh
A' feitheamh teachd na h-uair nach caisg an dòrn -
Tha sligh' gach glòir gu uaigh na' fòd a' triall.

Na cuireadh sibhs', O uaislean, coir air càch,
Nach d' thogadh clach neo càrn an àird mun uaigh
San t-seileir uaigneach, far a' fuaimnich àrd
Laoidh-naomh an àigh le pongan gràidh don Uain.

'N toir ìomhaigh-bheòthail cùirn neo luath an stòr
Air ais an deò don chrè sam b' eòl dhi tàmh?
Am buair an onair ùir, le caoin-ghuth bròin,
Neo sodal sòlais cluas fuar-reòtht' a' bhàis?

Ma dh'fhaodte sìnte sìos an seo gun diù
G' eil cridh' bha drùidhteach, làn de rùin nan gràs,
Neo làmhan 's dòch' a riaghladh dreuchd a' chrùin
Neo dhùisgeadh cruit a' chiùil gu subhachas àrd.

Ach Eòlas, cha do sheall dha' sùilean riamh
Gach beairteas fiarach 's creach bho chian a bha;
Chuir dìth na maoine casg air smaoin 's air miann,
Is reothadh dian air bras-shruth fial am bàidh.

Nach iomadh seud gu bòidheach rèidh-glan, ùr
Tha taisgt' an iùc an doimhneachd grunnd a' chuain;
Nach iomadh ròs tha fas nach fhaic an t-sùil,
'S a mhìlsead spùinnt' le gaoth na' stùcan bhuainn.

Ma dh'fhaodte 'n seo fon fhòd fear àrach buair
Le misnich chruaidh a chog ri truaill' a thìm,
Neo bàrd a choisneadh cliù, ach diùid le dhuain,
Neo riaghlair sluaigh nach coisneadh fuath na thìr.

Ard-mholadh àrd-luchd-riaghlaidh pailt mun cluas
Gach mùiseag pèin is cruaiths bhith dhaibh gun diù,
Bhith sgapadh òir gu pailt air deòraidh thruagh,
'S an eachdraidh bhuan gu bràth ga luaidh na h-iùil.

Nor Grandeur hear with a disdainful smile
The short and simple annals of the poor.

The boast of heraldry, the pomp of power,
And all that beauty, all that wealth e'er gave,
Awaits alike th' inevitable hour:-
The paths of glory lead but to the grave.

Nor you, ye proud, impute to these the fault
If memory o'er their tomb no trophies raise,
Where through the long-drawn aisle and fretted vault
The pealing anthem swells the note of praise.

Can storied urn or animated bust
Back to its mansion call the fleeting breath?
Can honour's voice provoke the silent dust,
Or flattery soothe the dull cold ear of death?

Perhaps in this neglected spot is laid
Some heart once pregnant with celestial fire;
Hands, that the rod of empire might have sway'd
Or waked to ecstasy the living lyre.

But Knowledge to their eyes her ample page
Rich with the spoils of time, did ne'er unroll;
Chill penury repress'd their noble rage,
And froze the genial current of the soul.

Full many a gem of purest ray serene
The dark unfathom'd caves of ocean bear;
Full many a flower is born to blush unseen,
And waste its sweetness on the desert air.

Some village-Hampden, that with dauntless breast
The little tyrant of his fields withstood,
Some mute inglorious Milton here may rest,
Some Cromwell, guiltless of his country's blood.

Th' applause of listening senates to command,
The threats of pain and ruin to despise,
To scatter plenty o'er a smiling land,
And read their history in a nation's eyes.

An crannchur bhac; ach dè cha d' bhac dha seòrs'
Gach subhailc òirdheirc pailt nam feòil a' fàs;
Ach bhac dhaibh buaidh tro chasgairt sluaigh gu glòir
'S gach doras tròcair dùint' air srònan chàich.

Gus falach fìrinn fhèin-fhiosrach gach uair,
Neo smàladh nàire bhuain na tàmailt mhòir,
Neo lìonadh teampall sòghalachd is uaill
Le sodal suarach laist' an duain 's an ceòl.

Air falbh bho bhuaireis suarach na mear-ghràisg
An smaointean geamnaidh sàr-ghlan riamh cha d' fhuair: [1]
An gleanntan fionnar sìtheil caomh an àigh
Gun do lean iad sligh' nan gràs gu sàmhach stuam'.

Ach gus na cnàmhan seo bho thàir a dhìon
G' eil cuimhneachan beag cianail togte 'n àird,
Le rannan neònach sgrìobht' an òrdugh sìos
Ag aslach ùmhlachd fhìor na h-osna chràidh.

An aois 's an ainm sgrìobht' le làmh gun sgoil
Gabhail àite brosgal cliù is tuireim àird,
Le iomadh rann mun cuairt bhon t-Soisgeul nochdt',
Don chruiteir thuigseach bhochd toirt furtachd-bhàis. [2]

Ach cò dha, do dhìochuimhn' bhalbhanach na chreach,
A ghèill an urra mhealltanachd seo riamh,
A dh'fhàg gach blàths is àgh an seo mu seach
'S le tìomachd thais nach d' sheall air ais na thriall?

Tha 'n t-anam truagh tha falbh cur earbsa mhòr
Sa chridhe shònraicht' anns am b' eòl dha tàmh;
Their nàdar sanas làidir dhuinn tron fhòd
An luath ar feòl' tha 'n spiorad beò mar b' à'ist.

Ach thus' bha cuimhneach air na mairbh gun diù,
'S an eachdraidh chiùin a fhreagradh dlùth ort fhèin;
Mas e 's gu faod - le doimhneachd smaoin na iùl,
Fear-càirdeis dlùth bhith faighneachd sgiùil mud dhèidh'nn.

---

[1] A more accurate translation might be:
  Bha 'n smaointean geamnaidh sàr-ghlan saor bho bhuair':
[2] This verse was omitted from the ms, so the editor offers these lines for completeness.

Their lot forbad: nor circumscribed alone
Their growing virtues, but their crimes confined;
Forbad to wade through slaughter to a throne,
And shut the gates of mercy on mankind.

The struggling pangs of conscious truth to hide,
To quench the blushes of ingenuous shame,
Or heap the shrine of luxury and pride
With incense kindled at the muse's flame.

Far from the madding crowd's ignoble strife
Their sober wishes never learn'd to stray;
Along the cool sequester'd vale of life
They kept the noiseless tenor of their way.

Yet e'en these bones from insult to protect
Some frail memorial still erected nigh,
With uncouth rhymes and shapeless sculpture deck'd
Implores the passing tribute of a sigh.

Their name, their years, spelt by th' unletter'd Muse,
The place of fame and elegy supply:
And many a holy text around she strews,
That teach the rustic moralist to die.

For who, to dumb forgetfulness a prey,
This pleasing anxious being e'er resign'd,
Left the warm precincts of the cheerful day,
Nor cast one longing lingering look behind?

On some fond breast the parting soul relies,
Some pious drops the closing eye requires;
E'en from the tomb the voice of nature cries,
E'en in our ashes live their wonted fires.

For thee, who, mindful of th' unhonour'd dead,
Dost in these lines their artless tale relate;
If chance, by lonely contemplation led,
Some kindred spirit shall enquire thy fate.

Ma dh'fhaodte abraidh seann duine bhios liath,
"Bu tric nar fianais e aig beul an là,
Le sràid-cheum bras a' froiseadh dealt bhon fheur
Gu 'n deàrrsadh grian air uchd nan sliabh gu h-àrd.

"An sin, aig bonn na craoibhe trom ud thall,
Tha snìomh a freumhan neònach cam an àird,
Bhiodh sìnt' ri grèin a bhodhaig èiseil, fhann,
'S a shùil air allt bha ruith tron ghleann le gàir.

"Ri taobh na coill' tha nis gun choibhneas dha,
Gu faict' e trath ri dùrdan àrd fo smaoin;
A dhreach 's a thuar mar neach ro-thruagh na chàs,
Fo iomagain cràidh, neo dhòchas geàrrt' an gaol.

"Aon mhadainn rinn mi ionndrain air an raon
Air beinn an fhraoich is faisg don chraoibh mar b' à'ist;
Liath madainn ùr; 's cha d' nochd e ghnùis ri daoin'
San rèidhlean chaol neo shuas mun aonach àrd.

"A-màireach ann an trusgan fuar a' bhàis
Gu facar e air clàr air ghiùlan sluaigh -
Thig thusa dlùth is leugh led shùil an dàn
Tha sgrìobht' air càrn fon droigheann àrsaidh uain'."

An Sgrìobhadh

An seo na shìneadh shìos sa chill fon ùir
Tha òigear, dha robh cliù is ionntas cèin;
Ach dè, cha d' dh'amhairc nàdar air gun diù
Ach Mulad, chuir e shùilean ann dha fhèin.

Bu mhòr a mhathas, b' ionraic anam fial;
Is nèamh, a dhuais, gun dhìol e cheart cho àrd:
Do Mhulad thug e chuid dhen t-saoghal, deur
'S bho nèamh gun d' fhuair na dh'iarr e, caraid gràidh.

An còrr dhe òirdheirceas cha bhi ri luaidh
'S gach fàillig a bha dual dha, biodh iad bàs,
G' eil iadsan ionnan paisgt' an dòchas shuas
An rìoghachd athar bhuadhaich, Dia nan gràs.

Haply some hoary-headed swain may say
"Oft have we seen him at the peep of dawn
 Brushing with hasty steps the dews away,
 To meet the sun upon the upland lawn;

"There at the foot of yonder nodding beech
 That wreathes its old fantastic roots so high,
 His listless length at noon-tide would he stretch,
 And pore upon the brook that babbles by.

"Hard by yon wood, now smiling as in scorn,
 Muttering his wayward fancies he would rove;
 Now drooping, woeful-wan, like one forlorn,
 Or crazed with care, or cross'd in hopeless love.

"One morn I miss'd him on the custom'd hill,
 Along the heath, and near his favourite tree;
 Another came; nor yet beside the rill,
 Nor up the lawn, nor at the wood was he;

"The next with dirges due in sad array
 Slow through the church-way path we saw him borne -
 Approach and read (for thou canst read) the lay
 Graved on the stone beneath yon aged thorn."

The Epitaph

Here rests his head upon the lap of earth
A youth, to fortune and to fame unknown;
Fair science frown'd not on his humble birth
And Melancholy mark'd him for her own.

Large was his bounty, and his soul sincere;
Heaven did a recompense as largely send:
He gave to misery (all he had) a tear,
He gain'd from Heaven ('twas all he wish'd) a friend.

No farther seek his merits to disclose,
Or draw his frailties from their dread abode,
(There they alike in trembling hope repose)
The bosom of his Father and his God.

47. Ar n-Athraichean

An dèidh na buaidh a bh'aig Marbhrann *Gray air mac-meanmna a' bhàird,
seo mar a mhol e a shinnsrean fhèin.*

Chunnaic mise sibh ri saothair dhuais-ghoirt,
A' togail stamh an iomall fliuch an làin,
A' slaodadh feamainn loibht' à staca cruaidh-rag
'S ur fallas-gruaidh a' measgadh ris an t-sàl.

Chunnaic mise sibh air blàr neo-thorrach,
Cas-chrom a' cur ploc-mala bun-os-cionn,
A' strì ri beòshlàint thoirt à saoghal coimheach
Is saoghal eile glaodhaich, "Ùir gu ùir".

Chunnaic mise sibh air cùl ur saothrach
Gu cridheil, càirdeil ann an gràdh dha chèil';
Làmh-chuidichidh ga sìneadh fial don airceach,
Le taic na pailte cumail taic ri èis.

Chunnaic mise sibh san fhoghar air an achadh,
Gu dubhar oidhche trang a' tional bàrr,
Ur bith air toradh gràn an eòrn' an earbsa,
Ur beatha crocht' air snàithlean meanbh ri brà.

B' e dàn gun fhortan dhuibh a dheilbh ur crannchur,
Chuir beò sibh ann an aimsir a bha cruaidh
Air eilean mara bha gun iochd na ghnùis dhuibh,
'S aig iomadh uair a dhiùlt ur cumail suas.

Ach thug sibh buaidh tro èiginn chruaidh na h-ànrachd,
Cha d' lagaich meirg na fàillinn riamh ur dùil;
Cha d' dhìrich sibh gu inbhe àrd san fhàradh,
Ach beairteach dh'fhàs an gràsan Rìgh nan Dùl.

Chunnaic mis' an t-Hàllan 's an Aird Mhìcheil, [55]
Ur n-ainmean air an cuimhneachadh air clàir;
Ur duslach measgaichte ri dust ur sinnsir -
Cha mhist' an t-eilean sibhs' bhith ann a' cnàmh.

47. Our Forefathers

After the theme of Gray's Elegy struck a chord with the bard he composed this
eloquent tribute to his island's own "forefathers of the hamlet".

I saw you at your thankless toil,
Gathering tangle by the tide's wet edge,
Dragging rotting seaweed from stubborn stack,
Your brow-sweat mingling with the brine.

I saw you on a barren field,
With foot-plough turning tussocks over,
Striving to wrest a living from a hostile world
While another world cried, "Dust to dust".

I saw you at your labour's end,
Warm-hearted, friendly, in mutual love,
A helping hand extended to the poor,
The support of plenty aiding those in need.

I saw you in autumn in the fields,
Till nightfall busy harvesting the corn,
Your livelihood dependent on the barley crop;
Life hanging by slender thread from quern.

A luckless fate shaped your destiny
That set your lives in a time so hard,
In an island that showed no compassion
And often failed to grant a livelihood.

But you won through dire straits of hardship,
Failure's tarnish never dimmed your hopes;
You did not reach the ladder's highest rung,
But in the grace of God above grew rich.

I saw you in Hallan and Ardmichael,
Your names remembered there on stone;
Your ashes mingling with your forebears' dust,
The island none the worse that you decay in it.

48. Don *T.G.B.*

*Chaidh bàta-teasraiginn Longhope a dhìth anns a' Mhàrt 1969 an dèidh dhi
sgiobadh a thogail bhon Irene a bha ann an cunnart a dhol air sgeirean.*

Nuair thog i mach gu fairge
'S e fear ainmeil bh' air an stiùir:
Dòmhnall MacIllePhàdraig [56]
A bha àrdaicht' ann an cliù;
Bha 'n *Irene* ann an duilgheadas
'S i tulgadh air na cùirn,
'S caol Arcaibh geal ag èirigh
Dha na speuran os a cionn.

Ach dè nì cumhachd dhaoine
Nuair tha cuan is gaoth le cheil'
A' tarraing greann a' chaoich umpa
Mar leòmhainn 's gaoir o beul?
A chaoidh cha tig an innleachd sin
A cinn a nì an t-euchd,
An fhairge ghorm a cheannsachadh
'S i dranndanaich 's a' leum.

Bha ghaoth 's an sruth gu coirb-mhosach
'S bha 'n dorchadas dha rèir;
Bha neart a naoi san stoirm a bh'ann
'S an caolas gorm na bhèist;
Ach ghluais am bàta-teasraiginn
Gun leisg' is oirre feum,
'S le cuinnlean ris an fhuaradh,
Chuir i 'n Cuan a Tuath fo a crè.

Bha maraichean air clàr innte
'S na b' fheàrr cha deach air stuaidh,
'S a choisinn duaisean àrd
An seirbheis-sàbhalaidh fir-cuain:
Bha fearalas na dhùthchas dhaibh
'S an cliù air bilean sluaigh;
An iar 's a deas air Cnapadal
'S gu Arcaibh san taobh tuath.

196

48. To the *T.G.B.*

In March 1969 the Longhope lifeboat was lost with all hands while rescuing the crew of the Irene *which was drifting onto rocks.*

When she set off to sea
A famous man was at the wheel:
Donald Kilpatrick
Of highest renown;
The *Irene* was in trouble
Rolling in the waves,
The Pentland Strait rising white
Up to the skies above.

What avails man's strength
When wind and sea together
Take on awesome rage
Like a lion roaring loud?
Never will man's mind devise
A way to curb the power
Of the dark green sea
When it's aroused and howling.

Wind and tide were vicious
With darkness to match;
The storm was force nine,
The green strait a savage beast:
But the lifeboat put out
Willingly, for she was needed,
And with her prow to windward
Set the North Sea beneath her hull.

There were seamen on her deck -
No better ever sailed -
Who had earned high awards
In lifeboat service of the sea;
With courage in their heritage
They were household names
West and south of Knapdale
And to Orkney and the North.

Mo thruaighe bhith ga innse -
Chaidh i dhìth leis na bh' air bòrd,
Na fiùrain thapaidh dhìcheallach
Bha dìleas fad am beò:
Bha beatha dhaoin' an earbsa riutha
'S dh'fhalbh iad air an tòir -
A' ghairm cha robh ri diùltadh
Dh'aindeoin bùirean a' chuain mhòir.

Bha spiorad anns na cuim ud
Nach robh puinnseanta dhan chòir,
Bha mhisneach dhaibh na coinnlear,
A' toirt soillse dhaibh san ròd;
Bha charthanntachd na h-iùil aca,
'S i dùthchasach dhan phòr,
'S a' ghaisg' aca na combaiste
'S i sobhltraigte nam feòil.

Bha fuil nan tuathach bàna
Ruith gu làidir feadh an crè -
Maraichean cho dàna
'S a chuir bàtaichean fom brèid,
Bho fhreumhag Olaibh Ruaidh
A chaidh thar cuan a bha dha cèin,
A shireadh saoghal ùr
Gu fad' air cùlaibh laighe-grèin.

An dreuchd an t-seirbheis-sàbhalaidh
Gun dh'àrdaich iad an cliù;
Bha dìlseachd air a tàthadh
Ris na nàdair aca dlùth:
Cha ghlòir an sùilean dhaoine
Bha na' smaointean no na' rùin
Ach beatha sluaigh a shàbhaladh
Bho bhàthadh anns a' ghrunnd.

Ach fhad 's bhios bàt' a' seòladh
Mu na còrsaichean a tuath,
'S a chumas fear na Hòighe
Aodann gròbach ris a' chuan;
Cho fad 's a bhristeas fairg'

Alas to have to tell it,
She was lost with all on board -
Those willing, brave young men
So steadfast all their lives:
Men's lives depended on them
So they set off in search;
The call could not be refused
Despite the great ocean's roar.

The spirit in those breasts
Was not poisoned against right;
Courage was to them a candle
Giving light along their way;
Charity a guide to them
Hereditary in their race;
Valour to them a compass
Built into their very being.

Blood of the fair Vikings
Ran strong within them -
Seamen as bold
As ever set boats under sail,
From the stock of Olaf the Red
Who sailed an unknown sea
To seek a new world
Far beyond the setting sun.

Within the lifeboat service
They earned high renown,
Loyalty was bonded
Close into their nature:
They had no thought nor desire
For glory in men's eyes
But only for the saving of lives
From drowning in the deep.

But so long as boats sail
Along the northern coasts
And the Old Man of Hoy keeps
His jagged face to sea,
So long as waves break

Air cladach Albann mar bu dual,
Bidh cliù nan gillean dìleas ud
Ga innse measg an t-sluaigh.

'S nuair chunntar suas ar gnìomhannan
Le Dia an dèidh ar bàis
'S a bhios ar n-uile dhèanadas
Am fianais ann air clàr,
'S e seirbheis dhar co-chreutair
'S do gach feumach ann an càs
A choisneas crùn na glòrach dhuinn
An seòmraichean nan gràs.

'S an eilean beag na Hòigh
Chan eil ach bròn is briste-cridh'
'S bidh gàir a' chuain mu còrsaichean
Na dhòrainn dhaibh a chaoidh;
Ach guidheamaid bhon Tighearna
Fois na sìorrachd agus sìth
Do dh'anamnan nan òigearan
A sheòl san *T.G.B.*

49. An Clàrsair

Clàrsair aosta a' gairm air na Gàidheil èirigh a-rithist - mar a rinn an
sinnsrean anns na linntean a dh'fhalbh.

Feasgar samhraidh sa chomh-thràth
'S a' chiad reul-soills air tighinn bho sgàil
Cur sàmhchair bheannaichte na sìthe
Air an fhonn, gach àrd is ìseal,
Dh'imich mi le inntinn luaineach
Feadh gach àit' am b' àbhaist cluaineis
A bhith agam an tùs m' òige,
Mun bhlais mi mallachd an eòlais.

Eòlas rinn bhuam fhìn mo sgaradh,
'S bho staid ionraic chiùin na h-aineoil;
Slighe sam bu mhiann leam gluasad,

As is their wont on Scotland's shores,
The fame of those faithful lads
Amongst the people will be told.

When our deeds are reckoned
By God after our death
And all our actions
Are revealed on record,
It is service to our fellow-creatures
And to the needy in hard times
That will earn us glory's crown
In the mansions of grace.

In the little isle of Hoy
There is but heartbreak there and grief;
The roar of the sea about its coast
Will forever cause them pain,
But let us pray that the Lord
Grant eternal rest and peace
To the souls of those young men
Who sailed in the *T.G.B.*

49. The Harper

*An ancient harper gives expression to the bard's fervent nationalism as he calls
on the Gaels to rise again as their ancestors once did.*

One summer evening in the twilight,
The first star emerging from cloud
Spreading blessed quiet of peace
Over the land, both high and low,
I wandered with restless mind
Through each place where I was merry
In my childhood days,
Before I tasted the curse of knowledge.

Knowledge that took me from myself,
From the peaceful innocence of ignorance;
A path I loved to follow

Saor-inntinneach bho gach bruaillean:
Tha gach bad dhiubh sin mar bha iad
Anns na làithean sona tràth ud -
Cha d' dh'atharraich cruth a h-aon dhiubh
Ged dh'atharraich tur mo smaoin-sa:

Dhaingnich m' ùidh sna làithean tràth sin
An dùthaich chaomh Cheilteach m' àraich -
Alb', a dh'ìobair tric a laochraidh
An adhbhar fuilteach na saorsa:
Eachdraidh charraideach mo shinnsreadh -
B' ann san t-seòlaid seo bha m' inntinn
Ruith air ais gu tìmean àrsaidh
Air an fheasgar shamhraidh bhlàth seo.

Ach ar leam gun cualas fann-ghuth -
Mionghalan mar ghaoith an calltainn -
'S dh'aithnich mi teud bhinn na clàrsaich
Fo mheur shiùbhlach an Aos-dàna:
Dh'èist mi ri gleac-theud an tiùmpain
'S dhùisgeadh m' fhonn le pong a' chiùil seo,
'S seall, 's ann dhiùc nam shealladh clàrsair
'S a chruit-chiùil fo iùil a shàr-mheur.

Ged bha biùg a' chiùil leam aotrom,
Leugh mi cianalas na aodann,
'S ged bha bil' a bheòil a' gluasad
Cha robh bhriathr' a' ruigheachd chluasan.
Nuair theann a làthaireachd dlùth rium,
Thog a làmh o bhàrr an tiùmpain,
'S las a shùil le ùidh an fhilidh
'S ghlaodh e cruaidh, "Gu buaidh mo thilleadh!"

"'S mise," thuirt e, "seann aos-dàna
Chleachd bhith seinn le aoibhneas àrdaicht'
Cliù mo dhùthchadh 's tùirn a laochraidh
An cath doilgheasach na saorsa:
Seall do dhùthaich!" ghlaodh an clarsair,
"Cà'il an t-saorsa daor thug càch dhut -
Cuimhnich, 's fìor fhuil bhlàth nad bhroilleach,
Drochaid Shruighleigh 's Allt a' Bhonnaich."

202

Mind free from all care.
Those places are all as they were
In those young, happy days;
Not one has changed in form
Although all my thoughts have changed.

My interest awakened in those early days
In the dear Celtic land of my upbringing -
Scotland, that oft sacrificed its warriors
In the bloody cause of freedom:
The turbulent history of my ancestors -
This the course my mind was on
Running back to olden times
On this warm summer evening.

But I thought I heard a faint sound -
Rustling like wind in hazel woods -
And I recognised the sweet strings of the harp
Under the nimble fingers of the Ancient Bard:
I listened to the strings of the instrument [57]
And my spirit was stirred by the music's notes,
Lo, a harper appeared in my sight
Playing his harp with expert fingers.

Though I thought the music light
I read sadness in his face,
And though his lips were moving
His words did not reach my ears.
As I drew close to his presence
He lifted his hand from the harp,
His eyes lit with the interest of the bard
And he cried out: "To the success of my return!"

"I am," he said, "an ancient bard
 Accustomed to sing with noble joy
 My country's fame and its heroes' deeds
 In the bitter battle for freedom.
 Behold your country!" cried the harper,
"Where's the freedom dear-bought by others,
 Remember with true hot blood in your breast
 Stirling Bridge and Bannockburn."

An sin thog e chruit is ghleus e,
'S mise fo gheasaibh ag èisteachd,
'S mar as cuimhne leam an tràth seo
B' e seo briathran an Aos-dana:

Duan I

Albainn nam buadh
Fo chasan luchd fuath,
Fo chasan luchd fuath
Tha Albainn nam buadh;
Tha Sasainn gur ruaig
Le leannanachd fhuar,
O, Brus agus Uallas, èiribh!
O, Brus agus Uallas, èiribh!

A thannasg nan laoch
A bhuinnig an t-saors',
A bhuinnig an t-saors',
A thannasg nan laoch,
Ler fuil a bha daor
Ga stealladh san fhraoch,
O, faicibh ar laoigh gur trèigsinn,
O, faicibh ar laoigh gur trèigsinn.

O, faicibh an dream
Tha 'n-diugh feadh nan gleann,
Tha 'n-diugh feadh nan gleann;
O, faicibh an dream,
Do Shasainn nan clann
A' miodal mun lann
Bha gearradh, 's b' e 'n call, ur fèithean,
Bha gearradh, 's b' e 'n call, ur fèithean.

Mo chreach an taobh tuath
Sna thuinich mo shluagh,
Sna thuinich mo shluagh;
Mo chreach an taobh tuath,
Raon-cleasachd luchd-truaill,
A guth anns an uaigh
'S gun spiorad na sluagh a dh'èireas,
'S gun spiorad na sluagh a dh'èireas.

Then he took up and tuned his harp,
And I listened spellbound;
As I remember it now
These were the words of the Ancient:

Duan I

Scotland of the virtues,
Downtrodden by tyrants,
Downtrodden by tyrants,
Is Scotland of the virtues;
England pursues you
With cold wooing,
Oh, Bruce and Wallace, arise!
Oh, Bruce and Wallace, arise!

Ye ghosts of heroes
Who won freedom,
Who won freedom,
Ye ghosts of heroes,
With your precious blood
Splashed in the heather,
Oh, see your young desert you,
Oh, see your young desert you.

Oh, see what a tribe
Today in the glens,
Today in the glens,
Oh, see what a tribe,
As children to England
Fawning about the blade
That cut, alas, your sinews,
That cut, alas, your sinews.

Alas for the north
Where my people grew,
Where my people grew,
Alas for the north,
A playground for vandals,
Its voice in the grave,
Its people without spirit to rise,
Its people without spirit to rise.

Duan II

A shliochd nan curaidh a bha,
Bithibh ullamh gun sgàth,
Seasaibh duineil ri càch-a-chèile.

Seall ur dùthaich fo thàir
'S i fo mhùiseag aig gràisg
Tha gur cunntais nur tràillean feumail.

Chaidh ur saors' a thoirt bhuaibh,
Chaidh ur daoine thar chuan,
Chaidh ur glinn a thoirt suas do sprèidhean.

Tha sibh cùmte fon t-sàil
Bhon as tùs dhuibh gu bàs,
A shliochd nan diùnlach dham b' àbhaist euchdan.

Càit eil spiorad an t-sluaigh
A bha tuineadh san tuath -
'N deach a phronnadh 's nach dual dha èirigh?

Spiorad buadhmhor na saors'
Nach laigheadh suaimhneach fo dhaors'
Aig maithean fuadain fo dhraodhachd bhreugan.

Tilgibh dhibh a' ghlas-làmh,
Gearraibh fideag no dhà
Ri luchd-cìs Talla Bhàn nam breun-ghuth.

'S bi mar shluagh sibh air thùs
Nuair thèid ailm air ur stiùir
Ann an ceanna-bhaile cùbhr' Dhun-èideann.

Duan III

O sibhse dha bheil fearalas
Is duinealas na dhualchas,
An ùraich tùirn ur seanairean
Gu caithris às ur suain sibh?

Ma 's Albannaich as airidh sibh
An t-ainm a bhith ri aithris ribh,

206

Duan II

Descent of warriors of old,
Be ready without fear,
Stand manly one with another.

See your country despised
In the grip of a rabble
Who rate you only as useful slaves.

Your freedom was taken,
Your people sent overseas,
Your glens given up to herds.

You are pinned under the heel
From your birth until death,
Seed of warriors accustomed to deeds.

Where is the spirit of the people
Reared in the north
Was it crushed so it cannot arise?

Triumphant spirit of freedom
That could not rest quiet in thrall
To wild wolves under the spell of lies.

Throw off the manacles,
Whistle once or twice
At the tax-makers of false Whitehall.

Be a people as you were
When your rudder has a helm
In the sweet capital of Edinburgh.

Duan III

O you to whom courage
And manliness are in your blood,
Will the deeds of your grandfathers
Awake you from slumber?

If you are worthy of
Being called Scottish

Na sealbhaichibh mar ailis oirbh
Ainfhiosrachd an cruadal.

'S e fearann Alb' as còir-bhreith dhuibh
'S ur beòshlaint air a luaidh ann,
'S O, seasaibh daingeann còmhla air
Is comhraigibh gu buaidh air.

Na fuilingibh tìr nan garbh-bheann bhith
Ga blioghadh dhibh le cealgaireachd,
O, sealbhaichibh mar Albannaich
An dearbh-bhiùthas bu dual dhuibh.

           *   *   *   *

Theirig binn-cheòl mìn na clàrsaich,
Stad gleac-mheur an fhìor aos-dàna,
Thog na geasan ciùil bhàrr m' inntinn,
'S bha mi air a' chnoc leam fhìn ann:
Mheòraich mi air brìgh nam briathran
A chualas bhon chlàrsair liath leam,
'S los gun cluinnte bhuam le càch e,
Sgrìobh mar chual' mi duan a' chlàrsair.

50. Mairead Og

Do Mhairead, an nighean bu shine aig Ceit - piuthar a' bhàird.

Am fonn: *Cadal cha dèan mi*

O mo Mhairead òg,
'S tus' an òigh as grinne:
B' annsa seirm do bheòil
Leam nan ceòl as binne.

'S tric a rinn mi sunnd
Riut, a rùin, is mire:
'S guirme leam do shùil
Na braon driùchd air bhilean.

Cuailean dualach, donn
Sìos gu trom mud shlinnean;

Do not accept being accused
Of ignorance of hardship.

Scotland's land is your birthright
Your livelihood celebrated there -
O stand firm together on it
And fight for victory:

Do not suffer the land of mountains
To be stripped from you by fraud,
Oh, enjoy as Scots
The true glory of your heritage.

* * * * *

The harp's sweet music faded,
The old bard's nimble fingers stilled,
The music's spell lifted from my mind,
And I was on the hill alone:
I thought over the meaning of the words
I had heard from the grey harper
And, so that others might hear them,
I wrote as I heard it the harper's lay.

50. Young Margaret

To his niece - daughter of his sister Kate.

Tune: *Cadal cha dèan mi*

O my young Margaret,
You are the finest maid:
I prefer the music of your voice
To the sweetest melody.

Often I rejoiced with you
And, my dear, made merry:
Your eye is fresher
Than dew-drop on petals.

Curling brown hair
Falling round your shoulders,

209

Cuachach, fàinneach, dlùth,
'S àlainn crùn na h-ighinn.

Gruaidh air dhreach nan caor',
Mìn-bheul caoineil, milis;
Pòg mar mhil nan cluain
'S beach nam bruach ga sileadh.

'S e do chòmhradh ciùin
Thogadh sunnd nam chridhe;
Briodal mìn bhod bheul,
Mar phong teud air fidheill.

'S iomadh òigear suairc',
Thèid do shluuadh mu chridhe,
Dheònaicheas dhut gràdh -
Bidh do làmh ga sireadh.

Deud geal, snaighte, dlùth
Càirt' an cùl do bhilean;
Gaol a' snàmh nad shùil
'S ruisg a' dùnadh uime.

Tha thu dh'fhuil nam buadh
Choisneadh buaidh san iomain:
Dòmhnallaich nan lann,
Pòr an dream nach tilleadh.

Buidheann ghlèidh gach tùrn,
'S lean an cliù an gineil:
Gruagaichean bu bhòidhch'
Dh'fhàs bho phòr na fin' ud.

'S suaicheantas dhut fraoch
'S leòmhann craobhach, nimheil,
'S dùthchas' dhut làmh-dhearg,
Cliù a dhearbh do chinneadh.

'N Uibhist ghorm an fheòir,
Tìr an eòrn' as gile,
Fhuair thu d' àrach òg
Làmh ri ceòl na tuinne.

Thick pleats and ringlets
The girl's lovely crowning glory.

Cheeks the hue of berries,
Soft, sweet, kind mouth;
Kiss like meadow honey
Pouring from the bee.

Your gentle conversation
Brings joy to my heart;
Soft sounds of your voice
As note of violin string.

Many's the fine young man,
His heart snared by your beauty,
Will gladly offer you love -
Your hand will be sought.

White, polished teeth
Close behind your lips;
Love swims in your eye,
Lashes closing round it.

Your blood is of the quality
That won victory in the field:
MacDonalds of the blades,
Clan that would not retreat.

A band who always won,
And that repute followed their line:
Most beautiful girls
Grew from that stock.

Heather is your emblem
And the deadly, maned lion;
Your heritage the red hand,
A fame your clan has justified.

In green, grassy Uist,
Land of fairest barley,
You had your early upbringing
Close to the music of the waves.

Tìr sam faic thu 'm fraoch
Fàs air taobh gach glinne;
Dìtheanan fo dhriùchd
'S mil na smùid ga sileadh.

'S tù dhomh 'm fuaran làn
'S uillt nan àrd-bheann tioram;
'S tù mo ghrian an àigh,
Riaghladh blàiths far 'm bithinn.

51. Raibeart Burns

Bha buaidh aig Burns air na bàird Ghaidhealach cuideachd. Fhad 's as fhiosrach leinn, cha do dh'eadar-theangaich Dòmhnall Iain bàrdachd Bhurns (mar a rinn Dòmhnall Ruadh Phàislig) ach tha an dàn seo a' nochdadh cho mòr 's a bha an spèis a bh' aige dha. Chleachd e rannaigheachd a bhiodh gu bitheanta aig Burns fhèin - Standard Habbie. *Ged nach eil sin cumanta ann an Gàidhlig, chleachd am bàrd e rithist airson na Gàidheil a ghairm gu èirigh anns* A' Chrois-Tàra.

Bard na h-Alba: air a mhìos seo
Bho chionn còrr is dà cheud bliadhna
Rugadh e; 's e saoghal fiadhaich
   Chuir air fàilte:
Leag an stoirm am balla 'n iar
   Aig taigh a mhàthar.

Saoil 'n e taisbeanadh den trìlleach
Bha gus bhith ri bheatha fillte
Dh'fhàg an oidhch' ud cho neo-shìobhalt'
   Ris a' phàiste?
Freastal fhèin ro-laimh ag innse
   Cruas is ànradh.

Cruas is ànradh agus èiginn,
Fhuair am bàrd a shàth gu lèir dhiubh
Agus barrachd, ach cha d' ghèill e
   Do na càsan;
Sheas a spiorad, ged a thrèig a
   Bhodhaig tràth dhaibh.

A land where you see heather
Growing on every glen side;
Flowers dew-covered
Dripping a mist of honey.

You are for me as a brimming well
Or streams from the high, dry bens;
You are my sun of joy
Regulating warmth wherever I am.

51. Robert Burns

Burns has had a major influence on Gaelic poets too. Donald John does not seem to have followed his uncle Donald Macintyre's example in translating Burns. However, this poem emphasises his respect for his illustrious predecessor - and his metrical versatility - by borrowing one of Burns's favourite metres (Standard Habbie) which is not often used in Gaelic. He employed it again in his great rallying cry to the Gaels - A' Chrois-Tàra.

Bard of Scotland: in this month
More than two centuries ago
He was born; it was a wild world
        That welcomed him:
The storm blew down the west wall
        Of his mother's house.

Was it an omen of the trouble
That was to be woven into his life
That made that night so disturbed
        For the infant?
His own destiny foretelling
        Hardship and misfortune.

Hardship, misfortune and need
The bard had his fill of
And more, but he did not give in
        To the circumstances;
His spirit withstood, though his body
        Yielded early.

Shuirgh' e Eràto na òige,
'S bhuilich i gu fial a glòir air,
As a com-se dheothail 's dh'òl e
                    Nectar àraid -
Gliocas, tuigse 's tomhas còir de
                    Bheòir na Bàrdachd.

Sheinn e dhuinn mun ghaol nach mùchadh
Ann am briathran brèagha drùidhteach;
Màiri Chaimbeul, thug e cliù dhi
                    Feadh gach àite;
Thràigh e cuach a' bhròin gu cùlaibh
                    Nuair bu bhàs dhi.

Chath e 'n aghaidh reachd a' mhì-ruin,
Fear na ceilgeadh rinn e dhìteadh,
Ach chuir Freastal cèile grinn air -
                    Sìneag Armour,
'S thug e teisteanas do Shìne
                    Bhruidhneas àrd dhi.

Theagaisg e le chumhachd briathrach
Gum bu bhràithrean air fad fiaraidh
Sluagh an domhain, buidhe, ciar no
                    Dubh no bàn iad:
"Seachain," thuirt e, " 'n teanga bheulach,
                    Bheir i ceàrr thu."

Dhealbhaich e le seanchas drùidhteach
Mar bha deireadh seachdain cùmte
'N taigh a' choiteir: sìth is ùrnaigh,
                    Soillseadh gràidh ann;
Cùrs am beath' a' tarraing stiùiridh
                    Bho na fàintean.

Bàrd na h-Alba - seadh da-rìribh -
'S bhiodh e freagarrach dor linn-ne
Air a' mhìos seo cuimhn' is dìlseachd
                    Thoirt dha bhàrdachd -
Reul nam filidh, bàrd na fìrinn
                    'S cridhe bàidheil.

He wooed Erato in his youth,
She endowed him with her glory,
From her breast he sucked
                A special nectar -
Wisdom, understanding and generous measure
                Of Poets' Ale.

He sang to us of undying love
In words of beauty and insight,
He made Mary Campbell renowned
                Everywhere;
He drained the cup of sorrow fully
                When she died.

He fought against the power of malice,
He condemned the hypocrite
But destiny granted him a fine wife
                Jean Armour:
The testimony he gave of Jean
                Speaks highly of her.

He taught with eloquent power,
That all the people on earth
Were brothers, yellow, dusky
                Black or white:
"Beware," he said, "the tongue that's smoothly hung -
                It will lead you astray."

He depicted in powerful words
How Saturday night was kept
In the cottar's home: peace and prayer,
                Light of love there;
Their life's course taking guidance
                From the commandments.

Bard of Scotland - yes indeed;
It would be proper for our generation
This month to remember and be faithful
                To his poetry -
Star of poets, bard of truth
                And tender heart.

52. Don Lacha

Ged nach do dh'eadar-theangaich Dòmhnall Iain bàrdachd Bhurns, tha e follaiseach gur e sin an samhla a bha e leantainn anns an òran seo.

Am fonn: *Nuair bha mi òg*

A lachag riabhach na bi cho fiadhaich -
Carson tha fiamh ort, tha dìon aig d' àl;
Leig às do sgreuchail 's cha leag mi meur ort -
Bu luaithe dhèanainn do dhìon bhod nàmh:
Nach till thu nìos far eil d' àl a' sgiamhail
'S an ràn nam beul riut ag iarraidh bàidh,
'S an nàmhaid fhiadhaich air teachd nam fianais
'S ma shaltrar sìos iad, 's e chrìoch am bàs.

Gach fear na chaonnaig bho thaobh gu taobh dhiom
A' leum 's a' glaodhaich am measg an fheòir,
Ag iarraidh tèarmann air feur 's air mealbhaich
Mun dèan mi 'm marbhadh gu garg fom bhròig;
'S bhon 's tus' am màthair 's bhon rinn thu 'n àrach,
Cha tèid mi dàn air an àl bheag òg,
Ach till gan ionnsaigh 's thoir leat a-null iad
'S na biodh ort cùram gur brùid mo sheòrs'.

Ged 's creutair faoin thu air rèir nan daoine,
Tha 'n eibhleag ghaoil ud an taobh do chuim',
Tha gaol na màthar dhan naoidhean pàiste
Nad chom a' tàmhachd cho blàth rinn fhìn:
'S gun dhearbh thu 'n-dràsta dhomh gaol na màthar,
'S na saighdean cràidh thèid an sàs na crìdh',
Nuair chì i a pàistean fo bhinn na nàmhaid,
Air bheul bhith smàlte 's gu bràth ga dìth.

Gur dathte, dealbhach led fheachd a' falbh thu,
Led itean barra-gheal as dealrach tuar,
A' seachnadh shealgair 's iad pailt a' sealg ort
Lem bras-ghunn' airmseach as marbhtach fuaim;
'S b' e 'm beud gun aimseadh ort creutair aimsgith
'S tu fhèin gad thairgsinn nad thargaid luaidh'
Gus d' àl beag meanbh a bhith 'n àite falchaidh
Mun teàrn an dararaich le stoirm mun cluais.

52. To a Wild Duck

Donald John may not have translated Burns but this poem clearly follows the classic Burns pattern of drawing a deeper moral from a simple incident.

Tune: *Nuair bha mi òg*

O brindled duck, don't be so wild -
Why be so fearful, your brood is safe;
Stop your screeching, I will not harm you -
I'd sooner protect you from your foes:
Come back to where your young are squealing,
Crying out for your protection;
The fierce enemy has loomed upon them -
If they are trampled the end is death.

Each one rushing all about me
Scrambling, crying through the hay,
Seeking refuge in grass and rushes
Lest I cruelly destroy them underfoot:
As you're their mother who has reared them,
I will not harm the little brood;
Come back and take them with you -
No need to worry that my kind are brutes.

Though man deems you a simple creature,
That loving ember glows within your breast -
Maternal love for the tender babe
Lives in your heart as warm as ours:
You have just shown me a mother's love
And the darts of pain that pierce her heart,
When she sees her babes threatened by foes,
Close to destruction and being forever lost to her.

What a colourful picture as you lead your troop
With your glossy, white-tipped feathers,
Avoiding the many hunting you
With deadly guns of murderous sound:
Shame that the mischievous should aim at you
When you offer yourself as a target
So that your little brood may hide
Lest thunder storm about their ears.

217

Nuair chruthaich Dia sibh 's an còrr den eunlaith,
Chaidh tuigs' is ciall a thoirt dhuibh mar chàch;
Gun d' fhuair sibh rian airson àl a riaghladh,
An geàrd 's am biathadh gus 'n dèan iad fàs:
Thug Nàdar eòlas gu snàmh nan lòn dhuibh
'S gus tàmh sna còsan ler n-eòin gun tàth,
'S am measg gach seòrsa san triall aig Noah,
Bha 'n lach air bòrd nuair a sheòl an Airc.

Ged 's meata faoin thu, leig às do chaoineadh
Tha d' àl beag gaolach bhuam saor gu leòr;
Ach till is taobh iad, tha grunn mu sgaoil dhiubh -
Gun chunnt mi naoi dhiubh aig taobh an lòin;
'S nam biodh gach màthair le ioc cho làn riut,
Cha chluinnt' le nàire na pàistean òg'
Cho tric gam fàgail air lic nan sràidean
Gus ainm na màthar bhith 'm bàrr na h-òigh.

53. Do Dhòmhnull Ruadh Mac an t-Saoir (Bàrd Phàislig)

*Bràthair-màthar a' bhàird - a choisinn Crùn na Bàrdachd aig Mòd Ghlaschu
ann an 1938. Dh'eug e ann am Paislig air 7-1-64. Ann an 1996 thogadh càrn
dhan dithis aca aig Snaoiseabhal ann an Uibhist a Deas.*

Dh'eòl sinn fios a bha dubhach,
Dh'eòl sinn fios a thug buille gu làr dhuinn,
Dh'eòl sinn fios rinn ar lèireadh,
Dh'eòl sinn fios a thug beum às a' bhàrdachd;
Fios nach b' fheàirrd' ach bu mhiste,
Chuir dhachaigh taraig an ciste na Gàidhlig:
A Dhòmhnaill Ruaidh, thu bhith sìnte
'S nach tig à buadhan do chinn ach na thàinig.

Bhuail an cridhe bha fialaidh
A' bhuille-dheiridh, le riaghladh an Ard-Rìgh;
Chlos an t-eanchainn bha crìonnda,
Dhùin an t-sùil san robh 'n fhìor lasair bhàrdail;
Chrom lionn-dubh air an dùthaich,
Tha 'n ceàrnaidh Ceilteach co-dhiù dhith fo àmhghar,

When God created you and the other birds
You were granted sense and understanding with the rest;
You were given the means to run a family,
To protect and feed them till they grow:
Nature gave you the skill to swim the lochs,
To hide in nooks with your weakly young -
Among the species that went with Noah
The wild duck sailed aboard the Ark.

Though you are timid, foolish, cease your crying -
Your beloved little brood are safe from me;
But return and join them, there are several scattered -
I counted nine beside the pond:
If only every mother was so full of compassion
We would not hear with shame of little babes
Often abandoned on the streets
So that the mother's name can still be pure.

53. To Donald Ruadh Macintyre (The Paisley Bard)

The bard's maternal uncle - crowned Bard of An Comunn Gaidhealach in 1938 - who died in Paisley on the 7th January 1964. In 1996 they were both commemorated on a cairn at Snishival, South Uist.

We learned news that was gloomy,
We learned news that laid us low,
We learned news that grieved us,
We learned news that wounded poetry;
Not glad news but sad news,
Driving home a nail in the coffin of Gaelic:
That you, Dòmhnall Ruadh, were laid low
And nothing more will come from your gifts.

That generous heart has beat
Its last beat, by order of the High-King;
That wise brain is no more,
Closed the eye that had the true light of poetry:
Sadness descended on the country,
The Celtic region at least is grieving,

A' caoidh a' mhic a thug gaol dhi
'S a rinn a cliù a chraobh-sgaoileadh 's gach àite.

Balbh tha 'n ceann san robh 'n t-eòlas,
Gliocas eagnaidh 's am foghlam a b' àirde;
Tha 'n cridhe ciatach, glan, soilleir
Leis nach bu mhiannach fear foilleil aig tàmhachd;
Tha 'm beul bha labhrach gun bhrìodal,
Tha 'n làmh bu tric' a bhiodh sìnt' ann a' fàilte
'S i nochd gun lùths innt' a ghluaiseas,
Na ball dubh creadhadh is fuarachd a' bhàis oirr'.

Lean thu dùthchas do shinnsreadh -
B' o do dhùrachd gach nì a bhi 'm fàbhar
Sliochd nan euchdairean mìleant'
A bha 'n Srath Eireann an tìm Fiach' Riata:
Lean thu dualchas na dream sin
A choisinn buaidh len cuid lann le Calgàcus
Air raon Mons Graupius chliùiteach
Nuair sheall iad spiorad nach mùchadh làmh-làidir.

Gu bheil Gàidhlig na h-Alba
Fo throm thuireann gun d' fhalbh a ceann-stàtha;
Chaidh a' Cheòlraidh fo èislean,
Cheangladh Pegasus Greugach na stàball:
Laigh dubh-sgòthan na Dùbhlachd
Air bathais Helicon 's mhùchadh a h-àilleachd,
'S gun do thiormaich bhon ghrunnd oirre
Tobar fior-uisg' a' chiùil is na bàrdachd.

'S mòr na feartan a fhuair thu,
'S tric a dhearbh thu do bhuaidhean na' lànachd,
Ann an ceòl 's ann an dannsa
Measg do sheòrsa 's gach àm bhiodh tu 'm bàrr ann;
Meur a b' fhìnealt' air sionnsar [58]
'S a chuireadh òigridh gu ùrlar le àbhachd:
Leinn is duilich gun d' fhalbh thu,
'S càit eil dligheach a shealbhaicheas d' àite?

Lamenting the son that loved her
Spreading her fame everywhere.

Silent the head that had knowledge,
Wise philosophy and highest learning;
That fine, pure, bright heart,
Which loved not the false, is at rest;
That eloquent mouth is speechless,
The hand so often stretched out in welcome
Is tonight without strength to move -
A lump of clay with the coldness of death.

You followed your forebears' tradition,
You wished every success
To the seed of those bold warriors
Who were in Strathearn at the time of Fiach' Riata:
You followed the heritage of the tribe
Who won by the sword with Calgacus
On the celebrated field of Mons Graupius
When they showed spirit no tyrant could crush.

The Gaelic of Scotland
Laments the loss of its mainstay;
The Muses are melancholy,
The Greek Pegasus tethered in its stable;
The dark clouds of winter lie on
Helicon's brow, dimming its beauty
And the source has dried on it
Of the pure spring of music and poetry.

You were given great talents,
As you often demonstrated in full,
In music and dancing
Always the best amongst your peers:
Finest fingers on a chanter
That would set the young merrily dancing;
We grieve that you've left us -
Where is the heir to inherit your place?

Dh'fhàg thu dìleab tha luachmhor
Mar bheath' a dh'inntinn an t-sluaigh tha dhed nàisean,
Beairteas litreachais phrìseil
'S e gu gibhteil leat sgrìobht' ann am bàrdachd:
Chuir do sheirbheis 's gach cuspair dhith
Fuil bu deirg' ann an cuislean na Gàidhlig, [59]
'S bidh air mhaireann do bhriathran
Ged bhios do cholainn a' crìonadh am Pàislig.

Cha b' ann am Pàislig bu mhiann leat
A bhith san trom-chadal shìorraidh an càradh
Ach an cladh Rubh' Aird Mhìcheil
'S am monmhar thonn leat bu mhìlse gad thàladh,
Ann an eilean do dhùthchais
Am fradharc Ghèideabhal stùcach nan àilean,
'S a' fianais Shnaoiseabhal chnocach
Far 'm minig 'n do ruith thu neo-lochdach nad phàiste.

Ach 's carragh-cuimhne gu sìorraidh dhut
Liuthad cuimhneachan ciatach a dh'fhàg thu -
Orain, ruinn agus briathran
A bhios air mheòmhair fhad 's bhios smiach anns a' Ghàidhlig:
'S fhad 's bhios spiorad nan Ceilteach
Toirt buill' an cuim ana-gheilteil do chàirdean,
Cha toir cùirtein na dìochuimhn',
A Dhòmhnaill Ruaidh, às ar fianais gu bràth thu.

Ach beannachd leat bhuainn, a Dhòmhnaill,
Gu bheil sinn uil' ann an dòchas nuair ràinig
Thusa cathair na cunntais
Gu robh do dhuais air a dùbladh nad fhàbhar;
'S gus an tachair sinn còmhla
An tìr a' gheallaidh mar dh'òrdaich an t-Ard-Righ,
Oidhche mhath leat, a chrìosdaidh -
Chì sinn fhathast aig liathadh nan tràth thu.

222

You left a precious legacy
To nourish the spirit of your people,
A treasure of priceless literature,
Giftedly written in verse:
Your work in every subject
Put reddest blood in the veins of Gaelic;
Your words will survive
Even though your body crumbles in Paisley.

It's not in Paisley you would wish
To be laid in deep eternal sleep,
But in Ardmicheal graveyard
With the sweet murmur of waves to lull you,
In the island of your heritage
In view of craggy Geideabhal of the winds
And in sight of hilly Snishival
Where you often ran as an innocent child.

But as eternal monument to you
Are the many elegant legacies you left -
Songs, verses and words
Which will be remembered while Gaelic survives:
So long as the spirit of Celts
Beats in the fearless breasts of your friends,
The curtain of forgetfulness
Will never remove you, Donald, from our sight.

Farewell from us now, Donald,
We all hope that when you reached
The seat of judgement,
The reward was doubled in your favour;
Till we meet together
In the promised land ordained by the High-King,
Good night to you, Christian soul -
We'll meet again when the time dawns.

54. An Guth à Broinn na Màthar

Bha e cur dragh mòr air a' bhard an àireamh phàistean a bh'air an casg. Bha gu leòr a bhruidhneadh às leth còraichean na màthar - ach cha robh comas bruidhne aig maoth-phaist'. Dh'fhaodadh bàrd bruidheann air a shon ge-ta.

Teannaibh dlùth is thoiribh cluas dhomh,
Sibhs', a shluagh a tha nar slàinte:
Eistibh rium is gabhaibh truas rium
'S mi air thuar mo chur gu bàs leibh;
Tha mi seo nam leanabh saidhbhir
Paisgte cruinn am broinn mo mhàthar,
'S am murtair na sheasamh dlùth dhomh
'S aont' a' chrùin aige mo smàladh.

Cha tèid croich no càin no prìosan,
Cha tèid binn a thoirt le cùirt air -
Ged a mharbhadh e na mìltean,
Tha e cùidhteas lagh na dùthchadh:
Nì e mise mhuirt a-màireach -
Dh'iarr mo mhàthar air co-dhiù e;
Saoil nach murtair is' i fhèin
Don aon dìol-dèirc' a th' air a giùlan?

Cha do rinn mi cron air creutair
Tha fon ghrèin air feadh an t-saoghail;
B' e mo mhiann tighinn còmh' rib' fhèin ann
'S a bhith 'g èirigh suas gu aois ann:
Nuair a ghineadh mi lem mhàthair
Bha mi 'g ràdha, "Bheir i gaol dhomh",
Ach 's e sòlas thoirt dha feòil
A bha i 'n tòir air 's cha b' e maoth-phaist'.

Chan fhaic mise latha samhraidh,
Laoigh is gamhna ruith sna pàircean;
Chan fhaic mi sòbhrach nan alltan,
Flùraichean an gleann no 'n gàrradh;
Cha chluinn mi air madainn Chèitein
Coisir theudach nan craobh àrda;
Cha ruith mi, cha leum le aoibhneas
Còmh' ri cloinn mar a rinn 'àdsan.

54. Voice from the Womb

The bard was deeply disturbed by the increase in the rate of abortion as a result of the 1967 Act. There were eloquent advocates aplenty for the rights of women. The unborn child had no voice - but a poet could provide one.

Gather near and hear my plea,
All you who have both life and health;
Hear my cry and grant me pity
As I'm by you condemned to death:
I am here, a perfect child,
Curled up in my mother's womb
But the murderer stands close by
With state approval for my doom.

He fears no sentence from the court
Of rope or fine or prison;
Though he should kill thousands
The law grants to him permission:
He will murder me tomorrow -
So requests my mother mild;
Is she not also murderer
Of her poor helpless child?

I have harmed no living creature
Beneath the sun on earth;
My wish was but to join with you
All growing up in health:
When my mother first conceived me
"She will give me love", I thought,
But she sought only carnal pleasure -
No care for infant ill-begot.

I'll never see on summer's day
Young calves frolic in the field;
Neither the primrose by the brook
Nor flowers that glen and garden yield;
I'll never hear at dawn in May
The sweet chorus of the trees;
I'll never run nor jump with joy
With other children - as they please.

Chaidh mo chuid-sa chuir don t-saoghal
Nuair a ghineadh maoth gun chlì mi
'S nam biodh daoine 'n gaol dha chèile
Cha bhiodh beul fon ghrèin is dìth air;
Ach tha cuid a' càrnadh stòrais,
Ag ithe 's ag òl 's a' dìodhairt,
'S am bràithrean gun fiù an grèim
A bheireadh sgoinn dhaibh tighinn gu ìre.

O nach gabh thu truas, a mhàthair,
Riums' am pàist a th' air do ghiùlan;
Eist rium agus cluinn mo ràn
Is gaol na màthar dhomh ga dhiùltadh:
Dhìon a ghin thu mi led shaor thoil,
Thoir don t-saoghal mi led dhùrachd,
'S cha bhi m' fhearg ag èigheach pian dhut
Nuair thig Dia thoirt breith na cùirt ort.

'S thus' tha feitheamh leis an iarann
Gus mo chrìochnachadh nam phàiste,
Cuimhnich, ged nach fhaic mi d' ìomhaigh,
'S mi nach dìochuimhnich gu bràth thu:
Nuair bhios d' anam ort ga iarraidh
'S tu 'g èigheach, "A Dhia, dèan bàidh rium,"
Bidh mise agus crùn mum cheann
Ag èigheach, "Sìos don toll an t-àbharsair."

Thuirt an Tighearna, "Na dèan marbhadh"
Nuair a dhealbhaich E na fàintean;
Thuirt E, "Bheir thu gaol gu lèir dhomh,
'S mar dhut fhèin dha do bhràthair";
'S sibhse rinn an t-achd a sgrìobhadh
A tha murt nam mìltean pàiste,
Ma 's e 'n ceartas a bheir buaidh,
Och, och, mo thruaighe là ur bàis sibh. [60]

226

My share had been allotted in the world
When I was conceived, soft and weak,
And if men loved one another
No mouth on earth would suffer need;
But too many store up their wealth,
Gorging and drinking to excess,
While their brothers lack the food
That might allow them life's success.

O mother - will you not have pity
On this child within your womb?
Listen to me - hear my weeping,
Denied a mother's love so soon:
As you conceived me of your free will
So bring me to the world with love
Lest my anger demand you suffer
When God in judgement sits above.

You who wait there with the knife,
Ready poised, this child to kill,
Though I cannot see your face -
Forget you - no I never will!
When at last your soul is called for,
"Lord have mercy," you will cry,
But I'll demand you roast in hell
While I sit crowned in glory high.

Our Lord said, "Thou shalt not kill"
In the tablets cast in stone;
He said, "You must all love Me -
And your neighbour as your own";
All you who drafted out this law
That murders thousands never born,
If justice is to be supreme -
My pity when your death day dawns.

55. A' Chrois-Tàra [61]

'S ann le crois-tàra a bhiodh na cinnidhean air an gairm chun a' bhlàir ann an àm cunnairt. Bha am bàrd daonnan fo uallach mu chor nan Gàidheal agus tha an dàn cumhachdach seo ag innse dhaibh gu bheil làn-thìd' aca èirigh gu cànan, cultur agus saorsa a dhìon.

Fhuair mi 'n cuireadh ud os ìseal
à doimhne dhìomhair na h-inntinn,
dearg san fhuil na facail sgrìobhte:
        "An Crois-Tàra:
sgap bho Alpha gu Omèga
           brìgh a blàr-ghlaodh.

"Teachdaire gu ceart na còrach
i dod nàisean: àrdaich eòlas
oirr' air sgàth ar gnàth 's ar dòighean
        is ar cànan;
las i, ruigeadh gath a dòchais
        Gach taigh Gàidhlig."

Dhuibh a' chrois, i dearg na craoslach,
spiorad Uallais rith' air aonadh,
spiorad sluaigh an geall air saorsa
        rithe tàthadh,
diù dha gairm gach com an caoir-ruith
        boinne bhlàth-fhuil.

Gnè gach cnuimh dhen bheath' as ìsle
saors a' sireadh: seòrs' a' strì ri
seòrs' a leantainn, saor bho chìosnadh
        gnè nach càirdeach:
Togaibh samhl' on chnuimh nach dìobair
        guth lagh nàdair.

Cainnt ar dùthchadh - seadh, ar còir-bhreith -
sèidibh ann am beul na h-òige
leis gach anail: ginibh beò-bhith
        anns a' chànan;
gath ar dùthchais sàth gu smeòirnein
        sa mhaoth-phàiste.

55. The Fiery Cross

The fiery cross once summoned the clans to gather in times of danger. The bard's fervent concern for his country again finds powerful expression as he calls on Gaels to unite and rise again in defence of their language, their culture and their freedom.

The summons came to me from down
in the mysterious depths of the mind,
the words writ red in blood:
                    "The Fiery Cross,
spread from Alpha to Omega
                    the message of its war-cry.

"It is a messenger of the rights of justice
 to your nation: raise awareness
 of it for our customs, our ways
                    and our language;
 light it, let its rays of hope reach
                    every Gaelic home."

To you the cross, blazing red,
spirit of Wallace united with it,
spirit of a people yearning for freedom
                    bonding with it,
heeding its call every breast where surges
                    a drop of hot blood.

Worms of the meanest form of life
seek freedom: each kind striving
to follow its own, free from oppression
                    from foreign species:
Take example from the worm which denies not
                    the voice of nature's law.

The language of our country - yes, our birthright -
blow into the mouths of the young
with every breath: beget life
          in the language;
inject fully the needle of our tradition
                    into the new-born babe.

Mach san iar an iomall Alb' tha
fhathast freumh ar cainnt: nach b' ana-ceart
i dhol crìonach leis an dearmad
　　　air ar tàillibh;
's nach bi 'bhrìgh sa bhun a shearg na
　　　bhiathas bàrr-dhos.

Aonaichibh air riaghladh fèineil,
geàrrt' on bhun an teanga bhreunail,
leam-is-leat, nach ceartaich eucoir
　　　ach le plàigh-ghuth
miodalach ag imlich chreuchd a
　　　bheir am bàs dhi.

Le lagh nàdair chinnich sìlean
miann neo-ar-thaingeil anns gach inntinn -
cuim' a bhiodh am miann sin cìosnaicht'
　　　le bhith sàsaicht',
aigne-chuingte fo chèin-thìrich
　　　nar n-ion-thràillean?

Spreadhadh sìlean, sgapadh freumhan
anns an ùir; ar toil 's ar gnìomhan
fàsadh; cinneadh bàrr le biadh nar
　　　cuim an àirde:
cuing a' choigrich - thar na cliathaich
　　　i don làthaich.

Albannaich, don ghairm seo dùisgibh,
bhor combaist fhèin laighibh cùrs' le
ailm a' tionndadh stiùir ar dùthch'
　　　a-mach gu sàl i:
Seòlaibh fhèin i, gabhail iùil air
　　　"ùidh nar gnàthasan."

Dhuibh a' chrois, a rabhadh leughaibh,
goileadh a buil fuil am fèithean;
lasrach, fadadh i tein-èibhinn
　　　an cuim bhlàtha
gus 'n tig driùchd na saors' à speur is
　　　cèit' ar cànain.

230

Out west on the fringe of Scotland there
is still the root of our language: what injustice
if it should wither with neglect
                    because of us,
so that there is not enough sap in the withered root
                    to feed the crop.

Unite for self-rule;
cut from its roots the rotten, deceiving
tongue, that cannot right injustice
                    except with fawning
plague-voice licking the wound that
                    will prove mortal.

By nature's law a seed developed of
desire for independence in every spirit -
why should that desire be suppressed
                    by being confined,
spirits yoked under foreigners -
                    just as slaves?

Let seeds germinate, let roots spread
in the soil; let our will and our deeds
grow; with feeding let a crop ripen
                    in our breasts:
the yoke of the foreigner cast overboard
                    into the mire.

Scots, awake to this call,
from your own compass set a course, by
helm turning the rudder of our country
                    out to sea:
Sail her yourselves, taking guidance from
                    "love of our customs."

For you the cross, heed its warning,
let its effect heat blood in sinews
blazing, let it light a bonfire
                    in warm breasts
until the dew of freedom falls from heaven and
                    the springtime of our language.

56. Oran na Rocaid

Sgeul na rocaid às a' range *ann an Gèirinis a chaidh ceàrr. Thill i air ais a Loch Druidebeag an Uibhist an àite a dhol a-mach gu muir mar bu chòir.*

Am fonn: *A Chaluim Bhig*

B' e rocaid i, b' e rocaid i,
B' e rocaid i ga-rìribh -
Ged dh'fhalbh i far a' mhachaire,
Cha b' fhada gus na thill i;
Sin far an robh a' starram
Aig na fearaibh bha gu h-ìseal,
Nuair dh'fhairich iad a still
'S i tighinn dìreach gu làr.

Nuair dh'fhalbh i far a' *launching-site*
Bha *boast*-adh ann is bòilich,
Gach fear 's a shùil air uaireadair
Bha suaint' air caol an dòrnaibh;
Thuirt fear dhuibh, "*We shall swing her*
To Saint Kilda in a moment -
We're just the boys to show
How to throw them so far."

Ach chualas fead is faram
'S sheall na fearaibh dha na speuran,
'S bha ise tighinn bhon chuan orra
'S i nuallanaich 's a' sèideadh;
Gun laigh i cùrs air Heacal
'S i ri *blast*-adh a bha bèisteil
'S i gearradh tro na speuran
Le beuc a bha àrd!

An t-arm aig Bàn-righinn Ealasaid
Gun ghabh iad a' ratreuta
Nuair chunnaic iad a' tilleadh i
Le sitheadh as na speuran;
Gun sgap iad feadh nan coilleagan
A' goilearaich 's ag èigheach,
"*I hope for any sake*
It will stay overhead!"

56. Song of the Rocket

Inspired by an early incident at the South Uist range when a rocket returned to crash in Loch Druidebeg instead of heading out to sea as intended.

Tune: *A Chalum Bhig*

It was a rocket, what a rocket,
It truly was a rocket -
Though it set off from the machair
It was not long returning;
What a panic there was
Amongst the men down below
When they heard it rushing
Straight down to earth.

When it left the launching site
There was boasting and bluster,
Each one looking at the watch
Strapped to his wrist;
Said one, "We shall swing her
To Saint Kilda in a moment,
We're just the boys to show
How to throw them so far."

But a whistle and roar was heard
And the men looked to the skies,
It was heading for them from the sea,
Bellowing and blowing;
It set course for Hecla
With a monstrous blasting,
Cutting through the skies
With a roar that was loud.

Queen Elizabeth's army
Had to beat a retreat
When they saw it returning
Rushing from the skies;
They scattered through the dunes
Babbling and shouting,
"I hope for any sake
 It will stay overhead!"

Siud far an robh starram,
Bha na Sasannaich nan èiginn,
Na fiaclan ac' a' snagadaich
Is blad orra ri chèile;
Cha chumadh Roger Bannister
Na fhallas riuth' air rèidhleach
Nuair bheat iad a' ratreuta
Ron bhèist bha gu h-àrd.

An saighdear bha ga *guide*-adh
Cha robh maill' air nuair a ghluais e,
'S gun thilg e chun a' làir
An *apparatus* a chuir suas i;
Gun dh'èibh e, "Oh, calamity!"
'S gun tharraing e air Ruaidheabhal,
Fallas air a ghruaidhean
'S a ghruag ri leum àrd.

Bha 'n Còirneal agus prospaig aig'
A' *boast*-adh ris na *privates*
'S e 'g innse dha na gillean
Mu gach inneal bha gam *fire*-adh;
Ach nuair a chual' e starram
Chaith e ghlainne fad a làimheadh:
"The devil take the hindmost,
I'll hide in my car!"

Bha 'n *Captain* 's e cho *technical*
'S e *lecture*-adh mu deidhinn
Nuair chual' e os a chionn i
'S i air tionndadh chun a' *mhainland*;
Gun dh'èibh e, "*Oh, boy Beelzebub,*
To hell with regulations,
I'd better be away" -
'S rinn e leum chun a' chàr!

Bha Dan a-staigh na chadal [62]
Ach cha b' fhada gus na dhùisg e
'S gun dh'èibh e mach gu h-ealamh,
"Dè air thalamh tha tighinn dlùth dhuinn?"
'S ann thuirt e, "Dia bhith sealltainn oirnn,

What a hubbub there was,
The Englishmen desperate,
Their teeth chattering
As they gabbled to one another;
Roger Bannister, perspiring,
Could not have kept up with them
When they beat a retreat
Before the monster above.

The soldier who was guiding
Was not slow to move -
He threw to the ground
The apparatus that fired it;
He shouted, "Oh, calamity!"
And took off for Rueval,
With sweat on his brow
And hair standing on end.

The Colonel with a telescope
Was boasting to the privates,
Talking to the lads
About each device that was fired;
But when he heard the racket
He threw the glass away:
"The devil take the hindmost,
 I'll hide in my car!"

The Captain was so technical
Lecturing about it,
When he heard it above him
Returning to the mainland;
He shouted, "Oh, boy Beelzebub,
To hell with regulations,
I'd better be away" -
And made a dash for the car!

Dan was inside sleeping
But he was not long awaking;
He cried out quickly,
"What on earth is coming?"
 He said, "God preserve us,

'S e th' ann ach rionnag smùideadh,
'S mur h-atharraich i cùrsa
Bidh 'n dùthaich na smàl!"

Bha Tearlach aig a' locha - [63]
Cha robh for' aig' air an uabhas
A nochd a-staigh bhon chladach air
Le bragadaich an uabhais;
Ach cha do ghabh e eagal
Ged bha fead aice mu chluasan -
'S ann Ceilteach a bha dhualchas,
Fuil uasal nan sàr.

Bha Donny aig a' *chooker*, [64]
Bha e fuine bonnach leòmach,
'S gun thilg e dheth an t-aparan
'S a-mach gun d' rinn e seòladh;
Bha is' os cionn a' mhansa
'S i 'g *advance*-adh mar an seabhag air
'S i *blast*-adh às a tòin
Tein' is ceò buidhe-bhàn.

Nuair bhuail i anns an locha,
Rinn i brochan dheth bha fiadhaich -
Gun thilg i suas na clachan às
Na' sradagan dhan iarmailt;
Ach 's ann nuair chaidh e seachad
'S a bha 'n t-sreathail car air sìoladh
A nochd na h-*engineers*
'S mu gach beul dath a' bhàis!

B' e *rocket* i, b' e *rocket* i,
B' e *rocket* i ga-rìribh, [*]
Ged dh'fhalbh i far a' mhachaire,
Cha b' fhada gus na thill i;
Sin far an robh starram
Aig na fearaibh bha gu h-ìseal
Nuair dh'fhairich iad a still
'S i tighinn dìreach gu làr!

---

[*] The ms has the English spelling here - though not in the first chorus.

It is a shooting star,
And if it doesn't change course
The island will be destroyed!"

Charles was at the loch
Unaware of the apparition
That appeared from the shore
With an awful crackling;
But he did not startle
Though it whistled past his ears,
His heritage was Celtic,
Noble blood of heroes.

Donny was at the cooker
Baking a fancy cake -
He threw off his apron
And sallied outside;
It was above the manse
Advancing on him like a hawk
Blasting from its bottom
Fire and yellow smoke.

When it hit the loch
It made a dreadful mess,
Throwing up the stones
In sparks to the sky;
But it was when it all was over
And the confusion had settled
That the engineers appeared,
Each face as pale as death.

It was a rocket, what a rocket
It truly was a rocket -
Though it set off from the machair
It was not long returning;
What a panic there was
Amongst the men down below
When they heard it rushing
Straight down to earth!

57. Tobht' Iain Ruaidh

Taigh Iain Ruaidh - taigh-cèilidh ainmeil ann a' Snaoiseabhal faisg air an taigh far an do rugadh Dòmhnall Ruadh Phàislig. [65]

Chaidh mi choimhead an-dè air
Far na dh'èist mi ri òran,
Far bu ghreadhnach an cèilidh
Ann an cèitean na h-òige,
Far na dh'èist mi ri luth-chleas
Buille lùdaig is mheòirean.

Ath-bhreith uairean an-dè dhomh
Ann a' lèirsinn mo shùilean,
Beath' a' cruinneachadh beo dhomh,
Cuimhn' a' fògairt na h-ùine:
Chaidh an-diugh tur às m' fhianais,
Ruith gach bliadhna mar bhùrn dhiom.

Guth an-dè a bha beò dhomh,
Chluinn mi a chòmhradh cho làidir -
'N e mac-meanmna neo deòin-smaoin
Tha 'g ath-bheòthachadh tràth-uair?
Leum mo chridh' agus m' inntinn
Tarsainn tìm chun na h-àbhaist.

Co-aoisean mo dheug-aois
Leam a' lìonadh an t-seòmair,
Bean an taighe neo-spìocach
A' laighe biadh air a' bhòrd dhuinn,
Fear an taighe gur miannan
'G aithris sgeulachdan seòlaidh.

Pìob a' dòrtadh a ciùil oirnn,
Toradh lùth-chleas nam meòirean,
Duis a' freagairt an t-sionnsair
Ann an ùmhlachd co-chòrdaidh,
Goth is ribheid co-aontach
Ann an caoinead na ceòlraidh.

Tha 'n cuid lorgan rim faicinn
Ann an eachdraidh an dìchill;

57. Iain Ruadh's Ruined House

Iain Smith's house had been a favourite ceilidh place in Snishival near the house where Donald Macintyre the Paisley bard was born.

I went to look yesterday at
Where I had listened to song,
Where the ceilidh was merry
In the springtime of youth,
Where I listened to the magic
Of nimble fingers playing.

Yesterdays reborn for me
Before my very eyes,
Life coming alive for me,
Memory banishing time;
Today gone from my sight,
Years fell from me like water.

Yesterday's voice alive for me -
I hear it speaking so clearly;
Is it imagination or wishful thinking
That revives the one-time?
My heart and my mind
Leapt across time to the familiar.

Contemporaries of my teens,
It seemed, filling the room;
Woman of the house unstinting
Setting us food on the table;
The host to our heart's desire
Telling tales of the sea.

Music pouring from the pipes,
Produced by nimble fingers,
Drones answering the chanter
In homage of harmony,
Reed and drones agreeing
In the delight of the music.

Their tracks may be traced
In the record of their diligence;

Sìos air clàr na mac-meanmna
Tha na h-ainmeannan sgrìobhte;
Ged a chrìon anns an fheòil iad,
Dh'fhuirich beò ann an tìm iad.

O, nach prìseil an dealbh leam
Mun do dh'fhalbh i, mar bha i:
Dachaigh torrach le gaoil i
Mun do sgaoileadh le bàs i,
Buaidh an-diugh innt' aig feanntaig -
Gum b' e 'n call i bhith fàs ann.

Ann an dùbhrachd na ceòthachd
Eadar beò agus marbhachd,
Tha na ceistean cho lìonmhor
Àill a' miannachadh dearbhaidh,
'S tha na freagairtean tiodhlaict'
Anns an dìomhaireachd fhalchaidh.

58. Sùil air Ais 's air Adhart

Sruth den fheallsanachd aige fhèin - anns an rannaigheachd a chleachd e anns na h-obraichean as cudromaiche. (Faic an Ro-ràdh, t.d. xvi.)

An seo nam shìneadh air m' uilinn,
Gur luaineach m' inntinn a' siubhal,
Gur iomadh nì tha toirt buille dom shàmhchair;
Tha na faoineisean subhach
A bheathaich gaol dhomh bha sruthach
An-diugh air caochladh bho chruthachd na h-àbhachd;
Beatha rèidh-shligheach lìonte
Nach dèanadh gèilleadh no strìochdadh,
Tinneas deurach na h-iargain ga beàrnadh:
Càit eil sonas na h-aoigheachd
Air achadh conais na daorsa,
Càit eil solas a' ghaoil le chuid ghràsan?

Siud air m' aiseag tro thìm mi,
'S ann air ais ann a thill mi,
Gheibh mi taiseachd na sìthe san àmhghar.

240

In the record of the mind
Their names are inscribed;
Though their flesh has crumbled,
They have survived in time.

What a precious picture to me
Before it vanished, as it was,
A home laden with love
Before it was scattered by death:
Today nettles have conquered -
How sad they should grow there.

In the dark of the mist
Between life and death,
There are so many questions
We desire to have proven,
And the answers are buried
In a secret mystery.

58. Looking Back and Forward

A stream of philosophical musing as he struggles with the great questions of life. The metre is one he reserved for his most important work. (See p. xvi.)

As I rest here on my elbow
My mind roams restlessly -
Many are the blows to my peace;
The merry follies
That fed the currents of love
Nowadays appear not so happy;
A full, well-ordered life
Without yielding or giving up,
Pierced by tearful pangs of grief:
Where is the pleasure of visiting
The battlefield of bondage,
Where is the light of love with its graces?

On my journey back through time,
That is where I returned,
I'll find peace to soften the pain;

Cuan na beatha mar chì mi,
Rèidh gun smal air a mhìnead
'S bruaillean gailleann gun bhrìgh do mo bhàta:
Chluinn mi gealladh an t-saoghail,
'S cha b'e 'n gealladh a b' fhaoine -
Bha h-uile fearann 's a' chraobh ud a' fàs air,
Meanglain buaidh às gach taobh dhith
Le measan suairceis is saors' orr',
'S fhreumhag dhaingeann de ghaol nan co-bhràithrean.

Ann am breislich na h-iargain
Càit eil seasmhachd gun fhiaradh -
A bheil teisteanas ciatach gun lànachd?
Càit eil mathas nam briathran
A chaidh a labhairt le Crìosda,
Càit eil taiseachadh strìochdaidh dha fhàintean?
An tàinig dalladh an tuaileis
A chuir gach earaladh suarach
Le mire-chatha na tuasaid a' smàladh
Sìochainn bheannaicht' an t-saoghail,
Gràdh is furan is faoiltinn,
Gus an-diugh nach eil aon dhiubh air fhàgail?

Càit san dorch-fhasach mhealltach
Tro ruith gu coirbeach ar cam-shligh'
An cluinnear tormanaich alltan na h-àbhachd?
Càit eil aonachd ri shealltainn,
No iarrtas saorsa ri ghealltainn
Air no 'n d' rinn caoir-shruth na sanntachd am bàthadh?
'N deach spiorad uasal na fìrinn
Le gaoth na truailleachd 's a' mhì-ruin
Gu tur a sguabadh à inntinne nàdair,
No 'n deach na coinnlean a mhùchadh
Bha dèanamh soills' agus iùil dhuinn
Am meadhan braighdeanas tùrsachd is àmhghair ?

Seall, tro cheòthrachd na h-ùine
Thig beatha beò às an ùir dhomh,
'S à luath an t-sòlais 's ann rùisgeas mi àbhachd:
Chì mi 'n òigh bhanail chliùiteach
'S a bilean beòil rium a' diùrrais

The ocean of life as I'll see it
Calm with smoothness unmarred,
My boat undisturbed by storms:
I'll hear the promise of the world,
Not a trifling promise -
Every land had that tree growing on it,
Branches of virtues on each side
With fruits of courtesy and freedom
And firm roots of brotherly love.

In the nightmare of grief
Where is constant steadfastness,
Is the goodly testament unfulfilled?
Where is the virtue of the words
That were preached by Christ,
Where is meek submission to his commandments?
Did there come the blindness of scandal,
Contemptuous of warnings,
Battle-frenzy of conflict quenching
Blessed peace of the world,
Love, hospitality and welcome
So that today none are left?

Where in the treacherous dark desert
Through which our perilous road winds
Can be heard murmuring streams of happiness?
Where is concord to be seen
Or desire for freedom granted -
Or have they drowned in the torrent of greed?
Has the noble spirit of truth
Been swept out of the mind of nature
By winds of profanity and malice?
Or were the candles extinguished
That gave us guidance and light
In the bondage of sorrow and anguish?

Look, out of the mists of time
Life revives from the grave,
I uncover happiness from ashes of joy:
I see a comely maid of high repute,
Her lips whispering secrets to me

A' cur a deòin ann an cùmhnantan gràsmhor;
Chì mi h-aodann a' dealradh
An doimhne smaoin mo mhac-meanmna,
Chì mi 'n gaol mar a' gheala-ghrian a' snàmh ann:
Gaol gun fhiaradh gun fhoill ann
A bhios gu sìorraidh na shoillse
Cur dubhar neulach na h-oidhche fo sgàile.

'N e faileas falamh neo-bhrìgheil
An geall air mealladh gach inntinn
A th' ann am maise gach nì a tha àillidh?
Bheil suairceas seallaidh mar ghrìogag
De dhealt air barraibh an dìthein,
Gun luach a lainnir nuair dhìreas an àin-ghrian?
A bheil gach subhailc gun bhuannachd?
An ionnan truthair is uasal?
'Eil slighe chumhag na stuamachd gun sàsadh?
Air neo bheil duais tha thar chunntais
Dhan fhear a bhuannaicheas biùthas
Na thuras-cuain a toirt iùil bho na fàintean?

Am buadhaich ceartas thar ana-ceart?
Am buadhaich lapachd thar garbh-neart
Nuair bhios gach reachd a bha talmhaidh ga smàladh?
A bheil thar aognachd na marbhachd
An cinne-daonnda nan dealbhachd
An grianan aoigheil ro-lainnireach na fàitheachd?
A bheil thar cùirtein na dìomhaireachd
Solas ùr dhuinn a' liathadh,
Ceann-uidhe cùbhraidh gach miann ann an nàdar?
Ma tha, biodh treòrachadh rèidh leinn
A' dol tro sheòlaid na h-èiginn
Gu innis sheòrsach na h-èifeachd san dàn dhuinn.

Nuair thig teastadh na cèilleadh
An deireadh feasgar na rèiseadh,
Am bi na ceistean gu lèir anns a' sgàthan,
Saor o uaigneachd an-dè dhuinn,
Soilleir fuasgailte rèidh dhuinn,
Brìgh gach bruadair bu lèir dhuinn na lanachd?

Expressing her wish in graceful vows;
I see her face radiant
In the depths of my imagination,
Love shining there like the sun;
Love unswerving and true
That will forever be a light
Eclipsing the dark clouds of night.

Is the beauty of all things lovely
But an insubstantial image
Designed to deceive every mind?
Is fine appearance as a jewel
Of dew on the tips of a flower,
Its shining worthless when the sun ascends?
Is every virtue without profit?
Are villain and noble but equal?
Is there no satisfaction in the narrow path of moderation?
Or is there reward beyond price
For one who wins glory
On his voyage by following the commandments?

Will justice defeat the unjust?
Will the weak defeat the tyrant
When all earthly rights are extinguished?
Beyond the pallor of death
Will mankind appear
In the beautiful, shining bower of the prophecy?
Beyond the curtain of mystery
Does a new light dawn,
Sweet goal of all desires in nature?
If so, let us be led safely
Through straits of hardship
To shelter for all kinds, our destiny's end.

With death of the senses
At evening's end of the race,
Will the questions be all in the mirror,
Free from the secrecy of yesterday,
Clearly answered for us,
Full meaning of dreams that we saw?

An tìr a' gheallaidh - ar còir-bhreith -
Le mil is bainn' a' so-dhòrtadh,
Am bi sinn airidh air tròcair is fàthmas?
Ma shoillseas reula ghlan ùr dhuinn
'S an cruinne-cè air ar cùlaibh,
A Mhàthair Dhè, gabh an cùirt ghil nan gràs sinn.

59. A' Chuairteag Dhonn

Blàth anall chiùin na madainn shamhraidh òig'
gu mear a' cleasachd ris a' chuairteag dhuinn
os cionn do mhaladh; bil' a' gealltainn pòig
sam bàthte cùram. Dh'fhadaidh thu nam chuimhn'
an t-aodann sin chuir mìle long air sàl,
bu ghibht do làthaireachd a thoinn gu teann
mum chrìdh: 's le buil do sheallaidh air mo chàil
gun spreadh an Cruinne-cè. Chan fhaicinn ann
ach aonan. Bha thu lìonadh saoghal ùr
dhomh; thusa mhàin, gun dh'fhuirich tìm na stad.
Co-dhiu 's e seachdain, mìos no bliadhn' a dh'ùin'
a bh' ann chan fhios dhomh: freumhaicht ris a' bhad
bha mise. Seadh, trom-lùiricht ann a' sìth.
Air ais air fonn, ach tàthte crìdh' ri crìdh'.

*   *   *

Tha chuairteag dhonn 's i geal, trom-luaisgt'
an oiteag fhuaraidh àrd
geamhradh ar làithean.
Ach an gaol a dh'fhàs
tro thìm,
cha d' lùghdaich mì-rùn, an-shocair no càs.

In the promised land - our birthright -
Flowing with milk and honey,
Will we deserve mercy and reprieve?
If a bright new star shines for us,
When we have left the world behind,
Mother of God, accept us in the bright court of grace.

59. The Brown Curl

Gentle warm breath of the early summer morning
merrily playing with the brown curl
above your eyebrow; lips promising kisses
to drown care. You kindled a memory
of that face that launched a thousand ships,
your presence a gift that twined tight
about my heart: my desires so affected by the sight of you
that the universe exploded. I saw there
only one. You were filling a whole new world
for me; you alone, time stood still.
Whether a week, month, or year of time
passed I know not: rooted to the spot
was I. Yes, enveloped in a fairy hill.
Back on earth, but heart joined with heart.

                    *   *   *

The brown curl is white, blown about
by the strong cold blast
of the winter of our days.
But the love that grew
through time
Was not diminished by spite, distress or hardship.

59. Bòidean Bliadhn' Uire - 1971

Fàilt is furan don Bhliadhn' Uir
A th' air tighinn ùr oirnn na h-òige;
Guidheamaid gum bi i ciùin dhuinn
Rè na h-ùine bhios i còmh' rinn,
Gu meal sinn slàint is toil-inntinn,
Gum bi sìth an àite còmhstri,
'S gun tuig an saighdear sa bhlàr
Gur ann ri bhràthair tha e còmhrag.

Dh'fhàg a' bhliadhn' a dh'fhalbh an-dè bhuainn
Iomadh fear is tè nan sìneadh
Domhainn sa ghainmheach an caradh
An cladh Hàllain 's an Aird Mhìcheil:
'S iomadh diùnlach fearail làidir
Bhon Chàrnan gu Cille Bhrìghde
Nach do shaoil na inntinn riamh
Nach tigeadh a' bhliadhna gu crìch dha.

Chuir sinn uile mìle fàilte
Air gach pàiste thàinig ùr oirnn,
'S meal-a-naigheachd air gach màthair
A ghin 's a dh'àraich 's a ghiùlain:
Ach gur duilich leam ri ràidhtinn
Nuair nì mi 'n àireamh a chunntais -
Mu choinneamh gach pàist' a thàinig
Thiodhlaic sinn a dhà de dhiùnlaich.

Ach cò 's urrainn innse dhòmhsa
'M bi e beò mun tig a' Challaig
Anns a' bhliadhna seo tha òg dhuinn?
Feuch nach tèid gu mòr a mhealladh.
Cha sheall am bàs càit an iarr e,
'S coingeis leis fear liath no leanabh -
Ged tha thus' an-diugh nad shlàinte,
Saoil am bi thu màireach maireann?

60. New Year Resolutions - 1971

Welcome and greeting to the New Year
That has come fresh to us in its youth;
Let us pray it will be peaceful,
That all the time it is with us
We will enjoy health and happiness,
Have peace instead of strife,
And that the soldier at war will understand
It is his brother that he fights.

The year that departed yesterday
Left many a man and woman lying,
Laid deep in the sand
Of Hallan and Ardmichael:
Many a strapping, virile fellow
From Carnan to Kilbride
Never even gave a thought
That he would not see the year's end.

We all bade a thousand welcomes
To every new baby that arrived,
With congratulations to every mother
Who conceived and bore and nursed:
But how sad for me to say
When I tally up the numbers -
For every new infant arrival
We buried two adults.

But who is able to tell me
Whether he will live to see Hogmanay
In this year so young to us?
Beware lest he be greatly deceived.
Death looks not where he picks -
Whether the greybeard or the infant -
Though you have your health today,
Will you still be alive tomorrow?

Tha e freagarrach gu leòr dhuinn
Ar beòshlaint a dhèanamh cinnteach;
Feumaidh sinn mar shliochd a' ghàrraidh
Obrachadh le spàirn is dìcheall:
Ach na sanntaicheamaid stòras
A chur ann an tòrr na mhìltean,
'S fhàgail ann a' dèanamh dia dheth
'S iomadh beul ag iarraidh pìos dheth.

Cuireamaid romhainn am bliadhna
Bhith gu dèanadach nar cùrsa;
Mu bhios dèirceach oirnn ag iarraidh
Cuireamaid gu fialaidh ùidh ann:
Tuigeamaid gur uile clann sinn
'S gu bheil ceannard os ar cionn ann
'S ma nì sinn cron air ar bràthair,
Bidh ar Màthair rinn an diombadh.

Ach cuir thus' a' cheist riut fhèin
Gach latha dh'èireas tu am bliadhna,
Saoil an diugh am bi mi beusach,
Air neo saoil an ceus mi Crìosda?
Tha 'n deamhan fo riochdan cùbhraidh
'S e cur na h-ùbhal air do bheulaibh,
Ach ged tha rùsg bòidheach dearg oirr',
Tionndaidhidh i searbh nad bheul-sa.

Mur bheil facal ceart nad inntinn
Nuair a bhruidhneas tu mud nàbaidh,
Cùm do theang' a-staigh nad chìdhlean
'S na leig leatha bìg a ràdha:
Oir nì do theanga do dhìteadh
Mu chuireas i 'n fhìrinn ceàrr ort,
'S càirich innt' an t-srian gu teann
Mun reic i thu ri ainglean Shàtain.

'S e ar peathraichean gach aon tè
Feadh an t-saoghail, dubh no bàn i,
'S ged pheacaich a' chiad tè 'n saoghal

It is fitting enough that we should
Make sure to earn our living,
We must as children of Eden
Work diligently with effort:
But let us not covet wealth
To store up in thousands
And leave there to make a god of
When many a mouth needs some of it.

Let us resolve this year
To be diligent in our course;
If a poor man asks of us
Let us take kind interest in him:
Let us understand we all are children
And there is a ruler over us -
If we harm our brother
Our Mother will be displeased.

But ask yourself this question
Every day you rise this year:
Today will I be virtuous
Or will I crucify Christ?
The devil appears alluring
When he tempts you with the apple,
But though the skin be beautiful red,
It will turn bitter in your mouth.

If you have no good words in mind
When you speak of your neighbour,
Then just hold your tongue,
Don't let it say a word;
For your tongue will condemn you
If it distorts the truth,
So keep it tightly reined
Lest it sell you to Satan's demons.

They are all our sisters - each woman
Black or white - throughout the world:
Though the first one brought sin to the world

Rinn Moir' a shaoradh na h-àite:
Mar sin cùm nad chuimhne daonnan
Gu bheil maighdean naomh le gràsan,
'S ma bheir thus' a h-onair bhuaipe,
Tha thu truailleadh Moire Mhàthar.

Gabh do dhram nuair bhios i dhìth ort,
Ach na crom gu ìsle brùideadh;
Na bàth do choinnseas nad mhiann air
Leis mar lìonas tu do bhrù leis:
Cuimhnich, ma thig crìoch do shaoghail
'S tu fon daoraich air an ùrlar,
'S ann nad shuidh' air beulaibh Shàtain
A dh'fhosglas an cràdh do shuilean.

Ged bhiodh d' eanchainn-sa nas fheàrr
Na h-uile bràthair tha mun cuairt dhiot,
Na seall orrasan le diombadh
Mur do dh'ionnsaich iad na chual' iad:
Mu thug Dia dhut fhèin an t-eanchainn,
Cuir gu h-iomchaidh e gu buannachd -
Stiùir am fear nach eil cho dòigheil
Anns an t-seòl san còir dha gluasad.

Nan leanamaid air a' cheum sin
Gum biodh rèit' air feadh gach àite,
Gum biodh gaol is sìth le chèile
Far nach eil ach eud an-dràsta;
'S thus' a-nis a leugh na sgrìobh mi,
Bheil thu cinnteach g' 'eil thu sàbhailt
Mas e 's gur e nochd an oidhch'
A nochdas tu ri Rìgh nan gràsan?

Mary in her place redeemed it:
So always keep in mind
That a maiden is blessed with grace -
If you dishonour her
You despoil Mary Mother.

Enjoy a drink when you feel like it
But descend not to brutish depths;
Drown not your conscience in your wish for it
By filling your gut with drink:
Remember if your life should end
With you lying drunk upon the floor,
You will be arraigned before Satan
When the agony opens your eyes.

Though your brain might be better
Than all the brothers around you,
Look not down upon them
Who have not learnt all that they heard:
If God gave you the brain,
Turn it fittingly to advantage -
Guide the one not so clever
In the way that he should go.

If we followed that path
There would be accord everywhere,
Peace and love would be together
Where there is only envy now:
You who now read what I have written,
Are you sure that you are saved
If this should be the night
You appear before the King of Grace?

61. Feasgar Beatha

Dàn eile a tha nochdadh gu sìmplidh feallsanachd a' bhàird. A dh'aindeoin an tiotail, cha robh e ach beagan is leth-cheud bliadhna nuair a sgrìobh e seo.

Fo throm-sgàile na h-aoise,
A nì beàrnadh is maoladh,
Tha mo chàileachd air aomadh
Bho bhith aothrom le sunnd:
Bha mi uair dhe mo shaoghal
'S ruithinn uallach air aonach,
'S cha robh buaireis an t-saoghail
A' sadadh m' aoigh bun-os-cionn.

Chaith mi m' òige gu h-uallach,
Mear mar òg-uan air bhruachaibh,
Cha robh sgleò dubh na tuasaid
A' ruith mo ghluasaid no m' ùidh:
Bu tric a shealbhaich mi sòlas
A' ruith air gainmheach na Cròice,
'S cha bhiodh dearmad air òrain
Nuair bhiomaid còmhla mun lionn.

Bha sgoil Hogh Mòir na cuis-ghràin leinn,
'S chan fhaighte leisgeul ga fàgail,
Bu tric a theich sinn a Hàrsal
'S a-mach gu h-àrd air a cùl:
Ach dh'fheumte nochdadh a-màireach,
'S bhiodh Calum crost' a' cur fàilt oirnn [66]
Le seachd no h-ochd dhe na stràcan
A dheanadh àilltean nar dùirn.

Ach tha foghar mo rèiseadh
A' crìon abachadh dèiseadh,
'S mo bheatha thalmhaidh a' geilleadh
Gu bras do leum-ruith na h-ùin':
Tha maoidheadh dallaidh nam lèirsinn,
Mar ri criothnachadh spèirid,
A' toirt am follais gu geur dhomh
Nach eil nam chrè ach an ùir.

61. Evening of Life

*One of the simplest expressions of his own philosophy. Despite the title, he
could only have been in his early fifties when this was written.*

Under the shadow of age
Which weakens and dulls,
My zest for life declining
From being light with good cheer:
There was a time in my life
When I'd run free on the hill
And the troubles of the world
Could not upset my happiness.

In my youth I was lively,
Merry as a lamb on the braes,
Black clouds of aggression
Had no effect on my ways:
Often I found happiness
Running on sand of the Croic,
Nor were songs forgotten
When we gathered round a beer.

Howmore School we detested,
But could find no excuse to leave,
We often played truant to Haarsal
And out to the heights beyond:
But we had to turn up next day
And angry Calum would welcome us
With seven or eight strokes
That raised weals on our hands.

But the autumn of my course
Withers ripeness of the seed,
My earthly life is yielding
Fast to the racing of time:
My sight threatens to fail,
As well as fading of vigour,
Reminding me sharply
That my body is but earth.

'S gur ann do dhuslach nan gàrradh
A tha mo chuislean-sa càirdeach,
'S gur ann a thilleas mo chnàmhan
Nuair thèid am fàgail gun sùgh:
'S carson bhiodh uabhar nam nàdar
Ma bha mo bhuaidhean cho àraid -
Nach ann a fhuair mi gach tàlann
Bho Thì gràsmhor nan dùl?

Sibhs' tha 'n toiseach ur n-òige,
Bithibh cuimhneach an còmhnaidh
Gun criothnaich gèimhleag na feòladh
Stèidhe chòmhnard ur rùin:
Ged 's uain' a sheallas an clòbhar
A tha thar crìochan na còrach,
Leanaibh dìreach san t-seòlaid
Gu solas beò na reul-iùil.

Chan eil na sòlasan saoghalt'
Ach aithghearr, neo-bhrìgheach, plaosgach;
Chan eil a' bhòidhchead ach ao-domh'n
'S chan eil a' chaoin ach san t-sùil:
Chan eil sàsachd ri fhaotainn
An doimhneachd àbhachd an t-saoghail;
'S e lagh nam fàintean an aon nì
A gheallas saorsa bho thùrs.

Ann an earrach ar n-òige
Cha bhi na h-eallaich gar leònadh,
Raointean farsaing for còmhair
Tiùgh le dòchasan ùr:
Earbs' à cumhachd fèin-mhòrachd
Thar gach rubha gar treòrach',
Cùrs' ar beath' air na spòrsan
Is làmh na feòladh air stiùir.

Chan eil tàlann a fhuair sinn
Nach ann bhon Ard-Rìgh a ghluais iad,
'S na bheil nar n-inntinn de bhuadhan
'S ann dìreach bhuaithe bha 'n tùs:
Ged 's mis' tha sgrìobhadh na bàrdachd

For it is to the dust of gardens
That my veins are related,
There my bones will return
When they are left without life:
Why should my nature be vain
If my gifts were so special -
Were not my talents all given
By the gracious Lord of elements?

You in first flush of youth
Must always remember
That the lever of the flesh will rock
The foundation of your love:
Though grass may look greener
On pastures forbidden,
Keep straight on course
To the lode-star's living light.

Worldly pleasures are but
Superficial, empty and brief;
Beauty is but shallow,
The bloom all in the eye:
There is no satisfaction
Deep in worldly diversions;
Only the commandments' law
Guarantees freedom from grief.

In the spring of our youth
Burdens do not hurt us,
Spacious pastures before us
Rich with fresh hopes:
Trust in power of ambition
Leads us past every headland;
Our life's course set on pleasure
Steered by power of the flesh.

All the talents we've been given
Came from the High King,
The qualities of our minds
Spring directly from him:
Though I write the poetry

'S ged 's ann nam inntinn a dh'fhàs i,
Chan ann bhuam fhìn a tha 'n tàlann -
'S e Rìgh nan gràs a th' air stiùir.

Thus' tha comasach, euchdach,
'S a h-uile cothrom cho rèidh dhut,
Na lùb ri fanaid no eucoir
Air fear no tè tha gun diù:
Mu fhuair thu buadhan na cèille,
Cuidich truaghain is feumaich,
'S na seall gu suarach air dèirceach
Nach aithn' e fhèin thoirt bhon ghrunnd.

Cùm nad chuimhne gu h-àraid
Gur Dia a chruthaich do bhràthair,
'S co-dhiù 's ann dubh no 's ann bàn e,
Nì 'n t-anam deàrrsadh gun smùr:
'S ged nach d' fhuair e de shaidhbhreas
Na rinn duin'-uasal le loinn dheth,
An sùilean Dhè nì e soillseadh
Mar ghrìogag dhaoimean 's i ùr. [67]

Thig am bàs ort gu falchaidh
Mar am mèirleach san anmoch,
'S cha dèan foghlam no airgead
Do bheath' a thèarmann o ghnùis:
Dubh no buidhe no bàn thu,
'S e 'n aon cheann-uidhe tha 'n dàn dhut,
Ach ceist nan ceist air an là seo,
Bheil d' anam sàbhailt' bhon bhrùid?

Chan fhaigh thu nis ach na thoill thu,
'S tha h-uile fios gu dè rinn thu -
Co-dhiù 's e ceartas no foill e
Bidh h-uile roinn dheth fon t-sùil:
'S gur ann air rèir do chuid gnìomhan
A gheibh thu a rìoghachd an Tighearna,
Air neo do dhìteadh an ìochdair
An teine shìorraidh nach mùch. [68]

258

And it grew in my mind,
The talent is not mine -
The King of Grace is the guide.

You who are able and daring,
With ever opportunity before you,
Stoop not to mockery or injustice
To him or her who has not:
If you were given intelligence,
Help the needy and poor,
Scorn not the beggar
Who can't raise himself from the ground.

Always remember especially
That God created your brother -
Be he black, be he fair,
The soul shines without stain:
Though he have not the means
To be a fine gentleman,
In God's eyes he will gleam
Like a diamond new-cut.

Death steals upon us
Like a thief in the night,
Neither learning nor wealth
Will save your life from his face:
Be you black, yellow or white
The same end is ordained for you -
The question above all on that day:
Is your soul safe from the beast?

Now you will get your deserts,
Your deeds are all known -
Whether right or wrong
It will all be examined:
So, according to your deeds,
You will enter God's kingdom
Or be condemned to the depths
Of eternal unquenchable fire.

62. Taigh a' Bhàird

B' e seo an taigh aig Seonaidh Mac Dhòmhnaill 'ic Iain Bhàin ann an Taobh a Deas Loch Baghasdail. Dheasaich Iain L Caimbeul an leabhar Orain Ghàidhlig le Seonaidh Caimbeul *(MacAoidh 1936). Gheibhear dealbh dheth fhèin 's dhe bhean anns an leabhar aig Mairead Fay Shaw -* Folksongs and Folklore of South Uist. *Bha a bhràthair Iain na bhàrd cuideachd. 'S e an gille aig Iain - Ròidseag - a rinn an t-òran 'A Pheigi a Ghràidh'. Chuir Seumas (brathair Ròidseig) fonn ris an òran seo.*

Chunnaic mis' thu Didòmhnaich,
A thaigh nan òran 's nan rann,
Bha thu fuar dhomh gun chòmhradh
Mar do sheòrsa gach àm,
Ach ruith mo smaointean air sgiathan
Gu iomadh bliadhn' eil' a bh' ann,
Nuair a chruinnicheadh gud sheòmair
Gach aon bha còmhnaidh sa ghleann.

Thug thu fasgadh is coibhneas
Do Sheonaidh Caimbeul am Bàrd,
Bu tu dachaigh an aoibhneis
Dha fhèin 's do mhaighdean a ghràidh:
Saoil nach tusa bha 'g ionndrain,
Nuair dhùin a shùilean sa bhàs,
An gaol a dh'fhiosraich sibh còmhla,
'S tu fhèin ga theòthadh led bhlàths?

Nach iomadh seanchas is òran
A dh'èist an òige bhon aois
Taobh a' ghealbhain ded chòmhlaidh
'S an teine mònadh na chraos':
Gillean gasta nad chèilidh
A thataidh lèirsinn do ghaoil,
'S b' e lasair theine ceann fhòidean
Bu tric a threòraich na laoich.

Gu robh snigh' air mo ghruaidhean
Nuair sheall mi suas ort an-dè:
Balla balbh 's e cho fuar dhomh,
Bha 'n t-anam sguabt' às a chèis:

260

62. The Bard's House

This was the house (now ruined) of John Campbell of South Lochboisdale.
John Lorne Campbell edited a book of his songs, Orain Ghàidhlig le
Seonaidh Caimbeul *(I B Mackay 1936). A picture of John and his wife Peggy
can be found in Margaret Fay Shaw's book* Folksongs and Folklore of South
Uist. *His brother Iain (depicted in the same book) was also a bard. Iain was the
father of Roderick (best remembered for 'A Pheigi a Gràidh') and James, who
set these words to music.*

I saw you last Sunday,
O house of verses and song,
So cold without that discourse
Your kind had for so long:
But my thoughts sped on wings
To the years there were then
When there met in your rooms
All who lived in the glen.

You gave kindly shelter
To Johnny Campbell the Bard,
You were his haven of joy
With the maid of his heart:
Surely you must have missed,
When his eyes closed in death,
The love that you shared
Which was warmed by your hearth.

How many stories and songs
The young heard from the old
Ben the house, by the fire
Round the blazing peats told:
Fine lads at your ceilidh
Drawn by sight of your love;
Oft to light their way there
A glowing peat was enough.

There were tears on my cheeks
When I saw you yestreen:
Silent walls - cold to me,
The soul gone from within:

Fear an taigh' ann an t-Hàllan
'S tus' air d' fhàgail gun fheum;
Saoil an cuala mi ràn bhuat
A' caoidh a' bhàird agad fhèin?

An tuirt thu rium, "Bhon is bàrd thu
Cuir an àirde mo chliù;
Chan eil onair aig càch dhomh -
Rinn iad m' fhàgail gun diù:
'S bhon tha eadarainn an càirdeas,
Le bann na bàrdachd co-dhiù,
Inns do dh'aitreabhan leòmach
Gu robh mo ghlòir-s' os an cionn."

Bidh do ghlòir-s' os an cionn-san,
A shean taigh chliùitich a' bhàird,
Fad 's bhios freumhag an dùthchais
A' tarraing sùgh airson fàs:
Tog do cheann thar do ghuailleadh
Is cuimhnich d' uaisle thar chàich,
Mar thug thu dachaigh is còmhnaidh
Do Sheonaidh Dhòmh'll 'ic Iain Bhàin.

63. Dòmhnall Ruadh Chorùna

Bha Dòmhnall Iain riamh gu math còir ri bàird eile. Seo mar a mhol e a' chiad leabhar (Gairm 1969) a rinn Fred MacAmhlaidh den bhàrdachd aig Dòmhnall Ruadh. [69]

Fhuair mi leabhar brèagh' às ùr
'S gun tug e sunnd dhomh bhith ga leughadh:
Bàrdachd Dhòmhnaill Ruaidh Chorùna
'S gun do dhùisg i m' ùidh gu gleusadh;
Thog i m' inntinn suas an àirde,
Dhìochuimhnich mi cràdh is eucail,
Dh'ùraich i dhomh làithean m' òige
'S thug i beò an là an-dè dhomh.

Your host lies in Hallan,
You left useless alone -
Did I hear you cry out
For that bard of your own?

Did you say, "As a bard,
You could raise high my name -
Others grant me no honour,
No respect for my fame:
As we share that kinship -
Through bards' bonds at least -
You can tell splendid mansions
That my glory was best."

Your name will surpass them,
Famed old house of the bard,
So long as roots of tradition
Can draw strength from the land:
You can hold your head high,
Think how noble *you* stand,
For you were dwelling and home
To Johnnie Campbell the Bard.

63. Red Donald Of Coruna *

Once again he paid generous tribute to a fellow poet in this appreciation of Fred Macaulay's first book of the work of North Uist bard Donald MacDonald - published by Gairm in 1969.

I got a splendid new book
Which gave me great joy to read,
Poetry of Dòmhnall Ruadh Chorùna -
It awakened my urge to compose:
My mind was uplifted,
All pain and illness forgotten,
It revived days of my youth
And brought yesterday alive for me.

---

* Coruna is the name of a township in North Uist. Donald's great-grandfather brought the name to Uist - having fought in the famous battle in Spain in 1809.

Tha mo bheannachd ort, a Dhòmhnaill,
Tha do sheòrs' air fàs cho ainneamh -
'S truagh nach do thachair sinn còmhla
Fhad 's a bha thu beò air talamh:
Ach dè, nach do dh'fhàg thu dìleab
Thogas inntinnean bho smalan,
Roghainn is taghadh na bàrdachd
Ann an Gàidhlig àlainn, fhallain.

Fhuair thu 'n toiseach d' òige d' àrach
An tìr a' chàise 's an arain,
Chaidh an smior a bha nad chnàmhan
Fhàgail làidir leis a' bhainn' ann;
Gu robh d' inntinn air a biathadh
Le bhith muigh air cliathach bheannaibh,
Led ghunna 's led chù a' sealg ann,
'S tric a rinn thu 'n earb a mhealladh.

Mhol thu 'n eala bhàn gu ciatach
Ann am briathran brèagha bàidheil,
Dh'inns thu dhuinn mu' liuthad deuchainn
Tron deach thu ri beulaibh nàmhaid;
Mhol thu 'n tìr a dh'àraich òg thu,
Uibhist bhòidheach bheag a' chrà-gheoidh,
Eubhal 's Lì mu Dheas 's mu Thuath ann [70]
Sheinn thu dhuinn mum buaidhean àraid.

Ach an-diugh tha carragh-cuimhn' ort
Anns na ruinn a rinn thu fhàgail
Air an snaoim gu dlùth na chèile -
Dhearbh thu gum b' e reul nam bàrd thu:
'S sibhse, mhuinntir Uibhist Thuathaich,
Cumaibh suas an dualchas nàdair
A sheall Dòmhnall Ruadh Chorùna
Dha luchd-dùthcha mun do dh'fhàg e.

My blessing on you, Donald,
Your type has grown so rare -
What a pity we did not meet
While you were alive on earth:
But then, haven't you left a legacy
That can raise spirits from gloom,
Best and choicest of poetry
In sound and splendid Gaelic.

You had your early upbringing
In the land of cheese and scones,
The marrow of your bones
Strengthened by milk there.
Your spirit was nourished
Out on the mountain-side,
Hunting with gun and dog,
Oft deceiving the roe deer.

You praised the white swan elegantly *
In fine, affectionate words;
You told us of the many trials
You went through against the enemy:
You praised the land that reared you,
Lovely little Uist of the shelduck;
Eval and Lì South and North there -
You sang to us their special features.

But now there is a memorial to you
In the verses you left behind,
Knitted tight together -
You've proved yourself a star of bards:
You people of North Uist
Maintain the natural heritage
That Red Donald of Corunna
Showed his people before leaving.

_____

* Dòmhnall Ruadh's most famous song is *An Eala Bhàn* - The White Swan.

265

64. Shona

Don ogha aige - an nighean bu shine aig Mairead agus Aonghas Iain Caimbeul.

Am fonn: *Mo Bhalachan Bàn*

O, m' ulaidh is m' aighear mo chailin bheag bhàn,
O, m' ulaidh is m' aighear mo chailin bheag bhàn,
Chan iarrainn de shòlas ach mìlse do phògan
Is d' aodann beag beòthail a' teòthadh mo ghràidh.

Mo ghrian-ghathan cùbhr' thu 's an dùbh'rachd mun cuairt,
Mo neamhnaid bheag mhìn thu, gun phrìs tha do luach:
Mar dhaoimean san fhàinne tha soillse do ghràidh dhomh,
Do choibhneas ag àrdachadh d' àilleachd gach uair.

Tha blàth-shuil na maighdinn a' soillseadh le bàidh,
Gun fhoill no gun fhiaradh tha d' iarraidh gach là;
Mar sgàthan ri grèin ann an àirdead a' chèitein
Tha d' ìomhaigh ag èirigh cur reultan fo sgàil.

Tha neo-chiontas fillte ri brìodal do bheòil,
Tha d' fhàilte nas prìseil' dhomh fhìn na tha 'n t-òr;
An ceòl leam as binne do ghàire 's tu mire,
Mar phongan na fidhill 's i bruidhinn fon mheòir.

O, Shòna mo reulag, ort fhèin tha mi 'n geall,
Mo roghainn thu, m' iunntas thu, m' iùil thu gach àm;
Gach nì bhi nad fhàbhar 's e dùrachd a' bhàird e,
Le Ughdar nan gràsan gad theàrnadh bho chall.

64. Shona

To his granddaughter - eldest daughter of Margaret and Angus John Campbell.

Tune: *Mo Bhalachan Bàn*

My treasure and joy my little fair lass,
My treasure and joy my little fair lass,
I seek no greater pleasure than your sweet kisses -
Your lively little face warming my love.

My sweet ray of sun in the circling gloom,
My little fine pearl, beyond price is your worth:
As diamond in ring your love shines for me,
Your kindness ever enhancing your beauty.

The maiden's warm eyes glow with affection,
Your intentions true and guileless each day;
As a mirror to the sun at the height of spring,
Your face at rising puts stars in the shade.

Innocence is woven into your chatter,
Your greeting to me more precious than gold;
Sweetest music for me - your laughter at play,
As fiddle-notes sounding under the bow.

O Shona my little star, I am pledged to you,
My love, my treasure, my guiding light at all times;
That all will go well is the bard's wish for you,
With the Ruler of grace saving you from harm.

65. Shona (2)

Oran eile don ogha aige.

Ma fhuair mi buadhan nàdarra,
Nach nàir mur seininn ceòl
Don nìghneag bhòidheach, bhlàth-chridheach
As àille dh'fhàs na 'n ròs;
Tha d' ìomhaigh air a gràbhaladh
Air clàr mo chrìdh' cho beò,
'S do dhealbh an dòimhneachd m' inntinn
Mar a chì mi thu san fheòil.

Bhon fhuair mi chiad uair eòlas ort
Bu cheòlmhor leam do ghàir';
Nas mìlse bha do chòmhradh dhomh,
Na 'm fion ga òl a b' fheàrr;
Bha neo-chiontas ga fhoillseachadh
Nad aodann grinn a' snàmh;
Bu shamhl' thu fhlùr na' ròs-liosan
Fo phògan driùchd a' Mhàigh.

Do làthaireachd na shoillse dhomh
Mar choinnlear air a' bhòrd,
Mar aingeal geal a' foillseachadh
Mo roinn de thìr na glòir;
Do làthaireachd nam fhianais dhomh
Mar Eilidh bhrèagh' à Tròidh -
An t-aodann sin chaidh innse dhuinn
Chuir mìle long fo sheòl.

Carson nach dèanainn innse
'N tè chuir m' inntinn-sa gu dàn -
'S e Shòna bheag as ainm oirre
'S ro dhealbhach rinn i fàs:
'S e m' iarrtasan-sa dùbailte
Mun dùin mo shùil sa bhàs,
Gum faic mi rogha d' òganaich
A' cur mud mheòir an fhàinn'.

65. Shona (2)

Another song to his grand-daughter

If I was given natural talents,
What a shame if I did not sing
To the lovely, warm-hearted lass
Grown prettier than the rose;
Your appearance is engraved
So alive within my heart,
Your picture is deep in my mind
As I see you in the flesh.

Ever since I first knew you
Your laugh has been music for me,
Your conversation sweeter
Than finest wine to drink:
Innocence was revealed
In your pretty face;
You're as the flower of rose gardens
Kissed by dews of May.

Your presence glows for me
As a candle on the table,
As a bright angel revealing
My share of the land of glory;
You appear to my eyes
As lovely Helen of Troy
The face that, we are told,
Launched a thousand ships.

Why shouldn't I tell of
The one who turned my mind to song -
Little Shona is her name
And very pretty she has grown:
It is my wish redoubled,
Before I close my eyes in death,
To see your chosen sweetheart
Round your finger place a ring.

66. An Ròn

Bha e air aithris anns na seann sgeulachdan gur e daoine fo gheasaibh a bha anns na ròin agus gu faodadh iad aig amannan tilleadh gu cruth daonnda.

"Mise nighean Rìgh-fo-Thuinn,
  Fuil nan rìghrean na mo chrè -
  Ged a chì sibh mi nam ròn
  Tha mi mòrail nam thìr fhèin.

"Tìr-fo-thuinn mo dhachaigh dhùint'
  Innis dhùthchasach nan ròn;
  Caidlidh mi air leacan sàil',
  Mi fhìn 's mo bhàn-chuilean òg."

   A Bhana-Phrionns' a' chuain shiar,
   A bheil sgeul agad ri luaidh?
   Nach inns thu dhuinn mar a bha
   Mun do ghabh sibh tàmh sa chuan?

"Chaidh na geasan a chur oirnn
  Rè ar beò-bhith le luchd-fuath,
  'S ged a tha sinn snàmh nan caol
  'S e nàdar daonnd' tha dhuinn dual.

"Aig trath-marbh air oidhche fèill
  Tilgidh sinn ar bèin air tràigh,
  'S cluicidh sinn nar n-òighean suairc'
  A' crathadh ar cuaillean bàn.

"Ach a-nochd tha mi nam ròn
  Air an lic an còrs' a' chuain:
  'S e mo nàdar bhith toirt gaol,
  'S do chlann-daoine thug mi luaidh."

66. The Seal

According to legend, the seals were people who had been bewitched but could at times resume their human form.

"I am daughter of the King-under-Sea
Royal blood flows in my veins -
Though you see me as a seal
I am noble in my own land.

"Land-below-waves my prison home,
Hereditary domain of the seal;
I will sleep on a salt sea slab,
Myself and my white-furred pup."

O Princess of the western ocean
Do you have a tale to weave?
Will you tell us how it was
Before you came to live at sea?

"Spells were laid upon us
During our human lives by foes -
Though we now swim the straits
Human nature is our heritage.

"At the dead of feast-day night
We cast our sealskins on the sand,
Playing there as gentle maids
Shaking our blonde tresses.

"But tonight I am a seal
On a rock beside the sea;
It is my nature to give love,
And mankind I hold dear."

67. Oidhche Ghealaich

Fuaim a' chladaich, binn an ceòl leam,
Fuaim na mara feadh nan dòirneag
Oidhche shìtheil, shocair, reòthta
        Sa Mhàrt earraich:
Guileag bhinn na h-eala bàine
A' co-fhreagairt ceòl an t-sàile;
Fuaimean eòlais tus mo làithean
        Oidhche ghealaich.

Rionnag reothaidh, biorach, soillseach,
Lainnireach mar dheàrrsadh daoimein,
Sligh' Chloinn Uisne 'g ùrach' cuimhne
        Nan triùir bhràithrean;
Èibh na curracaig air a fuadach,
Ràn a' ròin am beul na stuaidhe -
Oidhche ghealaich, b' iad na fuaimean
        Dom chluais phàisteil.

Uisg' a' bristeadh air Loch Ròdhag,
Leum a' bhric, e cluich gu nòsail,
Steall mar fhras do dh'airgead-beò
        Bhon uisg' ag èirigh;
Saobh-shruth cuairteagach a' gàir' aig
Ionad-coinnich' uisg' is sàile;
Mullach reothairt, is gealach shlàn
        An cridh' nan speuran.

Dealta reòtht air lèana Lamalam, [71]
Lach is àl a' snàmh sa chama-linn,
Altabrog 's an dùn a' dealbhadh [72]
        Tìmean àrsaidh:
Oidhche ghealaich, oidhche rìomhach,
Eilean Mhoirean 's cop mu chìdhlean,
Steallan geal ri Rubh' Aird Mhìcheil
        Toiseach tràghaidh.

Glaodh a' steàrnain anns a' chùl-chroic,
Gob nan Geàrr-sgeir, làn cur lunn orr', [73]

272

67. Moonlit Night

Sound of the shore, sweet music to me,
Sound of the sea amongst the shingle
On a peaceful, quiet, freezing night
                    In springtime March;
Sweet song of the white swan
Answering the music of the sea,
Familiar sounds of my youth
                    On a moonlit night.

A frosty star, pinpoint twinkling,
Brilliant as the sparkling diamond,
The Children of Uisne's way reminding us [74]
                    Of the three brothers;
Call of a lapwing disturbed,
Cry of a seal at the waves' edge -
On a moonlit night these were the sounds
                    In my infant ear.

Breaking water on Loch Roag,
Leap of the trout's accustomed play,
Spray like shower of quicksilver
                    Rising from the water:
An eddying, swirling tide roaring at
The meeting-place of fresh and salt
At height of spring tide, with a full moon
                    In the heart of the heavens.

A frozen dew on the boggy fields of Lamalam,
Mallard and brood swimming in the winding pond,
Altabrog and its fort recalling
                    Times long gone:
Moonlit night, splendid night,
Vorran Island with foaming jaws,
White spray on Ardmichael Point
                    At turn of ebb-tide.

Cry of the tern back of the bay,
Tide breaking over the Geàrr-sgeir rocks

Faoileag bhàn a' snàmh san t-srùladh
        Solair beòshlaint;
Feamainn bhuilgeanach a' luasgadh,
Neart an làin bho thràigh ga gluasad:
Oidhche ghealaich, 's mis' air bruaichean
        Tràigh na Cròice.

Cruthachadh an athar shìorraidh
Air gach taobh a' togail fianais,
Ughdarras an Ughdair Dhiadhaidh
        Nach gabh àicheadh:
Beatha dhaonndach agus fhlurach,
Fàs an t-sìl à crìdh' na h-ùrach,
Cuairt nan speur le reultan dùmhail
        'S gealach shlàn ann.

Oidhche ghealaich, oidhche shìtheil,
Fuaimean m' òige beò nam inntinn;
Ghlac mi 'm peann nam làimh is sgrìobh mi
        Mar a leugh sibh:
Cluinnidh mis' a-nochd an ceòl ud
'S oidhche shìtheil, shocair, reòtht' ann:
Caidlidh mi gu socair, stòlda
        'S mi ga èisteachd.

68. Ceiteag, Bean Mhìcheil

Bha Ceiteag Ruairidh Eòin na màthair-cèile aig Dòmhnall MacNill (Dòmhnall Neilidh). Dh'eug i anns a Ghearran 1974.

Cha chòir dhuinn a bhith 'g ionndrain
Ach tha 'n dùthchas sin nar n-àl,
Cha chòir dhuinn a bhith diombach
Nuair thig ionnsaigh oirnn on bhàs;
'S a Cheiteig, a Bhean Mhìcheil,
Tha thu nochd an tìr nas fheàrr
Do chùrsa beatha crìochnaichte
'S tu fianais Dhia nan gràs.

White gull swimming the swell
                    Seeking a living;
Bladderwort swaying,
The tide-force moving it from its sand:
Moonlit night and I on the dunes
                    Of Cròic beach.

Creation of the eternal Father
On every side bearing witness
To the authority of the Divine Ruler
                    Which cannot be denied:
Life of men and flowers,
Seed sprouting from heart of soil,
Wheeling heavens thick with stars
                    And the full moon.

Moonlit night, peaceful night,
Sounds of my youth alive in my mind,
I took up my pen and wrote
                    As you have read:
Tonight I will hear that music,
On a quiet, calm, frosty night;
I will sleep sound, untroubled
                    Listening to it.

68. Katie - Michael's wife

Katie MacNeil - Ceiteag Ruairidh Eòin - was mother-in-law to the bard's stepson, Donald MacNeil. She died in February 1974.

We should not be mourning
But that is the tradition of our people,
We should not be sad
When we are assailed by death,
And Katie, Michael's wife
You are tonight in a better place -
Your life's course ended
And you before God of grace.

Gun ruith thu 'n cùrsa dìreach
Mar a dh'innseadh dhut 's tu òg,
Gun ghin 's gun thog thu dìcheallach
Do theaghlach coibhneil còir:
'S cha d' dhìochuimhnich a h-aon dhiubh thu
Nuair dh'aom thu suas an deò,
Iad uile siud mud thimcheall
Mar bhiodh iomchaidh dhaibh 's dha seòrs'.

Na fhuair mi fhin de dh'eòlas ort
Bu shòlas leam gach uair;
Bu ghasta leam do chòmhradh -
Cha robh pròis annad no uaill:
'S na cuimhneachain a dh'fhàg thu dhuinn,
Gu bràth cha bhi iad bhuainn -
Mar lean thu slighe Chrìosda
Gus na shìn thu sìos san uaigh.

Mar bhean dhad fhear 's nad mhàthair
Bha thu àraid anns gach dòigh,
Gun aithnichinn air do nàdar e
'S air briathran blàth do bheòil;
'S tron cheartas a bha soillseadh bhuat
Gud chloinn nuair bha iad òg,
Gu faic mi 'n-diugh do nàdar-sa
Nan nàdar-san tighinn beò.

Mar thuirt mi 'n tùs an duain seo,
Chan e gruaim bhith oirnn bu chòir -
Tha thusa 'n-diugh 's do dhuais agad
San tìr nach gluais na deòir:
Gu ruig sinn uil' a' chrìoch sin
Nuair as miann le Dia na glòir,
'S ar beannachd leat bhon thriall thu,
A Chaitrìonag Ruairidh Eòin.

You ran a straight course,
As you were taught when young;
You bore and diligently raised
Your kindly, upright family:
Not one of them forgot you
When you yielded up your life,
They were gathered round you
As would be expected of their kind.

The acquaintance I had of you
Was a joy to me each hour,
I delighted in your conversation -
You had no airs or graces:
The memories you left to us
We will never be without -
How you followed Christ's way
Till you were laid low in the grave.

As wife to your man and mother
You were special in every way,
I could tell it from your nature
And the warmth of your words:
Through your shining integrity
Towards your children in their youth,
Today I see your character
Coming alive in theirs.

As I said at the beginning,
We should not be unhappy -
Today you have your reward
In the land where no tears fall:
We will all reach that end
When God in his glory calls,
Our blessings go with you
Catrìonag Ruairidh Eòin. *

---

* Mrs MacNeil was always known as Ceiteag in the family but the bard has
exercised poetic licence to comply with the rules of metre and internal rhyme.

69. Do dh'Alasdair Dhòmhnaill Lachlainn

B' e Alasdair mac nàbaidh a' bhàird - Dòmhnall MacIllEathain a bha pòsta aig
Ceiteag (piuthar Neilidh). Chaidh a bhàthadh aig aois naoi bliadhn' deug 's e dol
a-mach le geòla gu bàt'-iasgaich anns a' Chròic. Shàbhail athair am balach a bha
còmhla ris - ach cha dèanadh Alasdair snàmh.

Tha ghrian a' dèarrsadh air tràigh na Cròice,
Tha 'n saoghal àlainn 's am blàths ga chòmhdach,
Tha 'n cuan mar sgàthan 's a bhàrr gun deò air -
'S gu dè tha ceàrr tha cur sgàil air sòlas?

Gu dè tha ceàrr ach g' eil beàrn nar dùthaich -
Mu thruaighe beàrna, gu bràth nach dùinear:
Tha 'n t-àite tas far am b' àbhaist dùil riut
'S tha osn' a' làin a' toirt cràdh às ùr dhuinn.

'S na' bitheamaid dlùth dhut, a rùin bhig ghaolaich,
Nuair thrèig do lùths ann an smùid nan caoir-thonn,
Nach sinn bhiodh luath dol ron stuaigh gad shlaodadh -
Ach 's truagh ri ràdh, cha robh 'n dàn do shaoradh.

'S tha lusan ùrar fo dhriùchd nan neòinean
A' fàs gu cùbhraidh os cionn na Cròice,
Ach dhuinn' tha ciùrrte cha dùisg iad sòlas
Is tiùrr' a' làin toirt do bhàthaidh beò dhuinn.

Saoil leam gun cluinn mi san oidhche shàmhaich
An gul 's a' chaoidh tighinn o dhruim nan Geàrr-sgeir, [75]
Gach gnè de dh'eun, eadar sìolta 's crà-ghèadh
Ri tuiream bhrònach cho òg 's a dh'fhàg thu.

Tha ' laogh 's a mhàthair sa phàirc nan ònar,
A' chaora bhàn leig i ràn ri h-òg-uan -
Chan fhaic iad bhuapa, mar a b' uair iad eòlach,
Nam measg le dìcheall an cìobair òg ud. [76]

Bhon ùir a thùsaich 's dhan ùir gun tèid sinn,
Taobh thall a' chùirteir, dhar sùil cha lèir e,
Ach chì sinn fianais gur fìor a' sgeul e
G'eil beath' às ùr dhuinn an cùl na h-èiginn.

69. To Alasdair Maclean

19 year-old Alasdair, son of the bard's neighbours Donald and Kate (Nellie's sister), was drowned on 9th May 1975 while ferrying by dinghy to a fishing boat moored in the bay of the Croic. His father arrived on the scene too late to save Alasdair but was able to rescue a companion.

The sun shines on the strand of the Croic,
The world is lovely - basking in warmth,
The sea mirror-like without a breath of wind -
So what is wrong, clouding happiness?

What is wrong but that there is a void in the island -
Such a sad void that can never be filled:
The house is empty where you were expected,
The sigh of the tide renewing our pain.

If we had been near you, little loved one,
When you were exhausted in the crashing breakers,
How swift we'd run through waves to save you
But, alas to say, that was not your destiny.

Fresh flowers under the daisy dew
Flourish fragrant above the Croic,
But for us in torment they wake no joy
When tide-wrack reminds us of your drowning.

On a peaceful night I seem to hear
Weeping and wailing from Geàrr-sgeir reef;
Each kind of bird, from teal to sheldrake,
Sadly lamenting that so young you left us.

The calf and his dam alone in the field,
The white sheep crying to her lamb;
They will not see, as they were used to,
The young shepherd work among them.

From dust we came and will return to dust,
The other side of the curtain our eyes cannot see,
But we can bear witness to the truth -
There's a new life for us beyond distress.

'S O Thì tha riaghladh toirt biadh gach là dhuinn
'S a mhàthair Iosa rinn pian a chràdhlot
Bheir neart is ùmhlachd às ùr dhan mhàthair
Gu seasamh suas ris a' chruas seo thàinig.

'S tha ghrian a' dèarrsadh air tràigh na Cròice
Far an d'fhuair thu, ghràidh bhig, an spàirn a leòn thu,
Ach 's fhìor-gheal d' àite gun chràdh gun leòn ann
Is sinn' air chall ann an gleann nan deòir seo.

70. Poland

Sgrìobhte mun do thuit an cùirtear luruinn.

Cluinn an trom-osna bho uisge na Vistula,
Saothair a broillich a' dìreadh 's a' teàrnadh:
Curam na crìdh' air a slighe co-charthantach
Seachad air Wàrsaw.

Taibhsean nam mìltean tha sìnte sna monaidhean -
Fianais neo-thorrach air donadas nàbachd -
'G amharc le fiamh air an iarmad a' cothachadh
Conas làimh-làidir.

Duslaichean daonndach an Auschwitz a' taisbeanadh
Lèir-sgriosadh maslachail casgradh ur bràithrean;
Dearbhadh ur gaoil air ur saorsa neo-mhealtainnach
Loisgt' ann an àmhainn.

Eachdraidh ur dùthchadh a' crùnadh ur fearalais,
Iobairtean-fala clach-oisean ur nàisein:
Glaiste ann an iarainn an-diadhachd nan Lenineach
Dh'fhadaidh ur n-àrdan.

Buaidh dhuibh mo dhùrachd, a' rùsgadh ur lannan-cath;
Buaidh dhuibh tro bharantas carraig nan àithnean:
Buaidh dhuibh ag ùrachadh dùthchas ur n-athraichean -
Fhearaibh, mo làmh dhuibh!

Lord who regulates our daily bread,
Mother of Christ wounded by pangs of pain,
Grant new strength and acceptance to the mother
To endure this tragedy that has come upon her.

The sun shines on the strand of the Croic
Where, dear lad, the struggle mortally harmed you,
But you have a pure, bright place free from pain or hurt -
While we are lost in this vale of tears.

70. Poland

Written before the iron curtain came down.

Hear deep sighs from the waters of Vistula,
Heaving of its breast rising and falling,
Heavy-hearted on its kindly journey
Past Warsaw.

Ghosts of thousands lying in the moors -
Barren testimony to the evil of neighbours -
Look anxiously on their descendants' struggle
Against tyranny.

Human ashes in Auschwitz reveal
The shameful massacre which slaughtered your brothers;
Proof of your love of the freedom lost to you,
Cremated in ovens.

The history of your country crowns your courage,
Blood-sacrifice the cornerstone of your nation;
Locked in the ungodly fetters of Leninism,
Your wrath kindled.

Victory my wish for you, as you unsheathe your swords,
Victory guaranteed through the rock of the commandments,
Victory to you renewing your fathers' traditions -
Men, I salute you!

71. A' Bhliadhna Uibhisteach

As an leabhar Uibhist a Deas *(Acair, 1981)*

Fonn ag ùrachadh còta,
Deise bheò-bhileach ùrar;
Siol a' choirce 's an eòrna
Pailt a' pòsadh ri ùir ann;
Uain air bearraidh a' leumnaich,
Cuach a' gleusadh a ciùil ann -
Dealbh an eilein san earrach,
Bho Fhaoilteach greannach air dùsgadh.

Aileadh cùbhraidh thar luibhean
Air machair buidhe nam blàth-fhlùr;
Monmhar cagrach na tuinne
Gu binn a' sruthladh ri traigh ghil;
Soillse grèine a' lasadh
Leacan casa sna h-àirdean -
Dealbh an eilean san t-samhradh,
Clachag neamhnaid san fhàinne.

Diasan torrach a' crathadh,
Barr abaich a' luasgadh;
Raoide, dloth agus adag
A' feitheamh dachaigh nan cruachan;
Feur a' grèidheadh air ailean,
Sprèidh shàsaicht air buaile -
Dealbh an eilein san fhoghar
An comann othail na buana.

Fairg' a' bristeadh ri creagan,
Sruth tro fheadain a' bùirich;
Fead na h-ioma-ghaothaich ghreannaich
Tro gach bealach a' smùideadh;
Sad na mara ga shiabadh
Bho bharraibh sìor-gheal nam brùchd-thonn -
Dealbh an eilein sa gheamhradh
A' cath ri teanntachd nan dùilean.

71. The Uist Year

From his book Uibhist a Deas *(Acair, 1981)*.

Land renewing its mantle,
Fresh new-leaved coat,
Seed of barley and oats
In plenty bonding with earth,
Lambs leaping on slopes,
Cuckoo pitching its call -
Picture of the island in spring,
Woken from harsh winter.

Fragrant scent of herbs
On machair yellow with blossom,
Murmuring whisper of the waves
Sweetly rolling to white sands,
Sunshine highlighting
Steep sides of the bens -
Picture of the island in summer,
A pearl set in ring.

Grain-laden ears swaying,
Ripe crops rippling,
Cut corn, sheaf and stook
Waiting their place in the stack,
Hay drying on the meadow,
Well-fed cattle in folds -
Picture of the island in autumn
In busy fellowship of the harvest.

Seas breaking on the rocks,
Currents roaring through channels,
Howl of fierce winds
Blasting through every gap,
Sea-spray being swept
From white crests of breakers -
Picture of the island in winter
Battling the elements' tyranny.

72. Alba air a h-Uilinn

Alba, nad laigh' air d' uilinn
Mar ghaisgich na Fèinne san uamhaidh -
Cuin a shèideas Brusach eile
Glaodh air d' adhairc an treas uair dhut?

Cuin a bheir thu ceum do choise
A-mach à doras beul d' uamhadh
Nad chulaidh chath fod chuid armaibh,
Deas gus do thargaid a bhualadh?

Tha ghaoth a' seideadh à Sasainn
Tarsainn a' Mhachaire Challta,
I bùireanaich ann am Beurla
Thar do rèidhlean 's feadh do bheanntan.

Nach tu bhios gruamach a' dùsgadh
Nuair a thig do thùr thugad dòigheil
'S a chì thu Gàidheil gun Ghàidhlig -
'S aig Pakistanis gu leòr dhi! [77]

73. Baile a' Mhanaich

Chuir e uallach air a' bhàrd cho Gallta 's a dh'fhas Baile a' Mhanaich ann an Beinn a' Bhadhla an dèidh camp an airm a bhith air a stèidheachadh ann.

Air do mhachaire molach
Chinn torach an t-eòrna;
Chriom a' chaora 's a h-uan ort
Bileag uain-dhathach d' fheòirnein;
Ann an dleasnas na h-àbhaist
Chinn bàrr gu bith-beò ort.

Cumadh nì bha gu teachd dhut,
Cha do bheachdaich thu ann air -
Mach bho chreathail do leanabais
Chuir thu d' earbs' ann am planndadh;

72. Scotland Reclining

Scotland, reclining on your elbow
As did warriors of the Feinn in their cave -
When will another Bruce blow
A third blast on your horn?

When will you take that step
Out from the mouth of your cave
As a warrior fully armed,
Ready to beat upon your shield?

The wind blows from England
Across the Lowland plains,
Roaring in English
Over your fields and through your bens.

How unhappy will be your waking
When you come to your senses
And you find Gaels without Gaelic -
Though Pakistanis have plenty!

73. Balivanich

The bard was much disturbed by the impact on language and culture of the dominating military presence at Balivanich in Benbecula.

On your rough machair
The barley grew rich;
The sheep and her lamb grazed
On green blades of your grass;
In the normal course
Crops grew on your land.

The shape of things to come
You did not think of -
From the cradle of your infancy
You put your faith in cultivation;

Cùrs' ùr air do chombaist
Dha do chloinn cha do gheall thu.

An do bhruadair nad oidhch' thu
Caran cuibhle do dhàin dhut?
Air do speur an do shoillsich
Cruthan taibhseach na tràth seo?
Mean air mhean tro do thaisteal
Chaill thu blas bainne màthar.

Pailte ròsach na linn seo
Spoth dhiot dìleaban d' àbhaist -
Na bheil maireann ded sheann-nos
Buille thuinn ri do thràigh ghil
Agus ceilear na cuaiche
Measgadh nuadh agus àrsaidh.

Grian Bhadhlach a' deàrrsadh
Air do shràidean leth-Ghallta,
Guthan fuadain a' smàladh
Cainnt mhàth'reil do dhream-sa:
Eadhon machair na h-Airde
Na do nàbachd a' call dhut.

Paisgt' an tàillearachd Lunnainn
Bho do mhullach gud bhrògan,
Thilg thu seachad am breacan
Bha thu cleachdadh nad òige,
'S ged a ghlèidh thu sa bhargan,
Chaill thu mhargaid sa bhòidhchead. [78]

A bheil a' bhuannachd a mheal thu
A' cur do challa fo mhùgan?
Air slige-thomhais do bheairteis
Tha 'n tomhas pailt anns an ùr-nos,
Ach do chall? 'S e nach seas ris
Cultar Ceilteach do dhùthchadh.

A new compass course
You did not promise your children.

Did you dream in your darkness
Of the turns in fate's wheel for you?
Did there glow in your skies
Ghostly shapes of today?
Bit by bit on the way
You lost the taste of mother's milk.

The rosy plenty of today
Spayed your accustomed heritage -
All that remains of your old ways
The breakers on your white sands
And the call of the cuckoo
Linking ancient and new.

Benbecula's sun shining
On your half-mainland streets,
Alien accents smothering
The mother tongue of your people:
Even the machair of Aird
Close by losing out to you.

Clad in the style of London
From top to toe,
You have discarded the plaid
You wore in your youth:
Though you gained in the trade,
You lost the market in beauty.

Does the profit you earned
Obscure your loss?
On the scales of your riches
The modern rates high,
But your loss? It will drive out
The Celtic culture of your country.

74. Iubailidh Bàn-righinn Ealasaid (1977)

Còig bliadhna fichead air ruith ris an àireamh,
Còig bliadhna fichead a mheasar na fàbhar,
Còig bliadhna fichead bho rinneadh dhith Bàn-righinn -
Ealasaid uasal, tha bhuainne dhut fàilte.

Bàn-righinn ar dùthchadh, tha ' cliù air a dhearbhadh
Thall thar a' chuain 's an taobh tuathach na h-Alba -
Samhla na stuamachd an gluasad 's an crannchur,
Samhla don t-sluagh ann am buadhan ro-ainmig.

Caidreach do dh'Alba nan garbh-bheannan ceò i,
Geug às an iarmad aig Iarl' an t-Srath Mhòir i;
Lèirsinneach, blàthasach dùthchas nan Seòras,
Fuaighte gu dlùth rithe ùmhlachd is mòrachd.

Ciatach na dòigh mar bhean-phòsta 's mar mhàthair,
Reusanta, rianail a' riaghladh mar bhàn-righinn;
Bòidheach, glan, cùmte mar fhlùr ann an gàrradh,
Dìleab a fhuair i bho shuairceas a màthar.

Cuimir, deas, dèante, gun fhiaradh gun lùb i,
Pearsa gun fhòtas bho bhrògan gu crùn i,
Dìleas na h-eirbheirt an seirbheis na dùthchadh -
Liùbhraidh gach nàisean dhi gràdh agus ùmhlachd.

Breithneachail, reusant' a' stèidheachadh còrach,
Beachdail an cùisean mu dhùthchannan Eòrpach,
Sgàthan a thaisbeanas gastachd a seòrsa,
Ubhla na gèige bu treun de na Seòrais.

Sloinnear a sinnsir bho thìmean tha àrsaidh,
Dream a bha rìoghail tro linntean gun àireamh,
Eachdraidh na h-Eòrpa toirt eòlas do chàch air
Duinealas cliùiteach nan diùnlach bhon dh'fhàs i.

Seo dhi ar dùrachd à dùthaich na Gàidhlig:
Dia bhith ga stiùireadh air cùrsa nan gràsan;
Sonas na h-inntinn dhi, sìth agus slàinte;
Dùrachd ar beòil: "Fada beò biodh a' Bhàn-righinn!"

74. The Queen's Jubilee (1977)

Twenty-five years have passed in the count,
Twenty-five years held to her credit,
Twenty-five years since she was made Queen -
Noble Elizabeth, greetings from us.

Queen of our country, her fame is established
Over the oceans and in far north of Scotland -
Model of restraint in behaviour and destiny,
Model to the people of all too rare virtues.

She is kin to Scotland of the misty, rugged bens,
A sprig from the descent of the Earl of Strathmore;
Perceptive, with renowned heritage of the Georges
Closely entwined with her humility and dignity.

Graceful her conduct as wife and as mother,
Rational, sensible, reigning as queen;
Comely, bright, shapely as a flower in a garden,
A legacy inherited from her gentle mother.

Elegant, accomplished, trained true and straight,
Unflawed in her person from head to toe,
Dedicated in her work to the country's service -
Every nation offers her love and respect.

Judicious, fair, establishing justice,
Authoritative on European matters,
A mirror reflecting the quality of her kind,
Apple on the strongest branch of the Georges.

Her line can be traced from ancient times,
A family royal through countless generations;
The history of Europe shows to others
The famed courage of the heroes she sprang from.

This our wish to her from the land of Gaelic:
That God will guide her on the path of grace;
May she have happiness of mind, peace and health;
Our spoken wish: "Long live the Queen!"

75. Nìghneagan Oga

A translation of Cherubino's aria Voi che sapete *from Mozart's* Marriage of Figaro. *This was commissioned for the radio programme* Obair Opera *and sung by Mary Sandeman, who subsequently recorded it.*

Nìghneagan òga tha eòlach air gaol,
'N inns sibhse dhòmhsa: 'n e 'n gaol tha gam chlaoidh?
'N inns sibhse dhòmhsa: 'n e 'n gaol tha nam chrìdh?

Dhuibh nì mi innse mar ghlac e mo rùn -
Cha tuig mi le cinnt e 's an nì dhomh cho ùr;
Faireachdainn luasgach a' gluasad mo mhiann,
Sòlasan cùbhraidh a' tionndadh gu pian;
Fuachd orm uairean a' tionndadh gu blàtho,
Teas agus fuaradh a' buaireadh mo thàmh.

Mo chrè sireadh sòlais nach eòl dhomh leam fhìn -
Cò bheir dhomh eòl air gu dè tha gam dhìth?
Osnaich a' fàgail mì-ghean nam chrè,
An gaol gam shàrach' - saoilibh nach e?
Ged tha mi gun tàmh leis dh'oidhche no là,
Chan iarr mi nas fhèarr dheth na a bhith mar a tha!

Nìghneagan òga tha eòlach air gaol,
'N inns sibhse dhòmhsa: 'n e 'n gaol tha gam chlaoidh?
'N inns sibhse dhòmhsa: 'n e 'n gaol tha gam chlaoidh?
'N inns sibhse dhòmhsa: 'n e 'n gaol tha nam chrìdh'?

76. Eist agus Tionndaidh

Oran ùr Gàidhlig a chuir e ri fonn le Guiseppe Verdi às an opera Luisa Miller. *Sheinneadh an t-òran-càraid seo le Màiri Sandeman agus Alasdair MacIllIosa air a' phrogram rèidio* Obair Opera.

Tenor

O, èist agus tionndaidh,
O, leighis dhomh mo chiùrradh,
Do ghaol dhomh na diùlt e
Ach dùraig do lamh.

75. Voi Che Sapete

Cherubino's aria from Act II of Le Nozze di Figaro *(Mozart / Da Ponte).*

Voi che sapete che cosa è amor,
Donne, vedete s' io l'ho nel cor,
Donne, vedete s' io l'ho nel cor

Quello ch'io provo vi ridiro,
E per me nuovo, capir nol so.
Sento un affetto pien di desir,
Ch'ora è diletto, ch'ora è martir.
Gelo, e poi sento l'alma avvampar,
E in un momento torno a gelar.

Ricerco un bene fuori di me,
Non so chi'l tiene, non so cos' e
Sospiro e gemo senza voler,
Palpito e tremo senza saper.
Non trovo pace notte, nè dì,
Ma pur mi piace languir cosi.

Voi che sapete che cosa è amor,
Donne, vedete s' io l'ho nel cor,
Donne, vedete s' io l'ho nel cor,
Donne, vedete s' io l'ho nel cor.

76. Turn Back and Listen

Original Gaelic words set to the tune of a Verdi duet from Luisa Miller *and sung by Mary Sandeman and Alasdair Gillies on the radio programme* Obair Opera *in the late 70s.*

Tenor   O turn back and listen,
                    Help soothe my pain,
                    Refuse not your love
                    But offer your hand.

Mezzo-Soprano	Mo chridhe ga ghualadh
	Le mheud 's thug mi luaidh dhut,
	Tha m' inntinn gach uair ort
	An gluasad 's an tàmh.

Tenor	Mo rionnag, mo reul thu,
	Mo shoillse geal grèin thu,
	M' ùr-ùbhl' air ghèig thu,
	Mo leug thu nam fhàinn':
	Tha d' ìomhaigh-sa dhòmhsa
	Mar nìghneag na Tròidhe
	Chuir mìle long-seòlaidh
	Fon còmhdach gu sàil'.

Mezzo	Gu dé th' anns a' ghaol seo
	Tha lèireadh mo shaorsa,
	Mo chridhe na chaonnaig
	Le smaointean cho blàth?
	Mo chrè air fad fiaraidh
	Le fèin-theas air lìonadh,
	Mo bhruadairean miannail
	A' sìor dhol an àird.

Tenor	Nam measgaicheadh còmhla
	Do thoil-sa 's mo dheòin-sa,
	Nan drùdhadh nad phòraibh-sa
	Teòthad mo ghràidh,

Both	Ar gaol dhèanadh flùradh
	Mar dhìtheanan cùbhraidh
	A' sgaoladh nan cùirtein
	Fo dhriùchda na Màigh.

Tenor	O crùnadh mo bheò-bhith
	Dhomh, flùradh mo shòlais
	Nuair chàireas tu deònach
	Nam dhòrn-sa do làmh.

Both	Rid thaobh a bhith sìnte
	Le aonadh nar n-inntinn
	Bidh 'n saoghal seo cinnteach
	Mar Eden fo bhlàth.

Mezzo-Soprano	My heart is tormented By my great love for you - You're ever in my thoughts Whether active or at rest.
Tenor	You are my star, My bright shining sun, Fresh apple on the tree, The jewel in my ring: Your face is to me As the daughter of Troy Who set a thousand ships Under canvas to sea.
Mezzo	What is this love That torments my liberty? My heart is ablaze With emotions so warm: My body entirely Filled with a fever, My yearning dreams Ever higher aspire.
Tenor	If there blended together My desire and your will, If the heat of my love Could soak into your pores,
Both	Our love it would blossom As the sweet-smelling flowers Spreading in curtains Under dewdrops of May.
Tenor	Crowning my life for me, The flowering of my joy, When freely you place Your hand in mine.
Both	To lie by your side With thoughts of union - This world will be surely As Eden in bloom.

77. Snaoiseabhal

Am baile às an tàinig na daoine aige. Ged a bha Snaoiseabhal air a dhol fàs nuair a sgrìobhadh seo, bha faisg air fichead cruit anns a' bhaile aig toiseach an fhicheadamh linn. A dh'aindeoin bochdainne, bha na daoine anabarrach beairteach ann an beul-aithris nan Gàidheal. (Faic an Ro-ràdh, t.d. vii.)

Cuimhneachain ri bonn a chèile
Steach o bhràighe Abhainn Ròdhag:
Tobht' as àillte, feannag thaomaidh,
Teist air saothair buinnig-beòshlaint'.

Sàmhchair far am b' àbhaist seanchas,
Dhuinn na shearmon balbh ri leughadh;
Fàsach far am b' àbhaist aibhar
Tarraing dealbh an là an-dè dhuinn.

Abhainn Ghèadaraidh a' tràghadh,
Abhainn Bhàrnaidh lan de dh'ùr-fhuil; [80]
Talamh Shnaoiseabhal fo luachair,
Talamh Albann Nuadh a' flùradh.

Measgaicht' ann a' fead na gaoithe,
Saoil an cluinn mi fuaim a' chàrda,
Brag na beairte, srann na cuibhle,
'S godail naoidheanach a' phàiste?

Thall fo speuran gorm Alberta
Sradag laiste fhathast beòthail
Den lasair a shoills na h-uaisle
Feadh nam bruach air taobh Loch Ròdhag.

A bheil bàidh is blàths ga shiabadh
Sa ghaoith an iar thar an t-sàile
Bho bheairteas na dùthaich chraobhach
Gu glinn an fhraoich tha na' fàsaich?

Sibhs' a dh'fhàg na tulaich ghorm seo
Saoil na lorg sibh rud a b' fheàrr leibh
Mun do ruith sibh cùrs' ur daonnachd
Thall air faontrath thar an t-sàile?

77. Snishival

The village that his parents came from. At the beginning of the 1900s there were about twenty crofts in Snishival, though it was almost deserted when this poem was written. Despite general poverty, the village had been a rich storehouse of Gaelic tradition and folklore. (See Introduction, p. vii.)

Memories crowd one another
Along the braes of River Roag:
Abandoned ruins, hand-tilled fields
Testify to a struggle for survival.

Silence where once was chatter
A mute sermon for us to read;
Desert where once was harvest,
A record to us of yesterday.

River Geatry's flood abates,
River Barney full of new blood;
As rushes grow on Snishival
Land of Nova Scotia flowers.

Mingled in the wind's wild whistle,
Do I hear the sound of carding,
Rattle of loom, whirr of wheel
And a baby's innocent prattling?

Under yon blue skies of Alberta
There still glows a living spark
Of the flame that blazed in glory
On the braes around Loch Roag.

Do warmth and love blow
In the west wind o'er the sea
From the richness of the land of trees
To heather glens now deserted?

All you who left these green hills,
Did you find a better way
Before your life had run its course
In your wanderings across the sea?

78. Corghadal

Ann an 1746 thug am Prionnsa Teàrlach treis am falach air cùl Chorghadail.
A rèir beul-aithris, chleachd e uamh fhalaichte (nach eil idir air a' mhap) air a'
Chas fo Dheas. Bha daoine a' fuireach air cùl na beinne gus an deach am
fuadach a-mach air an linn seo - cuid dhiubh a dh'Eirisgeigh.

Anail a' ghlinne tro bhilean a' brùchdadh,
Cùbhraidheachd lusach mu bhusan na' stùcan;
Làthaireachd rìoghail sa ghaoith thar na guailneadh
Cùrsadh, mas fhìor leam, gu beulaibh na h-uamhadh.

Bannan nach lèir dhuinn a' sgaoileadh am meòirean
Eadar an uamhasa 's tuaman na Ròimhe;
Daimh ri Cùl Lòdair aig ralmeachi nam bruach seo,
Ionnan ri Mùideart is ciùin-uisge Shuaineart.

Sìth agus balbhachd a thairgeas an gleannsa,
Sìth mar a thairg e tro aimsirean teanntachd,
Sìth a tha dhòmhsa cho beòthail sa' linn seo,
Ionnan 's mar dh'eòlaich am fògarrach rìoghail.

Cruaidh leam an eachdraidh tha seacadh mo shòlais,
Tobhtaichean fàs far am b' àbhaisteach còmhnaidh:
Taisbeinidh Eirisgeigh beum-thuil an fhuadaich -
Treas-gineil àlach luchd-àitich nan cluain seo.

Diùrrais na gaoithe sa chraoibh mar ri tàladh
Leanabain an dùthchais a dh'ionndrain a' cheàrn seo;
Torrach tron oidhche le cuimhneachain phrionnsail,
Corghadal paisgt' ann am breacan nan Stiùbhart.

Monmhar an t-sruthain a' srùladh tron gharbhlach -
Eistibh ri thuiream, gaoir-chumha na h-Alba,
Eistibh gu dlùth ris an dùil tha na cheòl dhuibh -
Saorsa na h-Alba bhon ana-ceart a leòn i.

78. Corodal

In 1746 Prince Charlie spent some time hiding in the glens behind Ben Corodal. On the Cas fo Dheas there is a concealed cave (not the one marked on OS maps) which he is reputed to have used. The area was inhabited until the 1920s when the people were evicted. Many of them ended up in Eriskay.

Sweet breath of the glen flows through its lips,
Fragrance of flowers on the slopes of the hills;
Royal presence in the breeze over the ridge
Coursing, I fancy, to the mouth of the cave.

Invisible bonds spreading their branches
Between this cave and far tombs of Rome:
Bracken of these braes has links with Culloden
As well as Moidart and Sunart's still waters.

Peace and quiet this glen provides,
Peace as it offered in times of oppression,
Peace just as real to me in this age
As that which the royal fugitive knew.

Bitter the history that withers my happiness -
Empty ruins where once there were homes:
Evidence in Eriskay of the haemorrhage of exiles -
Third generation from those who once tilled these fields.

The breeze in the trees whispers a lullaby
For its native children that this valley mourns;
Through the night, rich with princely memories,
Corodal wrapped in the plaid of the Stuarts.

Murmur of the stream flowing through rocks -
Listen to its keening, lamenting for Scotland;
Listen well to the hope in its music for you -
Scotland's freedom from injustice that maimed her.

79. Ruairidh Roidein

Pìobaire ainmeil à Dalabrog a dh'eug ann an 1981. Bhiodh e cluich anns a' bhand aig a' Phoileas ann a' Glaschu. 'S i a nighean aige Iseabail a chuir fuinn ri feadhainn de na laoidhean a sgrìobh am bàrd.

'S e do mheur a bha siùbhlach
Air an t-sionnsair a' bualadh,
Gràs-phongan a' dòrtadh
Mar an òr-mhil bhon ruadh-bheach,
Goth is gleus agus meòirean
Dlùth-chòrdte nan gluasad.

Cha tuit duilleach nan dìleab
Dhiall a' linn-sa a dh'fhàg thu,
Cha leag foghar no tìm-ruith
Bhàrr do chraoibhe gu làr iad:
Cha mhì-dhathaich an uaine
Fhad 's thig fuaim à pìob-mhàla.

Dh'fhàg thu làrach do mheòirean
Ann an ceòlraidh ar dùthchadh,
Faileas Bhoraraig nam binn-ghoth [81]
Ann am mìlse do shionnsair;
Blaisidh linntean nach tàinig
Ealain àraidh do lùdaig.

Mach à creathail an dùthchais -
Abhall chùbhraidh nan òr-cheol -
Ghineadh oideas do thùsaidh
A rinn cliùiteach do mheòirean:
'N dèan a' chreathail sin àrach
Fhathast pàiste ded sheòrsa?

Dh'fhosgail Uibhist mar mhàthair
Dachaigh chàirdeil na h-ùir dhut
Agus phàisg i gu bàidheil
A-staigh na gàirdeanan dùint' thu,
'S gus an iarrar thu bhuaipe
Bidh do thuaim air a cùram.

79. Roderick MacDonald

A famous piper from Daliburgh who played in the Glasgow Police Pipe Band (of which his brother John was Pipe Major). His daughter Ishabel set many of the bard's hymns to music.

Your fingers were nimble
Striking the chanter,
Grace notes outpouring
As gold honey from the bee,
Reeds, tuning and fingers
Together in harmony.

The leaves will not fall
Of the legacy you left us;
Neither autumn nor time
Will wither them from your tree:
They will remain green
So long as bagpipes sound.

You left the print of your fingers
In the Muse of our country,
Spirit of Borreraig of the reeds
In the sweetness of your chanter:
Generations to come will enjoy
The artistry of your little finger.

From the cradle of our heritage -
Fragrant apple of golden music -
Came your early training
Which made famous your fingers:
Will that cradle produce
Another child of your kind?

Like a mother Uist opened
Friendly home in her ground for you,
Enfolding you warmly
Enclosed in her arms:
Till you are asked of her
Your grave is in her care.

O, nach beairteach a' ghainmheach
Ann am marbh-ionad Hàllainn;
Gràinean-mullaich na h-uaisle
Feadh a h-uaighean an càradh -
O, ar dìobhail san àm seo
A bhith stampadh na tàlann!

80. Na Dh'fhalbh

Am bàrd a' tilleadh gu cuspair a dhùisg ùidh ann an Gray's Elegy.

Chuir mi eòlas orr' bhom òige,
Mheal mo bheò-bhith luach an còireid
      'S cuimhne buan-bhios:
Sealladh cùbhraidh, fhathast ùr dhomh,
Tighinn gum shùilean, nach dèan ùine
      Chur air fuadach.

'S aisling dhìomhain dhomh bhith 'g iarraidh
Samhl' am fialachd, ged bu riaslach
      Cuid gach là dhaibh:
Saor bho eud do chàch-a-chèile,
Ruith iad reusant' an cuid rèisean
      Ann an ànradh.

Fasgadh uaghach dhaibh bha suaimhneach,
Saor bho chruaidh-chas saogh'l neo-thruasail
Bha gun bhàidh dhaibh;
Dh'fhàg iad dìleab aig ar linn-ne -
Samhla prìseil; feuch nach dìobair
      Sinn gu bràth e.

Faileas bhuap' a' tighinn an uachdar,
Sgàil as fuathach leam bhith fuadach
      Mach à làthair:
Fhathast labhraidh rium gu samhlail
An guth seannte, tasgadh neamhnaid
      Na mo nàdar.

Sradag fhann o thìm a bh' ann
A' ceangal bann a-bhos bho thall

Oh, how rich is the sand
In the cemetery at Hallan,
Finest of noble seed
Spread through its graves -
What a loss to us now
That we tread on such talent!

80. Those Who Have Gone

The bard returning to a theme which awakened his interest in Gray's Elegy.

I knew them from my youth,
My life enjoyed the worth of their integrity
        And enduring memory:
A pleasant sight, still fresh for me,
Comes to my eyes, that time
        Cannot dispel.

It is a vain dream for me to seek
Their like in kindness, though they struggled
        To earn their daily bread:
Free from envy of one another,
They sensibly ran their races
        In poverty.

The shelter of the grave gave them rest,
Freed from the hardship of a cruel world
        Pitiless to them;
They left our generation a legacy -
A priceless example; we must never
        Abandon it.

An image of them appears,
A shadow I would hate to drive
        From my presence:
Ghostly, it speaks to me still
In mystic voice, setting a pearl
        Within my nature.

A faint spark from a time there was
Creating a bond from there to here

An cridhe chàirdean:
Sligh' a thriall iad tro gach bliadhna
Toirt am fianais feadh nan crìochan
Gnìomh a' làmhan.

Buille cluinn an cuislean cuimhne,
Deàrrsadh choinnlean laist' an duibhre
'N t-soills' a dh'fhàg iad;
Lorg an dìchill feadh na tìre,
Lorg an crìche an Aird Mhìcheil
'S an cnoc Hàllainn.

81. Do Niall Caimbeul

Nuair a ghlacadh an Earrann Ghàidhealach ann an 1940 fhuair Niall Caimbeul
agus saighdear eile teicheadh às a' Fhraing ann an geòla.
As dèidh a' Chogaidh bha sgoth aige fhèin ann an Uibhist. Ach, an dèidh dha
faireachdainn gun tachradh rudeigin eagalach oirre, chuir e air tìr i. Cheannaich
Maighstir Niall (q.v.) am bàta agus bha Seumas Caimbeul (brathair Nill) ag
obair oirre. Aon latha chaidh buidheann a-mach a shealgaireachd innte agus
dh'fhalbh Niall còmhla riutha. Nuair a bha iad a' feuchainn ri sgarbh a thogail
air bòrd thuit balach òg dhan uisge agus leum Niall a-staigh ga shàbhaladh. Gu
mì-fhortanach, dh'fhuiling e buille-cridhe.
Rannaigheachd bhon 17mh linn le seachd sreathan ann an cuid de na rannan.

Mu iomlaid mionaid de thìde
Le buill sgiorraig bha millteach
Gun tug an t-eug bhuainn, a Nìll, thu:
Leam is truagh a bhith 'g innse
Gun deach do bhuain 's tu san dìthean
'S tu 'n-diugh fon uaine nad shìneadh an t-Hàllann.

B' e siud latha na truaighe -
Gun dh'fhàg thu 'n dachaigh gu h-uallach;
Bha thu eòlach air cuantan
Is tu nad shnàmhaiche smuaiseil
'S ged bha do shlàint' air a bualadh
Nuair thuit am maothan dhan fhuar-linn,
Cha d' rinn thu smaointean ach luath-leum dhan t-sàile.

Gur mise chunnaic 's a chuala
Gun rinn thu buinnig tro chruadal,

302

In the hearts of friends:
The path they trod through the years
Reveals throughout the bounds
The work of their hands.

Hear a pulse in the veins of memory,
As flickering candles in the darkness
                    The light they left:
Traces of their diligence throughout the land,
Traces of their end in Ardmichael
                    And Hallan's hill.

81. To Neil Campbell

This incomplete elegy was inspired by a tragic incident.
After the Highland Division was captured in 1940 Neil Campbell and a
companion made a famous escape by sailing a small boat from occupied France.
In South Uist after the War, he had his own boat - but a premonition that some
tragedy would occur on the vessel made him lay it up. It was bought by Mgr.
Neil Mackellaig (q.v.) and James Campbell (Neil's brother) worked on it. One
day James organised a hunting trip on the boat and, despite misgivings, Neil
went along. In retrieving a bird, a young lad was accidentally knocked
overboard and Neil dived in to save him. Sadly, he suffered a fatal heart attack.
The metre is 17th century with irregular verse lengths. [82]

In just a moment of time
By accidental stroke of tragedy,
Death has taken you from us, Neil:
Sad for me to relate
That you have been plucked while in bloom
And today lie under the grass of Hallan.

What a sad day that was
When you left home carefree;
You were used to the sea,
A powerful swimmer
And though your health was impaired,
When the youngster fell in the water,
Your only thought was to jump in the sea.

I myself saw and heard
How you won through hardship

Nuair thàinig Rommel le shluagh oirnn
'S e frasadh teine mur cluasan:
Gun rinn thu 'n cladach a bhuannachd
'S am bàta beag rinn thu fhuasgladh
'S gun chuir thu spionnadh do ghuailneadh n' àrd-chrann.

Gun d' fhuair thu sìos anns a' bhròig e
'S gun ruith thu stiallan de sheòl ris;
Thug thu 'n caolas fo sròin dhi
'S an dearg nàmhaid an tòir ort;
Sligean teintidh a' stròiceadh
Bàrr na fairge mun chòrsa
'S a' sgealbadh eagan à bòrdan do bhàta.

'S truagh leam càradh do chèile
Bhon sgar am bàs sibh o chèile,
Clann bheag òga fo sgèithidh -
Cha bheagan lòin a nì feum dhi:
Bidh i caoidh fhad 's as lèir dhi
An fhir a dh'ùisnicheadh fhèithean
Gus nach biodh aon dhiubh fo èis air am fàgail.

82. Flanders

Shìos air achaidhean Flanders
'S ann an coilltean Phicàrdy,
Cluinn osna nan taibhsean
Anns a' ghaoith tighinn air fàire,
Osn' tha 'g aslachadh cuimhne
Orr' bho mhuinntir ar là-ne.

Ceol a' *bhugle* aig Menin
Tiamhaidh, tairis is brònach;
Fois air ùpraid a' bhaile
Sàmhchair bheannaicht' a' dòrtadh:
Ceòl a' *bhugle* a' lìonadh
Nèamh ghrianach na h-Eòrpa.

When Rommel and his host came upon us
Showering fire about our ears:
You gained the shore
And freed the little boat,
Putting your strength of shoulder to the mast.

You set it down in its shoe,
Ran up a rag of a sail,
Set its prow to the channel
With the enemy in pursuit,
Fiery shells rending
The sea round the coast,
Splintering the planks of your boat.

I pity the lot of your wife
Since death separated you
With young children under her wing -
They will need a lot of care:
She will mourn all her life
The man who used his sinews
So that none of them would be left wanting.

82. Flanders

Down on the fields of Flanders
And the woods of Picardy,
Hear ghostly sighs
On the wind from the horizon -
Sighs pleading for remembrance
From today's generation.

Notes of the bugle at Menin,
Soft, plaintive, mourning,
Spreading a blessed silence
Over the uproar of the town:
The bugle's music filling
Sunny skies of Europe.

Vimy Ridge agus Ypres,
Altair ìobairt ar bràithrean -
O, càit an robh bhuannachd
Ach an duais dhaibh sna h-àrdaibh,
Flùr cùbhraidh na h-òige
Feadh na h-Eòrp' air a smàladh?

Tart cumhachd gus dìreadh
Air na h-ìompairean gràineil,
Riaghladh Shasainn a' cìosnadh
Bhochdan, ìslean is ànraich:
Shnàmh suas i gu ìre
Tro fhuil phrìseil a bràithrean.

Dè 'n taing thug an rìoghachd
Do na thill as an fhùirneis?
O, a Shasainn, mo nàire -
D' eachdraidh ghràineil ga rùsgadh:
Dh'òl eileanan Alba
Cupan searbh do chuid mùiseig.

Ach thuit gach ìompaireachd ainmeil
Mar a sheargas na ròsan;
Chaidh an cliù dhuinn a dhearbhadh -
Murt is marbhadh is leònadh:
Càrnadh ionmhais do dh'uaislean
Cumail shluaghan fo spògan.

O, a dhùthaich na Fràinge,
D' ùir is d' fhonn eadar-nàiseant',
Dachaigh dheiridh nad dhìleann
Do na mìltean de shàr-fhear:
'S carragh-cuimhne gun phrìs thu -
Do gach tìr tha thu càirdeach.

"Cuimhne, cuimhne gun abhsadh,"
  Dh' èibh taibhsean Phicàrdy;
"Cuimhne, cuimhne gu sìorraidh -
  Na biodh dìochuimhn' nur nàdar:
  Bho gheata Mhenin a' srùladh
  Guth a' *bhugle* 's a' bhàis dhuinn."

Vimy Ridge and Ypres,
Sacrificial altar for our brothers -
Oh, where was the victory
Save their reward on high,
Sweet flower of youth
Crushed throughout Europe?

Ambitious thirst for power
Of hateful empires,
Government of England oppressing
The poor, lowly and needy:
Floating up to success
Through precious blood of its brothers.

What thanks did their country give
To those that returned from the furnace?
O England, shame on you -
Your loathsome record exposed:
The islands of Scotland drank
The bitter cup of your oppression.

But every famous empire has fallen
As the roses wither;
Their reputation shown to us -
Murder, killing and wounding:
Creating wealth for the rich
Keeping nations underfoot.

O country of France,
Your land and soil international,
A last home in your earth
For thousands of fine men:
You are a priceless monument,
To every country related.

"Remember, remember, unceasing,"
 Cried the ghosts of Picardy,
"Remember, remember for ever
 Let not forgetfulness be part of you:
 From the gates of Menin swells
 The sound of the bugle in death for us."

83. An Carragh-Cuimhne Cogaidh

Tha an carragh air taobh an ear an rathaid eadar Cill Donnain agus Bòrnais.

Saorsa! Daor chaidh a ceannach,
Na galain fala gan dòrtadh;
Saorsa! Saor dhuinn air aiseag
Tro ìobairt-fala nan òigear.

Dearg-fhuil uasal nan Eilean
A' todhar fearann na h-Eòrpa;
Fòd neo-chàirdeach a' falach
Cnàmhan geala gun fheòil orr'.

Cian bho chòrca nan Eilean,
An ùir tìr eile gun chleamhnas,
Duslach luachmhor nam fiùran -
Cha mhist' an ùir ud na ceann i.

Saltair aotrom le cùram
Air talamh ùrar na h-Eòrpa,
Oir bha uair a b' e 'n ùir seo
Sùilean ciùin nam fear òga.

Carragh-cuimhn' air a' bhruthach,
Mi fhìn nam shuidhe na nàbachd -
A bheil gach ainm ann air mhaireann
An inntinn fhearaibh na tràth seo?

A bheil gach ainm ann air chuimhne
Le mòr-thaingealachd shìorraidh,
Neo 'n d' leig an ginealach ùr seo
An ìobairt-cliù ud air dìochuimhn'?

Chaidh an fhuil ud a bhraonadh
Air uachdar raointean na h-Eòrpa,
Gus sinne ghlèidheadh bho dhaorsa,
Bho chuing aognaidh gun tròcair.

An tàinig guth gu mo chluasan
A doimhneachd thuaman na Frainge:
"A bheil ar n-ìobairt-ne suarach,
'S an-diugh an sluagh neo-ar-thaingeil?"

83. The War Memorial

The South Uist memorial is east of the road between Kildonan and Bornish.

Freedom! Dear was it bought,
Blood spilt in gallons;
Freedom! Cheap is our passage
Through the young men's sacrifice.

Noble red blood of the Islands
Enriching Europe's earth;
Foreign turf concealing
White bones without flesh.

Far from Island shores
In alien land without kin,
Precious dust of heroes
Improving that foreign soil.

Tread lightly with care
On the fresh earth of Europe,
For this soil was once
The still eyes of young men.

The memorial stands on the brae,
I myself sit nearby -
Does every name here survive
In the minds of today?

Is every name remembered
With gratitude eternal,
Or has this new generation
Forgotten their sacrifice?

That blood was spilt
On the fields of Europe
To save us from bondage,
From the pitiless yoke.

Did I hear a voice cry
From a grave deep in France
"Is our sacrifice scorned now,
The people uncaring?"

"Lìbhrig sinne nad làmhan
Cailis àghmhor na saorsa -
Bheil grian ar cuimhn' air a smàladh
Le sòlais chàirneil an t-saoghail?"

* * * * *

Thus' tha nuas bho Chill Donnain,
Mun dèan thu cromadh gu Bòrnais,
Crom do cheann ann an ùmhlachd
Aig carragh-cliù nam fear òga.

Do mhòr-thaingealachd tairg i
Don h-uile ainm air a' chàrn seo -
'S iad bu mheadhan gu faod thu
Coiseachd saor air an làr seo.

84. Cogadh no Sìth

*An dèidh na chaill e de chàirdean, an dèidh na chunnaic e agus na dh'fhuiling e
aig àm a' Chogaidh, chan eil e na iongnadh gun do ghabh am bàrd gràin cho
mòr air cogadh no fòirneart sam bith. Bha e meas gu robh beatha an duine ro
phrìseil airson a bhith air a cosg cho saor aig riaghaltasan. Gu h-àraid, bha e
meas gun do phàigh muinntir nan Eilean prìs ro àrd tro na linntean ann an
cogaidhean Shasainn.*

Fhliuch deòir nam ban Ceilteach
Seoc uaibhreach an Aonaidh;
Nigh deòir mnathan Eirinn
Trusgan-èididh na saorsa;
Shil deòir nam ban Eòrpach
Mach à sgòthan na daorsa.

Smal na fala a' deargadh
Eachdraidh chearbach ar nàisein;
Gnìomh gaisgeil an tuasaid
Dligheadh duais thar na h-àbhaist;
Bàs an adhbhar gràdh-dùthcha
Air a chunntais na fhàbhar.

"We delivered to your hands
The splendid chalice of freedom -
Is the sun of our memory eclipsed
By the world's carnal pleasures?"

    *   *   *   *

You that come by Kildonan
Ere you descend into Bornish,
Bow your head in respect
At the young men's memorial.

Tender great gratitude
To every name on this cairn -
It's thanks to them that you
Can walk free in this land.

84. War or Peace

After the loss of so many of his friends, after all he had seen and suffered during the war, it is not surprising that the bard turned so strongly against war and violence. Human life was far too precious to be squandered at the whim of governments. In particular he felt that generations of Islanders had paid far too high a price through the years for wars resulting from decisions made in London.

Tears of Celtic women
Wet proud plumes of the Union;
Tears of women of Ireland
Washed the mantle of freedom;
Tears of women of Europe
Rained from clouds of bondage.

Stain of blood reddens
The troubled history of our nation;
Heroic deeds in battle
Earning special rewards;
Death for love of country
Counted a privilege.

311

Cogadh, fuil agus ionndrain,
Co-thriùir ann an càirdeas;
Buille-mhuineil na sìthe,
Sannt ìompairean pàithteach;
Fuil cridhe na h-òigridh
Ceannach beòshlaint nan sglàmhaidh.

Fhuair Maois air a' chlàr e:
"Na dèan mèirle no marbhadh,
Biodh do ghaol air do bhràthair
'S air do nàmhaid gun dearmad."
'S nach e Crìosda thuirt, "Sìth dhuibh",
Mar tha 'n Fhìrinn a' dearbhadh.

Dhruid an saoghal a chluasan
Ged a chualas na fàintean;
Cha b' e fianais na sìthe
Hiroshìma a smàladh
Agus sia millean Iùdhach
Ann a' fùirneis na *Nazis*.

Dearg, dearg air ar n-eachdraidh
Fuil mhartairean balbha;
Dearg, dearg air ar coinnseas
Fuil naoidheanan anabaich -
Maothain bheòthail nam pàiste
'M broinn am màthar gam marbhadh.

Gineadh, beath' agus bàs dhuinn -
Trì pàirtean ar cuairteadh;
Tùs is bith is ceann-finid
Ann an ìsle na h-uaighe -
'S O, cuim' tha mì-chaidreamh
Cumail maidse ri tuasaid?

War, blood and mourning,
Three united in kinship;
The death-blow of peace,
Greed of thirsty empires;
Heart's blood of young men
Buying success for usurpers.

Moses received it on stone
"Do not murder or steal,
 Give love to your brother,
 Not forgetting your enemy."
 Did not Christ say, "Peace be with you"
As the Bible bears witness.

The world stopped up its ears
Though the commandments were known;
It was no testimony of peace
To destroy Hiroshima
And six million Jews
In the ovens of Nazis.

Red, red on our history
Blood of silent martyrs;
Red, red on our conscience
Blood of immature infants -
Live embryos of babies
Destroyed in the womb.

Conception, life and death,
The three parts of our cycle;
Beginning, being and ending
In the depths of the grave -
Oh, why does antagonism
Feed the fires of conflict?

85. Do Mhaighstir Niall

*Dh'eug Maighstir Niall ann an 1982 an dèidh a bhith iomadach bliadhna na
shagart ann am Bòrnais agus an Dalabrog.*

Dh'èirich suas a' ghrian thar àirde
Staolabhal nan stùcan beàrnach;
Beath' an eilein rinn ath-dhùsgadh -
Dè, cha d' fhosgail thus' do shùilean.

Dhùisg à suain a' chuach le fàilte,
Fhliuch i teang' am bùrn Loch Hàllainn;
Dhoirt i glòir a pongan ciùil oirnn -
Dè, cha d' fhosgail thus' do shùilean.

Shèid an osag iarach, bhàidheil
Steach bho Orasaigh na tràghad;
Luaisg i bàrr nan raointean flùrach -
Dè, cha d' fhosgail thus' do shùilean.

Cha bu chòir dhomh cumha chianail
A' sgrìobhadh, a Mhaighstir Niall, dhut,
'S thus' a' mealtainn fiach do shaothrach,
Duais an òrdain: "Biath mo chaoraich".

Lorgan buan buil-bhuaidh do dhìchill
Gràbhalaicht' air iomadh inntinn;
Làthaireachd do phears' a' lìonadh
Na ceàrn sa, 's thu fhèin san t-sìorrachd.

Falbhaidh madainn, feasgar, oidhche,
Ach rir beò chan fhalbh à cuimhne
Cuimhneachain chùbhraidh neo-bhàsmhor,
Cuimhneachain do-roinnt' am bàs bhuat.

Buaidh do spioraid feadh do chàirdean,
Neart do-fhaicsinneach, ach làidir,
Do bhratach thar Uibhist sgaoilte,
Do ghuth an osag a gaothan.

Dhìrich mi suas leathad Hàllainn,
Bruthach-tasgaidh nan iom-thàlann,
Shaoil mi meudachadh an glòir ann
Nuair a dh'aonaich thu ris a' chòmhlan.

85. Monsignor Neil Mackellaig

Monsignor Mackellaig died in 1982 after 48 years in the priesthood - most of them in Bornish and Daliburgh. He is buried in Hallan.

The sun arose above the heights
Of Stulaval of the creviced crags;
The island's life re-awakened -
But your eyes did not open.

The cuckoo wakened with a greeting,
Wet her tongue in Loch Hallan's water,
Poured the glory of her notes on us -
But your eyes did not open.

The west breeze blew gently
In from Orosay of the beaches,
Ruffled the tops of flowery fields -
But your eyes did not open.

It is not fitting that I should write
For you, Father Neil, a sad lament
When you enjoy the fruits of your labour,
Reward of the order, "Feed my sheep".

Lasting traces of the success of your toil
Engraved in many minds;
Presence of your personality filling
This area - while you are in eternity.

Morning, evening and night all pass,
But while we live we shall not forget
Sweet undying memories -
Memories death cannot take of you.

Your spirit's influence amongst your friends,
A power invisible but strong,
Your banner spread over Uist,
Your voice in the sigh of its winds.

I climbed the slopes of Hallan,
Storage-brae of so many talents -
It seemed glory increased there
When you joined the assembly.

86. Marbhrann

Bha am marbhrann seo sgrìobhte air criomag phàipeir gun ainm. Mar sin chan urrainn dhuinn a bhith buileach cinnteach cò bu chuspair dha. Ach tha an teaghlach den bheachd gun do rinneadh e do Dhòmhnall MacIll-Eathain (Dòmhnall Lachlainn), a bhrathair-cèile agus nàbaidh a dh'eug ann an 1982.

Liath a' mhadainn, 's cha do dhùisg thu;
Suas a' ghrian, cha mhotha dhùisg thu;
Sheirm *reveille* bhinn na h-uiseig -
Cha do ghluais thu.

Madainn ùr, ach tè mar b' àbhaist
Fuaimean dèanadais air fàire
Gu mor-thimcheall, ach tha dìth ann -
Fiamh do ghàire.

Speuran gorma, 's oiteag chùbhraidh
Tighinn bhon iar a' crathadh fhlùran,
Anail Uibhist dhut a' feitheamh
'S cha do dhùisg thu.

'N tusa bh' ann nuair thog mi sgàilean
A bh' air d' aodann 's nach do ghàir thu?
Dhearc mi d' ìomhaigh, ach càit idir
An robh 'n fhàilte?

An e bàs no beath' as ùr e?
'N gabh an dìomhaireachd a sgrùdadh?
Cha tig fios le freagairt m' fheòrach
Tron a' chùirtein.

Thaom sinn sìos ort ùir Aird Mhìcheil -
'S beairteach i le sùgh do shinnsreadh;
Bheir do dhust-s' an tuilleadh luach dhi -
Seadh, trì-fillte.

Stuaghan Chumhabhaig a' crònan [83]
Taladh-dùsail dhut gu ceòlmhor;
Osnadh ionndrain sa chuan shiar
Air 'm minig na sheòl thu.

86. Elegy

This elegy (found on a scrap of paper) is untitled but the family (supported by internal evidence) believe that it was for Donald Maclean, his brother-in-law and neighbour who died in 1982. There are stylistic similarities to the elegy for Monsignor Neil Mackellaig who died in the same year.

Morning dawned but you woke not;
The sun rose but still you woke not;
The lark sang sweet reveille
But you stirred not.

A new morning but as usual
Sounds of work from the horizon
All around; but something's missing -
Sight of your smile.

Blue skies, a fragrant breeze
From the west to stir the flowers,
Breath of Uist waiting for you -
But you woke not.

Was it you when I lifted the veil
From your face and you smiled not?
I saw your features but where
Was the welcome?

Is it death or a new life?
Can the mystery be probed?
No answer to my question comes
Through the curtain.

We poured down on you Ardmichael's soil,
Rich with the essence of your forbears;
Your dust will make it richer still -
Yes, threefold.

Waves of Cumhabhag crooning
A musical lullaby for you;
Sigh of loss from the western seas
You sailed so often.

Madainn eile, grian a' deàrrsadh,
Madainn eile 's gun thu làthair;
Dealachadh, ach airson greis -
Gus 'n teich na sgàilean.

87. Uilebheist Ulaidh

Do dhuine aig an robh creideamh cho làidir agus a bh' aig Dòmhnall Iain, bha
e oillteil gum biodh daoine ri murt agus fòirneart an ainm creidimh.

Uilebheist Ulaidh na crostachd,
A craos fosgailte gu feòil;
Tart oirre gus gluasad iorghail
'S i 'g imlich timcheall a beòil.

I murt ann an ainm creidimh,
A h-altachadh an ainm Dhè,
'S dìosg aig a fiacail a' cnàbladh
A' phàistein a mhurt i 'n-dè.

Sìochaint marbh is earbs' à chèile,
Aimlisg ag èirigh nan àite;
Suas ri crann tha Sannt is Eiginn
San tìr rinn rèite ri Pàdraig.

Creideamh na beul, fuath na cridhe,
Olcas ga bioradh gu buaireadh;
I ruith nan cùl-shraidean cumhang
A' sgaoileadh cumha feadh shluaghan.

Bheir i ruaig a-nall a Lunnainn,
Fagaidh i tuiream na dèidh;
Fuil nan neo-chiontach gun òl i
'N ainm còrach do a tìr fhèin.

I 'g adhradh aig altair Gamhlais,
A coinnleirean Sannt is Eud,
'S e h-iobairt-se fuil nam pàistean
'S dòrainn mhàthraichean nan dèidh.

Another morning, sun shining,
Another morning, and you not here;
Parting, but just for a time -
Till the shadows flee.

87. The Monster of Ulster

Given his own strong faith, the bard rejected as utterly evil the hypocrisy of those who used religion to justify murder and violence.

The angry monster of Ulster,
Its jaws greedy for flesh,
Thirsting for further strife
As it licks around its chops.

Killing in the name of religion,
Saying grace in the name of God
As its jaws grind on the bones
Of yesterday's murdered child.

Peace and mutual trust are dead,
Anarchy rising in their place;
Violence and Greed fly on the mast
Of the land that accepted Patrick.

Religion on its lips, hate in its heart,
Evil goading it to aggression;
Prowling the narrow back-streets,
Spreading sorrow through nations.

It will make a foray to London,
Leaving mourning in its wake;
Drinking blood of the innocent
In the name of homeland rights.

It worships at the altar of Revenge,
Its candles Jealousy and Greed,
Its offering the blood of infants
And their mothers' bitter grief.

Lighe dhearg an sruthain Eirinn,
Lorg na bèiste feadh nam bruaichean,
Lorg na bèiste feadh nam bailtean
Far a' faicear 's far nach d' fhuaradh.

Cuin a chìosnaichear a h-acras -
Neo idir a tart gu fuil;
Am buannaich thar eucoir ceartas
A chuireas bacadh san tuil?

An do thuig i riamh an fhìrinn
A chaidh innse dhuinn bhon dè:
"Bheir thu gaol Dhomh led uil' inntinn
'S dhad choimhearsnach mar dhut fhèin"?

88. Trí Rainn agus Amhrán

Air dha an leabhar Eireannach Poetry of the Dispossessed *a leughadh* [84]

Chaidh ur fuadach às ur sealbhachd
A-mach do chois-fhairge nam bàgh;
Reamhraicheadh an gall 's an coigreach
Air a' chuid bu leibh den t-sàth.

Chaidh ur spoth le faobhar làmh-làidir,
Chaidh ur fàgail lom gun nì;
Do-dhaonnachd bràthar ri bràthair
Mar a bha 's a tha - 's am bi?

Mar Ghàidheil Alba nan rosad
An dèidh Dhruim Ath'saidh na pèin,
Chaith sibh tìm san duibhre, cùmte
Fo mhùiseag nur dùthaich fhèin.

An Ceangal

Ged chreach iad ur buailtean, dualchas lean i ur linn;
Bha 'n t-seamrag a' fàs, bha Pàra maireann nur crìdh':
Ach thug sibh a' bhuaidh, is suas chaidh dathan ur tìr,
'S tha ceum an fhir mhall gu fonnmhor, fallain is bidh.

A red flood in Ireland's streams,
Spoor of the beast on their banks,
Tracks of the beast through the towns
Where it is seen but never caught.

When will its hunger be sated,
Or even its thirst for blood?
Will Justice triumph over Evil
And turn back the flood?

Did it ever understand that truth
From yesterday told to us:
"Love Me with all your heart
 And your neighbour as yourself"?

88. Three Verses and a Poem

Having read the Irish book Poetry of the Dispossessed.

You were driven from your inheritance
To the seashore of the bay;
The stranger and foreigner will fatten
On your share of the plenty.

Castrated by the sword of tyranny,
You were left naked with nothing;
Inhumanity of brother to brother
As it was, is now - and ever shall be?

Like the unfortunate Gaels of Scotland
After Drumossie of the suffering,
You spent a time in darkness, confined
By oppression in your own country.

Envoy [85]

Though they looted your folds, tradition followed your descent;
The shamrock grew, Patrick remained in your hearts:
You won the victory, raised your country's colours;
The slow man's gait is happy, healthy - and will be.

89. Do Mhurchadh MacPhàrlain [86]

Bha meas mòr aig Domhnall Iain air Bàrd Mhealaboist a dh'eug ann an 1982.

Thosd ribheid na smeòraich,
Chaidh a ceòl a mhùchadh,
Chaidh ar cànan an còmhdach
Eideadh-bròin na tùrsa
'S sàr fhear-dhealbhaidh a fuinn-se,
'N cladh na h-Aoigh chuireadh ùir air.

Chuireadh ùir ort, a Mhurchaidh,
Ach bidh lorgan do thàlann
Domhainn, domhainn ri' faicinn
Ann an eachdraidh ar cànain,
'S domhainn, domhainn da-rìribh
Air ar n-inntinn-ne gràbhailt'.

Spiorad Ceilteach an dùthchais
Bu chairt-iùil dhut nad bhòidse;
Teud bu mhìlse na càch thu
Ann an clàrsach na Ceòlraidh;
Mil an fhraoich air do bhriathran,
Cridh' a' Chrìosdaidh nad òran.

Clach eil' air do chàrnan,
Leabhar tàlantach d' òrain;
Toinneamh dìomhar na h-inntinn -
Seadh, inntinn bha sònraicht',
Inntinn Ghàidhealach bhàrdail,
Inntinn bhàidheil ri deòraidh.

Shèid an osag bhon Rubha
'S gaoir cumha na h-anathadh;
Bhrist ràn air an stuadh-thonn
Nuair a bhuail i Tràigh Mhealaboist;
Thionndaidh ceilear na cuaiche -
Seadh, bho luath-ghair gu marbhrann

Tha do sheòrsa ro ainneamh
Ann an roinnean na Gàidhlig;

89. To Murdo MacFarlane

The bard from Melbost, Lewis whom Donald John much admired. He died in 1982.

The song-thrush is silent,
Its song extinguished;
Our language has donned
The mourning weeds of grief,
For the creator of her music
Lies buried in Aignish.

You were laid in earth, Murdo,
But the imprint of your talents
Is to be seen deep down
In the history of our language
And truly deeply, deeply
Engraved in our minds.

The Celtic spirit of tradition
Was your guide on your journey;
You - a sweeter string than the rest
In the harp of the Muse,
Heather honey in your words,
A Christian heart in your songs.

Another stone on your cairn -
A talented book of songs;
Mysterious working of the mind -
Yes, an outstanding intelligence;
A Highland bardic spirit
Compassionate to the needy.

A breeze blew from Point,
A cry of lament in its breath;
A moan came from the waves
As they broke on Melbost shore;
The cuckoo's song changed
From laughter to requiem.

Your type is too rare
In the Gaelic regions,

Tha do leithid do-dhèante
Bhith gu sìorraidh ann dà uair:
Cha bhi 'n àireamh nan seanchaidh
Ach aon Mhurchadh MacPhàrlain.

90. Angela

Chan ann trom gu lèir a bha na h-obraichean mu dheireadh. Rinn e an t-òran seo ann an 1983 do dh'Angela NicEachainn à Beinn a' Bhadhla, a choisinn cliù air telebhisean. Bha a h-athair 's am bàrd gu math mòr aig a chèile.

O Angela bhàn,
Tha 'm bàrd ag aithris do chliù,
Do chompanas blàth
Gu bràth bidh aige na rùn:
Gun gleidheadh ar Dia
Gun fhiaradh fallain do chùrs'
Fad làithean do bheò
Is glòir nuair ruigeas tu null.

Mar fhlùras an ròs
Ag òradh liosan ar dùthch',
Co-ionnan an glòir
Tha 'n òigh as clannaiche cùl:
Mar dhaoimeanan geàrrt'
A' snàmh an amar de dhriùchd,
Tha boillsgeadh nam ball
Tha sealltainn sealladh a sùl.

Chan aithne dhomh ainm
A dhealbhas maise do ghnùis,
Chan aisig gu dearbh
Fear-dhealbh air canabhas ùr;
Cha shamhlaich na bàird
An cànan mhilis a' chiùil,
Do mhais, a thè bhàn -
An àille bhuinnig thu 'n crùn.

Tha facail a' phinn
Gun bhrìgh air duilleagan bàn

324

It is impossible that your like
Could ever come again;
In the ranks of the bards there will be
Only one Murdo MacFarlane.

90. Angela

All was not serious in his last years. In 1983 he reverted to traditional style for this warm tribute to Angela MacEachen (the TV presenter from Benbecula), whose father was an old friend.

O Angela fair,
The bard tells of your fame,
Your warm companionship
He would forever wish for:
May our God preserve
Straight and healthy your path
All the days of your life
And glory when you pass over.

As the rose flowers
Glowing in our gardens,
Equal in glory is
The maid of the ringletted hair;
As cut diamonds
Bathed in a pool of dew,
Sparkle the pupils
That show off her eyes.

I know not a name
That could describe the beauty of your face,
It could not even be conveyed
By an artist on fresh canvas;
Bards could not compare
Your loveliness, O fair one,
In the sweet language of music -
In beauty you won the crown.

Words of the pen
On blank pages are powerless

Gus earrann dhed mhìls'
A sgrìobhadh coileant' an dàn:
Tha cridhe gun truaill
A bhuaileas buille na bàidh
A' beathachadh aoigheachd,
Aodainn cailin 'n fhuilt bhàin.

Bho mhullach do chinn
Gu ìsle bonnaibh do shàil,
Chan aithne dhomh i
San tìr tè bheireadh ort bàrr;
Bhith banail is beusach
Creud is paidir do ghnàths' -
Bha 'n t-eiseamplair cùbhr'
Bho ghiùlan d' athar 's do mhàth'r.

Chan aithne dhomh buaidh
A chuala, chunnaic no chì
Nach eil ort ri luaidh
An tuar, an cumadh 's an lì:
An dùthchas a bha
'S a tha 's a bhitheas gun dìth
Le sliochd an taobh tuath
Thar shluaghan eile na tìr.

Gun d' thogadh thu suas
Ri fuaim na mar' air an tràigh;
Gun d' ruith thu gun uallach
Luath air machair na h-Aird;
'S mun tàinig ort ìre,
Chìte toiseach a' bhlàth
Bha cinneadh gu flùr
Ri ùine thairis air càch.

Mo ghuidhe 's mo dhùrachd
Cùrs' do bheatha bhith rèidh,
Gach latha gun chùram,
Dùbhradh, ainnis no èis:
Gach mathas is miann
A dh'iarradh caileag dhi fhèin,
Bhith agad gach àm
Neo-ghann gu deireadh do rèis.

To set even part of your sweetness
In accomplished poetry:
A heart without flaw
That beats with love
Inspires the kind face
Of the fair-haired lass.

From the top of your head
Down to the soles of your feet,
I do not know one
In the island who'd surpass you;
To be modest and virtuous
Was your accustomed creed;
The wholesome example came from
The bearing of your father and mother.

I know not of any virtue
Ever heard of, seen or to be seen
That isn't attributed to you
In appearance, form and complexion:
The heritage that was
And is and always will be
Given to the people of the north
Above all others in the land.

You were brought up
By the sound of waves on the shore;
You ran free from care
Swift on the machair of Aird;
Before you grew up
The bud could be seen
That blossomed to flower,
In time surpassing the rest.

My wish and my prayer
That your life's course run smooth,
Every day without care
Darkness, want or trouble:
Every blessing and wish
A girl might want for herself
Be yours at all times
In plenty till the end of your days.

91. Mi Fhìn 's a' Bheinn

Chanadh cuid gur e seo a' bhardachd bu chudromaiche a sgrìobh e - a' cur nan
ceist a chuir dragh air luchd-feallsanachd tro na linntean.

Mun chladhaich tuil nan àrd na claisean eagach
Tha 'n-diugh a' drùdhadh leotha fallas d' aodainn,
Bha thus' air freiceadan a' cumail faire
Air gnè gach beatha bha fod chomhair sgaoilte.

Am fac' thu cruth ar beatha gabhail àite
Mun tugadh binn a' bhàis air iarmad Eubha?
'S bhon sheachain thu bàs-bhinn a' chinne-daonna,
Bheil thusa fhathast ann a' saoghal Eden?

'N do dh'fhiosraich thu tro ruith gach millean bliadhna
An tuigse dhìomhair air nach cuimsich m' eòlas -
Gach linn thar linn mar thig mar leabhar ùr dhut,
Mar ionnan rionnag-iùil do dh'fhear an t-seòlaidh?

Tha mise tomhas dìomhaireachd na cruinne,
A' cladhach ann am meinn nach liubhair òr dhomh,
A' rannsachadh tro dhuibhre dhall na h-aineoil:
Carson is Ciamar? Càite, Cuin? Cion m' eòlais!

A bheil an dìomhaireachd tha dhòmhsa falaicht' -
An tuigs' a cheileadh bhuam tro mheas a' ghàrraidh -
So-lèirsinneach is soilleir dhuts' bhod thùsadh?
An e mo shùilean-sa tha dùint' a-mhàin dhomh?

A bheil mo bhith an suidheachadh nach lèir dhomh?
'N e d' aghaidh charrach fhèin tha fìor dom shùilean?
'N e cirb den chùirtein a tha togail suas dhomh
Nuair thilleas taibhs' à uaigh a chaidh a dhùnadh?

A bheil thu fhèin den t-saoghal cruinne-cè seo
'S mar ionnan do dh'fhear cèin dom lèirsinn dhaonnda?
'S a bheil na dh'eug bho chaidh gu bàs ar dìteadh
Mum thimcheall nuair a dhìreas mi rid aodann?

91. The Mountain and I

Arguably his most important work, as he struggles with questions which have troubled philosophers through the ages.

Before heaven's floods carved those winding furrows
That drain today the sweat of your brow
You were a guardian watching over
All forms of life spread before you.

Did you see our life take shape
Before the sentence of death on Eve's descent -
And as you avoided that sentence on mankind,
Are you still in the world of Eden?

Did you learn with the passing of each million years
Understanding of mysteries my mind cannot grasp -
Each century coming as a new book to you,
As the guiding star is to the sailor?

I can but guess at the secrets of the universe,
Clawing in a mine that grants me no gold,
Searching through blind darkness of my ignorance:
Why and How? Where? When? Oh, how little I know!

Is the mystery which is hidden from me -
That understanding lost through the fruit of Eden -
Clear and obvious to you since the beginning?
Is it only my eyes that are closed?

Do I live in a state I cannot perceive?
Is your own rugged face real to my eyes?
Is a corner of the curtain lifted for me
When there returns a vision from the grave?

Are you yourself of this worldly universe
But as an alien to my human sight?
Are all those dead since we were condemned to mortality
Around me as I ascend your face?

Nan sealbhaichinn an tuigse dhomh a dh'innseadh
Ciod e is cionnas beath' is brìgh nan ròsan,
An tigeadh taisbeanadh tro dhuibhre m' aineoil
A mhìnicheadh bith-mhaireannachd na glòrach?

Mas ann le sùilean dùint' a' bhàis a chì mi
Na ceistean air am mìneachadh nan lànachd,
'S e faoineis mhòr dom inntinn a bhith rùrach
Is m' aineolas a' drùdhadh tro mo bhàrdachd.

92. Geata Tìr nan Og

*"Ann a bhith beachdachadh air dol seachad nam bliadhnachan agus cò againn nach eil a' faicinn cho luath 's a tha seo a' tachairt - nach bi sinn cuideachd a' faicinn gu bheil gach latha gar tarraing gu aon cheann-uidhe. Tha crìoch is deireadh air choireigin a' feitheamh oirnn uile, cuin no càite no ciamar chan eil fios againn. Aon rud a tha sinn uile-chinnteach às, 's e gu bheil sinn a' sìor theannadh faisg, ceum air cheum gach latha, air a' cheann-uidhe àraid tha seo, crìoch ar beatha. Nis, chan e cuspair uile gu lèir taitneach do mhòran a tha seo idir, a bhith smaointinn air ar ceann-crìche, ach is iomadh rud mì-thaitneach a dh'fheumas sinn a dhèanamh ann an cùrs' ar beatha. Mar sin, cha dèan e cron sam bith oirnn cumail nar cuimhne, bochd no beairteach, lag no làidir gu bheil sinn, gun tig an latha, luath no mall, a ruigeas sinn an gàrradh-crìche far am bi geata Tìr nan Og fosgailte romhainn.
'S ann air a' chuspair sin a sgrìobh mi na sreathan bàrdachd seo."* DIMD

Chì mi bhuam an gàrradh-crìche
'S geata Tìr nan Og:
Ceum air cheum a' triall ga ionnsaigh,
Ruith an-dè 's an-diugh don chunntais -
Gann a chì mi air mo chùlaibh
Iomadh lùb san ròd.

Chì mi bhuam an gàrradh-crìche
'S geata Tìr nan Og:
Air a chùl tha cuan a' tràghadh,
San t-sruth-lìonaidh thig am bàta -
Ma bhios m' ainm-sa sgrìobht' air clàr innt',
Nithear àit' air bòrd.

Chì mi bhuam an gàrradh-crìche
'S geata Tìr nan Og:

If I were granted that sense which could tell me
What is the meaning of life and the essence of roses,
Would there emerge through the darkness of my ignorance
A revelation of the eternity of glory?

If it is only with the closed eyes of death
That I will have these questions answered fully,
Then it is folly for my mind to search
And ignorance pervades my poetry.

92. Gate to the Land of the Young

The bard wrote the following foreword in Gaelic:

"While pondering the passing of the years - and who amongst us cannot see how swiftly that happens - we can also see that every day draws us closer to one destination. One end awaits us all, we know not when or where or how. The only thing we can be certain of is that, step by step each day, we are all nearing this special destination - the end of our life.
Now, for many this is not a particularly pleasant subject - thinking of our end - but there are many unpleasant things we have to do in the course of our lives. So it does us no harm to remember, whether we be rich or poor, strong or weak, that sooner or later a day will come when we reach that frontier where the gate of the Land of the Young is open before us.
On that subject I penned these lines." DJMcD

I see yonder the boundary wall
And gate of Tìr nan Og:
Step by step moving towards it,
Today and yesterday gone into the record -
I can scarcely see behind me
Many a bend in the road.

I see yonder the boundary wall
And gate of Tìr nan Og:
Behind it an ocean ebbing;
On the floodtide the boat will come -
If my name is on her list,
There will be room on board.

I see yonder the boundary wall
And gate of Tìr nan Og:

Mach à ceò nan tìmean àrsaidh
Mhìnich innsearachd an fhàidh dhuinn
Gu robh 'n t-aiseag seo air fàire
Eadar bàs is beò.

Chì mi bhuam an gàrradh-crìche
'S geata Tìr nan Og:
Madainn ùr bhon ear a' liathadh
Suas à dùbhr' na h-oidhche chiar ud,
Mhair a mùgan iomadh bliadhna
Tric a' biathadh dheòir.

Chì mi bhuam an gàrradh-crìche
'S geata Tìr nan Og:
Tha mi sgith san t-slighe bhuan sa
Gun mo chlì mar bha i uairean,
Gun mo cheum cho ealamh, uallach,
No mo shnuadh cho beò.

Chì mi bhuam an gàrradh-crìche
'S geata Tìr nan Og:
Tùs an turais bha nam fhàbhar,
Soirbheas-cùil an siùil mo bhàta,
Fearainn ùra 's ubh'l a' ghàrraidh
Sàsachadh mo dheòin.

Chì mi bhuam an gàrradh-crìche
'S geata Tìr nan Og:
Tha mi feitheamh sruth an lìonaidh,
'S am bàt-aiseig tighinn gam iarraidh -
O, gum boillsgeadh soillse shìorraidh
Dhomh thar crìoch nam beò.

93. Na Neòil

Neòil an fheasgair trom a' ciaradh,
Neòil na h-oidhche tighinn bhon iar oirnn,
Neòil a' maoidheadh uisg' is dìle,
Neòil tha bagradh bristeadh sìth dhuinn.

From the mist of ancient times
The prophets taught us
That this journey was in prospect
Between life and death.

I see yonder the boundary wall
And gate of Tír nan Og:
A new dawn brightens in the east
From the dark of that dusky night -
Its gloom has lasted many years
Often causing tears.

I see yonder the boundary wall
And gate of Tír nan Og:
I am tired of this long journey,
My vigour not as it was,
My step not so light and quick,
Nor my appearance so lively.

I see yonder the boundary wall
And gate of Tír nan Og:
Journey's start went well -
Fair wind of music in my ship's sails,
New lands and Eden's apple
Sating my desires.

I see yonder the boundary wall
And gate of Tír nan Og:
I await the flooding tide
And the ferry coming for me -
Oh, may eternal light shine
On me beyond life's end.

93. Clouds

Clouds of evening heavy, brooding,
Clouds of night bear on us from the west,
Clouds that threaten rain and flood,
Clouds menacing our peace.

Iargain ann an com na màthar,
Ise crom os cionn a pàiste;
'M bi na neòil a' dòrtadh dìle
Nuair thig a mac-se gu ìre?

Aisia is Roinn na h-Eòrpa
Cuibhrigte fo bhrat na neòil ud -
Neòil na h-aimhreit, neòil a' bhruaillein,
Claidheamh Damocles nan sluaghan.

Càit eil deoch a chaisgeas ìota
'S tart nan cumhachd ana-dhiadhaidh?
Ciod a' ghaoth bhon speur a sguabas
Neòil a' mhillidh, neòil an uabhais?

Anns na neòil am faic thu sgrìobhte
Nagasàki 's Hiroshìma?
Air a' speur an lèir dhad shùilean
Taibhsean na' sia millean Iùdhach?

Sannt ri Cealgaireachd air pòsadh,
Ghineadh Farmad leotha còmhla;
Sgap an triùir air feadh an t-saoghail,
Lùb iad inntinnean chloinn-daoine.

'N cinne-daonnd' a' ruith 's a' sìor-ruith
Dh'ionnsaigh fèin-sgrios deiridh-linn dhaibh,
Aireamh mhegatons a' cunntais
Ire adhartais san dlùth-reis.

Tarsainn Afraga is Eireann,
Israel, Ioran 's an Eipheit,
Faic na neòil a' bagradh gruamach
Call is lèirsgrios agus uabhas.

Chì mi bhuam na neòil a' seòladh
Tarsainn Uibhist agus Leòdhais -
Saoil an tig na neòil gu dìle
Mun tig mo mhac-sa gu ìre?

Anxiety in the mother's breast
As she bends over her child -
Will the clouds pour down
When her son becomes a man?

Asia and Europe
Covered by that blanket of cloud -
Clouds of strife, clouds of turmoil,
Sword of Damocles for nations.

Where is the elixir that would slake a jot
Of the thirst of ungodly powers?
What wind of heaven could sweep away
Clouds of destruction, clouds of horror?

Do you see written in the clouds
Nagasaki and Hiroshima?
In the skies can you see
Ghosts of six million Jews?

Greed and Treachery have wed,
Together spawning Envy;
Those three spread across the world
Twisting the minds of men.

Mankind racing non-stop
To its final self-destruction,
The progress of the race
Measured in megatons.

Across Africa and Ireland,
Israel, Iran and Egypt,
See the dark clouds threaten
Destruction, carnage and horror.

Yonder I see clouds sailing
Over Uist and Lewis -
Will they turn to downpour
Before my son becomes a man?

94. Feasgar Foghair

Feasgar foghair, diasan grànach
Cromadh cinn do thoradh fàsmhor;
Sultain m' eilein toirt am fianais
Ruidhle-danns' nam millean dhiasan.

Abaichead a riagh'l an t-saoghail,
Abaichead pòir agus dhaoine;
Beath' a' fàs is beath' a' crìonadh,
Abaichead ri deireadh bliadhna.

Tilgeadh faileas air na diasan -
'S a' ruidhle-dannsa gun chrìoch air -
Ceum a' bhuanaiche tighinn fagas,
Ceum air cheum le buille làidir.

Coirce torrach, eòrna sùghmhor
'S gasan coilchinneach an dùdain - [87]
Thèid an leagadh uile còmhladh,
Abaich neo uaine neo òg iad.

Am an fhoghair, àm na buana -
Mur do dh'abaich sinn gu stuama,
Mur do ghlan sinn smal an dùdain,
Cha toir fear na speal dhuinn ùine.

Chaidh a' mheanbh-chuileag na h-ùir leam
Nuair a phronn mi 'n cùl mo dhùirn i;
Mise 's a' chuileag 's na diasan -
'S e ùir co-dhùnadh ar bliadhna.

Feasgar foghair, diasan grànach -
Biodh iad abaich, biodh iad càilear,
Biodh iad fallain, glan de dhùdan -
Cha toir fear na speal dhuinn ùine.

94. Autumn Evening

Autumn evening, ears of grain
Bending heads of fattening seed;
My island's September revealing
The dance of a million ears.

Ripening that regulated the world,
Ripening of crops and men;
Life growing and life decaying,
Ripening at the year's end.

A shadow falls across the corn -
While the dance is still unfinished -
Step of the reaper coming closer,
Step by step with steady rhythm.

Rich oats, sappy barley
And strands stunted by blight -
They will all be felled together
Whether ripe or green or young.

In the autumn, time of harvest,
If we have not matured with virtue,
If we have not cleansed the blight,
The reaper does not grant us time.

The little midge was turned to dirt
When I crushed it on my hand;
For myself, the fly, the corn,
Dirt is the end of our year.

Autumn evening, ears of corn -
Be they ripe or be they tasty,
Be they healthy, free from blight -
The reaper does not grant us time.

The Hymns

Although Christian philosophy was an ever-present theme in the bard's general poetry, the hymns and carols seem to belong to such a different genre that they deserve a section of their own.

His enthusiasm for hymn composition was fired in the late '70s when Ishabel T. MacDonald introduced him to the work of Seán Ó Riada in setting Irish Gaelic liturgy to traditional tunes.

Perhaps conscious of the fact that many of his own people found the richness of his poetic vocabulary intimidating, the bard seems to have deliberately adopted a simpler and more conventional approach. When set to traditional-style melodies by Ishabel T., the hymns became an immediate success in Barra where there was a strong tradition of church choirs.

Only a selection of the more popular of his religious writings is included here. It is drawn mainly from those hymns set to music by Ishabel T. and Fr. Roderick MacNeil in the hymn-book *Seinnibh dhan Tighearna* (Kevin Mayhew Ltd., 1986). This publication (supplemented by the example and teaching of individual singers such as Catriona Garbutt) ensured that these were the works by which he was best remembered prior to the publication of the present volume.

95. Seinnibh don Tighearna

O seinnibh don Tighearna le òrain is dàin,
O seinnibh don Tighearna thug buaidh air a' bhàs.
O seinnibh don Tighearna - dha ainm gu robh cliù;
Sruth fuarain na firinn, nach dìobair ar cùis.

O èisteadh gach nàisean le àrdachadh sùim
An sgeul a chaidh fhàgail, thug sàbhaladh dhuinn;
An Dia rinn an saoghal, na daoin' 's na bheil ann,
Dhuinn bhuannaich E Pàrras le bhàs air a' Chrann.

Cumhachd is mòrachd is glòir gu robh dha,
Ar Tighearna bith-bhuan a thug buaidh air a' bhàs·
O seinnibh le sòlas, le òran às ùr,
Do dh'ùghdair ar dòchais, ar beòshlaint 's ar dùil.

O seinnibh le aoibhneas an laoidh seo don Tì
Tha riaghladh os àirde le gràsan na sìth.
Biodh ainm na ar cànan ro àrd ann an luach,
'S nuair ghlaodhas E null sinn, bidh 'n crùn dhuinn na dhuais.

96. A Rìgh nan Rìghrean

A Rìgh nan Rìghrean, mo Rìgh na phàiste,
San fhrasaich ìseal, ri taobh a mhàthar,
Moire mhìn, le guth-cinn ga thàladh,
An teaghlach naomh sin a shaor gach nàisean.

'S e nochd an oidhche tha gealltainn sìth dhuinn
Bhon pheacaich Adhamh an gàrradh Eden;
Dia na phàiste san stàball ìseal -
O sgeul an àigh bha gach fàidh ag innse.

Sheinn na h-ainglean an laoidh le sòlas;
Dh'fhàg na buachaillean bhuap' an dròbhan;
Shoills an reul air an speur gan treòrach
Dhan stàball ìseal gu Rìgh na Glòrach.

340

95. Sing to the Lord

O sing to the Lord with songs and verse,
O sing to the Lord who vanquished death,
O sing to the Lord - all renown to His name,
Flowing fountain of truth that forsakes not our cause.

O let each nation hear with growing respect
The story handed down that brought salvation to us;
God who created the world, its people and all it contains,
Gained Paradise for us with His death on the Cross.

Power and greatness and glory to him,
Our eternal Lord who conquered death:
O sing with joy, with fresh new song,
To the Ruler of our trust, our living and our hope.

O sing with joy this hymn to the One
Who rules on high with the graces of peace:
His name in our language will be greatly esteemed;
When He calls us to Him, a crown's our reward.

96. O King of Kings

O King of Kings, my King a baby,
In the humble manger, beside his mother,
Gentle Mary, singing him a lullaby;
That holy family which redeemed each nation.

Tonight is the night that promises us peace
Since Adam sinned in the Garden of Eden;
God as an infant in the lowly stable -
O joyous news that each prophet told.

The angels sang their hymn with joy,
The shepherds left their flocks,
The star shone in the sky to lead them
To the lowly stable and the King of Glory.

'S e seo an oidhche thug dhuinn ar dòchas,
Seo an oidhche mun cluinn gach deòraidh,
Oidhch' thug teàrnadh o bhàs gu beò dhuinn,
Le solas Chrìosda na leus sa cheò dhuinn.

O thigibh leam, thigibh leam dhan stàball,
Geata cinnteach na sligh' gu Pàrras -
A' feitheamh shìos ann tha Ios' am pàiste
'S tha duais a' chrùin aig' air cùl a' bhàis dhuinn.

97. 'S E 'n Tighearna Fhèin Mo Chìobair

'S E 'n Tighearna fhèin mo chìobair -
Cha bhi dìth orm gu bràth;
Gu rèitich E na seòlaidean
Gam threòrachadh gu ghràs.
Gun ciùinich E na gàir-thonnan
A shàraicheadh mo chùrs',
'S an cluaintean uaine Phàrrais
Bidh gach ànradh air mo chùl.

'S E 'n Tighearna fhèin mo chìobair -
Cha bhi dìth orm gu bràth;
Gu rèitich E na seòlaidean
Gam threòrachadh gu ghràs.

Gu seall E sligh' na fìrinn dhomh
Nach dìobair mi rim bheò;
Gum beathaich E le ghràsan mi
'S le sàthach fhuil is fheòil;
Le thaic a bhith gam chuartachadh,
Cha bhuannaich orm an nàmh,
'S tro uisge ciùin a thròcair
Nì mi seòladh le mo bhàt'.

Deasaichidh E bòrd dhomh
Fo mo chòmhair loma-làn;
Mo chupa nì E lìonadh,
Bidh gach biadh leam nas fhearr;

This is the night that gave us our hope,
This the night that all the forlorn have heard of,
The night that delivered us from death to life,
With Christ's light a torch in the mist for us.

O come with me, come to the stable,
Certain gateway of the path to Paradise -
Waiting down there is baby Jesus
With the reward of a crown after death for us.

97. The Lord Himself is My Shepherd

The Lord Himself is my Shepherd,
I shall never want;
He will smooth the passages
Leading me to his grace.
He will calm the breakers
That trouble my course,
In the green meadows of paradise
All distress will be behind me.

> The Lord Himself is my Shepherd -
> I shall never want;
> He will smooth the passages
> Leading me to his grace.

He will show me the true path
That I'll not forsake while I live;
He'll nourish me with His grace
And my fill of His blood and body;
With His support about me,
My enemy cannot win;
Through the calm waters of his mercy
I will sail with my boat.

He will prepare a table
Fully-laden before me;
He will fill my cup,
All food to me will be the best;

'S ged bhiodh mo shiubhal ànrachdach
Tro sgàile gleann nan deòir,
Le brìgh a ghràis gum buannaich mi
Gu duais an Tìr na Glòir.

98. Do Làmh a Chrìosda

Do làmh, a Chrìosda, bi leinn an còmhnaidh;
Ar sìol gu fàs thu, ar gàrradh ròsan;
Ar foghair buain Thu, ar cruach dhen eòrna -
Nad shaibhlean biomaid aig crìch ar beò-bhith.

Ar n-oiteag chùbhraidh, ar driùchd na Màigh Thu,
Ar cala dìdein an tìmean gàbhaidh,
Ar grunndan iasgaich, ar biadh, ar sàth Thu,
Nad lìontaibh biomaid aig ìre bàis dhuinn.

Nar làithean leanabais biodh d' ainm-sa beò dhuinn,
Nar làithean aosta do ghaol biodh còmh' rinn,
Tro neòil ar dùbh'rachd ar cùrsa treòraich,
Tro shiantan dùr', gu reul-iùil ar dòchais.

Cha chrìoch am bàs dhuinn ach fàs às ùr dhuinn -
O lìon led ghràs sinn, gu bràth bi dlùth dhuinn;
'S nuair thig an t-àm oirnn aig ceann ar n-ùine,
'S e òg-mhìos Mhàigh bhios an àite Dùdlachd.

99. O Iosa, Bi 'n Còmhnaidh air M' Aire Gach Uair

O Iosa, bi 'n còmhnaidh air m' aire gach uair -
Mo chobhair, mo chridhe, mo bheatha, mo dhuais.
Bi rium an dlùth-chomann, nam inntinn a ghnàth,
Is treòraich mo cheuman le èifeachd do ghràis.

As d' aonais, O Iosa, mo bheatha gun stàth;
As d' aonais, O Iosa, tha m' fhoghar gun ghràn;

Though my journey be miserable
Through the dark vale of tears,
By strength of His grace I'll win through
To a reward in the Land of Glory.

98. Your Hand, O Christ *(Translation: John Campbell)*

May your hand, O Christ, be always with us;
Our seed to grow, our garden of roses;
Our autumn harvest, our barley store -
Let us be in your granary at life's end.

You are our fragrant breeze, our May-morn dew,
Our safe harbour in times of danger,
Our fishing ground, our food, our plenty -
Let us be in your nets at time of death.

In childhood may your name live for us,
In old age may your love be with us,
Guide us through our darkest clouds,
Through storms, to our star of hope.

Death is not our end but a new beginning -
Fill us with your grace and stay close forever;
So that when the end of our time comes,
May's young month will replace dark winter.

99. O Jesus, Be Ever On My Mind

O Jesus, be ever on my mind each hour,
My saviour, my heart, my life, my reward.
Be always in close communion with my spirit
And guide my steps with the power of your grace.

Without you, O Jesus, my life has no purpose;
Without you, O Jesus, my autumn has no grain;

As d' aonais, O Iosa, mo ghnìomhan gun fheum -
O soillsich mo ròidean le lochran do chrèid.

O Iosa mo Shlànair, na fàg mi 'son uair;
Nad reul bi dhomh deàrrsach an sgàthan mo smuain -
'S Tu m' acarsaid shàbhailt' bho ghàbhadh nan stuagh;
Mo dhìdean, mo chombaist, mo chompanach buan.

Dèan dachaigh nam chridhe, O Iosa, mo ghaol;
Dèan dachaigh nam thuigse, nam mheomhair, nam smaoin;
Biodh d' ainm-sa gu sìorraidh air bilean mo bheòil -
O Iosa, na trèig mi rè rèis mo bhith-bheò.

100. O Thig, Thig Chun an Stàbaill

O thig, thig chun an stàbaill,
Thigibh gu fàrdaich bheannaicht' an Rìgh;
Cluinn seinn còisir nan àrdaibh
'S reul a' deàrrsadh am Bethlehem chì.

Tha Esan na laighe sa chùil,
Ar Cruthadair 's Athair nan Dùl.
Tha 'n cruinne 's an speur gu lèir fo iargain,
Osag nam beann le greann a' siabadh.
Thighearna, cuidich is beannaich sinn fhìn.

A ghlòir rinn E fhàgail na dhèidh,
Gus sinne ais-thilleadh ris fhèin;
Nuair roghnaich daoin' a ghaol a dhiùltadh,
Thagh e seid-làir an stàball bhrùidean.
Thighearna, cuidich is beannaich sinn fhìn.

O thigibh gu prasach a' ghaoil,
Gu dachaigh an leanaibh bhig mhaoith -
Tha còisir Nèamhaidh seinn sna h-àrdaibh;
Sgeul na Nollaig, O seinnibh le àgh i.
Thighearna, cuidich is beannaich sinn fhìn.

Without you, O Jesus, my deeds are in vain -
O light my path with the lantern of your creed.

O Jesus my saviour, leave me not for an hour;
Shine for me as a star in the mirror of my thoughts -
You are my safe harbour from the peril of the waves;
My protection, my compass, my constant companion.

Make a home in my heart, O Jesus my love;
Make a home in my understanding, my memory, my mind;
Your name will be forever on my lips -
O Jesus, do not forsake me throughout my life's race.

100. Come, Come to the Manger   *(Anon)*

Come, come, come to the Manger,
Children come to the children's King,
Sing, sing, chorus of angels,
Stars of morning over Bethlehem see.

He lies 'neath the beasts of the stall
Who is Maker and Lord of us all,
The wintry wind blows cold and dreary,
See - he weeps, the world is weary,
Lord have pity and mercy on me.

He leaves all his glory behind
To be born and to die for mankind,
With grateful beasts His cradle chooses,
Thankless man His love refuses,
Lord have pity and mercy on me.

To the manger of Bethlehem come
To the Saviour Emmanuel's home,
The heavenly host above are singing,
Set the Christmas bells a-ringing,
Lord have pity and mercy on me.

101. Bha Sneachda na Chuibhrig

Bha sneachda na chuibhrig air ìseal is àrd,
Am broinn an taigh-òsta na seòmraichean làn;
Bha Màiri is Eòsaph air tòir àite-tàimh
Am Bethlehem fhuadain 's an uair ann mu thràth.

O càit an robh fasgadh bhon chas-shileadh fhuar
Dhan òigh a bha giùlan Fear-saoraidh an t-sluaigh?
Ach threòraicheadh dìreach is cinnteach an ceum
Dhan fhàrdaich a b' ìsle san tìr ud gu lèir.

O, seall E na shìneadh gun rìomhadh na chòir;
O, seall air a Mhàthair ga thàladh le deòin,
'S na h-ainglean a' tàilteachadh pàiste na h-Òigh -
Bidh 'n oidhche seo àraid an cànan 's an ceòl.

Bha ceòl air a' ghaoith agus shoillsich an reul
Mun cuairt air na cìobairean, 's shìn iad an ceum:
'S an uamha nan ainmhidhean thairg iad an gaol
Dhan naoidhean aig Màiri, Rìgh-phàiste chlann-daoin'!

102. Molamaid Iosa

Molamaid Iosa le briathran neo-ghann,
A shaor sinn 's a shàbhail le bhàs air a' Chrann;
A dh'èirich on uaigh, a' toirt buaidh air a' bhàs -
Mo chrìdh' tha cur thairis le beannachdan dha.

O Iosa ar Dia Geal a chruthaich an saogh'l,
A dh'fhuiling an Crann-ceusaidh an èirig chlann-daoin',
A dh'fhuiling a bhith reubte le reubairean dàn',
'S a dh'fhosgail dhuinn seòlaid gu beò-bhith nan gràs.

Nach prìseil an t-ionmhas a dh'fhàg E dha shluagh,
Fhuil fhèin agus fheòil gus ar beò-bhith bhith buan;
Na earbaibh à mòrachd 's à sòlas an t-saogh'il -
An coimeas ri ghlòir-san tha 'n t-òr agaibh faoin.

101. The Snow Lay as a Blanket

The snow lay as a blanket on high and on low,
Inside the inn the rooms were all full;
Mary and Joseph seeking a place to rest
In alien Bethlehem, the time having come.

Oh, where was there shelter from the cold downpour
For the virgin bearing the Saviour of mankind?
But their steps were guided direct and sure
To the humblest dwelling in all of that land.

Oh, see him lying without any kind of pomp;
Oh, look at His Mother lulling him willingly
And the angels welcoming the Virgin's child -
This night will be famed in words and in music.

There was music on the breeze and the star shone
All round the shepherds and they lengthened their stride:
In the cave of the beasts they offered their love
To Mary's baby, mankind's Infant-king.

102. Let Us Praise Jesus

Let us praise Jesus with many words,
Who freed us and saved us with his death on the Cross;
Who rose from the grave, victorious against death -
My heart overflows with blessings for Him.

O Jesus our pure God who created the world,
Who suffered the Cross to atone for mankind;
Who suffered wounds from audacious, violent men,
And who opened a way for us to a life of grace.

What precious riches he left to his people,
His own body and blood so we might have eternal life;
Trust not in rank and worldly pleasures -
Compared to His glory your gold is vain.

103. Sìn Do Làmh, a Mhoire

Sìn do làmh, a Mhoire,
Treòraich mi sa ghleann;
Stiùir mo chùrsa dìreach
Air an Rìoghachd thall.

O mo mhàthair òigheach,
Eist ri m' òran gaoil;
Dhaingnich thu mo chòir dhomh
Air a' chrò ro naomh.

Oigh os cionn nan òighean,
Oigh an uile chliù,
Oigh nan uile ghràsan,
Bi gach là dhuinn dlùth.

Nì sinn ceòl le coireal
Dhut, a Mhoire naomh,
'S teudan ciùil ar cridhe
Dhut a' fighe gaoil.

Nuair as duibhe dòchas,
Fadaidh beò ar dùil;
Nuair as caise 'n dìreadh,
Biodh do chlì rir cùl.

Sìn do làmh, a Mhoire,
Glac mi teann air dhòrn;
Treòraich mi gu Iosa,
Ughdar fial mo bheò.

104. A Bhàn-righinn nan Eilean

A Bhàn-righinn nan Eilean, a Mhoire nan gràs,
A ghiùlain 's a riaraich ar Tighearna na phàist',
Thoir dhuinne do chobhair, a Mhoire ro naomh,
1.   Is glèidh sinn o bhuaireadh 's o thruailleadh an t-saogh'il.

103. Mary, Stretch Forth Your Hand

(Translation: John Campbell)

Mary, stretch forth your hand,
Guide me through the vale;
Steer my course directly
To the Kingdom over there.

O my virgin Mother,
Hear my song of love;
You confirmed my right
To the blessed fold.

Virgin above virgins,
Virgin of all renown,
Virgin full of grace,
Stay close to us each day.

Loudly we will sing
To you, blessed Mary,
While the strings of our hearts
Weave melodies of love.

When dark despair threatens,
Fan our flame of hope;
When the slope is steepest,
May your strength sustain us.

Stretch forth your hand, Mary,
To clasp mine tight;
Lead me to Jesus,
Generous ruler of my being.

104. O Queen of the Islands

O Queen of the Islands, O Mary of grace,
Who bore and nursed our Lord as a babe,
Grant us your succour, O Mary most holy,
Save us from temptation and worldly corruption.

Is oighreachd air leth dhut na h-Eileanan Siar
'S na h-eòin dhut a' seinn ann le aoibhneas cho fìor,
A' tairgsinn an ciùil gu do chrùn-chathair àrd,
Gach pong san laoidh-mholaidh nad onair a-mhàin.

Tha sinne mar ionnan a' togail ar ciùil,
'S le tabhartas ceòlmhor a' glòradh do chliù.
O, aonaich na h-Eileanan 's beannaich an àl -
Le thusa bhith stiùireadh, bidh 'n cùrsa nas fheàrr.

O chobhair nan deòraidh, a sheòlaid nan gràs,
A dhìdein nan cinneach bhon gineadh gum bàs,
Bi dhuinne nad fhasgadh air taisteal ar beò,
Nad bhoillsgeadh san dùbh'rachd nuair 's dùmh'l 'ìos an ceò

105. Fàilte Dhut, a Mhoire, Fàilt'

Fàilte dhut, a Mhoire, fàilt',
Fàilt', a Bhàn-righinn gheal nan òigh;
Beannaicht' tha thu measg nam mnà,
Thu le gràsan làn is còrr.

Maille riut tha Tì nan Dùl,
Rìgh is ùghdar tìr is cuain;
Thug thu daonndachd dhà nad fheòil
Mar a dh'òrdaicheadh bho shuas.

Beannaicht' an cridhe nad chom
'S toradh do bhronn, a Mhoir' Oigh;
Ann an caladh-dìon do chrè
Thionndaidh Facal Dhè na fheòil.

A Naomh Mhoire Mhàthair Dhè,
Thusa reul na madainn òig,
Cùm ar cùrsa gun dhol cam
Air ar sligh' an gleann nan deòir.

Guidh air ar son-ne ri Dia
Dhan tug thusa cìoch is glùin;

The Western Isles are your special estate -
Birds sing for you there with real joy,
Offering their song to your throne crowned on high,
Each note of the hymn in your honour alone.

So we also are raising our song
With melodious tribute glorifying your fame.
Oh, unite the Islands and bless their children -
With your guidance their path will be truer.

O aid of the helpless, O haven of grace,
O sanctuary of nations from conception to death,
Be a shelter to us on our mortal journey,
Shining in the darkness when the mist be thickest.

105. Hail to You, Mary, Hail

Hail to You, Mary, Hail,
Hail, O pure Queen of virgins;
Blessed are you amongst women,
You are overflowing with grace.

With you is the supreme One of the elements,
King and Ruler of land and sea;
You gave Him human form in your body
As was ordained from on high.

Blessed the heart in your bosom
And the fruit of your womb, O Virgin Mary;
In the safe haven of your body
The Word of God was made flesh.

O holy Mary, Mother of God,
You, the early morning star,
Keep our path from straying
On our way through the vale of tears.

Intercede for us with God
To Whom you gave breast and knee;

Paisg a-staigh sinn na do chom
Mar a phaisg thu Rìgh nan Dùl.

Feadh ar beatha san dubh-choill'
Biodh do shoillse dhuinn na iùl,
'S mar ri Iosa aig uair ar bàis
Bi gar fàilteachadh a-null.

106. Laoidh *Statue* Ruaidheabhal

Bha daoine riamh a' smaointinn gur i Eamag an t-Saoir Bhuilsean à Hogh Mòr
a rinn an laoidh seo mun statue *a thog Hew Lorimer air Ruaidheabhal an*
Uibhist a Deas. Ach bhiodh i an còmhnaidh a' cur a cuid bàrdachd gu Dòmhnall
Iain airson ceartachadh agus an innis esan dha theaghlach fhèin gun do dh'iarr i
air an laoidh seo a sgrìobhadh dhi. Bha i an dòchas gum biodh barrachd spèis
aig a dithis bhràithrean dhi an dèidh dhaibh a bhith cur sìos air a' bhàrdachd
aice. Gu dearbh, bha e riamh na iongnadh nach do nochd dad le Dòmhnall Iain
fhèin mun statue. *Leis cho mòr 's a bha an naidheachd aig an àm (1957), tha e*
doirbh a chreidsinn nach dèanadh e laoidh air a' chuspair.

Bithidh beachd aig cuid nach eil a' bhàrdachd cho math 's as àbhaist dha - ach
bhiodh e cleachdadh stoidhle na bu shìmplidhe anns na laoidhean co-dhiu.

Air cnocan fraoich air Ruaidheabhal
Tha mhaighdean chiùin a' tàmh,
A h-aghaidh ris na siantanan
'S i coingeis fuachd no blàths;
Na h-Eileanan 's iad crochte rith'
A' sireadh meall de ghràdh,
'S gu mair i fad na' linntean ann
'S gach neach san uaigh a' cnàmh.

B' e latha mòr dhan eilean seo
Nuair thogadh suas i 'n àird,
Iomhaigh Mhoire bheannaichte
'S i coisrigte dhan àit':
'S gach coigreach thig thar chuan ugainn
Gun fois aca neo tàmh
Gum faic iad *Statue* Ruaidheabhal
'S a dealbh an-diugh 's gach ceàrn.

Enfold us in your bosom
As you did the King of Elements.

Throughout our life in the dark forest
Your light will be our guide,
And with Jesus at the hour of our death
Welcome us over there.

106. The Statue at Rueval

This hymn celebrating Hew Lorimer's landmark statue of Our Lady of the Isles at Rueval, South Uist was attributed to Emma Wilson of Howmore. However, she frequently asked Donald John to edit her poetry and there is direct evidence from his family that this work was ghost-written by him at Emma's request in order to boost her credibility as poet with her two brothers (who had been somewhat dismissive of her previous efforts). Significantly, there is no other known composition on the subject by the bard - despite the fact that the erection of the statue was the major religious event in the island at the time (1957). Given the number of hymns and carols which he wrote, it is inconceivable that the subject would not have inspired him. It can be argued that the quality of the verse is not up to DJ's usual standard, but it is compatible with the simpler style which he used for his hymns.

On a heather knoll on Rueval
The gentle maiden rests,
Facing to the elements,
Caring nought for cold or warmth;
The Islands depend on her,
Seeking some of her love;
She will stay there through the ages
While all crumble in the grave.

What a great day for this island
When it was built on high,
Blessed Mary's image
Consecrated to this place:
Strangers who come overseas to us
Have no rest or peace
Until they see the Rueval statue,
Its picture now everywhere.

'S an Crìosdaidh còir a fhuair ann i [*]
Gun b' ànrach bha gach ceum
Thug e gus a fàgail
Aig na h-Eileanan na dhèidh:
Gun d' ghabh e iomadh saothair
'S dha chuid nàimhdean cha do ghèill -
Bha tacsa fìor ri ghualainn-sa
A dh'fhàg gach sligh' dha rèidh.

Iomhaigh a mic ri gualainn ann
'S a shùilean ciùin le blàths,
'S E seallltainn air gach aon againn
Na thruas aige rir càs:
B' E 'm buachaill' E nach trèigeadh sinn
'S nach fhàgadh sinn fo chràdh;
Gun inns ar crann-ceusaidh dhuinn
Na dh'fhuiling E air ar sgàth.

Ged shèideadh gailleann tuathach oirnn
Le clach-mheallain chruaidh thar sàil',
'S ged bhiodh stoirm bhon iar-dheas ann
'S na neòil ri ruaig gu h-àrd
'S ged bhiodh cruas nan tàirneanach
Cur crith air cuan 's air làr,
A' mhaighdean gheal air Ruaidheabhal,
Bidh bhuaidh aice 's gach càs.

Ged bhiodh m' inntinn ìseal
'S mi gun fhonn, mar 's tric a tha,
Nuair chì mi choinneal fhollaiseach
Tha shuas air beinn gu h-àrd,
Gun till mi staigh nas toilichte,
'S mi cuimhneachadh le gràdh
Na gràsan fhuair na h-Eileanan
Air Latha-Fèill an àigh.

Nuair thèid ar sligean saoghalta
Le cùram sìos dhan làr

---

[*] B' e seo Mgr Iain Moireasdain a bh' air cùl an oidhirp gus an *statue* a thogail.
Choisinn e am far-ainm *Father Rocket* leis cho làidir 's a bha e strì an aghaidh
Rocket Range ann an Uibhist.

The fine Christian who brought her here *
Found every step was hard
That he took to leave her
For the islands after him:
He had many a struggle,
Did not yield to his foes -
There was true help at his shoulder
That smoothed each path for him.

Her Son's image on her shoulder there,
His eyes gentle with warmth
As He looks on each one of us
In His pity for our state:
He was the shepherd that would not forsake us
Nor leave us in great pain -
Our crucifix can show us
How much He suffered in our name.

Though the northern tempest blow
With hailstones from the sea,
Though there be a south-west storm
With clouds chasing overhead,
Though the loud thunder
Shake the sea and land,
The pure Maiden on Rueval
Will triumph over every hardship.

Although my spirit be low,
Without cheer, as I often am,
When I see that landmark candle
Up high on the hill,
I return home happier
As I remember with love
The blessings the island received
On that Feastday of joy.

When our mortal shells
Are laid in ground with care

---

* Fr. (later Canon) John Morrison, parish priest in Eochar at the time, was the
driving force behind the erection of the statue. He was dubbed *Father Rocket*
because of his spirited opposition to the siting of the Rocket Range on South Uist.

'S a bhios sinn, mar ar dòchas,
Anns a' chòmhlan naomh gu bràth,
Mar ghathan geal na grèine
A' sealltainn sìos le bàidh
Air an ìomhaigh chiùin th' air Ruaidheabhal
Am measg an fhraoich gu h-àrd.

'S ar sinnsrean bha cho dìleas dhi
Cha d' dh'fhàg i riamh fo ghruaim,
Màthair naomh ar Slànaigheir
Bha ann an càs cho cruaidh;
'S ma leanas sinn san lorg aca
'S ar n-earbsa chuir na duais,
Gu faic sinn fìor na h-àilleachd i
An glòir na Flathas shuas.

107. A Mhoire Mhìn-gheal

A Mhoire mhìn-gheal, a mhèinn nan gràsan,
Do dh'aona Mhac Dhè bu tu fhèin a mhàthair:
Stiùir mo cheum-sa tro rè mo làithean
Air sligh' an dòchais gu sòlas Phàrrais.

Dìon gach là mi bho chràdh is leònadh;
Lìon gu làn mi le gràs do thròcair;
Ciùinich m' àrdan gu sàmhchair òigheach,
Air sgàth a' phàistein a dh'fhàs bhod fheòil-sa.

Oigh ro-chliùiteach, bi rium-sa bàidheil,
Paisg is cùm mi fo lùb do ghàirdein;
Las led shoillse gach duibhre ghràineil
Tha dubhadh m' eòlais air òr do ghràsan.

Tog do naoidhean mar lainntear iùil dhomh,
Los tron oidhche nach caill mi 'n cùrsa;
Bi toirt làmh dhomh an càs an stiùiridh
Gu port mo dhòchais, mo chòir 's mo dhùthchais.

And we are, as we hope,
In the holy company forever,
As bright rays of the sun
Looking kindly down
On that gentle face on Rueval,
Set in the heather up on high.

Our forefathers so loyal to her
She never left in gloom,
Blessed mother of our Saviour
Who suffered such distress;
If we follow their lead
And trust in her reward,
We will see her in true beauty
In glory in Heaven above.

107. Fair Gentle Mary   *(Translation: John Campbell)*

Fair gentle Mary, rich source of grace,
You were the mother of God's only-begotten Son:
Guide my footsteps throughout my days
On the journey of hope to the joy of paradise.

Protect me each day from pain and hurt,
Fill me full of the grace of your mercy;
Subdue my pride to virginal peace,
For sake of the Child who grew from your flesh.

Virgin most renowned, be kind to me;
Enfold and keep me in the crook of your arm;
Light with your radiance each hateful shade
Which darkens my vision of your golden grace.

Let your infant Son be my guiding light
Lest in the night I should lose my way;
Guide my hand in the task of steering
For the harbour of my hopes, my right and heritage.

108. Urnaigh Naomh Francis (Paraphrase)

'S e Mgr. Cailean MacAonghais a dh'iarr air Dòmhnall Iain an ùrnaigh ainmeil seo eadar-theangachadh. Chan eil e na iongnadh gun do dhùisgeadh ùidh a' bhàird - a chionn tha i mar gheàrr-chunntais air fheallsanachd fhèin.

A Thighearna, dèan mise nam theachdaire sìth;
Fuath biodh as m' aonais, biodh gaol na mo chrìdh';
Far an tachair an ciùrradh, biodh mathanas saor;
Is far am bi teagamh, biodh creideamh is gaol;
Far faighear eu-dòchas, biodh dòchas nas fheàrr;
Far faighear an duibhre, biodh soillse nan gràs;
An àite bhi brònach, biodh sòlas is àgh;
'S biodh Tighearna na glòrach an còmhnaidh nar pàirt.

A Mhaighstir Dhiadhaidh, O deònaich nad ghràdh
Nach iarr mi bhith socrach 's an-shocair aig càch;
Nach seall mi mo thuigs' ach bhith tuigseach mi fhìn;
Nach iarr mi gaol chàich ach gun gràdhaich mi Sibh;
Oir 's ann ann an tabhartas gheibh sinn gun dìth,
'S mu thairgeas sinn mathanas, mathar dhuinn fhìn,
'S cha bhàs dhuinn a th' ann ged a stampar an ùir,
Ach aiseirigh ghlòrmhor gu beò-bith as ùr.

108. Prayer of Saint Francis of Assisi

The translation to verse of this well-known prayer was done at the request of Fr. Colin MacInnes. It is no surprise that the project appealed to the bard for it could almost be read as a summary of his own philosophy.

Lord, make me an instrument of thy peace:
Where there is hatred, let me sow love;
Where there is injury, pardon;
Where there is doubt, faith;
Where there is despair, hope;
Where there is darkness, light;
And where there is sadness, joy.
[*And the Lord of glory will be forever with us.*] *

O Divine Master, grant that I may not so much seek to be
consoled as to console;
To be understood, as to understand;
To be loved, as to love;
For it is in giving that we receive,
It is in pardoning that we are pardoned,
And it is in dying that we are born to eternal life.

---

* An extra line inserted into the Gaelic metrical version to complete the verse.

Notes

[1] The *Cròic* is the bay immediately west of Peninerine and *Na Geàrr-sgeir* are the rocks which form its southern boundary.

[2] *Crò* can be a cattle fold - or narrows. In this case the name applies to the area where the Howmore river exits from the north-west end of Loch Roag - so perhaps the latter is more appropriate.

[3] Donald Macintyre (*Dòmhnall Choinnich Chaluim*) from North Boisdale.

[4] Gavin Macleod from Edinburgh, who was a piper and winner of many awards as a dancer. Despite the bard's protestations, it would appear that he and his companions achieved a respectable standard in such dances as the Highland Fling and Lochaber Broadswords as well as in the Sword Dance. (See *Fo Sgàil a' Swastika*, p. 29).
The Reel of the 51st Division was actually composed by officers of the Cameron Highlanders while prisoners of war in Germany.

[5] The battle of Inverlochy in 1645, recorded so triumphantly by Iain Lom MacDonald in *Latha Inbhir Lòchaidh*.

[6] See note 1

[7] The bard himself used *seamragan luachmhor* on tape but this may have been a slip of the tongue.

[8] *Gèideabhal* (cf. Goatfell) is the correct name for Ben More (Big Mountain).

[9] One of MacBrayne's ships which served the Uists and Harris from Mallaig. Her sister ship *Lochearn* connected the southern isles with Oban

[10] Hecla and Ben More (see Note 8) are two of the three peaks which dominate the eastern skyline of Peninerine. Haarsal is the small hill east of Howmore.

[11] See note 1.

[12] *Clòsaid* - the small room between kitchen and bedroom in the old houses.

[13] *Dùghall an Tàilleir* drove a travelling grocer's van.

[14] *'S mun tug i brag* - lit. "before it made a cracking (or crunching) sound". The Gaelic idiom has no direct English equivalent.

[15] *Gèideabhal* and Hecla - See Notes 8 & 10. Teach an Triubhais is usually known as Corodal and is the third highest of the South Uist bens.

[16] *Buail' a Ghoill* is the southern (higher) peak of Gèideabhal (see Note 8).

[17] Blar an Tronnga was fought by the MacDonalds against a raiding party of Macleods. The site is in the foothills near River Roag. The famous bowman

362

Gille-Pàdraig Dubh Macintyre (whom the bard Donald Macintyre claimed as an ancestor) played a valiant part in the battle - according to a tale from Angus Maclellan, *Aonghas Beag Mac Aonghais 'ic Eachainn*, from Frobost recorded in the School of Scottish Studies.

[18] *Ruairidh an Tartar* (Rory the Turbulent) - chief of the MacNeils of Barra at the beginning of the 17th century. He also had the lands of Boisdale in South Uist until 1604 when Donald MacDonald of Moidart defeated his brother Murdoch MacNeil. A notorious pirate, he incurred the wrath of Queen Elizabeth of England who demanded that James VI punish him. He excused himself to the king on the grounds that he thought he was serving His Majesty by "annoying the woman who had killed his mother"!

[19] This song is a much exaggerated account of a true incident involving the late Archie MacCormick of Eochar.

[20] The reference to Demerara rum dates the incident to the post-war period when whisky was virtually unobtainable.

[21] Originally: *A bha aig Dòmhnall na phàiste* [That Donald had as a baby].

[22] John Clark had a general store (*Bùth Sheonaidh Clark*) near the pier at Lochboisdale.

[23] Originally *'S i a' tionndadh a tòine* [Turning her back on me]

[24] The original had a final verse:

'S mise rinn a' chearbaiche	What a fool I was
Falbh air a' chùrs' ud -	Setting off on that course,
Gun chuir e gu h-aimlisgeach	It has done great mischief
M' ainm feadh na dùthchadh:	To my name throughout the island.
'S duiliche leam càch	The worst for me is for others
A bhith ràdh air mo chùlaibh	To be saying behind my back
G' eil cailleach anns an Iochdar	That an old woman in Eochar
Toirt cìoch air a glùin dhomh!	Gives me suck on her knee!

[25] *Crìosdaidhean* (lit. - Christians) can have a more general application to decent, upright folk.

[26] The bard wrote, '*Cho fad 's a thèid biùg a màladh ann*' - which implies that the sound goes into the bag. This may have been a slip of the pen. '*Cho fad 's a thig biùg à màladh ann*' would make more sense.

[27] Although nowadays this tune is associated with a Lewis song, it was common in Uist also.

[28] The bard wrote *grèite*, which is given as *grèidhte* [prepared, dressed] in Dwelly. However, *grèidheadh* could mean 'sunning, warming' in South Uist as in *bha e ga ghrèidheadh fhèin aig an teine* [he was warming himself at the fire].

[29] The original version had only seven verses. By the time *Sguaban Eòrna* was published in 1971 there were another ten of philosophy and speculation - including the beautifully simple verse 15.

[30] The grave (now protected by a wooden fence) is just below the yard of the thatched house which is currently a youth hostel but once belonged to John MacDonald - *Mac Iain Oig*.

[31] Mary Maclean was sometimes known as *Màiri na Buaileadh*.

[32] Although the bard refers to 'iùdhaich', the context makes clear that he intended a more general target. His sympathy for the sufferings of the Jews is evident in works such as *Cogadh na Sìth* and *Na Neòil*.

[33] *Dreòllain* - old name for Mull and Clan Maclean

[34] The adjudicator wrote - "A near classic undoubtedly... Remarkable scope of conception and perfection of execution must be preserved."

[35] Oral tradition has it that Vorran Island was cut off from the mainland on the night Colin MacDonald of Boisdale was born. Although the island was bare rock in 1998, the editor remembers it as a grassy nesting site for eider ducks in the '50s.

[36] For a graphic description of the poverty which forced the people to depend on the shellfish of the rocks for food at the end of the 19th century see *The Outer Isles* (Ada Goodrich-Freer, 1902). She wrote of South Uist under the ownership of Colonel Gordon, "Nowhere in our proud Empire is there a spot more desolate, grim, hopelessly poverty-stricken".

[37] Carrageen seaweed can be used as the basis for a blancmange-like pudding.

[38] Donald Archie Laing was clerk to the Drimsdale Grazing Committee.

[39] Donald Macsween *(Dòmhnall Mòr Eòghain)* lived in Drimsdale House. In the days when rabbits were a popular part of the diet, trapping rights on the machair could be rented.

[40] Roderick Johnstone *(Ruairidh Mac Dhonnchaidh Mhòir)* from Howmore.

[41] Rob Sweeney lived with Roderick Johnstone.

[42] John Macintyre of Howmore.

[43] Howmore Temple is reputed to have been one of the most important religious sites in the islands. Part of the See of Iona, it was both a religious seminary and burial place of the island chiefs.

[44] Isabel Maclellan *(Iseabal Mhuileag)* whose house was a favourite cèilidh place. However, the fact that Nellie MacNeil (the bard's future wife) is named as hostess suggests that the incident took place in the home of the

MacDonalds (just across from the bard's house) where she was housekeeper.

[45] Seonaidh Macphee and Rob Sweeney from Howmore.

[46] *Dòmhnall an t-Saighdeir* -Donald Johnstone, Peninerine - also celebrated in song by Donald Macintyre. (See *Sporan Dhòmhnaill* p. 124).

[47] Nellie MacNeil - later the bard's wife - who lived with the MacDonalds (see Note 44).

[48] *Na leadain* - Litany (Rosary). Neighbours would gather of an evening in each other's homes to say prayers together.

[49] Hallowe'en customs in South Uist included the hiding of rings and the old silver coins such as threepence, sixpence and shilling in the brose. These gave the lucky finders a scale of wealth for their future spouses (the shilling promised the highest good fortune). The finder of a ring could expect to marry within the year. In addition straws were cut to a length and inserted in holes in half a potato, which was then placed on the fire. If the straws leaned towards each other as they burned, then this also indicated imminent marriage. Conversely, if they leaned away from each other, chances of matrimony were bleak indeed!

[50] Eòin MacDonald, despite having been lame from childhood, was an active crofter and clerk to the grazing committee in Howbeg. Meetings of the committee were signalled by flying a flag at the top of the Cuidhe Mhòr (the hill between Howbeg and Howmore). His wife Mary Ann was a Protestant - see Donald Macintyre's song *Ma b' fhìor gun do thionndaigh Bean Eòin* in *Sporan Dhòmhnaill*, p. 240 (Scottish Gaelic Texts Society).

[51] *An fhadhail* - the ford. The Howmore River could be crossed at low water near Eòin's house. The stepping stones can still be seen (1998).

[52] Roderick MacDonald *(Ruairidh an Tàilleir)* of Peninerine had been a prisoner of war with the bard in Germany.

[53] The chorus and verses 4 & 6 plus the first quatrain of verse 5 (shown here in italics) were re-cycled, slightly modified, from an earlier love song.

Chan iongnadh ged bhithinn,
Ged bhithinn ged bhithinn,
Chan iongnadh ged bhithinn
A tighinn orr' a thòir:
Chan iongnadh ged bhithinn
A ghaoil, ga do shireadh,
'S do phògan cho milis
'S tha mhil air an ròs.

A mhaldag as buaidhche,
Dèan èisteachd rim dhuanaig -
'S e d' àilleachd a bhuair mi

Bhon fhuair mi ort eòl;
'S tu àilleag nan gruagach
As àillidhe snuadh leam
'S chan fhàgainn-sa bhuam thu
Air cuachan dhen òr.

Gur soillse dham shùil thu
Nuair bhoillsgeas tu dlùth dhomh
Mar dhaoimein am bùthaidh
A' mùchadh a' chòrr:
'S tu reul a nì iùl dhomh
Mur lèir dhomh mo chùrsa
'S tu bàn-righinn na' flùran
An cunntais nan òigh.

Gur dualach ro-rìomhach
Tha euailloin na h ìghneig
Na chuairteagan mìne
Mar shìod' air a chòrn;
'S nuair ghluaiseas a' chìr e,
Mud ghuaillean gu sìn e,
'S gur luachmhor leam fhìn e
Na mheudachd dhen òr.

Do ghruaidhean a' deàrrsadh
Mar chluaran 's am blàth air,
Tha uaisle nad nàdar
'S gun àrdan nad fheòil:
Sùil chaogach an càradh
Fon chaol-mhal' as àille,
'S e d' aogas, a mhàldaig,
Thug bàrr air gach òigh.

Tha t-àilleachd-s' a' mùchadh
Gach rìbhinn san dùthaich,
Gur mìlse na 'n ubhal
Anail cùbhraidh do bheòil:
Gur samhla dhan t-sùil thu
Ri blàth bhiodh air flùran
A' deàrrsadh fon driùchd
Anns an ùr-mhadainn òig.

Mo chridhe gun ghluais e
'S gun lìon e le luaidh dhut,
A cheud uair, mo chuachag,
A fhuair mi do phòg;
'S chan iarrain do shuaimhneas,
A ghaoil, ach do bhuannachd,
Is d' fhaotainn rim ghualainn
Le cruaidh-shnaoim na còir.
Do chneas leam is bàine

Na 'n sneachda ga chàthadh,
Deud snaight' an dlùth-chàradh
An càirean do bheòil;
Do mhin-mhuineal bàn-gheal
Mar fhaoilinn an t-sàile
'S do chaoin-bhilean blàtha
Cho sàr-dhatht' ri ròs.

Ach dùinidh mi 'n dàn seo
Le cùmhnantan làidir
Nach mùchar an gràdh dhuit
Tha blàth ann am fheòil;
Cha mhùch e 's cha tràigh e
Gu 'n dùinear sna clàir mi -
'S le ùine gun càirich mi
Fàinne mud mheòir.

According to his sister Ann, this was composed for Mary Cameron (nee MacIsaac), *Mairi 'Illeasbaig Nìll* from Taobh a' Chaolais. Because she lived in the MacEachen house in Peninerine (where she had come in 1947 to look after Bean Eachainn) she was known locally as *Màiri Eachainn.*

[54] Roderick the Tartar (see note 17).

[55] The cemeteries in Daliburgh and Stoneybridge.

[56] Donald Kirkpatrick was the lifeboat coxswain.

[57] *Tiompan* - harp - or other musical instrument.

[58] Donald Macintyre was an accomplished piper and dancer. In World War 1 he was Locheil's personal piper.

[59] These lines were chosen for Donald Macintyre's plaque on the memorial he shares with the bard at Snishival, South Uist.

[60] This is the version in the bard's own ms. However, the following lines were once inserted after the fifth verse.

Chruthaich Dia mi mar a b' àbhaist: | God made me as was his wont,
'S e gum fàsainn bha na dhòchas - | Expecting that I would mature -
Cha b' e bha na inntinn idir | It was not in his plan
Gu robh mise gu bhith chòrr ann: | That I should be unwanted:
Chruthaich e m' anam neo-bhàsmhor, | He made my soul immortal
Ged bha peacadh Adhaimh beò air, | Though stained by Adam's sin
Ach bha Sàcramaid a' Bhaistidh | But the sacrament of Baptism
Dol a thaisbeanadh na glòir dhomh. | Was to reveal glory to me.

Och, mo thruaighe, fàth mo dhòlais, | Alas, cause of my sorrow,
Chaidh mo chòir rithe dhòmhs' a dhiùltadh - | My right has been denied me
Chan eil Baisteadh ann dhomh 'n dòchas | I have no hope of Baptism
Mar a dh'òrdaich Rìgh nan Dùl dhomh; | As ordained by God of elements;

Ach tha fios gu nochd E bàidh rium,	But surely He will show me mercy
Neo-chiontach de phàiste diombaidh	An innocent, unloved child
Nach fhaigh cead tighinn chun an t-saoghail	Not allowed entry to the world
'S cothrom tighinn gu aois ri ùin' ann.	Or chance to mature with time.

Donald John was a severe critic of his own work and he may have decided that these lines lacked the powerful simplicity and quality of the rest, or that the overt religious references might actually restrict the appeal of his message.

[61] *Crois-tàra* or *crann-tàra* - a piece of wood half-burnt and dipped in blood which could be carried by a relay of messengers to call the clan to arms (Dwelly).

[62] Dan MacDonald lived with his relative Mary Ann MacInnes, *Màiri Anna Iain*, at Stilligarry.

[63] Charles Maclean, *Teàrlach Tiristeach*, was the gamekeeper at Grogarry.

[64] Donny MacRury, *Donaidh Thormaid Eòghainn* (Stilligarry), was (allegedly) one of the first on the scene.

[65] The ruin of Iain Smith's house is close to the Snishival road west of the remains of the birthplace of Donald Macintyre, *Dòmhnall Ruadh Phàislig*. There is a further verse (originally the sixth) which was omitted due to an editorial oversight:

Briathran ceòlmhor an tàlaidh	Melodious words of the lullaby
Bho bheul na màthar a' sileadh;	Pouring from the mother's lips;
Ceilear seasgair a' phàiste	Contented gurgling from the baby's
Le uile sàsachd bho bhilean;	Fully satisfied mouth,
'S nì nach ceannaichear le òr e -	And - a thing gold cannot buy -
Teaghlach ògail air mhire.	A young family at play.

[66] Calum MacNeil from Barra was the Howmore schoolmaster in the Thirties.

[67] This verse was chosen for the bard's plaque on the monument at Snishival which he shares with his uncle Donald Macintyre.

[68] These last two lines are as recorded by the bard himself on tape. The original version in *Sguaban Eorna* had

Air neo do dhìteadh le Crìosda	Or be condemned by Christ
Do theine sìorraidh nach mùch	To eternal unquenchable fire

[69] A new book of Donald MacDonald's poetry (also edited by Fred Macaulay) was published by Comann Eachdraidh Uibhist a Tuath in 1995. Another poem by Donald John - *Carragh-Cuimhne Dhòmhnaill Ruaidh Chorùna* - can be found on page 196.

[70] Hills of North Uist.

[71] *Lamalam* - the boggy area between Peninerine and Snishival.

[72] Loch Altabrog borders Peninerine and Snishival.

[73] See Note 1.

[74] The Children of Uisne's Way - the Milky Way.

[75] See Note 1.

[76] Alasdair Maclean took a keen interest in the livestock of the croft.

[77] The reference is to a Pakistani trader who made his home at Howbeg cross-roads in the Fifties - and spoke fluent Gaelic.

[77] The ms has *'s a bhòidhead*, which may be a slip of the pen (although, given the bard's vocabulary, that is never a safe assumption).

[79] The bard's Scottish nationalism did not prevent him expressing his genuine admiration for the Queen on her Jubilee. Cf his uncle Donald Macintyre (of similar political persuasion) who composed two poems to mark her coronation (*Sporan Dhòmhnaill*, pp 258-261).

[80] River Gheatry is a stream in Snishival; Barney River in Nova Scotia.

[81] Borreraig in Skye was the site of the piping college of the legendary MacCrimmon family.

[82] This metre with its end-rhymes and the extra three syllables to the final line of the stanza is very similar to such 17th century poems as *Och a Mhuire mo dhunaidh* (Neil MacVurich) or *Thriall ar bunadh gu Pharao* (Hector Maclean) - which also has irregular verse lengths.

[83] Cumhabhag is the bay just north of Ardmichael cemetery.

[84] *An Duanaire:* Poems of the Dispossessed 1600 -1900 (Seán Ó Tuama, translated by Thomas Kinsella). *Trí Rainn agus Amhrán* is an Irish Gaelic term for a poem consisting of three syllabic verses and a verse in stressed metre.

[85] *An Ceangal* in Irish poetry was a final summary of the theme of the poem.

[86] Many of Murdo MacFarlane's songs such as *Cànan nan Gàidheal, A Mhòrag leat shiùbhlainn, Màl na Mara* and *Fàili, Fàili, Fàili Oro* reached a wide audience in the 1970s, thanks to the recordings of the group *Na h-Oganaich*.

[87] The bard wrote *'S gasan coilgeineach an dùdain. Dùdan* in Uist is a black mildew affecting oats and Dwelly has *coilchinn* for oats stunted by dry weather and usually pulled up by the roots.